W0413918

Diego De Silva

Divorziare con stile

Einaudi

Divorziare con stile

Che belli i tempi in cui credevamo di essere felici.

VINCENZO MALINCONICO

Questa è un'opera di fantasia. Nomi, personaggi, luoghi ed episodi sono frutto d'immaginazione. Tranne il gatto Alfonso, detto Alfonso Gatto.

Absit iniuria verbis

Salvo rare eccezioni, i giudici di pace, io, non li posso vedere. Non è che abbia qualcosa contro di loro. Cioè, sí. È istintivo generalizzare, quando una categoria occasionalmente rappresentata da un cretino ti manda in bestia. E ve lo dice uno che appartiene a una categoria notoriamente bistrattata. Ma è chiaro che non puoi sparare a una classe intera per farne fuori qualcuno. Prendete i tassisti.

Dice: Ce l'hai coi tassisti? No. Ma se la tua esperienza tassistica include una quota considerevole di tassisti stronzi, è probabile che sarai portato a pensare che la stronzaggine sia molto diffusa tra i tassisti. Senza che questo significhi che tutti i tassisti sono stronzi.

Io, p. es., ho visto dei tassisti a Napoli – lo giuro – che raccomandavano ai turisti intronati di togliersi il Rolex.

Mi è addirittura successo, una sera che non sapevo piú dov'ero, di prendere un taxi per disperazione (quelle sere in cui cerchi via Raspoli o Respoli, in quei quartieri labirintici che a una certa ora, neanche tarda, inspiegabilmente si svuotano, e benché tu sia quasi convinto che via Raspoli o Respoli sia dietro l'angolo, appena giri l'angolo via Raspoli o Respoli non c'è, e non c'è neanche un'anima a cui chiedere, anzi l'intero quartiere è sprofondato in un silenzio innaturale e vagamente satanico, cosí imbocchi una serie di stradine tutte uguali fra loro e continui a vagare finché ti dici che forse sei tu che ricordi male perché la via non si chiamava Raspoli e nemmeno Respoli ma Rispoli, che però era il cognome del tuo professore di Applicazioni tecniche alle medie, al che sei disposto a pagare qualcuno, cioè un tassista, perché ti salvi da quell'incubo e ti conduca in via Raspoli o Respoli o Rispoli, se non altro per dimostrarti che esiste), e cosí quella volta appena ho visto passare un taxi l'ho fermato, ho comunicato la destinazione al tassista e quello s'è voltato e mi ha detto: «Guardi che via Fratelli Ruspoli è la seconda a sinistra, saranno trecento metri, se la faccia a piedi che risparmia».

Questo per quanto riguarda le debite eccezioni.

Ma ci sono anche i tassisti che ti chiudono dentro, per esempio. Ti fanno salire, e una volta che ti tiri dietro lo sportello non lo apri piú, finché non vengono loro a scarcerarti. Ovvio che si tratta di una precauzione contro i furbi che scappano per non pagare la corsa, ma è pur sempre sequestro di persona.

E comunque, a parte i casi limite, uno lo può anche dire che i tassisti guidano di merda.

Non tutti, okay.

Soprattutto, che frenano malissimo.

Non tutti, okay.

Che sono collerici e sboccati. Spesso misogini. Qualche volta razzisti.

Non tutti, okay.

Che trattano gli altri automobilisti come abusivi che invadono il loro mondo.

Che si lanciano in analisi politiche in cui si arravogliano da soli, e va a finire che urlano.

Non tutti, okay.

Che raccontano un sacco di palle (parecchi).

Che vogliono aiutare gli immigrati a casa loro (quasi tutti).

Che conoscono la città meglio di qualsiasi assessore, e se tu gli dici che se si candidassero li voteresti subito, ti rispondono che gliel'hanno chiesto ma hanno rifiutato.

Non tutti, okay.

Poi ci sono quelli che lasciano attraversare le ragazze

scosciate per scannerizzarle con comodo (le piú scafate gli mostrano il medio, ma solo quando arrivano dall'altra parte: mai capito perché).

E poi ci sono quelli che tengono l'autoradio a manetta, quasi sempre sintonizzata sulle stazioni nostalgiche che mandano le canzonette italiane anni Settanta, per cui niente di piú facile che dopo la scarrozzata tassistica ti rimangano in testa per un paio di settimane brani tipo *Signora mia* o *Gli occhi verdi di tua madre* di Sandro Giacobbe (ve lo ricordate? il cantante dei pezzi con il giovane che s'innamorava delle vecchie: in pratica, un pre-milf).

E quelli che quando capitano dietro una macchina che li rallenta anche pochissimo iniziano a strombazzare.

Certe volte, dal sedile posteriore incroci la faccia dello strombazzato che ti guarda come a dire Ma perché non intervieni, dove vuole che vada questo qua, avanti, rimettilo in riga, in fondo sta lavorando per te, dovresti poter viaggiare rilassato e non saltare sul sedile ogni volta che quel cretino inchioda, tira cancheri e sbuffa, e se gli gira pesca dall'archivio paleontologico quelle chicche tipo «Ma perché danno la patente alle donne», aspettandosi che tu ridacchi o gli risponda addirittura «Eh, sí» (è tipico dei retrogradi cercare di tirarsi l'interlocutore dalla loro parte, corrompendolo con un'opinione al ribasso che lo costringa a tradire le sue), cosa che invece (almeno quella) non fai, e ti limiti a tacere, tanto tra poco sei arrivato, perché dovresti discutere con uno stronzo che non rivedrai mai piú, ed è cosí che le categorie peggiorano, che il conflitto sociale s'immiserisce e si tramuta in quel risentimento taciuto che poi quando esci dal taxi ti fa dire che i tassisti sono stronzi. Praticamente, è il tramonto della lotta di classe. Che sarà pure passata di moda come i Bee Gees, ma almeno ci si guardava in faccia e si sceglieva da che parte stare.

Viviamo in una società isterica che cova rancore e desiderio di rivalsa ma non lo dice, non produce alcun linguaggio antagonista ma mistifica e mente, non si oppone apertamente al nemico e non lo sfida, piuttosto aspetta l'occasione per prenderlo alle spalle o lavora sottobanco per fregarlo.

È la consapevolezza di questo rancore pervasivo che t'indigna e ti fa generalizzare sui tassisti, anche se non tutti i tassisti sono stronzi. Ma non è che puoi stare ogni volta a fare questa precisazione, anche perché l'indignazione non discrimina.

L'indignazione non dice: Questo sí, quello no. Non la mette sul personale. Se la prende con tutti. Ci s'indigna contro un'opinione, un'idea di società, un modo di vedere la vita. Quando c'indigniamo col tassista stronzo non ce la prendiamo soltanto con lui, ma con tutti gli stronzi in nome dei quali si comporta da stronzo, l'esercito mimetizzato di stronzi che gli stanno dietro e già vediamo avanzare all'orizzonte, pronti a prendere il sopravvento per instaurare una società fondata sulla stronzaggine, e ogni giorno con i loro piccoli soprusi guadagnano terreno facendo affidamento sulla nostra tolleranza, la vile fretta che abbiamo di scendere dal taxi e andare al nostro appuntamento anche se sappiamo benissimo (uuh se lo sappiamo) che l'indignazione (l'effetto collaterale da assunzione quotidiana di stronzi) c'intossicherà il resto della giornata, come avessimo mangiato del cibo avariato, e ci odieremo per avergliela fatta passare liscia, allo stronzo di turno; avrei dovuto mandarlo a fare in culo, ecco cosa, dirgli: «Sai che c'è? Fa' un po' leggere il numero del tuo taxi che adesso chiamo la centrale e denuncio il tuo comportamento, perché uno, guidi di merda; due, non sai frenare; tre, rovini la reputazione della categoria, vale a dire di tutti i bravi tassisti che al contrario di te hanno rispetto dei clienti; quattro, sei un sociopatico collerico che attacca briga con gli automobilisti; cinque, sbavi dietro le ragazzine come un vecchio rattuso pervertito; sei (last but not least), chi cazzo ti ha detto di fare la strada che hai fatto per portarmi dove dovevo andare, ho forse la faccia di uno che non conosce la città?»

E comunque non è dei tassisti che volevo parlare, ma dei giudici di pace.

We can be heroes, just for one day

Quando entriamo in aula, Pestalocchi ha già preso possesso della scrivania e se la tira manco un presidente di Cassazione. Quanto gli piace trattare gli avvocati dall'alto in basso, salutandoli con il vago cenno d'assenso di chi ha fatto troppa carriera per dire Buongiorno, non potete neanche immaginarvelo.

Fra noialtri poveri cristi già non molto entusiasti del contenzioso che ci deporta in questo ufficio, ci scambiamo occhiate di sopportazione condivisa mentre ci prestiamo alla macchietta dell'inflessibile giudice di pace che sta lí a giurisdire in nome del popolo italiano in tema di beghe condominiali, cause relative a beni mobili fino a 5000 euro quando non assegnate dalla legge ad altro giudice, apposizione di termini e distanze legali, immissioni di fumo o di calore, rumori, esalazioni, scuotimenti e altre simili propagazioni eccedenti la normale tollerabilità, controversie stradali del valore massimo di 20 000 euro o, su richiesta di parte, cause fino a 1100 euro per le quali decide secondo equità (non so se mi spiego).

Malgrado faccia un caldo da veranda abusiva, e l'ufficio non disponga di condizionatori (fino a qualche anno fa questo posto era una scuola materna, infatti ci sono ancora in giro un sacco di sedioline e banchi mignon che usiamo spesso come appoggi per scrivere sui verbali di udienza: i colleghi mingherlini addirittura ci si accomodano, e a volte guardandoli pensi che gli manca solo il cestino della merenda), Pestalocchi pretende che le finestre restino chiuse perché – dice – soffre d'asma allergica, e gli sbalzi di temperatura potrebbero nuocere gravemente alla sua salute.

Inutile dire che noi addetti ai lavori siamo convinti che Pestalocchi lo faccia apposta a sigillare l'aula, perché se c'è una cosa che al Signor Giudice piace (ma proprio assai) è far soffrire la gente.

Non so se avete presente il tipo. Ci sono diversi modelli di cattivi – ognuno di noi ne ha esperienza e redige le sue personali graduatorie –, ma Pestalocchi appartiene a quell'edizione limitata che ha il profilo perfetto dell'aguzzino. Il genere di bastardo che non fai nessunissima fatica a immaginare in divisa da SS.

Espedito Lenza, il ragioniere commercialista con cui divido l'affitto dello studio da diversi anni, che ha avuto a che fare con Pestalocchi prima che facesse domanda (purtroppo accolta) come giudice di pace (un'altra caratteristica di quelli come lui è la tendenza a riciclarsi quando falliscono, pretendendo di cancellare i loro imbarazzanti trascorsi contando sulla connivenza degli altri), Espedito, dicevo, che pure lo conosce e ovviamente lo schifa, sostiene invece che Pestalocchi, detto La Merda, piú che quello dell'aguzzino avrebbe il profilo del chiudivagone: il verme, per capirci, che fatta la conta dei deportati chiudeva lo sportello del treno e fischiava la partenza.

Con Espe ci troviamo spesso a confrontarci su questa disputa fra aguzzino e chiudivagone. E per quanto la figura del chiudivagone associata a Pestalocchi mi conquisti (è particolarmente ripugnante, perché sintetizza con efficacia la vigliaccheria sadica del verme che fa il gesto che condanna a morte e poi ritira la mano), ogni volta che vedo La Merda in azione non posso fare a meno di figurarmelo davanti ai cancelli di Auschwitz impegnato a selezionare i prigionieri.

Oh, lo so. Pensate che stia esagerando. Che sia di cattivo gusto fare associazioni cosí macabre in riferimento a qualcuno che sarà anche un po' stronzo ma non per questo potrebbe scendere tanto in basso. Beh, vi sbagliate. Primo, perché non conoscete Pestalocchi. Secondo, perché la bassezza d'animo e la meschinità (altro che banalità) del male sono piú diffuse di quanto vogliate ammettere, e scommetto che tanto tempo fa, tra i banchi di scuola, qualche profilo aguzzino l'avrete visto. Piccoli arrivisti, calcolatori, anaffettivi e ipocriti, sprezzanti del prossimo e concentrati esclusivamente su se stessi, disposti a qualunque piccineria pur di procurarsi un vantaggio, che nella vita si sarebbero venduti al primo offerente in cambio di un briciolo di potere.

È che poi per fortuna uno li perde di vista e addirittura se ne dimentica (anche se per strada, negli anni, ogni tanto gli passano accanto e li riconosce dalle onde elettromeschine che emanano, pure se non li vede), finché un giorno se li ritrova alla barricata di fronte, magari seduti dietro il banchetto di un ex asilo adibito a ufficio del giudice di pace, e gli torna tutto.

La faccenda delle finestre chiuse, per dire, è una prova evidente del gusto perverso che La Merda prova nell'umiliare gli avvocati. Il fatto è, purtroppo, che siamo lí per portare a casa un risultato (la specificità di questo tipo di contenzioso la dice lunga sulla consistenza patrimoniale del nostro portafoglio clienti) e, specie di questi tempi, non è conveniente inimicarsi un giudice (benché di pace), cosí sopportiamo.

Alla lunga, però, non tutti reggono. Alberto Mingozzi, p. es., un collega bipolare che quando t'incontra per i corridoi una volta ti abbraccia e l'altra manco ti saluta, un giorno è passato alla storia.

Mentre eravamo lí da Pestalocchi che asfissiavamo, una mattina di giugno di quei giugni proprio umidissimi, gli è partito l'embolo, s'è aperto un varco nella folla maleodorante ed è andato a spalancare le finestre tirando pure qualche bel bestemmione come Dio vieta.

La Merda è rimasto cosí scandalizzato che per i primi

dieci secondi non ha detto una parola, quindi s'è tirato su dal suo scranno per bambini chiedendo fra i denti come si fosse permesso di prendere quell'iniziativa senza prima chiedere al giudice.

Al che Alberto, con una naturalezza che rasentava la buona fede, gli ha risposto: «E il giudice chi sarebbe?», scatenando l'entusiasmo della sala.

La Merda è diventato rosso come una caprese senza mozzarella e ha minacciato di denunciarlo per oltraggio a un magistrato in udienza.

E lí Mingozzi ha dato prova di una flemma polemica che, dati i suoi precedenti psicopatici, nessuno di noi si aspettava, e gli ha detto soltanto: «Impossibile».

Sbigottito, La Merda gli ha chiesto: «Perché mai?»

«Perché lei non è un magistrato, è un giudice di pace, non ha vinto nessun concorso», gli ha spiegato, scandendo con agghiacciante lentezza, Alberto Mingozzi.

Nell'aula-asilo è calato un silenzio apocalittico. Pareva la scena di Fantozzi della corazzata Potëmkin, lo giuro. Per almeno mezzo minuto (che in quelle circostanze è un tempo lunghissimo), Mingozzi ha rischiato seriamente l'applauso. Antonio Chiumiento, un vecchio collega debole di prostata, per lo sforzo di trattenere le risate s'è portato una mano alla patta temendo l'inondazione.

Mentre La Merda sbraitava, precisando a Mingozzi e a noi tutti di essere un magistrato onorario, e urlandogli che l'avrebbe fatto arrestare per quella «grave offesa profferita pubblicamente» (diceva proprio cosí, lo giuro) alla presenza di tutti gli avvocati (manco poi noialtri fossimo stati disposti a testimoniare a suo favore), io e Peppino Comunale (una testa di cazzo da guinness che conosco dai tempi dell'università, famoso per aver chiesto al titolare della cattedra di Diritto del lavoro una tesi sui Clash) ci trascinavamo via a braccio Mingozzi per evitare che la situazione degenerasse (e Peppino sussurrava all'orecchio di Alberto: «Sei tutti noi»). Intanto Mingozzi, totalmente insensibile alle minacce della Merda, passava al tu e gli spiattellava, senza neanche sbraitare, la sua mortificante biografia, ricordandogli che fino a qualche anno prima faceva il liquidatore per una compagnia assicurativa di quart'ordine da cui era stato anche cacciato perché non chiudeva un solo sinistro, litigava con gli avvocati e pretendeva di discutere nel merito le relazioni dei medici legali, quindi, «Udite, udite!» (testuale imperativo di Alberto pronunciato spalancando le braccia dopo essersi liberato dalla presa di Peppino e mia, guadagnando il centro dell'aula), aveva provato a fare l'avvocato anche lui, ma dati i risultati penosi s'era riciclato come giudice di pace, e adesso si presentava davanti a noi, che poi avremmo dovuto essere i suoi ex colleghi, trattandoci come degli umanoidi, e dunque avrebbe fatto meglio a tornarsene al suo paese a gestire la salumeria di famiglia (perché sapeva anche questo: nessuno di noi immaginava che Mingozzi fosse cosí preparato in Merdologia), piuttosto che andare in giro a fare danni.

Se pensate che la sortita di Alberto gli abbia causato qualche conseguenza penalistica o disciplinare, vi sbagliate. La Merda, com'era prevedibile, non ha mai dato seguito alle sue minacce. Uno, perché è un vigliacco. E i vigliacchi non mantengono la parola, semplicemente la usano (e ritrattano senza vergogna quando gli conviene). Due perché temeva che sollevare un polverone avrebbe potuto in qualche modo compromettere anche lui. E le merde non fanno mai niente che possa esporle al pericolo.

È chiaro, infatti, che in un eventuale procedimento a carico di Mingozzi, anche La Merda avrebbe dovuto rispondere del suo comportamento in aula, a cominciare dall'imposizione del divieto di aprire le finestre, su cui tutti noi gli avremmo dato addosso.

Il bello, però, è che al momento dell'insurrezione, tutti questi risvolti tecnici della faccenda Alberto non li conosceva mica. Diciamo pure che poteva arrivarci, riflettendoci sopra. Ma è piuttosto improbabile che uno si metta a congetturare sulle conseguenze delle sue azioni mentre si sta liquefacendo in un'aula.

Quello che fa di Alberto Mingozzi un eroe (e costituirà un esempio per le generazioni future, a cui verrà tramandato il suo gesto), è proprio che quando ha scelto di ribellarsi a Pestalocchi e dirgli fuori dai denti tutto quello che pensava di lui (aggiungendo pure – m'ero dimenticato – che aveva un cognome da guardia del corpo di figli di camorristi), se n'è fottuto alla grande delle conseguenze: è andato alla finestra e l'ha spalancata, in un certo senso dando una lezione pure a noi che subivamo senza reagire.

Anche in questo senso era giusto, perfino logico, che La Merda subisse l'affronto di Mingozzi senza procedere, se capite cosa intendo. Perché c'è un momento in cui la Storia detta legge, ed è quando qualcuno si comporta da uomo e la scrive.

Ma torniamo all'inizio. Allora, sono lí da Pestalocchi che s'è già insediato nel suo, diciamo, ufficio, e scorre i fascicoli d'udienza con la concentrazione drammatica di chi sta per prendere decisioni delicatissime, mentre fuori un drappello piuttosto nutrito di varia umanità chiamata a testimoniare nelle diverse aule d'udienza già impreca, incolpando gli avvocati dell'attesa del turno.

Chi non fa questo mestiere non ha idea delle molteplici umiliazioni a cui espone. Quello che piú offende è la disinvoltura con cui gli utenti della Giustizia ci mancano di rispetto.

Il fatto – tanto per stare all'esempio – che un teste citato in giudizio dia di matto perché non gli va di aspettare che chiamino la causa e si lamenti con l'avvocato di star perdendo il suo tempo, implica la convinzione che l'avvocato abbia tempo da perdere. Di piú: che l'allestimento dell'intera macchina giudiziaria, le sue procedure, le sue formalità, le sue lungaggini, sia tutta un'enorme perdita di tempo e di risorse, il protocollo di un carrozzone inconcludente lontano dal paese reale che lavora, produce e non ha mattinate da perdere.

Gli avvocati che lavorano per vivere devono confrontarsi ogni giorno con questi piccoli attentati alla dignità, questa sottovalutazione sociale diffusa che si nutre dell'inefficienza della Giustizia per accanirsi su di loro e trattarli da complici di un sistema lento e guasto, abusivi autorizzati che nella sostanza non fanno che lucrare sul (vero) lavoro degli altri. E cosí devono sempre stare a spiegare cosa stanno facendo, dar ragione e (soprattutto) conto di ogni passaggio dell'incarico per prevenire la malafede degli assistiti.

Siamo in molti, quando c'è da iscrivere una causa a ruolo, a chiedere al cliente di passare dal tabaccaio e provvedere personalmente al pagamento della tassa dovuta, in modo che non pensi che gli facciamo la cresta sul contributo unificato, tanto per capire di cosa stiamo parlando.

Che stavo dicendo? Ah sí. Nell'entrare in aula (sulle pareti della quale, qui e là, penzolano ancora dei Paperini sproporzionati, reperti grafici dei tempi in cui queste stanze avevano una destinazione piú poetica), mi scambio qualche occhiata di sopportazione preventiva con un paio di colleghi che stanno lí un po' ad acclimatarsi un po' a dotarsi di pazienza per affrontare l'udienza che disgraziatamente ci aspetta.

Non potendo chiacchierare con nessuno (nell'aula della Merda regna sempre un silenzio da esame di licenza media per privatisti), mi accomodo su un banchetto mignon e tiro fuori il giornale; ma non faccio in tempo a scorrere i titoli di prima pagina che l'ex liquidatore assicurativo mi riprende, bacchettandomi col tono di chi stia rilevando una scorrettezza inammissibile.

– Avvocato Malinconico, – segue greve pausa di riprovazione, – faccia la cortesia di non leggere il giornale in udienza.

Le sopracciglia mi diventano due uncini. Alzo la testa dal giornale al rallentatore, lo guardo, non replico. Questa davvero non me l'aspettavo.

– Un po' di rispetto, – infierisce stizzito Vostro Onore senza degnarmi di uno sguardo, fingendo di sfogliare i fascicoli d'ufficio con l'aria di chi ha faccende ben piú importanti di cui occuparsi.

Lancio un appello muto a Giovanna Sassi, una collega dal carattere spiccatamente materno che con occhi solidali m'invita a non raccogliere (benché la dilatazione indignata delle sue narici dica il contrario), e per tutta risposta apro il giornale a lenzuolo, facendo piú rumore che posso.

Sarò anche un avvocato all'anticamera del reddito di cittadinanza (magari ce lo dessero, chiamandolo – che so io – sussidio di disoccupazione professionale o reddito da professione insufficiente: una Legge Bacchelli per legali squattrinati, diciamo), ma col cazzo che mi faccio trattare come uno scolaretto indisciplinato da lui. L'esempio di Alberto Mingozzi dovrà pure essere servito a qualcosa.

– Forse non mi sono spiegato, – sbotta qualche secondo dopo La Merda in tono da preavviso di minaccia.

Vorrei riporre il giornale nella borsa, andare lí con tutta calma e, da fermo, mollargliene uno sulla brutta faccia che si ritrova godendomi la sua espressione attonita mentre si porta le mani al naso che già si gonfia e sanguina copiosamente illudendosi che sia finita lí, quando invece sta per arrivargliene un altro che lo accecherà dal dolore, giacché ho intenzione di colpirlo all'orecchio destro con la mano aperta (non so se avete mai ricevuto un colpo piatto su un orecchio: fa un male indescrivibile) per poi rovesciargli addosso l'intera scrivania facendolo stramazzare goffamente all'indietro con un rumore svaccato e volgare, quello che certamente il suo corpo sgraziato e sovrappeso produrrebbe; ma in fondo sono un avvocato, dovrei saper trattare lo sporco senza macchiarmi (che metafora, dite la verità), cosí lascio sfumare questa immaginaria sequenza pulp e ricorro alla mia neanche poi tanto nota eloquenza polemica che tende a riaccendersi quando mi sento calpestato nella dignità, rispondendo:

– Ho una notizia per lei, dottor Pestalocchio: sono le 9,40 e l'udienza comincia alle 10 (cosí è scritto sulla porta). Quindi io non stavo leggendo il giornale in udienza. Mi spiace se ha dei conflitti irrisolti con la carta stampata, ma il suo richiamo era fuori orario, oltre che fuori luogo.

E detto questo, sbatacchio il giornale con l'energia che userei con una camicia strapazzata a cui volessi imporre un po' di stretching.

Con l'angolo dell'occhio scorgo Giovanna Sassi che arrossisce dalla contentezza: mi abbraccerebbe, se potesse. Quell'altro paio di colleghi testimoni dell'accaduto fanno finta di niente; ma non saprei dire se si tratta di strafottenza, vigliaccheria o banale assuefazione alla sceneggiata del castigatore di indisciplinati, che poi è una delle piú gettonate di Pestalocchi (un'altra consiste nel richiamare gli avvocati al silenzio battendo il palmo della mano sulla scrivania a mo' di maestra elementare quando escute un teste, circostanza in cui dice letteralmente, non scherzo: «Signori, per favore: vado in prova orale», manco la prova orale fosse una specie di trance in cui il giudice di pace interroga l'oltretomba per conoscere la verità di una botta fra macchine).

La Merda è cosí spiazzato dall'ineccepibilità della mia replica che sorvola addirittura sull'errore che ho volutamente commesso nel pronunciare il suo imbarazzante cognome. Cosí raccoglie le idee e compone la risposta che, come immaginavo, contiene la promessa di una vendetta a brevissimo termine.

– Molto bene, avvocato Malinconico. Prendo atto che ha voglia di polemizzare. Spero per lei che abbia la stessa prontezza dialettica quando fra poco tratteremo la sua causa, che se non sbaglio è…

Cerca il mio fascicolo nella pila con un ghigno sadico che,

lungi dall'incattivirlo, conferisce una sorta di alta definizione naturale alla faccia da cretino che si ritrova. E benché io sia disgustato dalla minaccia nemmeno tanto implicita che mi sta rivolgendo, mi viene da ridere, tant'è che mi copro la bocca con la mano: reazione che finisce per farlo incazzare ancora di piú, procurandogli uno stranissimo rossore facciale a macchie, mai visto prima d'ora in vita mia, lo giuro.

– ... Olivieri Carmine contro *Non solo Coffee Bar, Tabacchi e Scommesse* di Galloppo Lucia Santa & C. S. n. c., – lo anticipo, come a dirgli che può anche infilarselo nel culo, quel fascicolo (a patto che non ci provi gusto, ovvio).

– Esatto, – fa lui godendo nell'estrarre la pratica dal mucchio. – Vediamo... ah, ecco qua, l'incidente del naso, giusto? – chiede retoricamente, con quei pois violacei che gli si spostano da un punto all'altro della faccia come fossero dotati di vita propria (muoio dalla voglia di dire: «Ehi, chi ha acceso le luci stroboscopiche?», ma mi trattengo).

– Già, – confermo.

– La ringrazio di avermi facilitato la ricerca.

– Ma le pare.

Depone il fascicolo in cima alla pila, tanto per farmi capire che ha intenzione di liquidarmi alla svelta. Stamattina mi sbrigherò presto. D'altra parte, i suoi propositi vendicativi non mi preoccupano piú di tanto. Il collega di controparte, Beniamino Lacalamita, figlio di un noto avvocato e (per quanto mi ricordi, avendolo conosciuto molto tempo fa) grandissimo asino, non ha citato alcun teste, tant'è che non mi spiego la presenza del tabaccaio (che ho riconosciuto in corridoio poco fa) contro la vetrina del quale è andato a fratturarsi il naso il mio cliente (che poi è un mio, diciamo, zio), mentre io ho articolato correttamente la mia prova e convocato anche il dottore che lo ha subito medicato (e che tra l'altro è il cognato del mio cliente-diciamo-zio), oltre a depositare la documentazione clinica, la relazione medico-legale e tutto quanto, per cui dovrei essere tecnicamente in vantaggio.

Ma va da sé che avendo leso la maestà della Merda mi sono esposto al pericolo, sicché l'eventualità, per quanto lontana, di perdere una causa vinta m'infastidisce non poco.

Se in questo momento sapessi che nel pomeriggio, e precisamente alle 16,33, mentre con Espe starò imprecando contro La Merda per via del colpo basso che mi ha tirato (e di cui non so ancora nulla), il mio telefono squillerà e una donna di classe (oltre che notoriamente bona) mi chiederà di assisterla nella separazione da suo marito (che potrei anche definire un mio collega, se non fosse che è uno degli avvocati piú ricchi e conosciuti della città), probabilmente affronterei questo miserabile inconveniente con tutt'altro spirito. Perché non c'è niente come avere delle prospettive che ti faccia sentire già mezzo fuori dallo squallore del presente. Ma siccome ancora non lo so, mi sforzo di mostrarmi indifferente continuando a schiaffeggiare il giornale alla faccia della Merda, che dalla sua immeritata postazione mi lancia piccoli sguardi trasversali carichi d'odio controllando compulsivamente l'orologio in attesa che scattino le dieci per potermi imporre di smettere di leggere, soddisfazione che mi guarderò bene dal dargli, fottendolo sul tempo anche di un solo secondo, pur di farlo crepare in corpo.

La cosa stupefacente è che nelle occhiate rancorose che mi rivolge sento – lo giuro – anche dell'invidia. Se esistesse una macchina dell'invidia, e La Merda accettasse dei soldi per sottoporsi al test, metterei cinquemila euro, qui, subito, per dimostrare che, almeno in questo momento, quest'essere miserabile vorrebbe tanto trovarsi al mio posto. Però una macchina dell'invidia non esiste e, soprattutto, io non ho cinquemila euro.

Quello che volevo dire, al di là dei controrisvolti della mia ipotesi, è che non è necessario occupare una posizione invidiabile per essere invidiati. L'invidia è un sentimento in franchising che non mira a omologare gli utenti ma a differenziarli, seppure sotto l'ombrello dello stesso marchio. Fate una ricerca sul campo, se volete: non troverete un invidioso uguale a un altro. L'invidia è il piú ergonomico dei sentimenti umani: piú dell'avarizia, dell'avidità, anche della gelosia. Ognuno invidia per motivi personalissimi, spesso inspiegabili se non in una logica della meschinità, che infatti non esiste. Aprite la botola delle vere ragioni dell'invidia di qualcuno, e non crederete al poco che vi si parerà davanti.

Detto ciò, uno soprannominato La Merda avrebbe ragione d'invidiare chiunque non fosse lui.

E insomma, sono le 9,55 quando chiudo il giornale e lo ripongo nella cartella, inchiappettando per la seconda volta Vostro Onore che non si aspettava che lo anticipassi con un margine cosí ampio.

Eh sí, adesso gliela davo vinta.

E guardalo, oh. Quasi mi soffia.

T'è andata male, Pestalocchio. Metti via quella mano, il vagone non parte piú.

Certi zii

Ecco come sono andati i fatti.

Un pomeriggio uggioso di metà ottobre, Oliviero Carmine, alias zio Mik (tra un po' spiegherò perché), da me rappresentato e difeso nella causa in corso di svolgimento davanti al giudice di pace Pestalocchi Pasquale detto La Merda, camminando di buona lena a testa bassa per ripararsi dalla pioggia, nel tentativo di accedere al *Non solo Coffee Bar, Tabacchi e Scommesse* di Galloppo Lucia Santa & C. S.n.c. allo scopo di acquistarvi un pacchetto di Super, non notando la porta a vetri del suddetto esercizio di rivendita (ovvero fidando nell'apertura automatica della stessa: tutto qui il nocciolo della causa), impattava violentemente contro la medesima, riportando frattura del setto nasale giudicata guaribile in giorni 15 salvo complicazioni.

Per completezza va anche detto che nel preciso istante in cui il naso di zio Mik centrava la spessa porta trasparente del *Non solo Coffee Bar, Tabacchi e Scommesse* di Galloppo Lucia Santa & C. S.n.c., il titolare del naso, cioè zio Mik, venendo sbalzato all'indietro e rovinando di schiena sul marciapiede antistante il *Non solo Coffee Bar, Tabacchi ecc.*, bestemmiava tutta la compagnia celeste con la padronanza armonica di un belcantista, dando anche prova di ammirevoli riflessi e rischiando di causare un arresto cardiaco a una credente di passaggio (tra l'altro non si capisce come facciano le credenti di passaggio a passare sempre quando qualcuno sta tirando dei cancheri per i fatti suoi, anche perché è strano che le credenti di passaggio, avendo quasi sempre una certa età, stiano cosí spesso in giro).

Prontamente soccorso dal (vero) titolare del *Non solo Coffee*, Galloppo Giorgio (che avrà intestato la società alla figlia primogenita Lucia Santa per motivi probabilmente fiscali), dalla stessa Lucia Santa in servizio presso il banco Lottomatica del settore Giochi e Scommesse e da altri due avventori in quel momento impegnati, il primo, a compilare una schedina Enalotto, e l'altro a scorticare con una moneta la superficie di un biglietto del Gratta e Vinci della serie «Miliardario», zio Mik, dolorante e quasi privo di sensi per via dell'impatto che causava un copioso sanguinamento del naso già notevolmente deformato dal gonfiore, trovava ricovero nello stesso *Non solo Coffee* su una sedia a sdraio messagli a disposizione dal Galloppo, il quale si scusava dell'accaduto dichiarandosi «mortificato» nei suoi confronti nonché disponibile ad accompagnarlo seduta stante al pronto soccorso perché ricevesse le cure del caso; e mentre la primogenita del Galloppo (il cui doppio nome risulta davvero incredibile, se pronunciato all'inverso) si offriva di tamponare personalmente il naso di zio Mik con un fazzoletto inumidito, i due avventori presenti al momento della nasata rendevano le proprie generalità al malcapitato zio Mik manifestandogli la propria disponibilità a testimoniare in suo favore in un eventuale procedimento giudiziario; eventualità che tuttavia zio Mik si sentiva di escludere, vista l'apprensione mostrata sia dal Galloppo che dalla primogenita Santa Lucia, i quali gli riferivano d'essere coperti assicurativamente per ogni genere di sinistro.

Prima di procedere nella narrazione cronologica dei fatti, è opportuno che fornisca una neanche brevissima descrizione antropologica di zio Mik.

Quand'ero bambino, nei primi anni Settanta, molte

famiglie dell'epoca erano abitualmente frequentate da figure un po' ambigue, prevalentemente maschili, prive di qualsiasi legame di sangue con i componenti della famiglia medesima e che tuttavia noialtri ragazzini, per via della loro onnipresenza in casa, chiamavamo «zii».

Questi strani zii, sulla parentela dei quali non indagavamo piú di tanto, anche perché erano molto generosi con noi e ci riempivano di regali, partecipavano attivamente all'amministrazione della famiglia facendo da autisti, sbrigando faccende domestiche varie ed eventuali, comprando elettrodomestici, fornendo scorte annuali d'olio extravergine di oliva e prodotti a coltivazione biologica ante litteram, imbottigliando pomodori pelati di produzione autoctona, imbiancando periodicamente le pareti della casa di campagna (disponevano di un sacco di tempo libero, questi zii), intestando o facendosi intestare beni immobili e mostrando un affetto spiccatamente paterno per alcuni dei bambini nati in tempi curiosamente prossimi al loro ingresso in famiglia.

A un certo punto, diciamo intorno ai 14-15 anni, l'età in cui si comincia a connettere nel senso letterale del termine (cioè a mettere insieme dei dati e trarre delle conclusioni), noialtri adolescenti affettivamente automatizzati abbiamo iniziato a interrogarci sulla ragione di un volontariato familiare cosí ostinato, senza tuttavia mai parlarne con chiarezza, assecondando una sottile reticenza tematica che ci era stata tacitamente trasmessa dalle sfere piú alte dell'organigramma parentale, finché un pomeriggio mia sorella, basita dal candore con cui le avevo confidato di trovare qualcosa di teneramente losco nell'atteggiamento di zio Mik con il piú piccolo dei nostri cugini, mi disse che dovevo essere proprio un po' cretino a non avere ancora capito che zio Mik (che non era nostro zio manco per niente) era l'amante di zia Anna (che era nostra zia per davvero), e che oltretutto secondo lei zio Mimmo, suo marito (che invece un po' nostro zio era, avendo sposato la sorella di nostra madre), doveva anche essere al corrente della tresca ormai decennale della moglie, il che, peraltro, secondo la mia scafata sorella, spiegava la tenera loscaggine di zio Mik verso nostro cugino, al quale correva voce (perché le voci giravano anche in famiglia: un fenomeno tipico delle famiglie, quelle sí davvero allargate, di una volta) avesse già lasciato tutti i suoi beni per testamento.

A quel punto, trasalendo, le chiesi:

– Cioè, Tonino sarebbe figlio di zio Mik?

– Santo Dio, Vince', tu proprio mangi, bevi e non capisci niente.

Al che, arrossendo, le domandai, visto che credeva di saperla tanto piú lunga di me, chi glielo diceva a lei che gli altri due figli di zia Anna – e (forse) di zio Mimmo – non fossero anche loro figli di zio Mik.

– Fai due calcoli, scemo. Quanti anni ha Tonino?

– Cazzo, è vero, – riconobbi smarrito.

Da quel giorno, oltre a spiegarmi retroattivamente un sacco di cose (e anche a rilevare certe somiglianze che mi pareva impossibile non aver notato prima), ho iniziato a osservare in modalità speculativa anche le famiglie degli amici, dove pure ogni tanto spuntavano questi non-zii che nelle foto dei compleanni comparivano sempre un po' in disparte, spesso con un bicchiere di plastica in mano e il sorriso stirato del compromesso.

Dopo un certo numero di ricerche sul campo, la mia inchiesta mi ha portato alla conclusione che nelle famiglie dell'epoca, quando in casa giravano zii che non erano zii, garantito che si trombavano qualcuno.

Ma la cosa davvero fenomenale (nel senso che costituiva un fenomeno) era che questi falsi zii, pur avendo una vita propria, con casa e spesso anche moglie e figli, si ritagliavano un posto abusivo nelle famiglie delle loro amanti, come dei mariti-ombra che avevano una seconda residenza nei matrimoni altrui.

Gli amanti del ceto medio italiano degli anni Cinquanta e Sessanta, insomma, rifiutavano la clandestinità: volevano il quotidiano, stabilivano relazioni para-coniugali dissimulate nell'ambito della famiglia istituzionale; tant'è che era abbastanza comune mettere al mondo figli che poi venivano attribuiti al coniuge in carica.

Eravamo di fronte (o meglio, dentro) a forme sperimentali di famiglie allargate che ponevano gli amanti dell'epoca in posizione d'avanguardia (altro che il tanto scandalosamente decantato Amore libero che di lí a qualche anno il Sessantotto avrebbe sbandierato come si trattasse di chissà quale novità).

Quegli amanti d'estrazione borghese medio-piccola, tradizionalista e cattolica praticante, che cioè andava a messa la domenica, quelli, dicevo, non erano amanti da albergo a ore o da pied-à-terre: consumavano le loro passioni direttamente fra le mura domestiche, edificavano bigamie fondate su un patto di reticenza tacitamente osservato anche dai familiari dissidenti.

E la legittimazione avveniva attraverso l'assegnazione di un ruolo e di un titolo (quello di zio, appunto) inventato allo scopo, un po' come quei docenti universitari per i quali si creano insegnamenti dai nomi ridicoli al solo fine di dargli una cattedra.

L'altra cosa davvero stupefacente degli amanti casalinghi è che riuscivano (e non è che fossero intellettuali o gente di mondo; ciononostante la loro leadership era fuori discussione) a imporre queste disinvolte convivenze senza che nessuno, in casa come all'esterno, si azzardasse a rilevare l'anomalia, manco fosse un inviolabile diritto del coniuge infedele pretendere il rispetto della sua tresca (il che peraltro smentisce categoricamente il pregiudizio secondo cui erano soltanto le mogli a sopportare le corna: ma quando mai? All'epoca si perdeva il conto dei mariti regolarmente traditi in casa che accettavano la paternità anagrafica di figli non propri; la differenza, semmai, era che gli uomini che figliavano anche fuori del matrimonio avevano una pluralità di residenze, mentre le donne erano piú stanziali).

In un certo senso, quella degli amanti intra moenia costituiva un'applicazione del dogma dell'indissolubilità del matrimonio. Non ci si separava, perché il matrimonio andava non preservato, ma tenuto in vita a prescindere dalla sua riuscita, e al tempo stesso non si era disposti a rinunciare agli amanti (contrariamente a quanto raccontavano in giro, quelle non erano generazioni molto votate al sacrificio).

L'andazzo del piede in due scarpe (carattere nazionale molto tipico, peraltro) era cosí diffuso che quando il referendum sul divorzio vide la vittoria del No, e dunque l'affermazione del diritto di farla finita con i matrimoni infelici o stiracchiati, furono proprio quegli amanti i primi a sentir minacciata la sopravvivenza dell'istituzione, manco avessero sempre lottato per la difesa del matrimonio, che avrebbe rischiato d'essere travolto da una riforma cosí innovativa e progressista.

Ora: uno potrebbe bollare questa contraddizione sotto l'etichetta onnicomprensiva dell'ipocrisia. Il che è senz'altro vero. Ma lo è perché in quel tipo di società l'ipocrisia era un cemento. Un'azione quotatissima sul mercato dei matrimoni durevoli. L'ipocrisia – allora come oggi, sia pure in misura minore – era un codice che regolava assetti familiari che in condizioni di trasparenza non avrebbero retto una settimana, altro che tutta la vita.

Uscire da quello schema, vedere riconosciuto addirittura il diritto di mettere fine a un matrimonio, iscrivere la propria esistenza in una dimensione autentica, essere sinceri con gli altri e in primo luogo con i figli (cominciando col dirgli, magari: «Ehi, vuoi sapere una cosa? Io sono tuo padre»), era una prospettiva destabilizzante. Perché non è mica facile vivere nella verità. Ci sarebbero voluti degli anni prima che passi del genere si potessero compiere con animo piú pacificato.

Ancora oggi – dài che è cosí – la gente ha paura di separarsi (benché il desiderio di divorziare sia molto piú diffuso di quello di contrarre matrimonio): tant'è che impiega anni a soppesare la decisione, a valutare i pro e i contro, rimandare o sospendere, mentre la vita passa e i figli crescono. Come se poi ci fosse sempre tempo per farla finita, e gli anni sprecati a titubare fossero recuperabili, invece che irrimediabilmente persi (incredibile quanto tutti siamo cosí stupidamente illusi che la nostra vita durerà a lungo).

Poi c'è anche chi (e sono proprio tanti) spera nella vedovanza, che risolverebbe il problema in modo rapido e indolore, risparmiando la fatica di decidere e anche quella di affrontare la battaglia della carta bollata. Sono quelli che ogni mattina si augurano la morte del coniuge con la stessa fiduciosa aspettativa con cui giocano al lotto (strano, le due cose vanno spesso insieme). Gli unici che si lasciano senza drammi, e soprattutto alla prima difficoltà, sono i giovani (e secondo me fanno benissimo, fra l'altro).

Fine della presentazione antropologica di zio Mik.

Ma perché uno che all'anagrafe viene registrato come Carmine prende poi il nome di Mik? E perché poi Mik e non Mike, che com'è noto è il diminutivo di Michael?

Ecco cosa sappiamo al riguardo.

Carmine Olivieri detto Carminuccio, originario di Grottaminarda, comune dell'Irpinia settentrionale, emigra giovanissimo in America dove si mantiene facendo i mestieri piú svariati fino a entrare in un giro di pompe di benzina che in pochi anni gli permette di rientrare in patria da benestante e, come un Heathcliff dell'Avellinese, vivere accanto alla sola donna che abbia mai amato, cioè mia zia Anna, che nel frattempo ha sposato zio Mimmo, benché il dettaglio (come credo d'aver sufficientemente spiegato) non rappresenti poi un grande ostacolo.

È negli anni americani che Carminuccio diventa Michael, quindi Mikino (pronunciato «Maichino») e infine Mik (pronunciato proprio com'è scritto), anche se nessuno sa perché. Ai compaesani che, felici della sua riapparizione a Grottaminarda, lo chiamano col nome di battesimo, risponde testualmente (in inglese autodidatta, con spiccato accento grottese): «Donnò who you talking of», liberamente traducibile in: «Non ho idea di chi stiate parlando». Qualcuno lo manda a cagare, molti da quel momento smettono proprio di chiamarlo; Tommasino Cendamo, il suo piú vecchio amico d'infanzia, acconsente a chiamarlo Mik a patto che lui lo chiami John.

La piú orgogliosa del ritorno in gran pompa di zio Mik è, ovviamente, zia Anna, che oltre a essere entusiasta delle sue fortune economiche, mostra di trovare particolarmente sexy il suo Irpinglish, tant'è che socchiude spesso gli occhi quando lo ascolta pronunciare frasi come: «Quand'ero abroad soffrivo molto la distance». Non è un caso che di lí a poco venga al mondo Tonino, registrato all'anagrafe come Anthony.

E insomma gli anni passano, i nonni muoiono, qualche genitore anche. Si vendono le case di campagna per comprare un po' meglio in città. Qualche volta si vendono anche le case di città. Però si conserva qualche vecchio mobile dei nonni (piú che altro consolle, letti matrimoniali e comodini).

Figli, cugini e addirittura nipoti vanno via, si sposano, si separano, fanno figli, partono, a volte (come gli zombi) ritornano. La vita si aggiorna di default, e chi le sta dietro è bravo. Nella selezione naturale delle coppie, sono poche quelle che durano. Zia Anna e zio Mik sono ancora lí che attraversano le epoche nella stessa immodificabile condizione, diversamente fedeli, forse addirittura felici. Come se il tempo avesse confermato una ragione che loro due sapevano già di avere.

Ogni tanto domando a mia sorella com'è che zia Anna

e zio Mik non hanno mai fatto il gran passo di sposarsi o almeno convivere, ma sul serio, loro due soltanto.

Come allora, lei mi risponde che continuo a non capire niente.

E sarei io la testa di cazzo?

Non avevo mai incrociato Benny Lacalamita in una causa. Per la verità non ne ho incrociati molti, di colleghi, in una causa. Però Benny Lacalamita me lo ricordavo dai lontani anni del praticantato. Piú o meno venticinque. Incredibile che ne siano passati cosí tanti. Venticinque anni, Gesú. Uno non dovrebbe mai nominare gli anni invano, perché poi se li sente sul groppone tutti insieme, quando li pronuncia.

E comunque, Benny l'ho conosciuto nel secolo scorso. A frequentare le aule penali, all'epoca, eravamo in pochi (mentre la sezione civile straripava di praticanti), per cui ci contavamo sulle dita. Benny era dei nostri, anche se non s'è mai capito bene cosa facesse. Nel senso che piú delle aule di udienza praticava il bar del tribunale, dove debosciava per buoni tre quarti della mattinata; e il padre, l'avv. Gennaro Lacalamita, titolare di uno dei piú accorsati studi penali e civili della città, tra un'udienza e l'altra errava per i corridoi domandandoci se per caso avessimo visto suo figlio.

Quando proprio non c'era verso di trovarlo (capitava spesso che Benny s'imboscasse al preciso scopo di sfuggirgli), Lacalamita Senior veniva a sfogarsi con noi poveri tirocinanti, che dovevamo stare lí a compatirlo mentre ci contava l'immeritata sventura d'aver messo al mondo un fannullone degenerato a cui non interessava beneficiare dei suoi insegnamenti, mentre uno di noialtri figli di nessuno (diceva proprio cosí), al posto suo avrebbe baciato la terra.

Credeva pure di dirci una cosa carina.

Le poche volte in cui riusciva a placcare il fannullone degenerato e a imporgli sotto minaccia di restare in tribunale ad aspettare almeno la pronuncia di una sentenza (e non è che ci volesse una laurea), Benny entrava nel vivo del tirocinio, ciondolando per i corridoi e fumando una sigaretta dietro l'altra (all'epoca era permesso: incredibile quanto ci siamo involuti in poco piú di un ventennio) e raccontando barzellette ai carabinieri in servizio.

Niente di piú facile, allora, che si dimenticasse di ascoltare il dispositivo, o arrivasse dopo che l'avevano già letto e prendesse dolosamente nota di un'altra sentenza, fingendo di aver sbagliato a capire il nome dell'imputato (scusa che gli ho sentito rifilare al padre con una disinvoltura impressionante: una volta che gli disse di aver capito Santoro al posto di Avallone, giuro di aver temuto che gli prendesse un ictus, a quel poveraccio).

Però Benny era simpatico. Aveva già trent'anni, una panza da pastasciuttista che gravava su delle gambe troppo corte, e degli occhi azzurri tendenti alla trasparenza che sgranava in modo oscenamente ridicolo appena il primo essere femminile nei paraggi gli chiedeva che ore fossero. Indossava abiti firmati, ma non era elegante.

Siccome sentiva poco da un orecchio, se gli parlavi dalla parte sbagliata piroettava sui tacchi facendo un giro su se stesso e ti si piazzava dal lato giusto, quando avrebbe potuto limitarsi a voltare la testa per porgerti l'orecchio funzionante, e finché non capivi il motivo di quella manovra non ti spiegavi che accidenti stesse facendo.

Ogni volta che andavi al bar per una pausa caffè, lo trovavi lí a sorseggiare Crodini o Campari Soda, a cofecchiare con il cassiere o a fare il provolone con la figlia maggiorata dell'omino delle fotocopie.

Poi professionalmente ci siamo persi di vista, nel senso che Benny ha ereditato lo studio paterno (non so se nel frattempo abbia messo la testa a posto o si avvalga di avvocati esperti e adeguatamente retribuiti che gli mandano avanti la baracca), mentre la mia carriera ha preso strade, o meglio viottoli, piú tortuosi.

Quand'è arrivato, poco fa, trafelato e sudatissimo, mi ha riconosciuto al primo sguardo e mi ha abbracciato con affetto, anche se avrei preferito che non lo facesse, visto che era in piena traspirazione.

Devo dire che non lo ricordavo cosí basso. Sarà perché lo vedevo poco, dato che era sempre al bar.

– Vincenzo Malinconico, come no. Il nome mi diceva qualcosa quando ho letto la citazione, ma non lo associavo alla faccia. Sarà che in udienza non ti si vede mai. Ma fai ancora l'avvocato?

Lí per lí non ho creduto alle mie orecchie. E meno male che mi aveva appena buttato le braccia al collo.

Prima di ribattere ho fatto un passo indietro e l'ho squadrato in senso discendente soffermandomi con disgusto sulle cartine geografiche di sudore che gli tatuavano la giacca alla, chiamiamola, altezza delle ascelle.

– No, esercito abusivamente. Ma non dirlo a nessuno.

– Ah, ah, ah! Mi ricordavo che avevi la battuta pronta! – ha replicato battendo il tacco del mocassino destro sul pavimento.

Io ero ancora indignato dalla perfidia della sua domanda, cosí sono tornato all'attacco, con l'intenzione di pugnalarlo ai fianchi.

– Sai Benny, mi sono appena ricordato di una volta che tuo padre ti aveva lasciato in udienza per un patteggiamento, e siccome non riuscivi a fare il calcolo ha dovuto pensarci il Pm. Madonna quanto abbiamo riso quella mattina.

È andato in pausa, mentre la memoria gli mandava la replica integrale di quell'ignominiosa performance che aveva evidentemente rimosso.

Probabile che ne avesse parecchie, nel curriculum.

Ha battuto le mani una volta e poi le ha mantenute giunte, come avesse catturato il ricordo e non volesse lasciarselo sfuggire.

– Veroo! Ma certo! Terza sezione penale, quella del presidente bacucco con la papalina! Madonna che figura di merda!

Ero basito. Disarmato. Credevo di umiliarlo, e quello se ne stava lí, addirittura riconoscente che gli avessi riesumato quell'episodio, con la contentezza nostalgica di chi ripensa ai suoi esordi e rimpiange la freschezza di un tempo. In circostanze simili mi viene da pensare che la vita è come te la metti in testa.

– Ma no, dài, è stato solo un momento di difficoltà. Capita a tutti, all'inizio, – ho detto, cercando di rimangiarmi la cattiveria. Perché a quel punto mi sentivo in colpa. Voglio dire, come fai a non vergognarti di aver pensato di offendere un balordo simile?

– Però alla fine ho detto: «Concordo con il Pm», – ha aggiunto Benny ricordando altri dettagli e trovando il tutto maledettamente divertente. Non si può certo dire che non sia simpatico, questa gran testa di cazzo.

– È lí che ci siamo fatti le risate migliori, infatti.

– E che, non me lo ricordo? Mi pareva di avere alle spalle un coro di iene che sghignazzavano a cappella. Che peccato non poter essere lí con voi.

– Senti, non volevo essere stronzo. Cioè sí, lo volevo, ma per renderti la pariglia.

– Ma che fai, ti scusi? Se ripenso a quel figurone di merda ancora piango dal ridere. Ce ne fossero, di film in giro dove si vedono scene di quel livello. E poi, sai quanto me ne fotte di non saper patteggiare una pena.

– Sono piuttosto sorpreso di constatarlo, infatti.

– Ma perché, tu lo sai fare?

– Scusami?

– Sai come si calcola la riduzione della pena nel patteggiamento?

– Immagino di sí, – ho detto, cercando di apparire sinceramente sorpreso dalla sua domanda.

– Beato te, io ancora m'incasino. Sembra facile quando lo studi: l'imputato ammette il reato, e in cambio gli riducono la pena di un terzo fino a un massimo di cinque anni. Se dai questa risposta all'esame di Procedura penale, la sfanghi. Ma vallo a fare davvero, quel conto, e ti prende l'emicrania. Perché devi partire dal minimo della pena ma, se ci sono piú reati o la continuazione, allora la pena di partenza è quella prevista per il reato piú grave. Il che presuppone che tu sappia qual è il reato piú grave. Poi devi bilanciare le circostanze, e non è che uno le circostanze le bilancia cosí. Se ti capitano aggravanti non bilanciabili la pena va aumentata, ma facendo attenzione a non superare un terzo. Al che già non ci capisco piú un cazzo.

– Interessante, questo tuo approccio problematico alla procedura pen…

– Ma non è finita. Anzi, siamo appena all'inizio. Se c'è concorso o continuazione, devi computare gli aumenti di pena, ammesso che tu sappia cosa significa computare un aumento di pena. Quando leggo queste frasi, ti giuro, mi parte la brocca. «Computare gli aumenti di pena»: come se normalmente tutti andassero in giro a computare aumenti di pena, quindi cosa perdi tempo a spiegare di cosa si tratta? Come nei libri di cucina, hai capito, quando leggi quelle frasi tipo: «Mondate le verdure, filtratele con una schiumarola, quindi infornate a 250° dopo averle coperte con un canovaccio». Ma che cazzo significa?

– Oh mio Dio, Benny.

– 'spetta. Una volta che hai computato gli aumenti di pena, finalmente puoi togliere quello stronzissimo terzo, che a quel punto è diventato un'incognita; tra l'altro un'incognita lorda, mica netta, perché, ex art. 444 c. p. p., lo sconto è previsto «fino» a un terzo, capito; per cui ti conviene partire da una pena intermedia, chiedere le aggravanti equivalenti alle generiche che spetterebbero al cliente (questa è bellissima, senti qua) *se fosse incensurato*: praticamente devi fare una simulazione di verginità, ma ti rendi conto; e alla fine di tutto questo casino, finalmente diminuire la pena di un terzo. Tu ci hai capito qualcosa?

– No.

– Hai visto.

– Volevo dire che sei tu che la spieghi in modo che non si capisca.

– Invece è proprio cosí. Solo che adesso, intendo oggi, non c'è bisogno di capire. Vai su Google e trovi il programmino che ti fa il calcolo gratis. Metti i dati nella tabella, premi Invio e vaffanculo. Capito che meraviglia? Poi dicono che la tecnologia arrugginisce l'intelligenza. Ma a me che me ne frega di allenare l'intelligenza quando posso avere quello che mi serve senza sforzarla? Che dobbiamo fare, la gara a chi ha il Q. I. piú lungo? E poi scusa eh, è piú intelligente uno che preme Invio e risolve il problema, o uno che si scervella tre quarti d'ora e magari lo sbaglia pure?

Qui è andato in pausa. Avrei dovuto dire qualcosa, se non altro per dare una parvenza di dialogo a quella demenziale invettiva, ma non mi veniva una parola.

Se c'è una cosa che va riconosciuta a questo cialtrone è la sua capacità di convincere, o almeno neutralizzare l'interlocutore (il che non è molto diverso, dal punto di vista pratico). Tutto sommato, ha azzeccato il mestiere. D'accordo, manipola i dati e le premesse, complica per banalizzare, ti travolge con una valanga di argomenti montati alla carlona per impedirti di riflettere, caricatura i discorsi e s'avvale di qualche spicchio di verità in cui prima o poi è fisiologico che incappi, ma non è questo che fanno gli avvocati, alla fine?

– Ai nostri tempi, – ha detto riprendendo l'elogio della modernità, – quando il massimo della tecnologia era il fax, ma ti rendi conto, dovevi prendere carta e penna e fare gli esercizi di matematica. Ma dove siamo, a scuola? Sí, va be', c'erano le calcolatrici. Ma tu hai mai conosciuto qualcuno che andava in giro con la calcolatrice?

«Santo Dio, Benny, si tratta solo di dividere un numero per 3», avrei tanto voluto dirgli; ma niente, m'era morta la voce.

– E mio padre, l'onta, lo scandalo, il crollo di tutte le sue speranze, quando glielo raccontarono: «Neanche un patteggiamento sai fare?» Sempre con questo cuore spezzato, questa vita di sacrifici sprecati che ti scaricava sui coglioni ogni volta che ti faceva il predicozzo. «Scusa, eh, – gli ho risposto, – ma io faccio l'avvocato o il ragioniere?» La faccia che ha fatto, ancora un po' e si metteva a piangere. Ma andate a sfracellarvi voi e il patteggiamento. Che tra l'altro il patteggiamento ha distrutto il processo penale, secondo me. Nel senso che ha reso tutti penalisti. Uno che è campato sempre di botte di macchina, e quindi praticamente ha esercitato negli uffici delle assicurazioni invece che nelle aule di udienza, arriva fresco fresco e ti ruba il lavoro solo perché ha imparato a fare il patteggiamento. E come la mettiamo con l'eloquenza, l'oratoria, i voli pindarici che non c'entrano niente con la causa, le belle arringhe di una volta quando potevi parlare anche tre giorni (sul serio, eh) e quindi andavi fuori tema a tempo indeterminato finché prima o poi beccavi l'argomento che riusciva a fare breccia sulla corte o almeno sul cliente, che non capiva di cosa stessi parlando ma siccome ti vedeva protagonista della sua vicenda in quella specie di rappresentazione teatrale con i giudici e gli avvocati in costume, era contento anche se lo condannavano perché era andato in scena un testo tratto dalla sua vita?

– Ti prego, Benny, basta, – sono riuscito finalmente a dire tra le lacrime che mi annebbiavano la vista. Non ridevo tanto da mesi. Ma lui ci aveva preso gusto.

– Ti ricordi quando buttai lí quella cifra praticamente a capocchia? A un certo punto davo letteralmente i numeri, anche perché quel microcefalo del mio cliente aveva un'altra condanna, per cui la pena patteggiabile era limitata a due anni, e chi lo sapeva.

Ancora un po' e mi veniva un crampo all'addome. Ormai piangevo soltanto, e perdevo dal naso.

Per fortuna è arrivata Giovanna Sassi a darmi un colpetto sulla schiena dicendo: «Su, su», mentre si godeva anche lei il numero di Benny, sghignazzando in maniera molto meno rumorosa della mia.

– E quel trombone del presidente, scandalizzato, con le braccia aperte: «Ma come, avvocato, mi sbaglia il calcolo?» «Oh, Mike Bongiorno, – gli avrei voluto dire, – mi hai preso per la signora Longari?» Ma vai a cacare, vai, che con quel cappellino da notte mi pari un peperone ammosciato, per non dire di peggio.

Giovanna ha infilato la testa nelle spalle tipo tartaruga, come si vergognasse di ridere a quell'associazione, quindi mi ha regalato un Kleenex e s'è allontanata coprendosi la bocca con la mano (questo automatismo repressivo della risata, che vedo spesso in giro, proprio non me lo spiego: sembra assurdo, ma c'è gente che si sente in colpa quando si diverte).

– Sciao bellissima, arrivedersci, – le ha detto Benny spalancando gli occhi come un cretino e facendole finanche il sorrisetto da playboy, mentre la salutava.

Tener presente che Giovanna Sassi ha cinquantotto anni.

– Ehi Benny, – ho detto asciugandomi le lacrime, – mi ricordavo che eri un cazzone, ma non a questi livelli.

– Per forza, era tanto che non ci vedevamo.

– E io che m'ero offeso.

– L'avevo capito che te l'eri presa.

– Beh, insomma.

– Solo perché ti ho chiesto se esercitavi.

– È una domanda di cattivo gusto.

– Ma fondata, visto che in udienza non ti si vede mai.

Qui ho fatto una brevissima pausa.

– Non ricordavo che eri anche stronzo.

– Ah, ah, ah! E guarda come sei arrossito! Mi divertono da morire, i permalosi. Ma perché te la prendi? Mica devi dare conto a me se in tribunale non ti conosce nessuno, scusa.

– Oh, e insisti.

– Senti, piuttosto... – m'è venuto vicino e mi ha posato la mano sulla spalla invitandomi a parlarci in disparte. Per non fargli pesare la differenza di statura ho dovuto piegare le ginocchia. E siamo andati a farci due passi in corridoio, pantomimando la comunella dei complici che confabulano per accordarsi su chissà quale piano diabolico.

– Allora, – è venuto al punto abbassando la voce in tono cospiratorio, – io con quel miserabile di Pestalocchi meno ci ho a che fare e meglio sto. Questo genere di cause le odio, per meglio dire sono dell'opinione di non farle, e se vuoi tutta la verità nient'altro che la verità, sono qui giusto per contenere i danni combinati da quel cretino del mio praticante a cui ho fatto l'errore di affidare l'incarico. Per cui direi che ce la sbrighiamo in cinque minuti, tanto hai già vinto. L'assicurazione pagherà la miseria che deve pagare, e chiusa lí. Quanto potrà valere un naso? Con tutto il rispetto per il tuo cliente, eh. Pranziamo insieme, dopo?

Lí ho avuto la necessità di arrestare il passo.

– No, dico: ma fai sul serio?

– Eh, perché?

– Dimmi, *collega*: lotti sempre all'ultimo sangue per difendere i tuoi clienti?

– Intanto, sono l'avvocato della compagnia, mica di Galloppo. Quel pezzente è un cliente indiretto, una comparsa, volendogli fare un complimento.

– Ma è cliente della compagnia assicurativa che tu rappresenti.

– Se vuoi ti cedo il mandato, cosí lo difendi tu.

– Non posso, rappresento già mio zio.

– Quindi è tuo zio, quello che si è scassato il naso.

– In un certo senso.

– In un certo senso?

– Va be', è mio zio.

– Ma come ha fatto a non vedere la porta?
– Vuoi la verità?
– Beh, già che ci siamo.
– L'ha vista. Però pensava che si aprisse in automatico.
– E cosa gliel'ha fatto pensare?
– Vuoi che lo chiamo, cosí ce lo dice?
– Era solo per curiosità. È che mi viene difficile credere che ci sia in giro gente cosí intronata. Il problema è che guidano pure, purtroppo.
– Ti ringrazio a nome di mio zio. Ma già che siamo in vena di complimenti, voglio dirti che Galloppo è una merda. Non puoi soccorrere un vecchio signore che si è appena strafacciato nel tuo negozio, rassicurarlo dicendogli che lo farai risarcire dall'assicurazione e poi voltargli le spalle.
– Sono assolutamente d'accordo.
– Davvero?
– Certo. E che, ci si comporta cosí?
– A proposito, ma come mai è venuto?
– Scusa?
– Dicevo: come mai è venuto, se non è stato citato?
– Vuoi dire che quel cretino è qui? – ha domandato strabuzzando gli occhioni azzurri.
– Se per cretino intendi Galloppo, cioè il tuo cliente, sí. L'ho visto poco fa. Magari è già in aula che aspetta.
È andato in blocco un paio di secondi, poi s'è rianimato, s'è allontanato di qualche passo ed è tornato indietro.
– Ma roba da pazzi. Non ci posso credere.
– Che ti prende?
– Gliel'avevo detto, cazzo, di non venire. Ma che parlo a fare, ah?
– Mi sa che non ti seguo.
– Lascia perdere.
– Sta' a sentire, Benny. Nel caso pensassi di avere tipo un asso nella manica, e stessi cercando d'inchiappettarmi, ti ricordo che Galloppo non può testimoniare, non essendo stato citato ed essendo peraltro parte in causa, in quanto

socio del *Non solo Coffee* & C. Per cui fossi in te andrei a dirgli che te la caverai alla grande anche senza di lui, visto che non sapresti cosa fartene.

– È esattamente quello che gli ho detto, cazzo.

– Ah. E allora perché è venuto?

– A me lo domandi? Cristo, i clienti non hanno piú alcun rispetto della toga.

– Questa è un po' rétro.

– Ma porca troia, porca.

– Tanto che t'indispone che non ti abbia dato retta?

– Non sai quanto.

– Non ti facevo uomo di principio.

– Infatti.

– *Infatti?*

E a questo punto torniamo in diretta, perché il racconto al passato finisce qui, precisamente quando un collega che non credo di conoscere sbuca dall'aula di Pestalocchi, spazza l'aria con la testa finché individua Benny e lo chiama.

– Oh, Lacalamita.

– Eh, – fa Benny.

– «Olivieri contro *Non solo Coffee Bar, Tabacchi*» è tua?

«Veramente è anche mia, imbecille, – vorrei dire; – anzi, piú mia che sua».

– Sí, perché? – domanda Benny, ignorandomi anche lui di default.

– Pestalocchi l'ha appena chiamata, muoviti, – fa il collega sventolando la mano destra in direzione di se stesso.

Ci precipitiamo in aula nell'attimo esatto in cui La Merda sta infilando il fascicolo sotto la pila per farci perdere il turno.

– Eccoci, giudice, siamo qui, – dice Benny tutto ossequioso, tirandosi su i pantaloni e aggiustandosi il nodo della cravatta.

– Quando chiamo la causa gli avvocati devono essere

già in aula, dovreste sapere che su questo non transigo, – ci bacchetta La Merda riprendendo il fascicolo e sbattendolo sulla scrivania.

Dio, quanto vorrei una tanica di benzina (l'accendino ce l'ho già).

– Ha ragione, eravamo qui fuori, ci scusi, – continua a leccargli il culo Benny.

– Non posso uscire a cercare gli avvocati ogni volta che c'è da trattare una causa, – infierisce La Merda, godendo. – Credete che il giudice debba farvi da segretario?

Quando le ramanzine toccano questa soglia d'irriverenza diventando pura provocazione, il messaggio che mandano è chiarissimo: o stai zitto e te la tieni, e in quel caso non paghi pegno, oppure rispondi e poi si fa tutto un conto.

Con Benny ci guardiamo in faccia, e indovinate un po' quale busta scegliamo.

Pestalocchi apre il fascicolo mentre ci presentiamo al suo cospetto.

– Mi sembra di ricordare di avervi invitato piú volte a conciliarla, questa causa, – ci bacchetta prima di cominciare.

Manco gli avvocati fossero tenuti ad alleggerire il carico processuale di Sua Eccellenza, risparmiandogli le pratiche che non gradisce.

– Non avremmo dovuto neanche iniziarla, se è per questo, – puntualizzo.

– In che senso, – mi chiede La Merda in cagnesco, temendo che abbia voluto mancargli di rispetto.

– Nel senso che se il convenuto avesse mantenuto fede alla parola data al mio cliente, assumendosi la responsabilità dell'incidente e dando mandato all'assicurazione di risarcirlo, non saremmo venuti a scomodarla.

Mi guarda storto ma non replica, quindi si rivolge a Benny che gli sorride stupidamente, benché non abbia motivo di farlo.

– È cosí che è andata, avvocato? A proposito, mi sembra la prima volta che la vedo in questo procedimento, avvocato…

– Beniamino Lacalamita, – risponde Benny, infastidito dal doversi presentare. Una volta tanto non sono io, quello di cui nessuno si ricorda.

– Lacalamita, come no. Chi non conosce suo padre.

Nella gelida pausa che segue, Benny si volta verso di me come a dire: «Che dici, gli sputo in faccia?»

Per poco non rido.

– Se vuole gli porto i suoi saluti, – ribatte.

La Merda alza la testa dal fascicolo, lo guarda e rincula.

Questa mi è piaciuta. Bravo, Benny.

– Se sfoglia il verbale, giudice, – spiega polemicamente il mio avversario, – noterà che nelle precedenti udienze si è costituito un mio collaboratore. È un sistema a cui ricorrono spesso gli avvocati con l'agenda piena.

Questa mi è piaciuta di meno, visto che, se si sfoglia il verbale, si noterà che in tutte le udienze sono sempre stato io a costituirmi.

– Va bene, vediamo di ricapitolare… – glissa La Merda ammorbidendosi, e prende a scorrere il verbale zigzagando con la testa in senso discendente – … allora… abbiamo già sentito l'attore, Olivieri Carmine, – qui rallenta la lettura e mi lancia un'occhiata, identificandomi processualmente con zio Mik, – che ha reso interrogatorio libero affermando d'aver impattato il viso contro la porta in cristallo che consente l'accesso al negozio del convenuto, – rallenta di nuovo e indica Benny con un cenno del capo, attribuendogli la rappresentanza di Galloppo, – che asserisce fosse sfornita di maniglia o altre indicazioni o vetrofanie atte a evidenziarne la chiusura. Giusto?

– C'è scritto, – dico.

– Questo è quanto afferma la parte attrice, – ribatte Benny, ma subito mi fa l'occhiolino.

– Va bene… – procede nel riassunto La Merda, cantilenando – … nella stessa udienza abbiamo sentito anche il dottor Felice Paruolo, specialista in Otorinolaringoiatria, il quale, avvertito telefonicamente dall'attore, sopraggiungeva sul luogo dell'incidente eseguendo le medicazioni d'urgenza e suggerendo al signor Olivieri di sottoporsi a radiografia per ulteriori accertamenti.

– Essendo peraltro suo cognato, – aggiunge Benny.

– E con questo? – ribatto, arrossendo.

– Solo per completezza dei fatti di causa, – fa lui.

– Se tu avessi un cognato medico e ti rompessi il naso in un incidente preferiresti chiamare un estraneo? – chiedo.

Starebbe per dire qualcosa, ma Pestalocchi alza la mano e dà qualche scappellotto arrogante all'aria invitandoci a chiudere lí il battibecco per non distrarlo dalla sua disamina.

– Il dottor Paruolo, – va avanti, – riferisce altresí che nel negozio erano in corso dei lavori di ristrutturazione, e nell'occasione ebbe modo di notare che la porta d'accesso non aveva maniglia né decalcomanie, dunque sembrava del tutto trasparente.

– Se era del tutto trasparente come faceva a sembrargli del tutto trasparente? – lo interrompe Benny.

– Ma che stai dicendo? – chiedo.

– Sto dicendo che se era del tutto trasparente, come sostiene il dottor Paruolo, vuol dire che l'ha vista. Quindi la porta non era invisibile, altrimenti non gli sarebbe sembrata neanche trasparente, e ci sarebbe andato a sbattere anche lui.

Lí per lí rimango senza parole. «E meno male che avevo la causa vinta e dovevamo sbrigarci in cinque minuti», vorrei dire a questo grandissimo paraculo mentre incrocio lo sguardo di Pestalocchi, tutt'a un tratto affascinato dal carpiato di Benny.

– Interessante, – improvviso. – Quindi, secondo l'avvocato Lacalamita, per dimostrare la trasparenza della porta il dottor Paruolo avrebbe dovuto fratturarsi il setto nasale per solidarietà. Allora sí che avremmo potuto dire che la porta era invisibile.

Benny non sa cosa ribattere. Il che non mi sorprende, visto che neanch'io credo d'aver capito cosa ho detto.

La Merda si tocca la fronte, come accusasse un lieve capogiro.

– Per ora credo sia meglio lasciar perdere questo aspetto della causa, – dice. E per una volta sono d'accordo con lui.

– Piuttosto, – riprendo, – vorrei far notare che la circostanza, come ha dichiarato il dottor Paruolo, che ci fossero in corso dei lavori di ristrutturazione, potrebbe spiegare la provvisorietà dell'arredamento e quindi la mancanza di segnaletica all'ingresso. Per quanto uno sia distratto, è impossibile che non veda la maniglia della porta di un negozio.

– Hmm, – fa La Merda.

– A meno che cammini a testa bassa e non guardi dove va, – obietta Benny.

– Il che comunque non esimerebbe il negoziante dal montare almeno una maniglia sulla porta, – ribatto.

– Ma pioveva.

– Ti risulta che le maniglie delle porte dei negozi vengano rimosse in caso di pioggia?

– Ah, ah, che ridere. Volevo dire che il dettaglio climatico spiega che il tuo cliente, andando di fretta per ripararsi dalla pioggia, non abbia prestato sufficiente attenzione nell'entrare nel negozio.

A questo punto vorrei dirgli che mi ha proprio rotto i coglioni, e che tutte quelle manfrine preliminari poteva anche risparmiarsele, se aveva intenzione di becchettarmi punto per punto.

Lui coglie la mia indignazione e mi risponde con un piccolo cenno della testa, invitandomi a voltarmi.

Lo faccio, e dietro di noi, tra i colleghi che stazionano nell'aula compilando verbali e augurando sciagure a Pestalocchi, riconosco Galloppo, cioè il cliente di Benny, che se ne sta lí da chissà quanto con la faccia della malafede a seguire la, diciamo, trattazione della causa, come volesse accertarsi che il suo legale stia lavorando per lui.

– Andiamo avanti, – riprende La Merda. – Dopo le medicazioni provvisorie eseguite dal dottor Paruolo, l'attore si sottoponeva a visita medica presso il locale nosocomio, ove gli veniva refertata frattura delle ossa nasali guaribili in giorni 15 salvo complicazioni.

– Certo che al pronto soccorso sono piuttosto larghi di manica, – interviene di nuovo Benny. – Se danno quindici giorni per un naso contro una porta, quanti ne dovrebbero dare a un pugile alla fine di un incontro?

– Potrai porti il problema quando difenderai un pugile alla fine di un incontro, – rispondo.

– Mi sa che stavolta ha ragione Malinconico, – osserva Pestalocchi.

– *Stavolta?* – dico; ma lui mi bypassa e continua:

– Successivamente il signor Olivieri, accusando ulteriori dolenzie al naso, si sottoponeva a nuova visita ospedaliera. Due successivi referti confermano la frattura delle ossa nasali, con conseguenti difficoltà respiratorie, sospetta deviazione del setto e formazione, quale esito post-traumatico, di uno scalino osseo sull'arco nasale.

– Accidenti, sembra che il cliente di Malinconico abbia parcheggiato al posto preferito di Mike Tyson, – butta lí Benny Lo Spiritoso. Ed emette una specie di nitrito (è il suo modo di ridere) che subito soffoca.

– Detta valutazione clinica, – legge ancora Pestalocchi, e spero si avvii alla fine, perché non è possibile che ogni volta che c'è una causa con lui si debba ripetere il compitino daccapo solo perché ha la capacità di apprendimento di un totano, – è documentata nella relazione di parte redatta dal medico legale dottor Achille Ranucci, che assegna all'istante una riduzione della globale validità ed efficienza psicofisica pari al 3-4% d'invalidità permanente, oltre a giorni 15 d'inabilità temporanea totale e altrettanti d'inabilità temporanea parziale.

– Abbiamo concluso? – chiede Benny in uno sbotto involontario d'insolenza; forse perché anche lui non ne può piú di sentire il riassuntino.

– Direi di sí, avvocato Lacalamita, – risponde, piccato, La Merda, – anche perché, da quanto risulta agli atti, la parte attrice ha ben articolato la sua prova, mentre non si può dire lo stesso di lei, o meglio del suo collaboratore, visto che fino a oggi è stato il suo collaboratore a costituirsi, come capita spesso agli avvocati che hanno l'agenda troppo piena per venire davanti al giudice di pace.

Per un attimo, Benny sbianca. Il che si nota parecchio, dato che il suo colorito tende naturalmente al paonazzo. D'istinto fa per guardarsi indietro, quasi temendo che Galloppo lo aggredisca alle spalle.

In effetti, purtroppo per lui e fortunatamente per me, La Merda ha ragione. E avrebbe ragione anche Galloppo, a mandarlo quantomeno affanculo, considerata la sciatteria con cui è stata trattata la sua posizione (benché uno capace di comportarsi in maniera cosí scorretta meriti di perdere).

Già dalla lettura della comparsa di risposta ero rimasto perplesso dal fatto che Benny (ma a questo punto è chiaro che a redigere l'atto è stato il suo praticante) non avesse chiesto l'ammissione di una prova contraria. Per non parlare dell'udienza in cui abbiamo sentito zio Mik e zio Felice (cioè il dottor Paruolo), dove tutto quello che aveva fatto il procuratore di Benny era stato chiedere il rinvio della prova per mancata comparizione del teste, di cui peraltro non indicava il nome, sorvolando sul trascurabile dettaglio di aver dimenticato di citarlo. Stessa incuria alle udienze successive.

Una roba, giuro, mai vista. Ma figuriamoci se stavo lí a fargli notare la lacuna, visto che m'era andata di lusso, per una volta. Certo, vedere un collega fare le spese delle cazzate di un collaboratore inceppato non è un bello spettacolo.

Anche lui, però. Va bene che si tratta di una piccola causa davanti a un giudice di pace (stronzo), ma trascurarla cosí.

– Forse possiamo andare alle conclusioni, giudice, – propongo.

– Ma io non posso dire niente? – interrompe Galloppo alzando il ditino e avvicinandosi alla scrivania senza neanche dire Buongiorno, peraltro.

– E lei chi è, scusi? – chiede La Merda.

– Galloppo, – si presenta lui.

Benny sospira.

– Ah, – commenta La Merda ricordando il nome.

– Ooh, eccolo, finalmente, – fa Benny cadendo dalle nuvole con oscena disinvoltura, come avesse detto: «Era ora, e io che avevo rinunciato a vederlo comparire in udienza, dopo tanti tentativi andati a vuoto». Addirittura gli posa una mano sulla spalla.

Lo guardo sconvolto. Come Galloppo, del resto.

– E lei adesso si presenta? – lo rimprovera il chiudivagone.

– E quando mi dovevo presentare, non era oggi la causa?

La Merda chiude gli occhi e li riapre, stralunato dalla risposta. Che è un obiettivo capolavoro d'impudenza.

– Veramente è cominciata nove mesi fa. Cosa crede, di venire davanti al giudice quando ha un po' di tempo libero?

Galloppo fa scena muta e guarda Benny, aspettandosi che risponda al posto suo. Benny starebbe per farlo, ma La Merda lo anticipa, lavandogli la testa.

– Avvocato Lacalamita, dovrebbe istruire un po' il suo assistito; magari spiegargli che ci sono delle norme che regolano la citazione dei testi, per esempio. E mi fermo qui.

Segue un imbarazzante silenzio, dopo il quale Benny si cosparge il capo di cenere.

– Lo apprezzo molto, signor giudice, – pronuncia a mo' di formula di rito, mostrandogli cosí la propria gratitudine per non essere entrato nel merito davanti al cliente.

La leccata di culo deve risultare molto gradita a Pestalocchi, perché ho tutta l'impressione che la faccia gli si gonfi.

Galloppo scruta Benny in un modo che mi fa pensare che abbia capito piú di quanto voglia dare a intendere.

– Ma visto che il signor Galloppo è qui, – propone La Merda raggiunto da un'intuizione che deve apparirgli piuttosto geniale, a giudicare dall'espressione compiaciuta che prende, – perché non sentirlo?

– Come? – faccio io. E d'istinto guardo Benny, stupito almeno quanto me. – Sta scherzando? – dico. – Se non è stato neanche citato.

Gli occhi di Galloppo scattano verso Benny con freddezza omicida. Non volevo, ma questa me l'hanno tirata di bocca.

– E faccio inoltre presente che il signore che ci ha regalato questa bella improvvisata in udienza è socio della Galloppo S. n. c., dunque parte in causa, per cui mi opporrei comunque all'ammissione della prova.

Benny, in panne, evita di guardarmi e fa no-no con la testa, tanto per contraddirmi a vanvera, come i politici nei talk show quando non sanno replicare all'avversario che li stringe all'angolo. Di fatto, non ammette la colpa ma neppure la nega: in pratica non dice un cazzo, ma tanto basta a confondere Galloppo, che a questo punto palleggia fra noi due cercando di capire chi menta.

– Ma possiamo sentirlo come persona informata sui fatti, – argomenta Pestalocchi con un sorrisetto schifosamente luciferino.

– Che cosa? – dico incredulo; e vedo Benny sinceramente imbarazzato dall'inatteso vantaggio.

– Sí, possiamo. Ex art. 281 ter, – ribadisce La Merda annuendo fra sé e sé, con autostima da giurista.

– E cosa si aspetta che dica? – domando, non so se piú avvilito o sdegnato dal colpo basso. – Quale vitale informazione dovrebbe fornirci quest'ospite a sorpresa per meritarsi un simile tempo supplementare?

– Probabilmente ribadirà una posizione ovvia, su questo concordo, – dice La Merda gustando la carognata come uno Spritz. – Ma visto che è qui, se possiamo sentirlo liberamente come persona informata sui fatti, perché non procedere? Non cambierà molto ai fini della mia decisione, glielo assicuro.

«Come no», penso, mentre la faccia da cretino gli si arrotonda per la gioia d'essere riuscito a incularmi. Dopo l'onta del giornale immaginavo volesse vendicarsi, ma non che si attaccasse a un cavillo miserabile.

Sarà il riflesso cattolico che mi ritrovo, tipico di chi ha avuto dei genitori comunisti, che mi porta stupidamente a credere che nessuno è stronzo sino in fondo, e anzi che proprio sul fondo ognuno troverà l'occasione di dimostrare che non era stronzo.

È la sindrome del lieto fine, che poi rovina un sacco di belle storie. Perché tante volte la vita ti dimostra che una storia non è bella perché finisce bene, ma proprio perché finisce.

Concorso esterno in associazione balorda

E niente, veniamo via di lí, io davanti, intossicato e depresso, e Benny e Galloppo dietro che commentano la vergognosa udienza. Un trio piú improbabile che ridicolo.

Avreste dovuto vedere la soddisfazione della Merda quando Benny ha verbalizzato la dichiarazione di quel voltafaccia di Galloppo. Ancora un po' e rideva, mentre Benny (a malincuore, devo dire) riportava con la stilografica la schifosa ritrattazione di quel bottegaio:

«Posso affermare che la porta del negozio, oggi come allora, è di cristallo trasparente fornita di una maniglia di ottone verticale della lunghezza di 40 cm circa».

– Lei è un vero uomo di parola, eh, signor Galloppo? – gli ho detto mentre sottoscriveva la menzogna.

Lui ha alzato la testa e mi ha guardato senza alcuna espressione, com'è tipico di chi, non avendo dignità, non ha nemmeno una faccia su cui depositarla.

– Avvocato Malinconico, per favore, – mi ha redarguito La Merda come gli stessi facendo perdere dell'altro tempo.

– Mi perdoni se le ho turbato il teste chiave, – ho risposto, sputacchiando una risatina sprezzante.

– Divertente, – ha detto lui.

– Per lei senz'altro. Guardi com'è soddisfatto di sé. Sembra un rappresentante di aspirapolveri che ha appena piazzato una fornitura a una catena di alberghi.

Benny si è nascosto dietro il fascicolo per non ridergli in faccia.

– Questa potrei considerarla offensiva, avvocato, – s'è risentito La Merda.

– Oh, non potrei mai aspirare a tanto. Sull'arte di offendere gli altri ho tutto da imparare, da lei.

– Farò finta di non aver sentito.

– Per me può anche prendere nota, – gli ho risposto guardandolo dritto negli occhi, perché non me ne fregava piú niente di qualunque altra ritorsione volesse riservarmi; e a quel punto lui, com'è tipico dei vermi quando realizzano che non hai paura di loro, finalmente ha capito che avrebbe fatto meglio a tenere la bocca chiusa, e cosí ha fatto.

– Hai visto? Che ti avevo detto? – sento dire a Benny alle mie spalle.

Mi volto, stupefatto.

– Avvoca', ma che state dicendo? – fa Galloppo.

– Sto dicendo, – precisa Benny inalberandosi, – che devi imparare ad avere fiducia nel tuo avvocato invece di fare di testa tua quando non sai un cazzo, ecco cosa sto dicendo. Ma che ti credi, che stamattina doveva andare cosí, ah? Secondo te oggi ti presentavi in aula come i cavoli a merenda e il giudice ti sentiva, se non c'ero io? Col cazzo!

Al che Galloppo guarda nel vuoto, come sospettasse di aver messo a repentaglio l'esito della causa per chissà quale errore procedurale.

– Avvoca', ma la citazione... – balbetta, tentando di replicare.

– Quale citazione? Di quale citazione parli, ah? – s'infuria Benny andando avanti e indietro come una pantera sovrappeso in gabbia. – Sai cos'è una citazione, tu? T'intendi di procedura civile, per caso? Sei laureato in legge? Ma che vi credete tutti quanti, che siccome avete letto due stronzate su Wikipedia potete mettervi a discutere con chi ha venticinque anni di professione sulle spalle?

– Avvoca', ma io...

– Ma tu che? Tu che, ah? – gli si avvicina a cinque centimetri dalla faccia, manco volesse mettergli le mani addosso, e lo travolge con una valanga di cazzate che mi lasciano esterrefatto. – Ti presenti in udienza senza avvisare, come se l'ufficio del giudice di pace fosse tuo (Ah signor Galloppo, ma buongiorno, prego, si accomodi, grazie di essere venuto, vuole un caffè?); nonostante questa geniale iniziativa riesco a convincere il giudice a mettere a verbale le stronzate che dici (perché era tutta una strategia la mia, cosa credi), e vuoi pure discutere?

Galloppo impallidisce. Guarda Benny, confuso.

Io sono talmente scioccato dalla paraculaggine del mio, diciamo, collega, che non riesco neanche a ridere.

– Tornatene in tabaccheria. Per oggi hai fatto abbastanza danni, – lo congeda Benny senza neanche porgergli la mano; e quell'imbecille, incredibile ma vero, bofonchia una mezza parola di scuse, ficca la testa nelle spalle e si allontana.

Benny viene vicino e mi posa una mano sulla spalla.

– Ma che stronzo, – commenta, mentre con gli occhi seguiamo insieme Galloppo che scompare dietro l'angolo.

Io volto lentamente la testa verso di lui e lo guardo a distanza di bacio.

– In tutta la mia vita credo di non aver mai incontrato una testa di cazzo come te, Benny Lacalamita.

– È da stamattina che mi fai i complimenti, Vince'. Piantala, mi metti in imbarazzo.

Il bello è che dice sul serio.

– Sai cosa facciamo adesso, io e te? – mi annuncia con una luce vagamente maligna nell'occhio destro, che da cosí vicino mi pare un po' piú azzurro dell'altro.

– E no che non lo so.

– Gli facciamo ricordare la giornata.

– Ma a chi?

– Vieni.

– Ma vieni dove?

Usciamo sulla strada. Benny s'infila fra le macchine che strombazzano e si guarda intorno come stesse cercando il parchimetro o qualcosa del genere. Devo allungare il passo, per stargli dietro. Non me lo facevo cosí veloce, considerata la stazza e la lunghezza (si fa per dire) delle gambe.

– Stamattina non ho fatto in tempo ad appostarmi, – dice, continuando a scrutare i paraggi. – Dovevo arrivare un quarto d'ora prima per capire dove lo parcheggia.

– Ma chi? Cosa?

– Come chi, – risponde come se me l'avesse già detto, – Pestalocchi.

– Pestalocchi?

– Eh.

– Ma dove parcheggia cosa?

– Lo Scarabeo.

– Lo Scarabeo?

– Oh, sant'Antonio, Vince'. Ma sei ritardato? Secondo te che cos'è lo Scarabeo?

– Un motorino?

– Bravo.

– E che dobbiamo fare noi con lo Scarabeo di Pestalocchi?

– Indovina.

– No, eh, – dico. Ma mi accorgo di star sorridendo.

– Sí, invece.

– Stai scherzando.

– E mo' vedi, come scherzo, – dice, riprendendo a perlustrare la zona e costringendomi a inseguirlo.

– Benny, dài. C'è pure un garage, qui di fronte. L'avrà lasciato lí.

– Chi, quel pezzente? Non si piazza davanti ai supermercati col bicchiere di plastica in mano giusto perché ha paura di essere riconosciuto.

Sto per obiettare qualcosa quando lui, dandomi le spalle, solleva il braccio destro e mi blocca, come il capitano di una nave che rifiuti d'essere distratto mentre avvista la terra.

– Eccolo là.

Accosto la testa alla sua e intravedo lo Scarabeo, anche piuttosto malmesso, color fucsia, credo, che sbuca tra i rovi di un giardinetto sterrato poco piú avanti.

– Ma ti rendi conto dove l'ha messo? Praticamente lo nasconde. Perché ogni tanto passano i vigili a fare le multe. Che morto di fame.

– Benny: no.

– Ormai ci siamo, Vince'. Non ti cacare sotto sul piú bello.

Senza riuscire a controllarmi lo seguo, trascinato da un morboso miscuglio di spavento e curiosità. Sono in pieno plagio, chiaro.

Ci avviciniamo al motorino, e prima di procedere Benny si guarda intorno per escludere la presenza di eventuali testimoni.

Purtroppo sembra che non siamo soli, perché sull'altro marciapiede una signora in là con gli anni che porta un barboncino al guinzaglio ci fissa con esibita diffidenza.

– Aejh, – fa Benny, – ci mancava la nonna in divisa.

– Dài, Benny, andiamocene.

– Seh. Adesso ci facciamo intimidire dalla poliziotta di quartiere con la gobba. Fammi il piacere, Vince'.

Al che restiamo lí a gironzolare intorno allo Scarabeo come due goffi malintenzionati, aspettando che la spiona desista, ma bastano pochi secondi per capire che non ha nessuna intenzione di abbandonare la postazione di guardia.

– Quanto odio la gente che non si fa i cazzi suoi, – commenta Benny spazientendosi. – Ma le aumentano la pensione a quella stronza, se sorveglia i motorini degli altri?

– Parla piú piano...

– E vedi se la smette, oh. Adesso pure il suo barboncino di merda ci ringhia, guardalo. Chi cazzo crede di essere, un alano?

– Benny: se restiamo qui ancora un po', quella chiama il 113.

– Dici? Allora bisogna sbrigarsi.

– Cosa? – domando preoccupato; ma prima che possa realizzare quello che sta per succedere, Benny afferra il motorino per il manubrio, lo trascina fuori dai cespugli e lo scaraventa sull'asfalto con violenza inaudita.

Il rumore di ferraglia che invade l'aria somiglia a quello di una batteria di pentole in equilibrio precario nella dispensa della cucina che ti precipitano prima addosso e poi sul pavimento quando apri lo sportello.

Rimango annichilito mentre il barboncino inizia ad abbaiare tirandosi dietro il guinzaglio con la vecchia appresso (che non cade per miracolo), e Benny infierisce a calci sullo Scarabeo, fracassando il fanale anteriore, dopodiché, non contento, ci sputa sopra un paio di volte.

Come nei film in cui scoppia una bomba, la scena si cristallizza, va in dilatazione e poi al ralenti, e mi pare di sentire lontanissimo il clacson di una macchina e la voce stridula della vecchia che urla: «Delinquenti! Vandali!», mentre, avvolto nella sottile nebbia dello sbigottimento, vedo Benny con le gambe divaricate che si prende il pacco con tutt'e due le mani e lo scuote in direzione della signora, omaggiandola del piú indimenticabile marameo della sua vita, che a questo punto prego non finisca di colpo.

Un attimo dopo mi accorgo di star scappando dalla scena del crimine, inseguendo Benny che come una tartaruga ninja si precipita verso un pullman di passaggio, e dopo qualche falcata mi volto verso la vecchia, come per accertarmi che non sia morta.

È ancora in piedi, ma cosí pietrificata che il cane non riesce piú a spostarla di un centimetro.

Il pullman apre le porte e ci saltiamo su al volo. Benny s'infila nella calca, individua due posti liberi e li occupa, fottendo la concorrenza sul tempo. Io arrivo un po' dopo, ma mi tiene il posto.

Ho le pulsazioni a mitraglia (non so se per la corsa o lo sgomento) e scarico ancora adrenalina per lo scampato decesso della vecchia, mentre Benny se ne sta lí zuppo di sudore, maleodorante e totalmente irresponsabile, a ridere da solo come un cretino per la rottamazione compiuta.

– Hai visto la faccia? Ah, ah, ah!!

– Tu sei stronzo, Benny. Ti rendi conto che le poteva venire un infarto?

– Per una sventolata di pacco? Ma fammi il piacere. Semmai le avrà procurato un attacco di nostalgia.

– Ci ha visto, cazzo, ci denuncerà.

– Sí, come no. Adesso va in questura a fornire una descrizione accurata di due balordi in giacca e cravatta che hanno sbattuto un motorino per terra. Dài Malinconico, falla finita. Credi che la polizia non abbia niente da fare?

– Tu sei pericoloso, te lo dico.

Il pullman frena bruscamente (appena partiti m'era sembrato che corresse un po' troppo), sbatacchiando in lungo e in largo i passeggeri in piedi che afferrano le barre di sostegno o s'aggrappano l'uno all'altro per non cadere. Qualche adulto impreca, i ragazzini restano incollati agli schermi degli smartphone e si lasciano portare dall'onda della massa umana che tiene l'equilibrio per tutti. Una buona metafora della democrazia, a farci caso.

– Però, – ci ripensa Benny lisciandosi i capelli manco fosse un bell'uomo, – t'immagini se ci riconosce? In fondo siamo due avvocati, le nostre facce si vedono spesso in giro, specie nei dintorni del tribunale, degli uffici distaccati ecc. Cioè, almeno la mia.

– Vaffanculo, Benny.

– Scherzo. Anzi, tu sei stato anche protagonista di un processo in televisione, se ben ricordo...

– Ricordi male. Cioè non se lo ricorda nessuno, visto che le riprese erano in streaming.

– Magari quella vecchia ci vede come un'aquila, e adesso va a cercare il video su YouTube.

– Dimmi, Lacalamita, ti piace proprio tanto rompere i coglioni?

– Pensa al titolo: «L'avvocato Vincenzo Malinconico, già noto al pubblico televisivo per una brillante difesa svolta nella diretta di un sequestro di persona, scoperto a prendere a calci il motorino di un giudice di pace. Si cerca il complice, tuttora a piede libero». Pffhh...

– Tanto che ti diverte?

– Ah, ah, ah!!

– La vuoi finire di ridere, che tra l'altro nitrisci?

– Tranquillo, se la vecchia 'nzallanuta ti riconosce, eri con me. Dopo l'udienza siamo andati a prendere un caffè al bar *Apollo 11*, quello di fronte agli uffici dei giudici di pace, okay? Il proprietario è un mio vecchio cliente, confermerà.

– Cosa?

– Oh santa Barbara, la smetti di dire «Cosa?» ogni volta che ti dico una cosa? Ti ho appena fornito un alibi: è chiaro il concetto adesso, o vuoi dire «Cosa» di nuovo?

– Sono sconcertato, Benny. Non ce la posso fare, con te.

– Perché, cosa ho detto di strano?

– No, eh, ma ti sei visto? Sei praticamente a chiazze, spettinato, hai la cravatta slacciata e la camicia fuori dai pantaloni, dal che si capisce chiaramente che sei in fuga, eppure cadi dalle nuvole. Potrei addirittura credere alla tua buona fede, se non mi avessi coinvolto in un atto vandalico.

– Coinvolto? Hai partecipato attivamente. Mentre uscivamo dall'ufficio ti ho detto che sapevo dove aveva parcheggiato quel miserabile. Cos'hai pensato, che volessi comprargli un gratta e sosta?

– Non immaginavo che...

– Dicono sempre cosí, i concorrenti esterni nelle associazioni a delinquere. Mandano avanti gli altri, in pratica fanno i complici con riserva; poi quando tira una brutta aria arriva il piagnisteo: «Io non sapevo, non immaginavo, ero lí ma non ho fatto niente...»: e prendetevi una cazzo di responsabilità per una volta!

– Senti, tu sei pazzo almeno per tre quarti.

– Ma perché la stai facendo tanto lunga? Pestalocchi si merita questo e altro. E poi ci siamo divertiti, no?

– Purtroppo devo riconoscerlo.

– Allora cazzo stai lí a rimbrottarmi come una moglie? Pensa alla faccia che farà Pestalocchi quando troverà di nuovo il motorino per terra col fanale scassato. Cristo santo, pagherei per vederla.

– Come sarebbe di nuovo?

– E che ti credi, che è la prima volta che gli rovino il motorino a quello stronzo?

– Sul serio?

– Certo che dico sul serio. E mica solo a Pestalocchi.

Mi porto una mano alla fronte.

– Gesú, e poi sarei io quello che ha poco lavoro.

– Ah, sapessi quanto t'invidio. Non hai nemmeno idea di quanto detesti questa professione.

– Un pochino l'ho pensato, a giudicare dal tuo senso deontologico.

– Ho ereditato la baracca, ecco il guaio.

– Eh già, immagino debba essere una bella sfiga ritrovarsi uno studio avviato.

– È proprio perché è avviato che devi mandarlo avanti, Vince'. Non è che lo affitti e ti arrivano i soldi sul conto a fine mese.

– Scusa, eh. Ti stai lamentando di dover lavorare?

– Ma chi cazzo lo voleva uno studio legale in eredità? Come se gliel'avessi chiesto io a mio padre, per favore lasciamelo che non vedo l'ora di seguire le tue orme. Io non ce l'ho il fuoco dell'avvocatura, come lo chiama lui. Il fuoco dell'avvocatura, ma ti rendi conto, dice proprio cosí, poverino, ormai non si accorge neanche piú di come parla, a una certa ti viene la malinconia ai neuroni. Brava persona eh, per carità. Niente da dire. Ma è rimasto nel Novecento. Il primo, intendo. A ottant'anni si fa ancora le pippe con la missione dell'avvocato, la deontologia professionale, quelle fregnacce lí. Se le è ripetute cosí tante volte che ha finito per crederci. È come pregare, hai capito, se preghi un paio d'ore al giorno prima o poi ti convinci dell'esistenza di Dio, anche perché quando preghi gli dai sempre del tu.

– Non l'avevo mai vista in questo modo, è un approccio teologico interessante.

– 'presente *Il complesso di Telemaco*, il libro di quel famoso psicoanalista lacaniano che spiega che l'erede non è quello che si limita a ricevere il patrimonio ma chi si rimbocca le maniche per riconquistare quello che è già suo? Ecco, io sono la negazione di quel complesso. A me, di meritare l'eredità paterna, non me ne frega niente.

– Ma se non volevi fare l'avvocato perché l'hai fatto?

– Ma che domande sono? È come chiedere a uno perché s'è sposato.

– Santo Dio, hai ragione. Scusa.

– Io avrei fatto altro, magari neanche l'università, non è mica obbligatorio laurearsi, ma poi chi lo sentiva mio padre? Appena ventilavo l'ipotesi di non iscrivermi a Giurisprudenza partiva il piagnisteo: «Allora a cosa è servito avviare uno studio, per chi ho costruito tutto questo?» Io te lo devo dire? Io dovrei dare senso alle cose che fai tu? Avevamo un accordo, forse? Ma che razza di pretesa è, quella di spianare il futuro dei figli? Davvero non la capisco, te lo giuro, Vince'. Io non volevo il futuro spianato, volevo spianarmelo da me.

Sull'ultima frase percepisco un'incrinatura della voce. Devo ammettere che mi ha colpito. Non mi aspettavo che una riflessione simile potesse albergare in una testa di cazzo come la sua.

– Io volevo fare l'Accademia d'arte drammatica, ma cosí, per curiosità, e anche perché mi avevano detto che ci girava parecchia figa, non che avessi il sogno, eh.

Ritiro quello che ho detto.

– È questo il guaio del non avere un sogno, Vince'. Prendi quello che trovi, o peggio quello che ti danno, e non t'inventi niente. Mentre nella vita bisogna inventarsi qualcosa, capito. Altrimenti resti un figlio di papà per sempre.

Qui si rabbuia e tace, come si fosse fermato a soppesare le sue stesse parole, aspettando che facciano il loro corso, rinnovandogli un dolore che già conosce. A un tratto ho davanti un altro Benny. Dopo quello che gli ho visto fare, l'ultima cosa che mi aspettavo da lui è che fosse capace di sincerità.

Il pullman fa una fermata, scarica e carica passeggeri vecchi e nuovi. Ho l'impressione che abbia inchiodato un'altra volta, anche se non come la prima.

– Senti, non dovrei dirtelo, – confesso a Benny sull'onda di un bisogno di consolazione, – anche perché Pestalocchi penserà che sono stato io a rovinargli il motorino, ma ecco, sono contento che tu l'abbia fatto.

– Non lo dire neanche. Pestalocchi è un verme, lo odio. E poi non preoccuparti inutilmente, se vuole farti perdere la causa lo farà a prescindere, non perché pensa che gli hai danneggiato il Kawasaki.

– Sí, hai ragione. E comunque l'ho capito che se fosse stato per te non l'avresti sentito, quello stronzo di Galloppo.

– Se gli avevo detto di non presentarsi. Tutta colpa di quel cretino del mio collaboratore, come avrai capito. Per una volta che uno gli affida un incarico. I praticanti di oggi sono dei cialtroni che non t'immagini nemmeno, anche perché sicuramente non ne hai…

Vado in pausa. Sto per ridere, ma riesco a trattenermi.

– Vai a prendertelo nel culo, Benny. E pensare che avevo appena cambiato opinione su di te.

– Di' la verità, non fai un cazzo, vero?

– Sto per mollartene uno, ti avverto.

– Ah, ah, diventi rosso come un gamberetto, quando ti brucia il culo. Comunque, per raccontarti com'è andata, Galloppo, che tra l'altro conosco perché vado spesso a prendere le sigarette da lui, si presenta nel mio studio l'altro ieri senza neanche prendere appuntamento e mi dice che vuol venire a testimoniare. Cosí, buongiorno. Non ho capito come faceva a sapere dell'udienza di oggi, visto che il mio praticante cretino mi ha giurato di non averglielo detto. Al che gli dico che non è che alle udienze ci si presenta a piacere. E quello entra proprio nel merito e mi chiede se l'abbiamo citato. Lo sapeva, cazzo: ormai con internet sanno tutto, ti arrivano allo studio documentati, capito. Io ci litigo, con questi saputelli che imparano la pappardella in rete e poi pretendono di darti lezioni. Ma se la sai piú lunga di me, gli dico, perché non ci vai tu a fare la causa? Ci andrei eccome, se avessi il titolo, rispondono. E io ribatto Bravo, hai centrato il punto. O ti affidi a me, o ti prendi le carte e quella è la porta. E a quel punto la smettono. Incredibile come finiscano subito le discussioni quando indichi una porta.

– Questa me la segno.

– Funziona. Garantito. E insomma, questo qua viene nel mio ufficio e mi mette in imbarazzo. Al che gli dico che dalla lettera dell'avvocato Malinconico all'assicurazione si evince che non solo lui, ma anche la figlia, Santa Lucia, ma ti rendi conto come si chiama la figlia, ha rassicurato personalmente l'infortunato circa il risarcimento. E lui mi fa Scusi ma questo adesso cosa c'entra? Ed effettivamente aveva ragione, avevo cambiato discorso. Perché non potevo mica dirgli la verità. Al che scantono un'altra volta e gli chiedo se gli pare bello voltare la faccia a un povero cristo che s'è appena fracassato il naso nella sua porta dopo avergli detto Non si preoccupi, tanto paga l'assicurazione. E lui mi domanda Ma lei da che parte sta? Dalla parte della verità, rispondo. E quello mi ride in faccia. Proprio cosí, capito? Manco gli avessi raccontato una barzelletta. Come a dire Proprio tu che fai l'avvocato vieni a parlarmi di verità? Non so tu, Vince', ma io ne ho veramente abbastanza di sentirmi addosso questa reputazione di categoria disonesta.

– Sulla reputazione delle categorie ci sarebbe parecchio da discutere. Prendiamo i tassisti, per esempio…

– I tassisti?

– Va be', un'altra volta, magari.

– Boh. Insomma gli rispondo che se ride ancora un po' lo caccio fuori. E lui mi dice Mi avete citato o no? E io gli dico Certo che ti abbiamo citato.

– Ma come Certo che ti abbiamo citato.

– E che gli dicevo, Non ti abbiamo citato?

– Ma non l'avevate fatto.

– E allora?

– Ma l'ha sentito dire a me in udienza, che non era stato citato!

– Ah sí? Beh, se me lo avesse rinfacciato gli avrei detto che quella era solo la tua opinione.

– Oh Dio santo. Io non ho capito proprio niente di questo lavoro.

Il pullman fa un'altra fermata. Benny rizza la schiena e guarda fuori dal finestrino, scandalizzato.

– E che cazzo, Vince'! Ma ti rendi conto dove siamo arrivati?!? – quasi mi urla in testa prima di precipitarsi verso l'uscita. Come se dovessi sapere qual era la sua fermata, e mi avesse pure chiesto di avvisarlo.

Diciamo Loft

Da qualche mese, Espe e io abbiamo un nuovo ufficio. Dopo dieci anni di affitto condiviso, era ora che facessimo un salto di qualità. Cosí siamo passati da un ammezzato a un, diciamo, loft. Abbiamo anche una nuova targa di fianco al portone, unica per entrambi (in ottone obbligatorio, perché il regolamento condominiale non ammette difformità estetiche, manco poi questo palazzo fosse pieno di studi celebri), su cui c'è scritto:

AVV. VINCENZO MALINCONICO
P. IN CASSAZIONE

R. ESPEDITO LENZA
COMMERCIALISTA

SI RICEVE I GIORNI DISPARI PER APPUNTAMENTO

Che messa cosí, sembra uno studio associato; ma è chiaro che usando una sola targa per risparmiare sul tipografo non potevamo scriverci «studio in coaffitto».

L'idea (di Espe) di giocare sull'equivoco per millantare una collaborazione professionale integrata mi avrebbe anche trovato favorevole, se l'effetto finale della targa non fosse quello di farci fare la figura di due cazzari morti di fame.

– Tanto per cominciare, spiegami il significato di quella R., – ho chiesto a Espe quando mi ha messo davanti al fatto compiuto il giorno in cui prendevamo possesso del, diciamo, loft.

– «Ragioniere», cosa vuoi che significhi.

– Ah sí? E da quando è in voga, quest'abbreviazione?
– Da quando l'ho fatta scrivere sulla targa.
– Ma pensa. E io che credevo fosse un marchio registrato senza cerchio.
– Vince', non mi rompere i coglioni.
– Vorrei solo che la piantassi con questa manfrina. E non ti vergognassi di scrivere «Rag.». Anche perché è quella l'abbreviazione di «Ragioniere».
– Non me ne vergogno. È solo che preferisco «Commercialista».
– Non vuoi proprio saperne, eh?
– Guarda che non ho messo *Certified Accountant* solo perché mi sembrava troppo.
– Certificosa?
– *Certified Accountant.* Vuol dire ragioniere in inglese, ignorante.
– Ah beh, sarei andato a cancellare il mio nome con una bomboletta spray, piuttosto. E poi avrei ordinato un'altra targa per me soltanto da affiggere al lato opposto del portone. Comunque, che cazzo è quella P puntata?
– Quale P puntata?
– Quella che hai fatto scrivere sotto il mio nome: «Avv. Vincenzo Malinconico, P. in Cassazione».
– Non sei patrocinante in Cassazione, scusa?
– «Patrocinante in Cassazione» si scrive «Patrocinante in Cassazione», non «P. in Cassazione».
– Mamma mia come sei fiscale. Che differenza vuoi che faccia?
– Quella P. è sorella della tua R., questo è il problema. Fa sembrare che io, come te, stia millantando un titolo professionale che non ho, mentre io sono patrocinante in Cassazione e tu non sei laureato in Economia e commercio. Ed è esattamente quello che volevi sembrasse.
– Senza che ti dai tante arie, mica sei diventato patrocinante in Cassazione per meriti. Né mi pare tu abbia cause davanti a quella Corte lí.

Vero. Ai miei tempi (benché recenti), il patrocinio in Cassazione si acquistava in automatico, passati dodici anni dall'iscrizione all'albo degli avvocati. Oggi bisogna superare un esame di abilitazione, oppure frequentare la Scuola superiore dell'avvocatura (sostenendo anche lí un esame di verifica finale), per accedere alla quale occorre aver patrocinato, negli ultimi quattro anni di professione, almeno dieci giudizi davanti a una Corte d'appello civile, almeno venti davanti a una Corte d'appello penale e altrettanti davanti alle giurisdizioni amministrative, tributarie e contabili.

Ora. Immaginatevi un po' se – di questi tempi soprattutto, in cui ci sono in giro piú studi legali che parafarmacie – un avvocato che lavora per sbarcare il lunario ed è figlio di nessuno (come ci appellava neanche tanto affettuosamente il padre di Benny quand'eravamo praticanti), può farcela.

Se questa normativa fosse stata in vigore ai miei tempi, col cazzo che diventavo patrocinante in Cassazione (anche se non è che esserlo diventato mi abbia cambiato la vita, la verità).

E comunque, tanto perché si sappia, io sono favorevole alla meritocrazia. Sul serio. Volete eliminare gli automatismi? D'accordo. Istituire un (altro) esame di abilitazione, per accedere alle giurisdizioni superiori? Benissimo. Ma – a prescindere dal fatto che non si capisce perché l'esame non dovrebbero farlo anche tutti quelli che sono diventati cassazionisti di diritto (me compreso), perché non è che il merito va a periodi – mettere tutti questi paletti per limitare l'accesso all'esame vuol dire fare una riforma a vantaggio di tutti i Benny Lacalamita che beneficeranno – loro sí – di un automatismo ereditario che gli garantirà di battere la concorrenza sul nascere solo perché si ritrovano titolari di studi già avviati e dunque, di fatto, verranno ammessi all'esame col curriculum di papà. E vuol dire pure che chi non è stato toccato da questa sorte genetica, quando gli capiterà una causa in Cassazione dovrà appoggiarsi a un collega che quel patrocinio ce l'ha, dividendo con lui il mandato e anche l'onorario, praticamente passandogli metà cliente.

Chiusa la parentesi sul patrocinio in Cassazione.

– Questo non vuol dire che debba uniformarmi alle tue abbreviazioni monoletterali, – ho ribattuto a Espe.

– Okay. Allora fai rifare la targa a spese tue e scrivici sopra il cazzo che ti pare.

– Un'altra cosa.

– Pure.

– «Si riceve i giorni dispari per appuntamento».

– E allora?

– No, dico, siamo cosí pieni di lavoro che i giorni pari dobbiamo riposarci?

– I giorni pari non posso.

– Tu, i giorni pari non puoi.

– Perché tu, invece, i giorni pari hai sempre la fila fuori della porta.

– Espe, santo Dio.

E siamo andati avanti cosí per un'altra ventina di minuti, dibattendo sulle strategie di marketing del Diciamo Loft, che come credo si sia capito non è propriamente un loft; ma non mi va di approfondire l'argomento con Espe, che fa quasi tenerezza tanto si sente figo ogni volta che dice «loft».

Il fatto è che quando uno sente «loft» s'immagina un open space di architettura industriale, ricavato da una tipografia o un'officina, con i muri alti dieci metri e i mattoni a vista, di quelli che ci entri ed è subito Manhattan.

Il nostro, invece, è un monovano di 60 metri quadri dichiarati, situato al piano terra di un condominio semiperiferico con ambizioni di prestigio (quelli, non so se avete presente, col red carpet all'ingresso, la coppia di ficus benjamin ai due lati dell'androne e le stampe dei velieri a ogni pianerottolo). Espe l'ha ereditato dai nonni, che l'hanno rilevato a un prezzo di favore dopo decenni di onorato servizio come portieri dello stabile. Io gli verso un affitto simbolico.

Insomma, siamo in un terraneo. Non che io abbia qualcosa contro i terranei (a parte il tasso di umidità): ma considerato che il nostro precedente ufficio era un ammezzato, è ragionevole credere che il trend discendente al prossimo trasloco ci porterà dritti dritti in un seminterrato.

Comunque, la struttura del Quasi Loft è gradevole, anche se non ci sono stanze né porte (esclusa quella del bagno, ovviamente, e un pilastro che regna al centro esatto del vano), per cui abbiamo provveduto a differenziare gli ambienti con paraventi Ikea Risör (in legno massiccio) e librerie Expedit e Kallax (in giallo e bianco rovere con mordente bianco che, essendo rifinite su tutti i lati, funzionano anche da divisori); lasciando tutto a giorno per dare un po' l'idea dello showroom.

In piú (ecco il salto di qualità), stavolta abbiamo addirittura una segretaria, che per motivi personalissimi ci è stata praticamente offerta da Gregorio Cortese, un vecchio amico di Espe operante nel ramo conglomerati bituminosi.

Gloria, classe 1985, lavora con noi da cinque mesi, ma credo abbia impiegato poco piú di una settimana a realizzare che qui il lavoro non è che abbondi. Infatti è passata dalla timidezza alla sfacciataggine, dallo zelo allo svacco, dal lei al tu, per cui ogni volta devo redarguirla temendo che possa chiamarmi per nome davanti a un cliente, qualora lo ricevessi (mentre Espe sembra non farsi alcun problema).

In piú, siccome nel Diciamo Loft non prende WhatsApp, la nostra segretaria abbandona spesso la reception (costituita da un bancone Bekant 160 x 80 x 120 dotato di pannello che assorbe i suoni e fa anche da séparé) per andare a connettersi nell'androne del palazzo, dove si trattiene a tempo indeterminato, con la conseguenza che molti di quelli che entrano la scambiano per la portiera, per cui si offende e li manda via in malo modo, senza neanche considerare che fra gli scacciati potrebbe esserci un nostro cliente.

Last but not least, oltre a masticare chewing gum ininterrottamente e a bocca aperta (il che per me costituirebbe giusta causa di licenziamento, ma figuriamoci se rilevo la cafonata, non avendo nulla a che fare con la sua assunzione), da un po' di tempo sta anche cambiando abbigliamento; la qual cosa mi preoccupa abbastanza, visto che la rotondità del suo culo esercita una notevole influenza su Espe, che a momenti pare dimenticarsi che lo stipendio di Gloria viene segretamente corrisposto da Gregorio Cortese, il suo amico benefattore nonché amante della suddetta, il quale ha chiesto a Espe di assumerla, in modo da sapere sempre dov'è e soprattutto tenerla impegnata tre giorni alla settimana.

Quando Espe mi ha svelato il retroscena, sono stato molto chiaro:

– Bada, Espe, – gli ho detto, – che Gloria l'assumi tu, io non c'entro, perché a me una segretaria non serve (e a te nemmeno, la verità), per cui se succedono casini sono affari tuoi.

– Che genere di casini, – ha detto lui.

– Non so, Gregorio potrebbe smettere di passarti i soldi sottobanco, per esempio. Come farai a pagarle lo stipendio, allora? Il datore di lavoro sei tu, non lui.

– Non lo farebbe mai, primo perché ci conosciamo da trent'anni, secondo perché se la scopa e non ha nessuna intenzione di smettere. La tiene qui per controllarla perché è geloso come un babbuino: semplice.

– Se questo ti rassicura.

– Guarda che gli faccio un favore. Lui risolve due problemi con uno stipendio: se la leva dai coglioni mezza giornata e la lascia con qualcuno di cui si fida. Noi, in compenso, ci ritroviamo una segretaria a costo zero. Qual è il problema?

– Espe, io ti ho avvertito.

Silenzio meditativo.

– Se stai pensando che potrei provarci con la donna di un amico vuol dire che mi conosci davvero poco, Vince'.

– È proprio perché ti conosco, che lo penso.

– Vai a fare in culo.

E insomma, arrivo in studio intorno alle quattro, dopo un mica tanto fugace pranzo con Benny Lacalamita, che ha insistito a invitarmi per farsi perdonare. Cosí siamo andati in un ristorante di pesce dove Benny sembrava essere socio, piú che di casa, tant'è che dopo avere abbracciato il titolare e salutato i camerieri come se fosse lui a stipendiarli, ha convocato lo chef per dargli disposizioni sul menu, e nel giro di dieci minuti ci hanno portato una catalana di scampi, sei polpette di tonno immerse in una crema di (credo) fagioli, una parmigiana di alici e dei gamberoni crudi che a me non piacciono. A quel punto Benny s'era già scolato tre quarti di una bottiglia di Gewürztraminer. Con i ravioli all'astice che ci hanno servito poco dopo siamo passati al Riesling, che io ho solo assaggiato, per cui alla fine Benny era praticamente ubriaco e s'è addormentato nel taxi che ho chiamato con l'applicazione del telefonino.

La macchina mi ha scaricato davanti allo studio, dove ho pensato fosse il caso di svegliarlo. Benny è riemerso dai fumi onirici e mi ha dato addirittura un bacino (chissà, in quel momento mi avrà preso per la mamma).

– Ci sentiamo prossimamente, – mi ha detto prima che chiudessi lo sportello.

Bah.

Entrando in ufficio rilevo l'assenza di Gloria: la cosa mi sorprende, non avendola incrociata nell'androne a smanettare col telefonino. Eppure sono le quattro, dovrebbe già essere al, diciamo, lavoro.

Mi affaccio alla postazione di Espe sbucando dal paravento Risör e lo trovo alla scrivania Arkelstorp, le braccia incrociate su una pratica aperta, un sorriso stupidamente galante sulle labbra e lo sguardo che segue nell'aria il trailer virtuale di una tresca imminente. È cosí intronato dall'immaginazione che non mi vede neanche.

Tiro fuori il telefonino e gli faccio un primo piano che manco la ragazza afgana di Steve McCurry. Il flash lo sveglia di soprassalto.

– Ma che cazz...? – domanda, sbandando.

– È fantastica, guarda qua, – commento, in contemplazione della mia opera. – Hai la faccia da cretino che viene quando l'hai appena accompagnata a casa e resti un po' in macchina prima di andartene.

– Cancellala.

– Non ci penso neanche.

Si alza di (si fa per dire) scatto dalla Arkelstorp e mi assale nella goffa imitazione di un placcaggio di rugby, ma io lo schivo senza problemi e sguscio dalla sua presa anche quando riesce ad afferrarmi per un polso. Continuo a provocarlo esibendogli il suo sputtanatissimo ritratto digitale da ragioniere innamorato a tanto cosí dalla faccia per poi sottrarglielo quando tenta vanamente di acciuffarlo, abbandonandosi a una sequenza d'imprecazioni miste a risate che ci scambiamo tra gli affanni (soprattutto suoi, dato il sovrappeso).

La staffetta dura un altro paio di set, finché a un tratto (non so neanche come, anche perché vedo poco per via delle lacrime) mi sbilancio e cado seduto su una delle due sedie Flintan destinate alla clientela di Espe, pattinando all'indietro sulle rotelle fino a impattare il Risör, che stramazza sul pavimento nel preciso attimo in cui Gloria entra nel Diciamo Loft e assiste a quella patetica collisione.

– Ma che state facendo? – chiede, non sa neanche lei se preoccupata o divertita, ancora con la borsa in spalla e la gomma americana fra i denti.

Nella ridicola pausa che segue, squadro da seduto la sua

figura, contenuta in una tutina a pagliaccetto color sabbia, di cotone morbido, smanicata. I capelli, sciolti e di media lunghezza, sono spettinati con sapienza, e il burrocacao sulle labbra si sente da qui. Ai piedi ha degli stivaletti bianchi e neri stringati con tacco, che slanciano ulteriormente il suo corpo già magro, benché pienotto dove occorre. In momenti come questo mi scopro a comprendere le ragioni che spingono Gregorio Cortese a pagarle lo stipendio di nascosto.

– Vuole rubarmi il telefono, – le dico.

– Mi ha fotografato, – protesta il cretino.

– Perché, cosa stavi facendo? – chiede lei, incuriosita.

– Io? Niente, – risponde Espe come un bambino sorpreso a toccarsi sotto il tavolo.

– Sognava, – rivelo.

– Eh? – fa lei.

Una pennellata di rosso tinge il tozzo viso di Espe.

– Davvero, – procedo nella delazione. – E se dai un'occhiata alla foto si capisce anche cosa, stava sognando.

– Fammi vedere, – mi dice Gloria, ingolosita.

– Prego, – dico io, offrendole immediatamente il telefonino.

Espe non sa se ridere o darmi una capata in faccia.

– In effetti stavo sognando quella gran zoccola di tua madre, – dice, e poi tenta di mollarmi un calcio negli stinchi, che però scanso.

Gloria scruta la foto, poi guarda Espe, che s'imporpora fino alle orecchie, poi di nuovo la foto, quindi scoppia in una risata sguaiatissima, orribilmente amplificata dall'open space.

– Ooo-ah, ah, ah!! Uuu-oh, oh, oh! Gesúgesú! Aiuto!

– Che c'è da ridere? – domanda penosamente Espe.

Gloria si piega sulle ginocchia e continua a sganasciarsi battendo ripetutamente sul pavimento la suola dello stivaletto destro, come schiacciasse inutilmente il pedale dei freni inibitori che ormai non va piú, mentre il crescendo delle sue risate acquista una gutturalità mascolina che induce me ed Espe a guardarci in faccia con un certo sgomento. Io sono ancora seduto sulla Flintan e comincio a sentire il peso autoriale dei risvolti tragici della scena a cui ho dato vita.

Paonazza e lacrimante, Gloria mi tende il braccio per restituirmi il telefono, ormai ridotto a un'arma scarica, priva d'ogni potere simbolico, tant'è che Espe lo guarda tornare nella mia mano senza fare una piega.

– Ho proprio la faccia da scemo? – domanda a Gloria, ma con rancore, mostrandosi ferito dalla sua insensibilità.

Al che lei, richiamata all'ordine da quella richiesta di consolazione, reprime alla meno peggio il diluvio oculo-nasale che la sfigura, si avvicina a Espe e, pur non smettendo di ridere del tutto, gli posa una mano sulla guancia.

– Ma no, che dici, fai una tenerezza.

Espe abbassa la testa e guarda il pavimento, come un cagnolino che ha pisciato sulla moquette. Conosco la sua biografia come nessun altro, ma raramente l'ho visto scendere cosí in basso.

– Oh, e dài Espe, si scherza, – lo rassicura Gloria grattandogli la barba. – E poi sei cosí carino, con quello sguardo intronato.

L'imbecille accenna un sorriso, fa ancora un po' l'offeso e finalmente la pianta.

Nauseato dallo spettacolo, mi porto la mano alla fronte mentre squilla il fisso e Gloria, felice di avere una ragione per sottrarsi a quella situazione pietosa, va addirittura a rispondere.

– Non ti facevo cosí stronzo, – mi dice Espe quando restiamo, si fa per dire, soli.

– Ma stai zitto che è meglio.

– Che vuoi dire, scusa?

– Ah, non sai di cosa parlo?

– Eh no.

Sto per regalargli un'ovvia previsione riguardante lui,

la segretaria e l'erogatore dello stipendio della medesima, quando Gloria ritorna con il cordless e fa per consegnarmelo dicendomi seccamente:

– È per te.

Guardo Espe come a chiedergli se si rende conto dell'inqualificabile sciatteria con cui questa ragazza svolge il suo compito, ma lui è ancora troppo in modalità canina per condividere l'impressione.

– Sai una cosa? – le dico. – La stessa frase, e proprio con lo stesso tono, me la rivolgeva mia sorella quando mi passava la telefonata di un amico che l'aveva interrotta mentre faceva lo shampoo.

Lei mi guarda confusamente risentita, come non riuscisse a cogliere il senso della mia battuta e tuttavia ne intuisse il contenuto recriminatorio.

Le tolgo il cordless di mano e mi dirigo alla mia postazione, cercando un po' di privacy dietro il mio Risör.

– Sí.

– Parlo con l'avvocato Malinconico?

Voce di donna, anche piuttosto giovane, leggermente rauca.

– Sí, sono io. Buongiorno. Anzi buon pomeriggio, essendo già le quattro e mezza, ah ah.

Non ci posso credere, faccio lo spiritoso. Ma quanto diventiamo imbecilli noi uomini, appena una vaga ipotesi femminile accenna a profilarsi all'orizzonte? E dire che ho appena bacchettato Espe, che vergogna.

– Piacere, avvocato. Mi chiamo Veronica Starace Tarallo, vorrei un appuntamento, se possibile.

– Ma certo, – dico; e mi taccio, perché quel doppio cognome mi suggerisce qualcuno, o qualcosa, che al momento mi sfugge.

Il silenzio che la mia interlocutrice mi restituisce mi fa pensare che si stia chiedendo se abbia capito cosa mi ha detto.

– Lei usa far scegliere ai clienti l'ora e il luogo della seduta, avvocato? – mi chiede dopo un po'.

– Eh? Ah, mi scusi, ero sovrappensiero.
– Si figuri.
– Niente male la battuta, comunque.
– Grazie. Senta, mi riceve o no?
– Certo che la ricevo.
Impaziente la tipa, oh.
– Domani sarebbe possibile?
– Domani, dice? Controllo l'agenda. Solo un attimo.
– Faccia con comodo.
Affondo nella mia vecchia Skruvsta, tiro fuori l'agenda dalla cartella, la appoggio sulla mia altrettanto vecchia Jonas e prendo a sfogliare rumorosamente le pagine quasi del tutto bianche.
– Vediamo... sssè, domani potremmo. Le va bene alle 15,30?
– Preferirei prima, se possibile.
– Prima quando, scusi?
– Beh, per esempio a colazione.
– Io la mattina prendo solo il caffè.
Attimo di pausa.
– Intendevo a pranzo, avvocato.
– Era una battuta.
Palla. Avevo capito proprio colazione nel senso di cappuccino e brioche. Che poi vorrei sapere chi l'ha introdotta, questa prassi di chiamare colazione il pranzo. Come se pranzare non fosse chic, e bisognasse cercare un termine piú casto che oscuri l'effetto pastasciutta.
– Solo per dire, – butto lí per giustificare la mia défaillance linguistica, – che trovo un po' insolito ricevere un incarico a pranzo.
– E perché? È una semplice colazione di lavoro. Ne farà parecchie, immagino.
Ma questa che fa, sfotte?
– Abbastanza. Solo che in genere un pranzo di lavoro (mi scusi eh, io li chiamo cosí) lo si fa con chi già si conosce, per discutere progetti in corso.

– Non è mica vero. Anzi, spesso le colazioni di lavoro si organizzano proprio per conoscersi e avviare dei progetti in condizioni piú rilassate.

Oh, mi ha spento. Sto arrossendo da solo, ma si può?

– Allora diciamo soltanto che non mi è mai capitato d'incontrare un cliente la prima volta a pranzo.

– Vuol dire che sta per fare un'esperienza.

Mi ritiro in un breve silenzio di meditazione. Non capisco se la sua prontezza nel rispondere mi disturba o mi piace. Però sono inspiegabilmente convinto che dall'altro capo del telefono ci sia una notevole gnocca.

– Ma lei è sempre cosí sicura di sé, signora...

– Veronica Starace Tarallo. Sí. Non quanto vorrei, ma direi che lo sono. Può chiamarmi Veronica.

– Preferisco signora Starace Tarallo.

– Allora basta Tarallo.

– Va bene, signora Basta Tarallo.

Ridacchia, ma capisco di averla punta.

– E lei è sempre cosí spiritoso, Malinconico?

– Intende acido?

Si prende un momento.

– Ma stiamo litigando, avvocato?

– Direi battibeccando.

– Ha ragione. Credo di essere stata io a iniziare. Pace?

– Pace.

Ci ammorbidiamo in un piacevole silenzio in cui mi scopro a sorridere, nella certezza che anche lei, dall'altra parte, stia facendo lo stesso.

– Quindi colazione insieme, domani? – ripropone la signora Starace Basta Tarallo.

– Pranzo.

– Pranzo. Conosce il *Salvagoccia*?

– Quell'anello foderato di feltro che si mette al collo delle bottiglie per evitare che sgocciolino?

Lascia andare un sospiro, non so se rassegnato o divertito.

– Intendevo il ristorante.
– L'avevo capito.
– Quindi lo conosce.
– Ovviamente.

Mai sentito. Ma perché dici bugie? mi dico. Non potevi semplicemente rispondere: «No, non lo conosco, mi dia l'indirizzo»? Che tra l'altro chissà dove si trova, questo ristorante *Salvagoccia*, e dovrai pure prendere un taxi, visto che non sai usare il navigatore e comunque ti vergogni della tua macchina. Adesso te lo dico io perché hai finto di conoscere il *Salvagoccia*, mi dico, perché senza neanche stare a pensarci hai dato per scontato che tanto saresti andato a vedere su internet, cosí non facevi la figura del buzzurro che non è mai stato al *Salvagoccia*, ecco perché.

Il fatto è che da quando c'è internet possiamo sapere qualsiasi cosa senza chiedere a nessuno, per cui davanti all'ignoto ci riserviamo di prendere informazioni in separata sede, e intanto facciamo gli scafati. Un po' come se uno studente all'esame dicesse al professore: «Questa la so»; andasse a casa a documentarsi e tornasse piú tardi a rispondere alla domanda.

Il difetto del sapere tascabile, che ci portiamo dietro con lo smartphone, è che funziona con le domande elementari (tipo: «Anno della scoperta dell'America» o «Indirizzo ristorante *Salvagoccia*»); ma prova a fargli una domanda, a internet, che abbia dentro giusto un paio di verbi, e vedi un po' che cosa ti risponde.

– Bene. Allora ci vediamo lí alle due? – dice la signora Basta Tarallo.
– Meglio l'una e mezza. Può accennarmi di cosa si tratta?
– Separazione coniugale. La mia.
– Ah. E senta, posso chiederle se qualcuno le ha consigliato il mio nome?
– Sí, è cosí.

A questo punto muoio dalla voglia di sapere chi, ma mi

mordo la lingua perché non si accorga di quale novità rappresenti per me essere consigliato da qualcuno.

– D'accordo, signora Starace Tarallo… – dico, e nell'attimo in cui mi scopro a ricordare il cognome, mi scatta l'associazione che poco prima mi ha fatto fare scena muta – … mi scusi, ma per caso lei ha una parentela con…

– Sí. Sono sua moglie. Anche se non per molto ancora. Lo conosce?

– Beh, per forza.

Stavolta ho detto la verità. Ugo Starace Tarallo è uno degli avvocati piú noti della città, e non solo di questa. Ricchissimo, professionalmente cinico, notoriamente bugiardo e molto presuntuoso, ha costruito con metodo e pazienza un'invidiabile carriera tessendo rapporti fondati sull'ossequio. L'aspetto piú deplorevole della faccenda è che, professionalmente parlando, Starace Tarallo non è affatto un mediocre, anzi è un avvocato decisamente brillante, che non avrebbe avuto nessun bisogno di leccare culi per affermarsi. Evidentemente per certe cose ci si nasce, c'è poco da fare.

– Ci ha messo un po' a fare due piú due, – dice sua moglie.

– Andato sempre malissimo, in matematica.

Si lascia scappare una risatina soddisfatta, una specie di apprezzamento, non so se mi spiego.

– Sembra che l'idea di confrontarsi con mio marito non la impressioni.

– E perché dovrebbe?

– Lui è uno che incute un certo timore nei colleghi. Non perché siano intimiditi dalla sua figura, intendiamoci: mio marito non ha una gran personalità. È solo che sanno che difficilmente avranno la meglio su di lui. È troppo affermato, troppo scaltro, troppo ammanicato per perdere una causa.

– Ah beh, allora ha scelto l'avvocato giusto.

Ride. E di gusto, pure.

– Me l'avevano detto che lei era un uomo simpatico.
– Ah sí? E chi?
– Forse piú avanti glielo dirò. A domani.
E chiude la telefonata senza aspettare che ricambi il saluto.

Resto un po' alla Jonas a riflettere sull'impressione ambigua che questa conversazione mi ha lasciato, come temessi di stare per essere coinvolto in qualche strano intrigo. Perché mai, mi domando, la moglie di un avvocato famoso non sceglie un avvocato altrettanto famoso per farsi rappresentare in una causa di separazione? Che storia è questa? Cosa c'è dietro?

Il dubbio persiste, cosí decido di confrontarmi con Espe, sia perché non saprei con chi altro confrontarmi, sia per farmi perdonare della figura da cretino che gli ho fatto fare con Gloria, che intanto, vedo da qui, ha lasciato la sua postazione per andare – immagino – a dedicarsi alla sua vera occupazione, cioè whatsappare nell'androne.

– Oh, Espe, – gli dico con la coda fra le gambe, raggiungendo il suo space.

Lui non alza neanche la testa dalle scartoffie, a cui ora sta davvero lavorando. Mi sento terribilmente a disagio oltre che in colpa, per cui passo a cospargermi il capo di cenere, com'è giusto che faccia.

– Okay, senti, mi dispiace sul serio. Non volevo renderti ridicolo davanti a Gloria, anche se secondo me dovresti lasciar perdere visto che è l'amante del tuo amico e tra l'altro non si capisce a cosa serva dato che (l'hai vista, no?) non sa neanche come si risponde al telefono e passa tutto il tempo nel portone a smanettare col cellulare, però anche tu scusa, eh.

A questo punto Espe non può non sollevare la testa dalle carte e guardarmi come se non credesse a quanto ha appena sentito, e infatti fa proprio cosí.

– Dimmi, Vince', questo sarebbe il tuo modo di chiedere scusa?

– Perché, cos'ho detto?

– Guarda, non ti sputo in faccia giusto perché da qui non ci arriva.

– Conosci una certa Veronica Starace Tarallo?

– Cosa cazzo mi cambi discor... Veronica Starace Tarallo? La moglie di Ugo Starace Tarallo?

– Eh. Era lei prima al telefono.

– Ti ha chiamato la moglie di Ugo Starace Tarallo? – ripete, faticando a convincersi.

– Quindi la conosci.

– E certo che la conosco. Di nome, chiaro. È una gran figa, – si lascia scappare; e subito fa il collo lungo verso la postazione di Gloria per assicurarsi che non sia tornata.

– E com'è che sei cosí informato sul suo conto? È famosa? Ha fatto un calendario?

– Vince', le donne bone sono *tutte* famose.

Ha ragione, era una domanda stupida. A parte il fatto che la sua affermazione è sostanzialmente vera, avrei dovuto ricordarmi che Espe è un grande esperto in materia. Nel senso che s'intende di gnocche locali come di modelle celebri. Bar Refaeli o la tabaccaia bona del suo quartiere, per lui pari sono. Da questo punto di vista è ammirevole: un maschio d'altri tempi, un tutore della tradizione. Uno dei pochi rattusi a km zero che io conosca.

– E che voleva da te? – domanda, interessatissimo.

– Non so bene, ancora. Cioè, ha detto che deve separarsi dal marito. Ma mi spiega meglio domani a pranzo.

Si alza addirittura dalla scrivania.

– A pranzo?

– Eh.

– Cioè, *la moglie di Starace Tarallo* vuole nominare *te* per la sua causa di separazione, e ti ha invitato addirittura a pranzo?

– Oh, vai un po' a fare in culo, Espe.

– Sí, va be', abbi pazienza, ma non ti sembra strano che la moglie di un avvocato ricco, famoso e ammanigliato si rivolga a un avvocato come te?

– Avevo capito il concetto, Espe: rivaffanculo. Comunque sí che mi sembra strano, – rispondo, mentre nella giacca mi suona il *dín* del telefonino che annuncia l'arrivo di un messaggio WhatsApp.

Lo tiro fuori e guardo il display.

– È Alfredo, – dico; e poi: – Ma allora funziona.

– Naa, solo a tratti. Se no perché Gloria sta sempre fuori? Non ti muovere, capace che ti sposti e perdi la connessione.

– Okay.

Rimango immobile e metto in vivavoce, trattandosi di un messaggio vocale.

Ciao papà, non ti chiamo perché vado un po' di corsa. Volevo chiederti di tenerti libero per sabato, vi voglio a pranzo da me. Intendo tutti, anche Alagia e mamma. Vorrei passare una giornata con voi, prima dell'inizio dei corsi. Lo so, magari preferisci fare altro invece che venire a Roma per un pranzo, ma ci tengo. Cioè, per me è una cosa un po' scaramantica, ecco. Insomma... è una nuova fase della mia vita, capito, e vorrei che ci foste anche voi prima che cominci. Dài, smettila.

Alfredo soffoca una risata e da un certo piccolo rumore, indefinito ma eloquentemente corporeo, s'intuisce che sta cercando di liberarsi da un'interruzione molesta ma intima.

Espe mi rivolge subito un sorriso sornione. Io ricambio alzando le sopracciglia mentre il messaggio riprende:

Scusa, cosa stavo dicendo? Ah sí, la nuova fase della mia vita. Lo so, ti sembro retorico. Infatti Alagia non ti dico quanto mi ha sfottuto, ma alla fine l'ho convinta. Mamma invece era entusiasta. E insomma, adesso manchi solo tu. Non mi dare sòle, eh, ti aspetto. Ah, dimenticavo: dammi conferma non piú tardi di giovedí, anche qui su WhatsApp, cosí facciamo la spesa per tempo. Ciao.

Rimetto il telefonino in tasca mentre un imbarazzo colpevole mi spinge a sottrarmi allo sguardo di Espe. Ma perché diavolo ho usato il vivavoce?

– Che bel pensiero, è sempre stato un ragazzo di cuore, Alfredo, – osserva Espe, che speravo tenesse la bocca chiusa.

– Eh già, – dico, sempre evitando di guardarlo.

– Cioè, mi sembra una bella dimostrazione d'amore per un ragazzo della sua età volere la famiglia intorno, ora che se n'è andato a studiare fuori.

– Infatti.

Qui percepisco chiaramente la sua esitazione, come tardasse a venire al punto.

– Sono cosí rare queste manifestazioni d'affetto da parte dei ragazzi.

– Di questi tempi, poi.

La pausa seguente prelude al vero tema del dialogo.

– E bravo il nostro Alfredino.

– Eh?

– Sembra che avesse compagnia. In fondo che ci faceva tutto solo a Roma?

– Ah, dici per via del plurale quando parlava della spesa? Ma no, è il compagno di università con cui divide l'affitto, evidentemente resterà a pranzo con noi.

– Ma scusa, non è un pranzo di famiglia?

– Non saprei. Quello di due divorziati che si siedono a tavola con i figli che hanno messo al mondo tanti anni prima è un pranzo di famiglia?

– Cosa fai, mi ricordi il tuo stato civile? Guarda che ero presente al tuo divorzio.

– Infatti, sei arrivato tardi. Il testimone va alle nozze, non ai divorzi.

– Vince': tu e Nives siete i genitori di Alagia e Alfredo, giusto?

– Sai che non me lo ricordavo?

– Era solo per dire che siete sempre una famiglia.

– Ammirevole questa perorazione del sacro valore familiare da parte di un cinquantaduenne allupato che si tromberebbe qualsiasi essere femminile non necessariamente umano dotato di mobilità e ha appena fatto la figura del cagnolino da monolocale davanti a una sgallettata che mastica gomma americana con la bocca aperta.

– È un pranzo di famiglia o no, Vince'?
– Diciamo di sí.
– E allora che c'entra il coaffittuario di Alfredo?
– Ma che ne so.
– Tu lo conosci, scusa?
– Oh, che è, un interrogatorio? No, non lo conosco. Non so nemmeno come si chiama!
– E perché t'incazzi?
– Perché mi stai facendo il terzo grado sul coaffittuario di Alfredo, ecco perché. Chi è, lo conosci, il pranzo di famiglia, perché resta a mangiare con voi… ma a te poi che cazzo te ne frega?
– A me proprio niente, guarda.
– E meno male! È un quarto d'ora che mi fai i quiz! E se te ne fregava qualcosa che facevi, mi leggevi i miei diritti?
– Va be' va', ho capito.
– Cos'è che hai capito?
– Che ti ho fatto troppe domande.
– Nonnonnò, tu adesso mi dici cos'hai capito.
– Ho capito che ti ho fatto un paio di domande e ti sei incazzato.
– Non erano un paio, erano cinque o sei. Ma non era quello che intendevi, quindi parla chiaro.
– Vince', ma che ti prende? Ti ho solo chiesto perché il compagno di stanza di tuo figlio partecipa a un pranzo di famiglia, tutto qua.
– Di casa, non di stanza.
– Di casa, di stanza. È un modo di dire. Parliamo di studenti universitari che si dividono l'affitto. Si capisce.
– Ah, ecco. Mbeh? Un amico di tuo figlio non è mai venuto a pranzo a casa tua?
– Come no.
– E allora perché la cosa ti sorprende tanto?
E qui mi lascia l'ultima parola, mettendo fine allo stillicidio.

Rapido sollievo

Uno dei privilegi dell'essere single (che basterebbe da solo a motivare la scelta), è non avere nessuno che ti rivolge la parola quando ti alzi al mattino. Chiunque ne abbia fatto esperienza dopo la fine di un matrimonio o di una convivenza, sa quanto quella solitudine sia impagabile. Sono soprattutto i primi quindici-venti minuti di riemersione dal sonno (quando ti trascini dalla camera da letto alla cucina e prepari il caffè aspettando che passi il disprezzo mattutino per te stesso che ti sfigura in volto e fa sí che la tua unica emissione vocale sia il muggito) che controindicano ogni relazione umana; eppure sono proprio quei quindici-venti minuti quelli in cui si diventa piú facilmente oggetto di recriminazioni e richieste che intossicano la giornata e causano quel malumore che si coglie sulle facce già incazzate della gente che va al lavoro.

In quella manciata di minuti a rischio, in quello stato d'instabilità psichica che prelude alla ricomposizione dell'identità, non sentire alcuna voce che ti chiama per nome e ti fa domande è uno sgravio, un'esenzione che ti cambia la qualità della vita.

Poi va be', ci sono gli aspetti negativi della condizione del single: tipo ritrovare le cose dove le lasci, non dare conto a nessuno di quel che fai, non avere suocere, cognate, cognati né amici non tuoi (e soprattutto coppie, di amici non tuoi) da frequentare per forza, mantenere un tenore di vita dignitoso senza affannarti a guadagnare di piú per il beneficio di altri, non andare in vacanza, disporre di tempo da perdere, recuperare le tue vecchie amicizie e fartene di nuove, avere un'amante senza nasconderla eccetera eccetera: ma che volete farci, sono i costi che si pagano se si sceglie di privarsi della felicità del rapporto di coppia.

Io, al mattino, oltre a godermi l'immensità del silenzio casalingo e sentire felicemente la mancanza di altri esseri umani in giro (perché, chiariamo una cosa: sentire la mancanza di qualcuno può anche avere una connotazione positiva), amo sedermi alla finestra della cucina mentre sorseggio il primo caffè (che preparo con la moka: non sopporto le macchinette a cialda che vanno adesso, soprattutto gli atelier che le vendono) e spiare gli abitanti del palazzo di fronte che iniziano a prendere dimestichezza con il giorno.

Il dettaglio che piú mi appassiona è la sequenza dei movimenti con cui il condomino medio guarda il mondo fuori di casa: prima in basso, come volesse farsi un po' di fatti degli altri (una delle massime ambizioni del voyeur da finestra è assistere dall'alto a un incidente stradale con rissa), poi verso il cielo, per azzardare una previsione climatica e insieme tendere all'infinito.

Compiuta l'osservazione antropologica (che potrei anche definire ricerca, visto che la effettuo quotidianamente da qualche anno), parlo da solo per un quartino d'ora, analizzo fatti recenti o (piú spesso) rispolvero vecchi rancori, riscrivendo dialoghi di scene passate in cui non sbaglio una risposta, quindi accendo la televisione, la silenzio, leggo i sottotitoli del notiziario permanente, mi verso un secondo caffè e finalmente mi dirigo alla doccia.

Voi direte: e lavorare? E io potrei rispondervi che, intanto, il bello dell'esercitare una libera professione è che non hai un orario d'ufficio né un dirigente che ti rimprovera se arrivi in ritardo, per cui la giornata te la organizzi come vuoi; e in secondo luogo: per caso vi ho detto a che ora mi alzo, che subito partite con i rimproveri? Potrei essermi svegliato alle sei, per dire.

Comunque, stamattina, verso le undici, ero al bar sotto

casa a gustarmi il delizioso caffè macchiato che Pasquale, il mio barista preferito, mi prepara ogni giorno con impeccabile gentilezza, quando m'è arrivata una chiamata da un numero ignoto (in quel momento la radio mandava *Su di noi* di Pupo a volume sostenuto, per cui l'ho capito dalla vibrazione, che il telefono stava suonando).

– Pronto, – ho detto omettendo polemicamente il punto interrogativo, perché ai numeri sconosciuti si risponde sempre con diffidenza (e lí mi sono scoperto a pensare quanto eravamo bendisposti verso l'estraneo quando avevamo solo la linea fissa e non esistevano gli indovini).

– La prima volta che ti chiamo dopo vent'anni e ti becco a sentire Pupo? Ma come ti sei ridotto, Malinconico? – ha detto la voce dall'altra parte del telefono.

Ho spalancato gli occhi, fulminato da una scarica di allegria di vecchia data. Era vero, non ci sentivamo da piú di vent'anni (tranne un fugace incontro una dozzina d'anni prima alla stazione di Bologna: io e Alessandra Persiano rientravamo da un convegno a Parma e Gaviscon e la moglie prendevano un treno per Milano) ma poco contava, perché la voce di un compagno di scuola la riconosci anche quando invecchia.

– Gaviscon?!?

– Ciao, Scemenzio.

Per qualche istante ho perso il senso del presente, e la memoria ha attivato in automatico il riavvolgimento veloce, restituendomi la sensazione tridimensionale dell'aula, l'odore dei banchi, il profilo dei compagni piú vicini, la lesione a «y» del vetro della finestra accanto alla quale ero seduto e finanche l'enorme PUTTANA EVA che una mattina Gaviscon scolpí sulla parete accanto alla lavagna con un chiodo.

Erano trent'anni che nessuno mi chiamava Scemenzio (soprannome dovuto alla tendenza a perdermi spesso nei miei pensieri, sicché capitava – e ancora capita – che mi si debba ripetere piú volte la stessa cosa). Mi sono venute le lacrime agli occhi, e credo d'essermi anche dato un morsettino alle labbra, tant'è che Pasquale mi ha guardato come a chiedermi se mi fosse arrivato un nipotino o roba del genere. Io ho scosso la testa agitando la mano nell'aria come a dirgli che non era nato né morto nessuno, quindi sono uscito dal bar (sul passaggio in cui Pupo cantava «Ti porto lontano nei campi di grano | che nascono dentro di me»), e mi sono lanciato in una raffica di domande convulse, del tutto slegate l'una dall'altra, essenzialmente perché non sapevo cosa dire, tanto ero emozionato dall'avere Gaviscon all'altro capo del telefono.

– Ma grandissimo figlio di puttana lercio e bastardo, Kerouac dei poveracci, – gli ho detto, – come stai? Da quanto tempo? Dove sei? Come hai avuto il mio numero? Ma non eri a Bologna? Abiti ancora lí? Sei sposato? Divorziato? Hai figli? Hai sposato una donna che aveva già dei figli?

Nell'eloquente silenzio in cui s'è raccolto prima di rispondere mi sono sentito d'accordo con lui, qualunque cosa stesse pensando.

– No, dico, ma lo vedi che sei scemenzio? Secondo te a quale delle diciotto domande che mi hai fatto dovrei rispondere?

– E dire che mi ero tenuto la migliore per ultima.

– Che sarebbe?

– Se hai fatto pace con la tua omosessualità.

Pausa.

– Dopo tanti anni posso dirtelo, Vince'. Mi sono scopato tua sorella.

Ci ho pensato un attimo.

– Sí, me l'ha detto.

– Ah, pure? E cosa ti ha raccontato?

– Che hai fatto una figura di merda.

Non so quanto abbiamo riso. L'unica cosa che ricordo è che a un certo punto continuavo a mancare il palo a cui cercavo disperatamente di appoggiarmi per non cadere, mentre quel cretino di Gaviscon starnazzava come una papera inseguita da un Pitbull.

Poi è stato come mettere un dvd e tornare indietro a 32x. Abbiamo praticamente riesumato tutte le figure di merda scolastiche e non solo che ci tornavano alla memoria sovrapponendoci l'un l'altro come temessimo di dimenticarle nella foga dello storytelling. Il massimo l'abbiamo raggiunto sull'appello: lí ce la siamo proprio tirata, finendo in pareggio. Io, A-M, Gaviscon N-Z.

– Vai, – ha detto Gaviscon, – se sbagli o ne salti uno, ti fermo e vado avanti io, e viceversa.

– Okay, – ho detto, e poi, di filato: – Abate, Attisani, Baccano, Bove, Carta, Conte, Crivelli, Dallacqua, Diotallevi, Elia, Fierro, Fiume, Gentile, Gioia, Latorraca, Lissandri, Maccauro, Malinconico, Mastrogiacomo, Mautone, Mutalipassi.

– Bravissimo, – ha commentato Gaviscon. – Ora io: Nardecchia, Pintomarro, Pollo, Rapisarda, Riva, Saccomanno, Silvestre, Sprecacenere, Tajani, Tuozzolo, Usai, Villanova, Zammuto. Vaffanculo, tu ne avevi di piú.

Duccio Crivelli, detto Gaviscon per via della faccia perennemente nauseata, manco fosse afflitto da un rigurgito congenito, appartiene alla cerchia davvero ristretta degli amici che conservano la memoria storica di ciò che sei e soprattutto saresti potuto diventare, per aver scontato al tuo fianco gli anni del liceo, che poi sono quelli in cui t'innamori per la prima volta, capisci cosa sai fare e in cosa sei negato, butti le basi dei tuoi fallimenti.

Di tutti i miei amici (e devo dire che eravamo davvero una bella classe), Gaviscon era il piú spassoso. A causa della sua espressione gastroesofagea, bastava guardarlo per ridergli in faccia: e il bello è che rideva anche lui, quando gli facevi da specchio.

All'inizio poteva sembrare che lo facesse apposta. Il primo giorno in cui il professore di Matematica entrò in classe e incrociò la faccia di Gaviscon, che dal secondo banco della fila centrale lo guardava come se avesse appena vomitato o fosse sul punto di farlo, gli disse: «Cos'hai tu da fissarmi in quel modo, ti faccio schifo, per caso?»

Al che tutti noi, con i crampi addominali per reprimere le risate (diversi si nascosero sotto i banchi), ci affannammo a spiegargli che non c'era niente d'intenzionale nell'espressione di Gaviscon; e la cosa divertente fu che il prof, che poi era uno severissimo, quando realizzò che Gaviscon si ritrovava proprio quella faccia lí, lo prese addirittura in simpatia. Ogni tanto, mentre spiegava o interrogava, si voltava verso il suo banco, lo guardava, scuoteva la testa e cominciava a ridere. E noi appresso.

Gaviscon era cretino nelle materie scientifiche ma andava alla grande in lettere e filosofia (a cui poi s'iscrisse, laureandosi col massimo dei voti e vincendo subito il concorso a cattedre); soprattutto era bravissimo nei temi, infatti divorava romanzi come Ciocorí e già a sedici anni dichiarava di voler fare lo scrittore.

E niente, siamo andati avanti a chiacchierare e ridere come deficienti per quasi tre quarti d'ora finché Gaviscon mi ha detto che con tutto quel parlare s'era dimenticato di dirmi una cosa, al che (anche se non c'entrava) gli ho chiesto Scusa ma dove sei, a Bologna? E lui ha risposto Ma quale Bologna, sono qui. Qui? Qui dove? ho chiesto guardandomi intorno, non ti vedo. Madonna quanto sei cretino, ha detto Gaviscon, intendo in città.

E cosí abbiamo combinato di vederci per un aperitivo, dandoci appuntamento per mezzogiorno alla Feltrinelli, visto che a pranzo non potevo, avendo quell'impegno pregresso con Veronica Basta Tarallo.

Virili abbracci fra poveri cristi

Le banche, secondo me, andrebbero scelte a seconda di dove montano lo sportello del bancomat. Non sono uno che crede ai complotti, ma comincio a pensare che certe banche lo facciano apposta a posizionare i bancomat in favore del sole, cosí che tu non possa vedere una cippa quando vai a fare un prelievo.

Prendete me: saranno tre minuti che ho infilato la tessera, sembra che stia leccando il monitor tanto lo circumnavigo con la testa a distanza ravvicinata per riuscire a scorgere un barlume di riquadro in cui scrivere il Pin prima di dimenticarmelo.

Il disagio sociale arrecato dai bancomat illeggibili è cosí noto all'utenza che quando, come adesso, ti ritrovi ad essere responsabile dell'attesa di altre persone che hanno già formato una piccola fila alle tue spalle, nessuno – neanche gli isterici – rivolge al tuo indirizzo una sola parola di protesta (per capirci: conosco un tipo che quando deve fare un bancomat scende di casa con l'ombrello anche se non piove. E non credo di dover aggiungere altro).

Al culmine della frustrazione, mollo un cazzotto di taglio alla tastiera nell'attimo stesso in cui la macchina risputa fuori la tessera e sullo schermo compare, perfettamente leggibile: OPERAZIONE ANNULLATA.

Allibito, mi volto verso il primo utente in fila come a chiedergli d'essere testimone dell'incredibile beffa.

Quello guarda prima lo schermo, poi me; quindi, in un ammirevole slancio di solidarietà, mi posa una mano su un braccio, abbandona la fila e rinuncia all'operazione per protesta.

Sto per cedere il posto al prossimo in coda, nella folle speranza che la macchina, trovandolo piú simpatico di me, si bendisponga anche nei miei confronti al prossimo tentativo, quando un colpetto sulla spalla mi chiede di voltarmi alla mia sinistra. Lo faccio, e mi trovo davanti Gaviscon.

Non è cosí strano che mi abbia incrociato, visto che la Feltrinelli è a cinquanta metri da qui. La cosa del tutto priva di logica è che, pur sapendo che è lui, lo squadro dal basso verso l'alto prima di riconoscerlo.

Ha perso qualche chilo e molti capelli, conservando però quel mood dinoccolato che lo caratterizzava anche da ragazzo (facilitandolo considerevolmente nell'acchiappo) e adesso gli conferisce un aplomb da bell'uomo di mezza età che sa portare i suoi anni con disinvoltura.

Informalissimo, indossa un paio di Blundstone brown con fascia color oliva, jeans molto stinti e T-shirt bianca che sbuca da un pulloverino leggero sotto un Husky senza pretese. Ha la faccia nauseata di sempre ma lievemente addolcita dalle rughe.

– Eeehi!! – quasi urlo; quindi gli butto le braccia al collo e gli serro le spalle con le mani manco volessi compattarlo, zipparlo e posizionarlo alla giusta distanza per eseguire una valutazione attendibile della sua persona.

– Prova a baciarmi e ti arriva una capata, – dice.

Riprendiamo a scambiarci virili abbracci fra poveri cristi, mollandoci pacche sulle spalle a gogò.

– Scusate, vi dispiace se...? – c'interrompe il primo successore in fila.

– Oh, ma certo, – rispondo.

Ci scostiamo dalla coda, e faccio appena in tempo a riprendermi la tessera prima che la macchina la risucchi.

– Madonna andalusa, che piacere vederti, Scemenzio, – mi dice Gaviscon inscenando una doppietta di finte e scarti. – Ma perché cazzo non ci siamo mai sentiti, in tutti questi anni? – chiedo, sinceramente rammaricato dal dover riconoscere questo incomprensibile dato di fatto. Perché uno dovrebbe perdere di vista un amico a cui vuol bene? Nessuno lo sa. Eppure succede continuamente.

– Ma che cazzo ne so, sarà che dopo una certa età ci si ritira. Uno è portato a pensare che sono i vecchi a ritirarsi e invece no, ci si ritira da giovani, quando si trova lavoro, ci si sposa, si mette su famiglia: è allora che si perdono i contatti con il passato e ci si mette d'impegno a dimenticarlo. Se non è ritirarsi questo, Dio crotalo.

Gaviscon ha sempre avuto questo modo creativo d'imprecare, associando le divinità a specie animali e oggetti mai sentiti in modalità blasfema. E produce un effetto straniante, per niente triviale, che spesso fa ridere anche i credenti (benché, a pensarci, identificare il Padreterno con un maiale o con un crotalo non è che faccia molta differenza).

– Sembra che tu abbia qualche leggerissimo rimorso, – osservo.

– Leggerissimo? Sono il ritratto del rancore, la personificazione del risentimento. Quello sciacallo striato della mia ex moglie mi ha sfrattato, devo passarle gli alimenti e mantenere pure il cane. Meno male che abbiamo l'affido condiviso.

– L'affido condiviso del cane?

– Eh, perché?

– L'affido condiviso del cane, Gaviscon?

– Cos'è che ti sfugge nel concetto di affido condiviso del cane, che continui a ripeterlo?

– Il concetto in sé, immagino.

– Beh, dovresti aggiornarti, fra i matrimonialisti è il business del momento. C'è proprio un articolo che disciplina la materia, il 455 ter del codice civile, lo conosci?

– No.

– Ma che cazzo di avvocato sei, Vince'? E dire che ti ho visto fare il penalista da reality in tv.

– Pure tu?!? Cristo santo, ma nessuno è andato a lavorare, quel giorno?

– Va be', 'sto articolo (lo conosco perché mi riguarda personalmente) s'intitola «Affido del cane in caso di separazione»; anzi, no: «Affido degli animali familiari in caso di separazione dei coniugi», te lo giuro; e dice che in mancanza di accordo, a prescindere che si sia in comunione o in separazione dei beni, e tenuto conto dei documenti anagrafici dell'animale (perché qui entra in ballo anche l'anagrafe canina, che ti credi), il tribunale, una volta sentiti i coniugi (o i conviventi), la prole (che pure ha voce in capitolo) ed eventualmente (qui fai bene attenzione) degli *esperti di comportamento animale*, può concedere l'affido esclusivo o condiviso della bestia alla parte (te lo giuro, eh) *in grado di garantirne il maggiore benessere*.

– Mi prendi per il culo.

– Ah sí? Tira fuori il telefono, vai su Google e vedi. Dimenticavo: il tribunale decide sull'affido anche in caso di cessazione della convivenza more uxorio. In altre parole, la stronza per farti soffrire può impedirti di vedere il tuo cane anche se non è tua moglie. No, dico, ma ti rendi conto?

– Cristo, Gaviscon. Non so se sono piú sconvolto dall'esistenza di questa norma balorda o dal fatto che la consideri ingiusta.

– Sai qual è il tuo problema, Vincenzo? A dispetto del cognome, sei sempre stato un insensibile.

– Ma vai a cacare tu, tua moglie, il cane e soprattutto l'art. 455 bis.

– Ter.

– Ah, ecco. Forse il bis non aveva previsto gli esperti di comportamento animale, che c'è stato bisogno di farne un altro?

– Fai lo spiritoso quanto vuoi, ma a me Ciro mi manca moltissimo.

– Hai chiamato Ciro un cane?

– Mica io, ce l'aveva già il nome. Faceva il parcheggiatore sotto casa mia.
– Gaviscon, ma che cazzo dici?
– Te lo giuro. Viveva nel nostro quartiere quando abitavamo a Napoli. Ogni volta che arrivava una macchina abbaiava e indicava il posto libero, poi andava avanti e indietro mentre facevi manovra, come per aiutarti a prendere le misure. Tipo Gps, capito. Infatti lo chiamavano Ciro il posteggiatore. Cosí io e Ludovica gli abbiamo lasciato il nome, quando l'abbiamo adottato.
– Ciro il posteggiatore, non ci posso credere, – rido.
– L'ultima volta che sono passato a casa per prenderlo, quella stronza ha avuto pure il coraggio di dirmi che questo sballottamento lo sta facendo soffrire. Vuole smollarmelo, capito, liberarsene. E io sarei felice di prendermelo, ma sono stanco di renderle la vita facile. Ha voluto la custodia congiunta? Faccia la sua parte. Dopo che s'è fottuta l'appartamento e quasi mezzo stipendio neanche il cane vuole piú accudire?
– Quindi sei fuori di casa, Duccio?
– E per forza. Ho fatto anche domanda per tornare a insegnare qui, cosí almeno vado a stare dai miei.
– Ormai la parabola del divorzio moderno è quella del Figliol Separato Prodigo, – commento, amareggiato. – Sai quanti ne conosco di nostri coetanei che sono tornati a vivere dai genitori dopo la separazione?
– E pensa come ci si sente a ritirarsi la sera nella stessa stanza di quando andavi a scuola. In camera mia c'è ancora il poster dell'Uomo Ragno dietro la porta, cazzo.
– Me lo ricordo. Quello di Steve Ditko, in regalo con il numero 1.
– Esatto.
– Gesú Cristo, Gaviscon.
Gli poso una mano sulla spalla destra e taccio qualche secondo a scopo d'empatia mentre penso che potrei chiedergli di farmi una fotocopia a colori, di quel poster introvabile.

– Che vuoi farci, Duccio. È la legge, – dico, cosí, tanto per dire.

– La legge è uguale per tutti ad eccezione delle mogli, Madonna cavallara, – e qui va in crescendo. – Oggi il miglior lavoro che può trovarsi una donna è prendere marito. E non è nemmeno che devi sposare uno ricco, basta che abbia un lavoro e soprattutto una casa. Gli levi metà stipendio e lo sfratti pure, capito che Bingo? Hai svoltato nell'attimo preciso in cui l'hai convinto a dirti sí.

A questo punto, con la coda dell'occhio registro un guizzo indispettito sul viso di una donna sui quarantacinque, in coda per il bancomat. Avevo già avuto l'impressione che seguisse (suo malgrado) il nostro dialogo, e ora che mi volto a guardarla non solo ne sono sicuro, ma la vedo cosí infastidita dall'invettiva del mio vecchio amico che temo voglia intervenire, cosa che infatti succede di lí a un attimo.

– Senta, – gli si rivolge sprezzante, – abbia la decenza di non esprimere le sue opinioni in un luogo pubblico, potrebbe esserci una donna separata, nelle vicinanze.

Per un momento io e Gaviscon ci guardiamo in faccia, quasi cercassimo nel volto dell'altro la conferma di aver sentito davvero quella frase uscire dalla viva bocca di un'estranea. Anche un signore in fila si gira verso di noi. Da un certo modo eloquente di arcuare le sopracciglia mi sembra chiaro che parteggi per Gaviscon, ma poi si volta come pensasse che non valga la pena sprecare una sola parola sull'argomento.

– Ah, guardi, è quello che spero, – risponde abbastanza prontamente Gaviscon. – Si figuri se con tutta la merda che mangio sto anche a trattenermi dal dire quello che penso.

– Abbia pazienza, eh, signora, – intervengo prima che lei replichi, – mi spiega con quale autorità si rivolge a una persona che neppure conosce negandole il diritto di esprimere le sue opinioni in pubblico?

– Bravo Vincenzo, – si gasa Gaviscon. – Siamo in un

paese libero, giusto? Da noi vige la libertà di opinione, signora. S'informi.

– Ma stia zitto. Quanto a lei, – intende me, – non stavo certo negando la libertà d'espressione, ma quella di offendere impunemente le donne separate, facendo di tutta l'erba un fascio.

– Io amo fare di tutta l'erba un fascio, – dice Gaviscon virando in tonalità provocatoria, – è la mia prima occupazione quando mi alzo la mattina. Esco e vado in cerca di erba da fasciare. Faccio delle grandi balle e le porto in giro per la città. Sono un fascista dell'erba.

– Ma che deficiente sei, – gli dico sputazzando una mezza risata di gusto.

– Ha ragione il suo amico, lei è proprio un deficiente, – fa la signora.

– E lei è una stronza, – risponde Gaviscon non proprio subito (il che rende l'insulto ancora piú forte, perché vuol dire che ci ha pensato).

Piomba un silenzio scandaloso, durante il quale mi rallegro che non ci sia piú nessuno in fila. Se c'è una cosa che non sopporto sono le risse in presenza di sconosciuti che si trovano lí per caso e ne approfittano, invece di levarsi di torno.

– Ehi, non montarti la testa: chi ti credi di essere, Sgarbi? – dico, cercando di ridimensionare la gravità dell'offesa.

– Ho sentito bene, mi ha appena dato della stronza? – fa la tipa, basita e già paonazza.

– Sono mortificato per il mio amico, signora. Anche lei però, dargli del deficiente…

– Le dico una co-cosa, cafone vi-villano, – punta il dito contro Gaviscon iniziando a balbettare dalla rabbia, – io sono separata da u-undici anni e non ho mai, dico mai, vovoluto un soldo da quello stronzo del mio ex maa-rito. Siamo mica tutte quante come sua moglie, che si cre-crede.

– Ma dice sul serio? – chiede Gaviscon prendendo un'espressione sinceramente stupita.

– Certo che sono seria, co-cos'ho, la faccia della bugiarda?

– Cristo sa-santo, signora, le chiedo scu-scusa con la fa-faccia per terra. Le donne separate come lei dovrebbero chiamarle a tenere seminari nelle università, altroché-ché.

– Non faccia lo spi-rii-toso.

– No, davvero, a parte gli scherzi, le giuro che sono sincerissimo. Lei è un esempio, la smentita vivente di un pregiudizio. Le dico di piú: lei è pericolosa. Le donne come lei sono un alibi perfetto per le stronze come la mia ex moglie.

– Non è carino da parte tua dare della stronza a Ludovica, in fondo l'hai sposata, – m'intrometto a puro scopo di disturbo.

– Vaffanculo, tu. Sa di cosa la rimprovero, signora? Di mettersi dalla parte d'indifendibili parassite portando a esempio la sua dignità. È come se uno che paga le tasse difendesse quelli che le evadono. Siamo sulla stessa barricata, dia retta a me. Lei perché non approfitta della legge per spolpare il suo ex marito, io perché sono spolpato da quella grandissima stronza della mia ex moglie. Dovremmo andare a braccetto, e invece stiamo litigando. Ha capito come sono stati bravi questi bastardi a metterci l'uno contro l'altra, Dio crostaceo?

La signora sembra confusa, oltre che stranita dall'accostamento blasfemo di Gaviscon (da come stringe gli occhi, giurerei che sta visualizzando le chele di un'aragosta). Lo sforzo che mi costa trattenere le risate mi fa impennare la pressione sanguigna.

– Dovremmo unirci, piuttosto, – chiosa Gaviscon.

– Sarebbe una grande idea, – intervengo. – Un sindacato di coniugi divorziati che fanno fronte comune contro i privilegi della separazione.

– Bravo Vincenzo! Sei sempre stato portato per la sintesi, tu.

– Ma mi state prendendo per il cu-culo, tutti e due? – fa la signora, sentendosi simbolicamente in mezzo.

«Eh sí, quello dove un giorno qualcuno volò», vorrei tanto rispondere, ma riesco a tenere la bocca chiusa.

– Neanche per sogno. Oh, cosa crede, io qui le sto spiattellando la mia vita privata e non ha ancora capito che dico sul serio? Io l'avrei sposata una donna come lei, signora...

– Capòzzoli. Giuliana Capòzzoli.

– Lietissimo. Professor Duccio Crivelli.

– Professore? – fa lei come se quella rivelazione conclamasse il definitivo declino della scuola italiana.

– Eh, perché? – chiede Gaviscon infastidito.

– Sí, non sembra ma è un professore di Filosofia, – intervengo per rompere l'imbarazzo, – nonché aspirante scrittore. È la sua passione fin da ragazzo, e non ha ancora capito che deve lasciar perdere. Qualche libretto l'ha anche pubblicato, ma sempre con editori insignificanti e piú che altro a sue spese. Prima al telefono mi ha detto che adesso spera di avere una chance con un grosso editore, ma temo stia andando incontro a un altro fallimento.

– Sei uno schifoso pezzo di merda, – mi fa lui. Ma vorrebbe rotolarsi per terra dal ridere.

– Comunque lei lo chiami pure Gaviscon, – concludo, ignorando l'epiteto.

– Come la medicina contro il bruciore di stomaco?

– Proprio quella.

– E perché?

– Come perché? Ma l'ha visto in faccia? La vita lo disgusta.

– Ah, ah, ah, è vero!

– Ehi, adesso non s'allarghi, signora Capezzoli, – dice Gaviscon.

– Capòzzoli, – corregge lei.

– Lo chiamiamo cosí da una vita, – spiego. – Eravamo compagni di scuola, anzi di classe, pensi. Arrivava alla prima ora già con quella faccia lí.

– Questo grandissimo stronzo bugiardo, invece, – dice Gaviscon presentandomi con un mezzo inchino (in queste occasioni diventa terribilmente vintage), – è l'avvocato Malinconico. Vincenzo, Malinconico.

– Molto lieto, – dico alla signora tendendole la mano.

– Piacere mio, avvocato, – fa lei scrutandomi con un interesse del tutto assente fino a due minuti fa. – Sa che penso di conoscerla?

– E lo credo bene, stava per diventare famoso, – interviene Gaviscon.

– E lui è un cretino. Non gli dia retta, – dico.

– Sí, è vero, – approva lei.

– In che senso, signora Capezzoli? – chiede Gaviscon piccato.

– Capòzzoli. E la smetta.

– Infatti, Gaviscon. Falla finita, che sei fuori luogo, – infierisco prontamente.

Gli viene da ridere (muore dalla voglia di mandarmi affanculo, ce l'ha scritto in faccia), ma riesce a contenersi per tornare all'attacco della signora Capòzzoli.

– Quindi è questo che pensa di me? – domanda, mostrandosi sinceramente ferito.

– Sí, penso che lei sia un cretino, professor Gaviscon.

– Lo vedi? – giro il coltello nella piaga.

– Oh, insiste, – dice Gaviscon guardandomi in faccia incredulo. Io già rido al pensiero di quanto rideremo piú tardi, raccontandoci i passaggi migliori di questo dialogo.

– Ma in fondo è simpatico, – aggiunge la signora Capòzzoli.

La faccia di Gaviscon brilla di luce compiaciuta. Si volta verso di me come a dire: «Ma che ci faccio io alle donne?»

– Secondo me è solo cretino, – osservo.

– Non lo conosco ancora cosí bene, – risponde la signora dando prova di un certo tempismo ironico.

– Quell'ancora vuol dire che ha intenzione di frequentarmi, signora Capezzoli?

– Chiamami un'altra volta Capezzoli e ti arriva la borsa in faccia, – lo fredda lei.

Mi copro la bocca con la mano.

Gaviscon guarda me con un'espressione che giudicherei posizionabile fra lo sconcerto e la gratificazione, ammesso che i due stati d'animo siano compatibili.

– Li adoro, i bruschi passaggi al tu, – commenta. – Puoi tenere a freno la borsa, Giuliana.

Lei sorride e annuisce.

– Che faccio, me ne vado? – domando dopo un paio di secondi d'imbarazzante silenzio. Per quanto demenziale sia la situazione che ho di fronte, a questo punto è indubbio che sto assistendo a un rimorchio in diretta. Il che, a pensarci sopra, non è mica una novità. Al liceo, Gaviscon conquistava le ragazze litigandoci.

– Ooh, finalmente cogli, Malinconico, – risponde Gaviscon, quindi torna a rivolgersi alla sua probabile conquista. – Ci mette un po', ma in fondo è intelligente.

– Questa conversazione sta diventando una farsa, – dice la signora Capòzzoli. Sarà perché s'è sciolta, ma da qualche minuto comincio a guardarla diversamente, cogliendone la bellezza. È cosí che succede con le persone non appariscenti: devi conoscerle un po' per vederle. È il loro modo di mostrarsi.

– Benvenuta nel club, – dico.

– Come, benvenuta? – fa Gaviscon. – E l'esame di ammissione?

– Finiscila, – dice la signora Capòzzoli in un imperativo che sa già di potersi permettere (codice cifrato che Gaviscon coglie prontamente, tant'è che accetta l'ordine e si tace, sorridendo compiaciuto), quindi torna a me.

– Sa che credo di averla vista in televisione?

Starei per rispondere, ma Gaviscon mi anticipa.

– Credi bene, perché hai di fronte forse l'unico avvocato al mondo che ha preso parte alla diretta televisiva di una tragedia processuale autentica. Vincenzo ha difeso un boss sequestrato dal padre di una vittima di camorra uccisa per sbaglio. Pensa, questo povero disperato era un ingegnere che aveva progettato l'impianto di videosorveglianza del supermercato in cui il latitante andava impunemente a fare la spesa. Cosí ha architettato il sequestro e l'ha mandato in diretta tv tramite le telecamere a circuito chiuso del supermarket. Una specie d'inquisizione da Grande Fratello.

– Ma certo, come no! L'avvocato che difendeva il camorrista ammanettato al banco dei surgelati! – fa Giuliana Capòzzoli guardandomi come se mi fossi appena trasformato in Justin Bieber.

– Si trovava lí per caso, pensa che culo.

– Crepa, Gaviscon.

– Se ci ho messo un po' a riconoscerla è perché le immagini erano in streaming, però accidenti, è proprio lei.

– Eh già.

– Aah, ecco perché dopo quel botto televisivo non ti ha piú cacato nessuno, – ne approfitta subito Gaviscon. – Altrimenti con una diretta del genere a quest'ora dovresti essere incredibilmente famoso.

– Anche tu a quarantasette anni dovresti vivere per conto tuo, invece che con mamma e papà.

Sbarra gli occhi, incredulo che l'abbia detto.

– Questo era sotto la cintola, Vince'. Non ti facevo cosí sleale.

– Incúlati, Gaviscon. Scusi, signora.

– Ma le pare. Davvero vivi con i tuoi? – chiede Giuliana Capòzzoli a Gaviscon.

– Sí, nella dépendance della nostra villa in collina.

Devo trattenermi dal chiedergli di battere il cinque.

– Sí, va be', sta' un po' zitto, – gli fa la Capòzzoli come se lo conoscesse da vent'anni, e poi torna a rivolgersi a me. – Certo, dev'essere stata un'esperienza sconvolgente. Trovarsi costretti a inscenare una farsa processuale, pensare che da un momento all'altro può scapparci il morto... te la sarai vista brutta. Scusi, le ho dato del tu.

– Va benissimo.

– Allora chiamami Giuliana.
– Ehi, – fa Gaviscon, – avevo capito che volessi uscire con me.
– Uscire con me? Ma come parli, Gaviscon? Manco ai tempi nostri si diceva piú cosí, – provoco.
– Ah no? E come si dice? «Avresti mica intenzione di approfondire la mia conoscenza tramite frequentazione»?
La Capòzzoli ridacchia.
– Cos'è, sei geloso dei tuoi amici?
– Di lui sí. Nessuno se lo spiega, ma piace alle donne.
– Ma quando mai, – nego.
– Ehi, a proposito, – mi dice Gaviscon come fulminato da un pensiero, – prima al telefono mi sono cosí precipitato a raccontarti i fatti miei che non ti ho chiesto se stai sempre con quella tua collega strafiga, come si chiamava, aspetta…
– Alessandra.
– Alessandra Persiano. Un vero schianto, quella.
– No.
– Non si chiama Alessandra Persiano?
– No, non stiamo piú insieme.
– Davvero?
– Già.
– Mi spiace.
– Sai dove vai forte tu? In tempismo dell'empatia. Ci siamo lasciati tre anni fa, deficiente.
– Beh, allora che cazzo te ne frega, la vita va avanti, giusto?
Giuliana Capòzzoli ride. Io invece taccio, rassegnato.
– Anzi, adesso posso dirtelo senza paura di ferirti, Vince': non era per niente simpatica, quella lí. Ma chi si credeva di essere? E poi, anche questo avevo evitato di dirtelo, aveva un leggero strabismo a destra.
– Sei proprio sicura di voler frequentare un cretino simile, Giuliana? – chiedo alla Capòzzoli.
– Dipende da come si comporta la prima sera, – fa lei.

Nell'occhio sinistro di Gaviscon brilla la stellina del preavviso di trombata.

A questo punto manca solo che si scambino i numeri.

E lo fanno.

Dieci minuti dopo siamo al Feltrinelli Megastore, dove Gaviscon (che pare un Prosecco millesimato, tanto frizza per l'inaspettato rimorchio) mi ha obbligato a seguirlo, benché io proponessi un posto piú indicato per un drink.

– Ti impressiona, eh, vedermi ancora cosí brillante con le donne? – mi dice autocomplimentandosi, mentre scorre la parete delle novità con gli occhi dell'addetto ai lavori che tiene sotto controllo la produzione letteraria del momento.

– Guarda, ero sbalordito.

– Senza che rosichi, sono stato grande.

Prende l'ultimo Julian Barnes, lo apre a metà, scorre qualche riga e lo ripone sullo scaffale come l'avesse già letto in lingua originale e nutrisse qualche riserva sulla traduzione.

Seguo allarmato quella sequenza di movimenti al tempo stesso ridicoli e inquietanti, poi rispondo.

– Cristo, Gaviscon. Non puoi avere diciott'anni tutta la vita.

– E questo che cazzo vorrebbe dire?

– Con tutto il rispetto per Giuliana Capòzzoli, non hai rimorchiato una ventenne.

– Beh? Ne avrà 45, 46 esagerando. Saranno quei 25-26 anni in piú, mica tanto.

C'imbattiamo nel cartonato ad altezza quasi naturale di un bestsellerista a cui si sarebbe potuto anche perdonare il romanzo, ma il totem no.

Gaviscon accusa una fitta che gli accentua il disgusto facciale. Sto per dirgli: «Non fare cosí», ma poi penso che sia meglio restare in argomento donne.

– Massí, facciamola finita con le discriminazioni. Che differenza vuoi che passi fra una modella di Victoria's Secret e una milf.

– Non ti facevo cosí razzista, Malinconico, – dice allontanandosi dal totem e costringendomi a seguirlo. – Una donna non piú giovane non può essere desiderabile?

– Eh, – rispondo inquadrando la copertina di uno di quei romanzi dai titoli ispirati, tipo *Il mosaico delle briciole sulla tovaglia*, *La trasparenza della polvere nell'aria* o che so io, *L'inspiegabile desolazione delle 15,40 di fine ottobre*; di quelli che uno li vede e pensa: «Ma che persona sensibile dev'essere quella che li scrive».

– Ma tu, piuttosto, – mi chiede Gaviscon a bruciapelo, – dopo Alessandra Persiano piú niente?

– Come sarebbe a dire piú niente? – ribatto. Nel frattempo ho quasi smesso di ridere.

– Hai detto che vi siete mollati tre anni fa, giusto?

– E allora?

– Niente, cosí. Facevo due conti.

– Per caso ho la faccia di uno che non scopa da tre anni, Gaviscon?

– Non lo so. Com'è la faccia di uno che non scopa da tre anni?

Ci penso un attimo.

– Come quella della media delle persone sposate.

– Bada a come parli. Prima della separazione ero un orologio.

– Però.

– Tu invece che media hai, mr Single? Col cuscino, intendo.

– Ho una vecchia amica che mi aggiorna il sistema operativo un fine settimana sí e uno no, se vuoi saperlo.

– Sul serio?

– Qualche volta pure nei giorni feriali, se il marito è in viaggio.

– Non ci credo.

– Perché dovrei dirti palle?

– Pure sposata, quindi.

– E già.

– Gesú, ma è fantastico.

– Infatti.

– Credevo che le amanti disinteressate si fossero estinte.

– Infatti è una Survivor.

Si ritira in un silenzio che non promette niente di buono.

– Ti ho detto che ho fatto domanda per tornare a vivere qui?

– Non te la presento, Gaviscon. Vai a fare in culo.

Il nostro dialogo semidemenziale procede inesorabile (ma quanto siamo rimasti cretini, a dispetto dell'età?), e a un tratto mi accorgo che è da quando siamo entrati che continuo a tampinare Gaviscon mentre vaga tra i banchi delle novità con una sottile ma percettibile impazienza, quasi cercasse un testo che non trova; ed è allora, con uno scatto d'incredulità, come assistessi a un fenomeno paranormale, che realizzo che quello che Gaviscon si aspetta di trovare è il suo libro.

La metà di me (quella piú stronza) vorrebbe dirgli: «Gaviscon, usciamo, ti prego, questo luogo nuoce gravemente alla tua salute, il tuo libro qui non c'è e forse non ci sarà mai, anche perché non l'hai ancora scritto, me l'hai detto tu al telefono, ricordi?»; mentre l'altra (un po' piú progressista) riconosce in queste povere allucinazioni una strategia di speranza, quasi che perseverando nell'autofiction si potesse anticipare il futuro, piú esattamente incentivarlo, imprimergli la giusta direzione.

Disperazione in purezza, certo. Ma chi di noi non ne ha fatto esperienza, qualche volta nella vita? Chi non ha mai finto di essere quello che avrebbe voluto diventare?

Chi non ha mai non solo sognato, ma interpretato il suo sogno a occhi aperti?

In quanto amico di Gaviscon sarò anche di parte, ma vi dico una cosa: il suo scarso senso della realtà mi piace.

– A proposito, io quasi quasi la Capòzzoli la invito alla cena, – dice come proponendolo a se stesso, mentre il fantasma dello scrittore mancato abbandona il suo corpo, scalzato dall'entusiasmo della molto piú reale conquista recente.

– Ma di quale cena stai parlando? – chiedo, seguendolo verso l'uscita (l'impatto con l'esterno mi procura un sollievo simile a quello che potrei provare dopo una corsa in ascensore in compagnia di un condomino socialmente disadattato).

– Come quale, quella di classe, – fa Gaviscon.

Ci guardiamo in faccia interdetti, e solo allora Gaviscon realizza la lacuna.

– Oh Dio santo, era la ragione per cui ti ho chiamato stamattina e non te l'ho neanche detto. Mercoledí prossimo da *Cicirinella*, Vince'. Ci sono voluti due mesi per organizzare: Nicoletta ha fatto i salti mortali per trovare una data che andasse bene per tutti.

– Nicoletta Mautone? Quella del primo banco? È ancora viva?

– È anche piú giovane di te, se è per questo. Ma non li leggi i messaggi su WhatsApp?

– E no che non li leggo, i messaggi su WhatsApp. Anzi, se vuoi saperlo li detesto, i gruppi WhatsApp.

– Ma tu sei iscritto, al gruppo WhatsApp dei compagni di classe.

– Non è esatto, siete stati voi a iscrivermi.

– Però non sei uscito dal gruppo.

– Lo farei, se sapessi come si fa.

– Si può sapere cos'hai contro i gruppi WhatsApp?

– I messaggi a mitraglia. Per non parlare dei filmini spiritosi. E se vuoi vado avanti.

È quasi l'una, tra mezz'ora devo essere al *Salvagoccia* per la, diciamo, colazione di lavoro con Veronica Basta Tarallo, alla fine della quale dovrò anche ricordarmi di chiamare subito Espe per raccontargli l'incontro nei dettagli, visto che gliel'ho promesso.

Il ristorante non è proprio vicinissimo, opto per un pullman che dovrebbe fermarsi piú o meno da quelle parti e dico a Gaviscon di accompagnarmi alla fermata.

– Quindi come restiamo? – gli chiedo strada facendo.

– Restiamo che mercoledí c'è la cena di classe e tu ci vieni. E non inventarti impegni perché è chiaro che non ne hai.

– E tu cosa ne sai dei miei impegni?

– Piantala di fare storie e dimmi che vieni alla cena.

– Non so se ne ho voglia, Duccio. Non sono un fan delle rimpatriate.

– Invece secondo me sarà divertente vedere come ci siamo ridotti. Un Grande Freddo dei poveracci, tipo. Molti non li incontro dall'esame di maturità.

– E non credi che questo voglia dire qualcosa?

– Che abbiamo vissuto vite diverse e ci siamo persi di vista?

– Oppure che quei rapporti hanno fatto il loro tempo. Perché dovrei sedermi a tavola con gente che non vedo da trent'anni e con cui non ho piú niente in comune?

Intanto raggiungiamo la fermata.

– La stessa obiezione che mi ha fatto Pino Silvestre, oh.

– Pino Silvestre? – m'illumino. – Perché, viene anche lui?

– E certo. Dio che palle, ma bisogna pregarvi, voi due? Cos'è, siete diventati famosi e non ce ne siamo accorti? E piantatela di farla tanto lunga, Dio punk.

Qui ho proprio una botta d'adrenalina nostalgica. Non vedo Pino Silvestre da non so piú quanti anni, benché, per quanto ricordi, abiti in una zona residenziale appena fuori città. Giuseppe Silvestre: è proprio cosí che si chiama il compagno di classe di cui all'oggetto. Come abbiano fatto, i genitori di Pino, a ignorare l'accostamento fra il diminutivo del nome scelto per il loro primogenito e il celebre profumatore per auto, è stato per tutti noi un mistero fin dalla prima lettura dell'appello.

Pino Silvestre, guarda tu.

Studiava pochissimo ma sapeva intortarsi i prof senza leccargli il culo, giocava da dio a tennis e l'anno della maturità si guadagnò una certa fama per aver fatto filone per due settimane di seguito.

– Pino sarei proprio felice di vederlo, – dico.

– Sapessi lui. Anzi, testualmente ha detto: «Voglio Scemenzio». Ma lo sai che sta passando un brutto periodo?

– No, perché, che gli è successo?

– Ha divorziato.

– Anche lui? Ma è un'epidemia. E come mai?

– Si scopava la sorella della moglie.

– Cosa?

– E il peggio è che quando la moglie l'ha saputo non ha dato una gran prova di discrezione, per cosí dire.

– Come sarebbe?

– Sarebbe che ha rotto con la sorella dandole della troia davanti alla scuola di suo figlio (il figlio della sorella, intendo), ha raccontato la loro tresca a cani e porci e poi, non contenta, ha pubblicato la notizia su Facebook. Conclusione: i figli non vogliono piú vederlo, colleghi e amici lo evitano e il circolo velico gli ha ufficialmente chiesto di dimettersi. Praticamente gli sta distruggendo la vita, quella iena.

– Ma è terribile.

– Mi ha raccontato che il portiere, quando esce di casa la mattina, si volta dall'altra parte per evitare di salutarlo.

– Ma cosí Erika gli danneggia pure la carriera.

– Infatti, ha già perso un sacco di clienti, mi ha detto. I pregiudizi hanno degli effetti collaterali perversi: la gente non ha voglia di farsi mettere le mani in bocca da un dentista che si tromba la cognata, anche se non si capisce perché.

– Va be', mi hai convinto: vengo, – dico mentre mi unisco alla coda dei passeggeri in salita sul pullman.

– Passo a prenderti mercoledí cosí andiamo insieme, – fa Gaviscon. – Poi ti chiamo per accordarci sull'orario.

– Okay.

Ci salutiamo battendo il cinque al volo.

– Oh, Gaviscon, – dico in corner, già con un piede a bordo.

Si volta.

– Cosa.

– Ma non potremmo andare a cena solo noi tre?

– Vince': NO.

Conferimento d'incarico

Pavimenti in resina color ruggine, travi a vista e pareti parzialmente scrostate con qualche piccola crepa che non guasta, arredo minimal stile vintage con tavolini da bistrot in cui si sta stretti già in due, mobilia disomogenea buttata lí a studiato casaccio per affermare la prevalenza della funzionalità sull'estetica (tipo un cassettone da camera da letto associato a una vecchia credenza tarlata senza sportelli o una sedia da barbiere anni Venti tenuta in un angolo a mo' di scultura postmoderna) e un intenso odore di formaggi e prosciutti che imperversa nel locale come un'istigazione olfattiva a non badare agli scandalosi prezzi del menu: questo, a riassumerlo in poche righe, è il *Salvagoccia*.

Da una rapida ricerca su internet, avevo intuito che si trattasse di un locale trendy, ma trovarsi intorno qualche attore e attrice abbastanza famosi fa tutto un altro effetto, bisogna dirlo.

La mia imminente assistita è in ritardo di dieci minuti. Io sono seduto a un tavolino di fronte a una pretenziosa cover pop della lattaia di Vermeer in costume da bagno a pois anni Cinquanta, e la nube gastronomica, deliziosamente tossica, che aleggia nel locale, mi ha messo una fame indiscriminata. Mangerei qualunque cosa uscisse dalla cucina anche con una benda sugli occhi, lo giuro; ma sono un avvocato che sta per incontrare una cliente di un certo livello, e devo darmi un tono. È in momenti come questo che invidio gli idraulici, i manovali, gli artigiani, gli artisti e chiunque si guadagna da vivere affrancato dalla prigionia della presentabilità.

Al tavolo accanto hanno appena servito due porzioni di tagliatelle ai porcini a una coppia che, dalla logorrea di entrambi e dalla stucchevole sovrapposizione di «Scusa, ti ho interrotto» e «Cosa stavi dicendo?», giudicherei al primo appuntamento.

L'aspetto tragicomico della pièce è che ognuno dei due si vergogna di mangiare per primo, per cui ogni tanto gli cade l'occhio sulle tagliatelle (che divorerebbe come un Rottweiler, se potesse), ma sta lí a farle raffreddare, tanto si preoccupa di sfigurare agli occhi dell'altro.

Davanti a simili scenette (che ben conosco, essendone stato piú volte protagonista) mi scopro a constatare quanto la prospettiva del sesso possa condizionare la vita delle persone, inducendole a sopprimere i loro desideri piú pulsanti.

Il problema (penso inoltre) è che queste rinunce finalizzate le paghi non solo nell'immediato, ma soprattutto nei tempi lunghi. Perché se al primo appuntamento ti sei sforzato di apparire come uno per cui le tagliatelle non sono importanti, dopo sarà imbarazzante mostrare i tuoi veri sentimenti per le tagliatelle; e lei, quando ti vedrà azzannarle nella cucina di casa vostra (magari direttamente dalla pentola), ti rimprovererà di non essere l'uomo che credeva. Come se poi ci fosse qualcosa di riprovevole nel godere di buon appetito.

Se invece, la prima volta che la porti fuori a cena, all'arrivo delle tagliatelle la smettessi di recitare lo sfiancante copione di: «No, anzi, ti prego, continua», «Tu devi essere il tipo di persona che si dà molto agli altri, vero?», «Non essere cosí severa con te stessa» ecc.; brandissi fieramente la forchetta e ti avventassi sulle tagliatelle, lei capirebbe fin dall'inizio con chi ha a che fare, per cui qualora trovasse disdicevole il tuo appetito leverebbe il disturbo seduta stante, e per te sarebbe un affarone, perché cosa te ne fai di una marchesina con la puzza sotto il naso che trova poco chic un uomo che mangia le tagliatelle con entusiasmo?

Questa franchezza preventiva – come poi l'esperienza c'insegna – ci difenderebbe dalle svariate incompatibilità che si rivelano nel corso della relazione causando effetti collaterali anche gravi; e invece, soprattutto all'inizio, siamo lí tutti concentrati a voler fare bella figura, negando noi stessi a partire dal desiderio ultimo che in quella situazione ci governa, cioè scopare prima possibile (come se scopare fosse ancora piú deprecabile del mangiare le tagliatelle). Perché è chiaro (nel senso che è chiaro a entrambi) che lo scopo del parlarsi in questo tipo di pranzi o cene non è parlare ma fare l'esame all'altro per capire se è il caso di scoparci o no, tant'è che volendo – di questo sono proprio convinto – ci si potrebbe anche sedere uno di fronte all'altro e dire Ambarabàciccicoccò o Supercalifragilistichespiralidoso tutto il tempo, ridursi cioè a qualche scioglilingua o anche a una pura emissione di suoni, che forse ci renderebbero piú buffi e veri agli occhi dell'altro, sí che poi quando arrivano le tagliatelle saremmo abbastanza disinibiti da gustarle senza sentirci in colpa, con delle ricadute sicuramente benefiche sulla relazione che comincia.

Sono ancora lí che rifletto sull'aspettativa sessuale come negazione del sé, quando una giovane cameriera vestita come la roadie di un gruppo rock mi punta dal fondo della sala e viene dritta al mio tavolo. In una mano ha una bottiglia sciampagnotta, nell'altra una flûte che tiene per il gambo, infilata fra indice e medio.

Mentre la vedo arrivare ho un déjà-vu, tant'è che le sorrido stupidamente, aspettandomi che debba dirmi qualcosa di carino, vai a capire perché.

– L'avvocato Malinconico? – domanda.

Ci azzeccassi una volta, con i déjà-vu.

– Sí.

– Ha appena telefonato la signora Veronica Starace per

informarla che arriverà con qualche minuto di ritardo per via del traffico.

«Cosa sei, la sua segretaria?» penso.

– Ah. Grazie, – dico. – Ma non c'era bisogno di scomodarvi, ha il mio numero.

– Qui i telefonini non prendono, purtroppo, – si spiega, mentre posa la bottiglia e il calice sul tavolo e tira fuori un cavatappi fighissimo dalla tasca posteriore destra dei pantaloni di pelle nera (molto piú fighi del cavatappi). – Anche se molti clienti apprezzano l'inconveniente.

Vorrei dirle: «Scusa, ma che stai facendo?», mentre la guardo stappare la bottiglia, che cosí a occhio mi pare debba costare giustappunto un occhio, ma non ne ho il coraggio.

– È un Franciacorta Dosaggio Zero Gualberto Ricci Curbastro. 70% circa di Pinot Nero, il resto Chardonnay, – me lo presenta, versandomelo.

– Interessante, – riesco finalmente a dire mentre guardo la schiuma bollicinosa autoestinguersi sulla superficie del Prosecco, – ma non l'ho ordinato.

– Infatti, ha chiesto la signora Veronica di servirglielo, intanto che l'aspetta.

– Però, – dico, chinando lateralmente la testa. Chissà perché si china sempre la testa di lato, quando si esprime ammirazione per qualcosa.

– Prego, – fa sorridente Pantaloni Di Pelle Nera sollevando la bottiglia dal tavolo e mettendosi in posizione d'attesa, guardando altrove per non influenzare il mio assaggio.

Ho sempre detestato il momento degli onori del vino. È come giocare a padrone e servo, con il cameriere costretto ad assecondare il cliente che se la tira da aristocratico. Il protocollo prevede che io adesso mandi giú un sorso e poi annuisca in segno di approvazione autorizzando il prosieguo della mescita, e lo farei anche, se nel frattempo Pantaloni Di Pelle Nera non fosse stata raggiunta da un collega con dei baffi da cretino che le sussurra all'orecchio qualcosa che la fa incazzare come una biscia, tanto che quasi sbatte la bottiglia sul tavolo, gira i tacchi e si lancia alle sue calcagna mentre quello si allontana fra i tavoli, come non vedesse l'ora di approfondire una polemica avviata in precedenza.

La seguo con gli occhi biasimando la sua scarsa professionalità, e ne approfitto per fare subito un altro pieno di Prosecco. E meno male che non torna piú al mio tavolo, perché nel giro di dieci minuti dimezzo la bottiglia, piú che altro per fame.

Quando arriva Veronica Starace Basta Tarallo sono quasi ubriaco, e tuttavia resto cosí abbacinato dalla sua bonaggine che temo di fare la figura di uno che non tromba decentemente da qualche mese.

Indossa un trench color ghiaccio su un tubino di seta con dei tulipani rossi e bianchi stampati su sfondo nero, scarpe décolletés che le slanciano le gambe nervose, scattanti, quasi certamente sottoposte a ginnastica quotidiana, occhiali da sole anni Settanta che solleva appena varca la soglia del locale, spostandoli al di sopra della fronte per usarli come fermaglio dei lunghi capelli rossi che le danzano intorno alla testa.

Siccome è in ritardo, attraversa la sala accelerando il passo. L'attività motoria favorisce il balletto del suo notevole terrazzo a livello, provocando l'immediato allineamento degli sguardi della clientela maschile seduta nelle vicinanze, primo fra tutti quello dell'attore abbastanza famoso, che si becca subito un calcio sotto il tavolo dall'attrice abbastanza famosa, con cui a questo punto è evidente che ha una tresca.

Quando Veronica Starace Basta Tarallo mi raggiunge al tavolo, aggancia la borsa alla spalliera della sedia e si toglie il soprabito, consegnandolo al cameriere con i baffi da cretino che si precipita ad accoglierla con dovizia di convenevoli (si venderebbe la madre pur di trombarsela, è chiaro), manca poco che una tetta le scappi dalla scollatura. Mi si stringe il cuore all'idea di Espe che si perde un momento simile, e già rido al pensiero di quanto rosicherà quando glielo racconterò.

– Sono mortificata, avvocato, sembrava che il traffico scorresse ma a un certo punto ci siamo trovati nel pieno di un ingorgo. Cosí ho pensato che l'unica era scendere dal taxi e farmela a piedi, – dice sistemandosi la tetta nel davanzale e prendendo posto. Effettivamente è piuttosto trafelata; e tuttavia emana un odore molto piacevole, che sa piú di doccia che di profumo.

– Non si preoccupi. Grazie del pensiero, piuttosto, – dico indicando con la testa la bottiglia di Franciacorta Grado Zero Filiberto Necci Furbastro o come cazzo si chiama, figuriamoci se mi ricordo cinque o sei nomi di fila (provo anche a leggere l'etichetta ma non vedo una ceppa, mezzo ubriaco come sono).

– Ma le pare, è davvero il minimo.

Mi tende la mano, ma in quel momento non me ne accorgo, impegnato come sono a rincorrere i caratteri sulla bottiglia.

– Veronica.

– Oh. Mi scusi, – dico, tornando vigile. – Vincenzo.

Ci stringiamo la mano.

– Lo so.

Ci guardiamo negli occhi e io, che di solito m'inibisco davanti alla bellezza femminile, resto stranamente impassibile, direi anzi sicuro di me stesso, tutto compreso nella professionalità del mio ruolo. I fumi dell'alcol, probabilmente.

Questo mio inatteso (ma autentico) disinteresse per il suo fascino – me ne accorgo – la irrita. E non certo perché io le piaccia. Il fatto è che per una come lei trovarsi improvvisamente privata del potere di cagnolinizzare l'interlocutore dev'essere come per Batman saltare al volo sulla batmobile per lanciarsi all'inseguimento di una banda di criminali in fuga, girare la chiave nel quadro e scoprire che non parte.

– Che dice, me ne dà un po'? – mi chiede piccata, riferendosi al Franciacorta Doppiozero Norberto Lecci Dolciastro (chissà se ne ho azzeccata una), tanto per farmi notare che non ho ancora preso l'iniziativa.

– Oh, ma certo, mi scusi.

Glielo verso, e noto che durante la mescita sta facendo caso al dimezzamento della bottiglia.

Restiamo zitti per un po', anche dopo che lei sorseggia il Franciacorta. Siccome non smette di fissare la prova a mio carico, provo a levarmi dagli impicci.

– Era già a metà quando me l'hanno servito, eh.

– Davvero? Eppure m'ero raccomandata di aprirla al tavolo. Ora mi sentono.

– Ma no, lasci stare, non è il caso di mortificare una cameriera per una piccola disattenzione.

Devo essere arrossito, perché sorride, la stronza.

– Massí, evitiamo imbarazzi, – mi grazia girando il coltello nella piaga, quindi afferra il menu e lo spalanca. – Avrei preferito entrare in argomento prima di pranzo, ma s'è fatto tardi. Ordiniamo? Non so lei, ma io sto morendo di fame.

– No, – rispondo prontamente. – A pranzo mangio sempre pochissimo. Sono piú un tipo da cena.

Palla immonda. Ma perché hai detto una stronzata del genere? mi dico. Pensi di fare bella figura sostenendo che mangi una volta al giorno? Ma sei imbecille? Allora cosa le fai a fare tutte quelle tirate sulle tagliatelle, il mentire a se stessi eccetera?

– Beh, potevamo vederci a cena. Bastava dirlo, – osserva giustamente lei.

Non rispondo, ammutolito dalla martellata sui coglioni che mi sono sferrato da solo; ma lei deve equivocare il mio silenzio, a giudicare da come mi guarda da dietro il menu e soprattutto da quello che dice un attimo dopo.

– Ah, mi scusi, non avevo considerato l'inopportunità d'incontrarsi addirittura a cena, – butta lí falsobiasimandosi, per rinfacciarmi di star facendo la parte del professionista integerrimo.

Taccio a oltranza, ottenendo l'effetto di metterla ancor piú in difficoltà. E il bello (che poi non è bello neanche un po', come quasi tutte le volte in cui si evoca il bello a sproposito) è che non lo sto facendo neanche apposta: l'unico motivo per cui mi sono rintanato in questo silenzio impenetrabile è che vorrei darmi un pugno in faccia per essermi autocondannato a patire la fame come un idiota.

– Anche se poi, – riprende Veronica abbandonandosi a una digressione sul tema, – qualcuno dovrebbe spiegarmi quale differenza ci sarebbe tra pranzo e cena, dal punto di vista delle intenzioni dei commensali. Qualcosa impedisce forse a due persone di darsi da fare nel pomeriggio? Eppure è la cena che continua a restare il fondo d'investimento privilegiato della scopata, chissà perché.

– Sarà che dopo cena non si hanno impegni di lavoro. Complimenti per la metafora.

– Perché, non si possono avere impegni la mattina dopo? Speravo apprezzasse la metafora, grazie.

– Mi riferivo a quella del fondo d'investimento.

– Quindi l'ha capita.

– Non subito.

– In effetti richiedeva una riflessione.

Non raccolgo.

– Però ha ragione, – cambio discorso.

– Su cosa.

– Sulla discriminazione fra pranzo e cena. Infatti sono sempre piú convinto che al ristorante sia meglio non andarci, se vuol saperlo.

Mi guarda, chiude gli occhi, li riapre a mezz'asta.

– Mi dica, Malinconico, quando fa queste battute ci tiene a risultare cinico o semplicemente non si accorge di essere fuori luogo?

Rinculo come se avessi ricevuto uno schiaffo di quelli dati per far rinsavire gli imbecilli.

– La seconda, mi sa. Le chiedo scusa, non volevo essere maleducato, – rispondo dopo un breve ma significativo silenzio; quindi, in un istintivo impulso di farmi perdonare e insieme renderle omaggio, impugno il collo della bottiglia e le riempio di nuovo la flûte.

– O-hoo, allora in lei abita un gentiluomo! – esclama, sorpresa; addirittura alza la flûte e mi dedica un sorso, tanto la rallegra assistere alla mia trasformazione da professionista glaciale a uomo di mondo, o almeno di città, che sa come si tratta una donna.

– Sí, in fondo. Da giovane pure in cima. Evidentemente con gli anni peggioro. Volevo anche ringraziarla dell'invito, conoscevo questo posto solo di nome. Mi piace.

– Ma se non mangia neanche.

– Fa lo stesso, davvero. Magari prenderò delle verdure grigliate per accompagnare il vino, – rispondo, pensando che vorrei ingozzarmi come un grande obeso appena fuggito dalla clinica di un dietologo. Le verdure grigliate le odio, tra parentesi.

– E io che pensavo fosse una buona forchetta, – dice lei quasi delusa.

– Ah, sí? E cosa gliel'ha fatto pensare?

Si tamburella le labbra con il polpastrello dell'indice destro, mentre manda gli occhi a farsi un giretto nell'aria (belli anche quelli, per la cronaca).

– Forse il fatto che ha la battuta pronta.

– Non vedo il nesso, ma direi che può andare.

– Ai nessi, – fa lei alzando la flûte.

– Ai nessi, – confermo, e facciamo cin-cin.

– Comunque, – riprendo, – all'occorrenza sono di buon appetito, glielo assicuro. Ma siamo qui per discutere un incarico, e voglio concentrarmi.

– Se mangia non si concentra?

– Quando mangio preferisco mangiare.

– Ottima risposta. Io invece riesco a fare entrambe le cose senza alcun problema, – risponde mentre alza la mano in direzione di Pantaloni Di Pelle Nera, che esce in quel momento dalla cucina e sfoggia un sorriso di quelli che si riservano ai clienti abituali, poi viene subito da noi.

– Oh, buongiorno signora, – dice, sinceramente contenta di vederla.

Abbasso la testa pregando che Veronica non riprenda l'argomento bottiglia.

– Buongiorno, Gemma. Un traffico... Sta bene?

– Benissimo, grazie. Anche i ragazzi delle consegne hanno avuto il suo stesso problema, li aspettavamo da piú di un'ora e sono arrivati poco fa, – qui fa una piccola pausa per volgermi lo sguardo. – Comunque abbiamo avvertito l'avvocato del suo ritardo, penso che gliel'abbia detto.

– No, ma l'ho capito dalla bottiglia.

Sudacchio.

– Spero che abbia apprezzato, – mi dice Pantaloni Di Pelle Nera.

– Eccome, – risponde Veronica al mio posto, scorrendo il menu allo scopo evidente di sottrarsi al mio sguardo.

Si diverte proprio, la stronza.

– Allora, – fa Pantaloni Di Pelle Nera estraendo il taccuino delle comande dalla tasca posteriore dei pantaloni, – avete già scelto? Come fuori menu abbiamo anche candele alla genovese di tonno e manzo di Kobe.

– *Genovese di tonno?* Perché mi fa questo, Gemma? – le dice Veronica, affranta; e non sa quanto mi abbia rubato la battuta.

– Se la prenda con lo chef, signora, – risponde Pantaloni Di Pelle Nera, e poi ride da sola.

– Mi piange il cuore, ma voglio una carbonara. Voglio proprio quella, mannaggia.

Un piattino leggero, penso, rosicando.

– Carbonara, benissimo, – approva Gemma, e prende nota. – Spaghettoni o bombolotti?

– Bombolotti. Poi anche un haché con gorgonzola e noci e... sí, un calice di Nebbiolo.

Alla faccia del cazzo, penso.

– Nell'attesa, – aggiunge restituendole il menu (mi piace il modo in cui le restituisce il menu, come le dicesse: «Non so che farmene, riprenditelo»), – ci porti un assaggio di Pata negra e qualche focaccina. Ci sono anche quelle ai fichi?

«Pure», penso; ma mi consola l'idea di sgraffignare un po' di prosciutto per alleviare la sofferenza di vederla banchettare mentre digiuno.

– Certamente, – conferma Pantaloni Di Pelle Nera. – Per lei? – dice a me.

– Delle verdure grigliate, – rispondo, disgustato da me stesso. Lei infatti mi guarda come se pensasse che stia scherzando.

– I pranzi non ispirano molto l'avvocato, – interviene Veronica. – Preferisce le cene.

– Allora l'aspettiamo a cena, avvocato, – fa Pantaloni Di Pelle Nera come a dire: «Contento tu». – Verdure grigliate, quindi?

– Eh già.

– Posso fargliele preparare insieme a un'insalata di carne cruda, se preferisce, – propone, credo mossa a pena dalla frustrazione che immagino mi si legga in faccia.

– Bastano le verdure, grazie, – ribadisco, raschiando il fondo.

– D'accordo. Prende anche lei un calice di vino?

– Quello sí. Anche per me un Nebbiolo, grazie.

La roadie si congeda con un falso inchino e noi riprendiamo a chiacchierare, sciogliendo quel po' di tensione iniziale peraltro generata, sia pure per equivoco, da me.

Nel tempo che precede l'arrivo del Pata negra (alla vista del quale sfioro la commozione), imparo ad apprezzare l'acutezza e lo stile di questa donna abituata alla bella vita ma per niente altezzosa, che si muove e parla senza approfittare del suo corpo: non lo sfoggia, non lo spende, non lo usa per governare il dialogo, ma al contrario cerca fra le cose che ascolta quella che le stimoli un pensiero che valga la pena d'essere espresso.

Veronica Starace Basta Tarallo (devo smetterla di dire Veronica Starace Basta Tarallo), insomma, nell'insieme (un insieme decisamente ricco) mi piace; eppure… eppure non so. C'è qualcosa in lei che non mi convince. Come se trattenesse la sincerità. Non che mi sembri il tipo che te la fa sporca o ha in mente altro mentre ti parla, non questo. È come se non mi dicesse tutto, anzi, come volesse prendersi del tempo per dirmi tutto quello che devo sapere per svolgere il mio incarico al meglio: il che, considerato che dovrò curare i suoi interessi nella separazione, è piuttosto insolito; e questo, al contrario di lei, non mi piace. Non so se ho reso la contraddizione.

– Meno male che trova bello questo posto, – dice mentre sventra una focaccina e la farcisce di Pata negra con invidiabile disinibizione, facendomi sentire un poveraccio complessato, – perché mi sentivo un po' in colpa ad averla trascinata al ristorante invece di vederla nel suo ufficio.

– Il mio collega di studio era molto invidioso.

– E perché?

– Credo fosse il sogno della sua vita ricevere un incarico in un ristorante da guida Michelin. E poi lei è famosa.

Stava per farsi la comunione con un'ostia di Pata negra, ma rimane col boccone sospeso a due dita dalla bocca.

– Mi sta sfottendo?

– Affatto.

– E cos'è che mi renderebbe famosa, scusi?

– Non saprei. Ma quando gli ho detto che mi aveva dato appuntamento a pranzo si è alzato dalla poltrona. E guardi che è pigro.

Continuando a tenere l'ostia a mezz'aria, chiude gli occhi, scuote la testa e ridacchia.

– E adesso che le prende?

– Sa una cosa, – riapre gli occhi, – dovrei tirarle in faccia il Franciacorta che m'è rimasto nel calice, e invece devo riconoscere che il suo complimento, per quanto cretino e anche un po' da caserma, mi ha fatto piacere.

– E perché dovrebbe fare un gesto cosí plateale?

– Mi ha appena detto che ha fatto degli apprezzamenti sul mio conto con il suo collega, non so se se n'è accorto.

– Niente di volgare, glielo assicuro. Non è da me, e tanto meno lo avrei permesso.

– Sí, questo lo credo, – dice, posando l'ostia sul bordo del piatto e riprendendo il calice, come se l'apertura di credito che mi ha appena concesso meritasse una pausa di meditazione.

– L'ha detto lei, che c'è un gentiluomo nascosto dentro di me.

– Lei è un cretino, Malinconico, – commenta, e poi sorride sarcastica in un angolo della bocca.

– E due. La prego, si fermi qui. Ho una mia teoria sulle donne che ti danno del cretino.

– E sarebbe?

– Un'altra volta. Adesso ha di meglio da fare, – dico, invitandola a voltarsi verso Pantaloni Di Pelle Nera che arriva con la carbonara e le mie tristissime verdure grigliate.

– Ma che meraviglia, – dice spalancando gli occhi su quel piatto oscenamente grasso e fumante che darei un piede per divorare al suo posto.

Quando Pantaloni Di Pelle Nera mi serve il mio misero pranzo, Veronica s'è già avventata sui bombolotti (chiunque abbia inventato la parola «bombolotti» conosceva la psiche umana). In questo momento mi scopro a pensare che se mi chiedessero: «Apprezzare una donna che mangia con appetito è da maschilisti o da femministi?», non saprei rispondere.

– Quindi il suo è uno studio associato, – dice Veronica masticando i primi bombolotti e riprendendo un argomento che adesso non ricordo, avvilito come sono dal contenuto del mio piatto.

– No, – rispondo mentre la roadie stappa il Nebbiolo.
– Ha parlato di un collega di studio.
– Dividiamo solo l'ufficio. È un commercialista.
– E si chiama?
– Espedito Lenza.
– Mai sentito.
Pantaloni Di Pelle Nera le versa il vino. Tre dita scarse, cosí a occhio. Pagassi io il conto le direi: «Tesoruccio, per assaggiare c'è il sommelier».
– Neanche il mio nome fa annuire molte teste, se è per questo, – ribatto, prendendo subito le parti del mio mica tanto famoso amico.
– Non faccia il modesto, l'ho vista in tv.
Pantaloni Di Pelle Nera evita di guardarmi. Probabile prassi del locale per tutelare la privacy dei famosi.
– Anche lei? Ma le uniche tre persone che hanno assistito a quella tragedia le incontro tutte oggi?
– Prego?
– Niente, parlavo da solo.
Gemma la roadie versa il vino anche a me (che con l'indice destro arrotolo nell'aria un filo immaginario per dirle di non fermarsi, tant'è che poi mi ritrovo il triplo del Nebbiolo di Veronica), e quando ha finito ci lascia.
– Non sembra molto fiero di quel precedente, – osserva Veronica.
– Diciamo che è stato come vincere cento euro al Totocalcio.
– Ehi, non mi butti giú l'avvocato Malinconico, sono una sua cliente, – dice trafiggendo quattro o cinque bombolotti di seguito. Madonna quanto la odio.
– Posso sapere chi le ha consigliato il mio nome?
– Deve tenerci proprio tanto, se continua a chiedermelo, – ribatte lasciando la domanda aperta, e riprende a mangiare la carbonara. Che tra un po' finisce, mentre io sto ancora spostando le zucchine nel piatto, sognando una parmigiana alta come l'elenco telefonico di Napoli.

Ma perché continua a glissare quando le chiedo chi le ha parlato di me? Comincia a farmi girare davvero i coglioni, questa storia.

– Prima che mi riferisse i complimenti del suo collega, – riprende, – stavo cercando di dirle che se le ho chiesto di vederci al ristorante è perché detesto gli studi, specialmente quelli legali.

– Interessante, – rispondo, ma non mi pare colga l'ironia. – Come mai?

– Perché sono asettici e pretenziosi. Con quelle scenografie grevi, quei mobili pesanti, ottocenteschi, che richiamano l'arredamento mortifero delle aule penali. I quadri con le scene di battaglia. Le coste antiche dei libri di diritto che incombono sulle pareti come lapidi. Sa una cosa? Per certi versi lo studio legale classico mi ricorda quello dei maghi.

– Allora dovrebbe vedere il mio, signora. Le assicuro che prenderebbe una boccata d'aria.

– Davvero?

– Diciamo che adotto uno stile decisamente piú moderno.

«Non so se hai presente la sezione ufficio del catalogo Ikea», penso; lei certamente pensa «Che cazzo ridi?», ma siccome è tutta lanciata nel suo discorsetto va avanti.

– Quello che proprio non sopporto è la ricerca estetica di una drammaticità fatta per intimidire i clienti. Una pretesa che trovo molto datata, tra l'altro. Come se al giorno d'oggi i clienti si sentissero inferiori agli avvocati. Qualche decennio fa poteva anche funzionare, ai tempi in cui chi si laureava sapeva e chi non aveva studiato era all'oscuro, intendo. Ma adesso non è piú cosí. Per cui cosa mi allestisci quel teatrino da anticamera di tragedia? Non sto dicendo che tutti possano discutere una causa in Corte d'assise o trapiantare un fegato. Dico solo che oggi la gente è mediamente piú informata di una volta, e non è che puoi pensare di metterla in imbarazzo con i mobili da schiattamorto e tanto meno raccontarle fesserie, perché con internet si sa tutto.

– Non lo dica a me, è la storia della mia vita.

– Prego?

– No, dicevo: effettivamente ha ragione.

Infilza l'ultimo bombolotto (che fisso con malinconia), poi riprende. Anch'io mangio le mie stupide verdure, e mi domando perché.

– Voi avvocati, spero di non offenderla, siete diventati, come dire, i nuovi pezzenti.

– Si figuri se mi offendo, l'ha presa cosí alla larga.

– Era solo per dire che siete cosí tanti che si finisce per pensare che la vostra sia una professione alla portata di tutti.

– Ah, beh, questo...

– Il che poi non è vero.

– Gentile, da parte sua.

– Non sto cercando di blandirla. Prenda mio marito: si crede un padreterno, invece è solo un mediocre che ha avuto un po' di vento a favore.

– Vedo che lo stima.

– E io vedo che lei non lo conosce. È un cretino. Non dico che non sia bravo, ma lo è come tanti, non in modo esemplare. Soprattutto umanamente è un cretino. Voglio dire: uno che si rapporta agli altri aspettandosi che gli lecchino il culo è senz'altro un cretino. Immagino che sia d'accordo.

– Immagina bene.

Infatti è cosí. Ugo Starace Tarallo l'ho visto all'opera, ed effettivamente se la tira come una soubrette. Quando entra in tribunale con il codazzo di praticanti al seguito, pare che cammini sul red carpet dei Grammy Awards e si aspetti l'applauso. Ha sempre l'aria truce da avvocato inflessibile, ma diventa un Chihuahua appena vede un magistrato nelle vicinanze. Quando discute, nelle pause tra una frase e l'altra ha l'abitudine di puntare il mento verso l'alto, alla Mussolini, con la stupida fierezza di avere asserito chissà quale verità. Peccato che l'interlocutore non s'intimidisca, e anzi poi vada in giro a sfotterlo.

A ogni modo, tutto questo folklore non toglie nulla alle sue doti di avvocato. E non c'è di che meravigliarsi, perché il mondo è pieno di scemi che sanno fare il loro lavoro.

Pantaloni Di Pelle Nera torna al nostro tavolo e porta via i piatti. Veronica aspetta, e quando restiamo di nuovo soli riprende:

– E poi le palle che racconta. Sentisse quando nomina De Marsico. Lo chiama Maestro, pensi che deficiente. E non perché De Marsico non lo fosse, ci mancherebbe. È lui che si spaccia come suo allievo. E tutto perché una volta De Marsico è venuto qui a discutere una causa (sa quelle discussioni che duravano una giornata intera), e la sera con il Consiglio dell'ordine l'hanno portato a cena.

– Però.

– Lei non ha idea di quante versioni 2.0 ho sentito di quella cena. La sua preferita è quella in cui De Marsico sta mangiando lentamente un piatto di pasta e fagioli, a un tratto si rivolge a mio marito e gli dice: «Sai cosa ci vorrebbe adesso, figlio mio?»; e lui, con le sopracciglia a virgolette: «Cosa, Maestro?»; e De Marsico: «Una *beella* notte d'amore». E, narrata questa mirabolante parabola, tace e ti guarda come a dire: «Capito che perla di saggezza mi ha regalato il Maestro?» Voglio dire, se proprio ci tieni a raccontare una palla, inventane almeno una che rispetti la levatura del personaggio di cui ti riempi la bocca.

– Sono di nuovo d'accordo. Senta, mi dice come fa a mangiare come uno zappatore e ritrovarsi quel fisico?

– Grazie del complimento. Metabolismo, credo. Nella mia famiglia tutte le donne sono cosí. Ottime forchette e bravissime cuoche, per giunta. Formose, ma nessuna grassa.

– Un gran culo. Oops, scusi.

– Prego. E gliene dico un'altra: anche se non avessi ereditato questo privilegio genetico, non avrei mai rinunciato alla tavola.

– Ah no?

– Neanche per sogno. Mangiare è uno dei pochissimi piaceri della vita che puoi procurarti senza il contributo di nessuno. Privarsene mi sembra da masochisti.

– Parole non sante. Sacro-sante. E ora che ne dice di parlarmi un po' della separazione? Da quello che ha detto finora di suo marito mi sembra di aver capito che non sarà una consensuale.

– Infatti. O meglio: lui vorrebbe che lo fosse, ma alle sue condizioni.

– Un'impositiva, diciamo.

– Bella definizione. Peccato che non sia prevista dalla legge.

– La realtà la prevede eccome. Per meglio dire, la preferisce. Conosco persone finite sulla soglia della povertà per aver dovuto sottostare a condizioni di separazione semplicemente indecenti.

– Beh, io non intendo permettere a mio marito di liquidarmi con una cifra ridicola che vorrebbe versarmi anche una tantum, fra le altre cose.

Sulla sottolineatura del secondo concetto le s'irrigidisce la mascella. Porta il calice alla bocca e prende un sorso di Nebbiolo. Un simbolico tentativo d'ingoiare un boccone rimasto di traverso. Al che le do una mano.

– Non è cosí strano, è solo un modo di tagliare ogni forma di rapporto con l'ex; una buonuscita coniugale, diciamo. Sa, da un certo punto di vista anche fare un bonifico al mese è un modo di mantenere un legame con il coniuge separato, e alcuni questa frequentazione simbolica la patiscono. Anche perché, diciamolo, al di là delle ragioni e dei torti c'è qualcosa di umiliante nel passare dei soldi a una persona che hai (o ti ha) lasciato. Umiliante per entrambi, intendo. Pagare in un'unica soluzione diventa allora il modo di accedere a una specie di condono tombale sul matrimonio.

– Non l'avevo mai vista cosí, – dice, sorpresa.

– È solo perché in questo tipo di situazione la nostra

disponibilità a considerare le ragioni dell'altro raggiunge livelli particolarmente bassi.

– Mi piace il modo in cui si esprime.

Lo so, l'avevo capito dall'assenza del suo sguardo, che era rapita dal mio discorso. È buffo: quando qualcuno è preso dalle tue parole si distrae. Perché in quel momento, anche se ti ha di fronte, t'immagina. Costruisce una visione di te. In un certo senso ti smaterializza. La distrazione è un tipo di concentrazione, alla fine.

Arriva il suo haché con gorgonzola e noci. A portarglielo, stavolta, non è Pantaloni di Pelle Nera ma il cameriere con i baffi da cretino. Il profumo del piatto mi procura un istantaneo ma intenso capogiro, che antagonizzo stirandomi le sopracciglia.

Mentre Baffi Da Cretino la serve, Veronica tira fuori un elastico dalla borsa e si lega i capelli all'indietro (per mangiare piú comodamente, immagino). La manovra favorisce l'espansione pettorale, tanto che gli occhi di Baffi Da Cretino si sgranano senza un minimo di contegno.

Vorrei tanto alzarmi, prenderlo per un orecchio e portarlo direttamente dal direttore di questo ristorante fighetto e consigliatissimo dove i camerieri fanno i rattusi con le clienti, ma mi contengo e alzando considerevolmente la voce mi limito a dirgli:

– *Grazie*, – chiaramente traducibile in: «Levati dai coglioni» (infatti qualche testa dai tavoli circostanti si volta verso di noi).

Veronica coglie, batte gli occhi e sorride, come dandosi ragione per aver creduto nel gentiluomo che mi abita.

Baffi Da Cretino rincula e, dopo un altro ridicolo accenno d'inchino rivolto a Veronica (che non lo degna di uno sguardo), ci libera della sua molesta presenza.

– Stavo dicendo, – fa Veronica glissando sull'accaduto, – che ho apprezzato la lucidità del suo discorso. Non avevo considerato che la scelta del Tfr coniugale potesse implicare una motivazione addirittura dignitosa.

– Tfr coniugale?
– Trattamento di fine rapporto. Detto comunemente «Liquidazione».
– Conoscevo l'acronimo, grazie. Sa, il corso di laurea in Legge comprende un esame chiamato Diritto del lavoro.
– E guardi come s'incazza. Le piace tanto sfottere, ma s'imbufalisce se viene sfottuto.
– E allora? Questa storia che nello scherzo bisogna essere democratici non l'ho mica capita.
– Ecco, – commenta divertita, – questo è il genere di risposta che mi fa pensare che lei è un cretino. E non è nemmeno che lo fa. È proprio che a tratti lo diventa.
Quasi mi gira la testa, tanto fatico a credere di aver sentito davvero quello che ho sentito.
– Ora sta volutamente pisciando fuori dal vaso, – le dico chinandomi in avanti per falsominacciarla a distanza ravvicinata.
Mi rivolge un sorriso sornione. Dio se è bella.
– Le sembra il modo di parlare a una signora?
Guardo in aria, annuisco ironicamente qualcosa come cinque volte di fila, e le rimetto gli occhi in faccia.
– Mangi il suo haché e vada a farsi fottere.
S'irrigidisce nella schiena come se un cliente seduto dietro di lei le avesse messo una mano sul culo. Poi si rilassa, sgonfiandosi; incrocia le braccia sul tavolo e si avvicina cosí tanto che quasi non la vedo.
– Sono sempre piú convinta di aver fatto benissimo a sceglierla, avvocato Malinconico.
– Io invece comincio a considerare la possibilità di rifiutare l'incarico.
– Non può, – dice senza spostarsi di un millimetro.
– Ah no? E perché?
– Perché altrimenti non le dico chi mi ha parlato di lei. Lo so che muore dalla voglia di saperlo.
– Allora me lo dice?
– Quando sarà il momento.

– Le chiederò un extra sulla parcella, per questo.
– Ci sto.
Abbasso lo sguardo.
– Che le prende? – domanda.
– Il suo haché si sta raffreddando.
– Giusto, – dice; quindi si sposta all'indietro ristabilendo la corretta distanza tra commensali, impugna le posate e inizia a incidere quella deliziosa polpetta che stanotte mi verrà in sogno, lo so.
Bevo.
– Avevo una relazione virtuale con un altro uomo, – dichiara, cosí all'improvviso. – Mio marito l'ha scoperto e vuole approfittarne per mandarmi via con un piatto di lenticchie.
– Mi spieghi cos'è una relazione virtuale.
– Una semplice corrispondenza. Non cartacea ma elettronica. Il problema è che Ugo controllava da mesi la mia casella di posta e anche il telefono, per cui ha avuto tutto il tempo di archiviare i messaggi e mettere insieme un piccolo dossier.
– Se la controllava da mesi forse non dev'essere cosí piccolo, quel dossier.
Alza gli occhi al cielo raccogliendo le idee, taglia un altro triangolo di haché e mi risponde prima di portarlo alla bocca, per niente imbarazzata dalla contraddizione.
– Sí, ora che ci penso, quando mi ha sventolato il cartaceo dandomi della telezoccola mi sembrava che fosse addirittura rilegato con la spirale.
Stringo gli occhi per visualizzare la scena e mi trattengo dal ridere, non so neanch'io se per la telezoccola o per la rilegatura a spirale. Ma quanto dev'essere cretino uno che va in copisteria a farsi rilegare la collezione di messaggi fedifraghi della moglie?
– Come se poi mi fosse stato fedele, quel mangiaviagra.
– Prego?
– Giuro. Mette il Viagra nella scatoletta dei Tic-Tac (quelli color puffo, ovvio). Tra l'altro ha avuto anche una

punta d'infarto, qualche anno fa. Se non sta attento, prima o poi ci resta.

Cerco di non ridere, ma ci riesco solo in parte.

– Dimenticavo, – riprende, – oltre al cartaceo s'è anche scaricato ogni messaggio direttamente dal mio account. Già me lo vedo nell'ufficio del giudice, che tira fuori il laptop, infila la chiavetta e dà inizio allo slideshow. Per l'occasione sarebbe capace di vestirsi da Steve Jobs, ci scommetto.

– E i messaggi sul telefonino?

– Ah, lí è andato proprio sul classico. Ero convinta di averlo perso, il giorno che me l'ha rubato. Quando la sera me l'ha fatto ritrovare (su uno scaffale della scarpiera: lí è stato astuto, devo ammetterlo, quello è un posto in cui è plausibile appoggiare il telefono e dimenticarlo), mi ha anche dato uno scappellotto affettuoso con tanto di: «Ma dove hai la testa?» Durante la giornata ha avuto tutto il tempo di far fare un backup su un altro uguale che ha comprato apposta, chiaro, altrimenti non si spiegherebbe come mai la memoria e tutte le applicazioni erano intatte ma i messaggi erano scomparsi.

Prende un cerchietto di pane dal cestino, lo strappa in due e ne intinge la metà in quella deliziosa salsa gorgonzolosa in cui avrei voglia d'inzuppare un dito per poi ciucciarmelo come i bambini con la panna delle torte.

– Ma non aveva la suoneria? – chiedo. – Immagino abbia provato a chiamarsi quando s'è accorta di non trovarlo. Se il cellulare fosse rimasto in casa l'avrebbe sentito.

– Eh no, lo tenevo sempre silenziato. Spesso toglievo anche la vibrazione.

– Ah, – dico. E poi nient'altro. Ma nel silenzio che segue si capisce chiaramente cosa penso.

– Può anche non credermi, ma con quell'uomo non ci sono andata a letto, – dichiara, non richiesta, dopo un po'.

A questo punto si aspetta che le chieda come mai, o dica: «Non ha importanza», oppure: «Non sono affari miei», ma non faccio nessuna delle tre cose.

– Qual era il contenuto dei messaggi?

– Vuol sapere se ci scrivevamo delle porcherie?

– Non è quello che le ho chiesto, ma visto che s'è fatta la domanda.

– Qualcuna. Come premio di consolazione dei nostri mancati incontri.

– Hm-Hm. Foto?

– Un po'.

– Capito.

Infilza l'ultimo boccone di haché, lo strofina nella salsa e con quello conclude il pasto.

Restiamo zitti per qualche secondo, per darci il tempo che serve a me per familiarizzare con le informazioni ricevute, e a lei per registrare il mio stato d'animo al riguardo. Trovo sia questo il momento piú interessante del mio lavoro, quello della consegna del problema (che poi è un tipo di transfert): l'attimo in cui il cliente si aspetta che lo giudichi, tu non lo fai, e lui comincia a fidarsi di te.

– Avete figli?

– No.

– Un uomo fortunato, suo marito.

– Non me ne parli.

– Qual è la situazione, al momento? È andato via di casa? Se n'è andata lei?

– No, siamo ancora sotto lo stesso tetto. Ma l'appartamento (che poi è di mio marito) è su due piani, e ognuno ha il suo. Ovviamente Ugo mira a mandarmi via al momento della separazione. Sono i termini dell'accordo che si aspetta che accetti: pagamento una tantum, nulla a pretendere, sfratto immediatamente esecutivo, arrivederci e nemmeno grazie.

Incrocio le braccia e inspiro.

– Vediamo se ho capito. Suo marito sa di avere il coltello dalla parte del manico ma non vuole una separazione giudiziale, probabilmente perché gli fa gioco che la faccenda si risolva senza clamore e quindi consensualmente, ma alle condizioni che detta lui, vale a dire con un consenso estorto. Giusto?

– Non avrei saputo dirlo meglio.

– E lei, piuttosto che cedere al ricatto, è disposta ad affrontare la giudiziale anche a costo di perderci. Perché a quel punto suo marito ritirerebbe l'offerta di condono tombale e cercherebbe di darle ancora meno.

– Sintesi impeccabile, avvocato.

– Vuole umiliarla, è chiaro.

– Bravo. È proprio questo che m'indigna.

– Di piú: vuole che lei si faccia umiliare al prezzo che stabilisce lui.

– Esatto. Il messaggio è: «Prenditi questi spiccioli, non farti piú vedere e ringraziami perché poteva andarti peggio». Beh, può toglierselo dalla testa.

– Capirei se le avesse detto: «Non voglio darti un soldo, andiamo davanti al giudice e facciamo decidere a lui cosa ti devo, brutta zoccola»; ma praticare lo spionaggio e costruire un fascicolo di prove a carico per estorcerle una consensuale è davvero un colpo basso.

– Come sarebbe, «brutta zoccola»?

– Scusi. Stavo solo facendo la parte di suo marito.

– No, dicevo perché «brutta».

Vado in stallo.

– Ehi, lo sa che è una discreta testa di cazzo, signora?

Iniziamo a ridere in crescendo, ma cosí di gusto che per poco dai tavoli vicini non ci chiedono cos'è che ci fa scompisciare tanto. Dal fondo della sala, Baffi Da Cretino fa il collo lungo e mi guarda con odio. E mica solo lui. Il numero di rosicate che può sollecitare una bella donna che scoppia a ridere in tua compagnia è davvero impressionante.

– Manca un dettaglio essenziale, – dico quando la facciamo finita.

– C'è arrivato, finalmente.

– Non volevo essere troppo diretto.

– Non lo so, non me l'ha voluta dire, la cifra. «Te lo comunicherò in sede formale», è la frase che ha usato. Vuole anche divertirsi, lo stronzo.

– E quale sarebbe questa sede formale?

– La sala riunioni del suo ufficio, immagino. Un luogo semineutro in cui formalizzare la proposta davanti ai nostri avvocati e discutere l'accordo. Una roba in stile americano. L'avrà visto fare in qualche film, l'idiota.

– Quindi anche lui si doterà di un collega, per l'occasione.

– Uno dei suoi galoppini, probabilmente. Che starà lí a recitare la pappardella mentre lui, seduto dall'altra parte del tavolo, eviterà di guardarmi in faccia e a lei non rivolgerà neanche la parola per farla sentire un povero miserabile.

– Mi sta invitando proprio a una bella festa, signora.

– Se lo conosce solo un po', sa che il rispetto che mio marito mostra per i suoi colleghi dipende dalla loro dichiarazione dei redditi.

– Oh, grazie a entrambi della stima.

– Voglio solo che sappia chi si troverà davanti, preferisco parlarle con chiarezza. Se non se la sentisse lo capirei, non do mica per scontato che accetti. Mio marito è un arrogante, uno che sa come offendere le persone nell'intimo, non sarà una passeggiata.

– Non capisco perché vuole che sia io a rappresentarla, se il dislivello fra me e lui è cosí alto.

– Perché preferisco un avvocato che non se la tira a un cretino quotato con i capelli trapiantati e i mocassini lucidi, che magari la domenica va a giocare a tennis con mio marito e non me lo dice neanche. Voglio qualcuno fuori dal suo giro, uno che sia il suo esatto opposto. E poi mi piace il suo stile. L'ho vista all'opera in quel processo televisivo e credo che sia il tipo di avvocato capace di ribaltare i pronostici.

Mi prendo un attimo.

– Le dirò come la penso.

– Prego.

– Credo che lei mi abbia detto solo in parte cos'ha in mente. E che quelli con cui sta cercando d'intortarmi siano complimenti di circostanza, benché contengano un po' di verità, specie nell'ultima parte. Intendo quella che riguarda il mio stile. Credo anche che abbiamo pochissime speranze di resistere alle incornate che ci darà suo marito, specie se arriviamo alla giudiziale, com'è molto probabile che accada, visto che quasi certamente le offrirà una cifra inaccettabile.

– Ma?

– Ma l'idea che suo marito si sieda dall'altra parte di un tavolo e pensi di potermi trattare come un pezzente mi fa girare tremendamente i coglioni. Perciò voglio proprio esserci, a quella riunione, e vedere come va a finire.

– Cosí mi piace.

– Lo so.

Alza la mano intercettando una cameriera mulatta con i capelli raccolti in una bandana a scacchi e degli occhiali da ragioniere anni Settanta che le stanno divinamente (sono sempre piú convinto che si superino dei provini, per lavorare in questo ristorante), e appone una firma immaginaria nell'aria.

La ragioniera modella annuisce. Veronica tira fuori dalla borsetta un bellissimo portafoglio Louis Vuitton con il disegno di un transatlantico stampato sulla tela, e da quello una carta oro. Sulle prime sono un po' imbarazzato dal fatto che sia lei a pagare il conto, poi mi dico che sarebbe ora di affrancarmi da questo maschilismo galante che vorrebbe farmi sentire in colpa di essere ospite di una donna, anche perché non ho mangiato un cazzo e ci manca solo che mi metto a fare pure il signore, adesso.

Quando usciamo dal *Salvagoccia* mi gira un po' la testa (non so se sia l'aria fresca o la fame). Accompagno Veronica alla fermata dei taxi, e nel breve tragitto che percorriamo insieme intercetto piú di uno sguardo che si dilunga su qualche dettaglio corporeo della mia cliente.

Conosco appena questa donna, ma fingere d'ignorare le molestie oculari che subisce mi pesa. Che d'istinto ti cada l'occhio su una gnocca che incroci per strada è comprensibile. Ma insistere nel sopralluogo come se ne avessi il diritto in quanto maschio predatore... A questi stronzi qui spaccherei volentieri la faccia, ma volentieri davvero.

– Allora ci sentiamo appena mio marito fisserà l'incontro, – mi dice Veronica mentre raggiungiamo il primo taxi della fila.

– Ah sí, l'incontro, certo, – rispondo distrattamente, preso come sono dall'insegna di una pizzeria che ho appena avvistato, in cui ho intenzione d'infilarmi di qui a un minuto.

Mi tende la mano, mentre con l'altra apre lo sportello del taxi, dall'autoradio del quale arrivano le indimenticabili note di *Miele*, un grande successo del Giardino dei Semplici del 1977, che subito mi proietta un drammatico flash di quell'estate in cui una ragazza di nome Ombretta mi baciò sulla bocca e il giorno dopo in spiaggia finse di non conoscermi, facendomi fare una grandissima figura di merda con gli amici a cui ero andato subito a raccontare l'accaduto.

– Bene. È stato un vero piacere, oltre che una conferma, avvocato. Grazie.

– Grazie a lei del pranzo.

Che sarebbe un ringraziamento sincero, se avessi mangiato.

– A presto, allora, – dice sorridendomi come se volesse un po' sfottere, anche se non capisco perché. Ma giurerei che lo faccia apposta, a lasciare che la gonna le si sollevi fino a metà coscia nell'entrare in macchina.

Resto lí, imbambolato dalla fame e da un impreciso turbamento a guardare il taxi che parte, mentre il ritornello di *Miele* mi si autoriproduce nella testa tendenzialmente all'infinito.

E l'estate ancora sa di miele,
anche se io senza te sto male con me.
C'è un'altra e potrei far l'amore
ma non è miele.

Amor interruptus

Uno non ci pensa, e invece dovrebbe pensarci a quanto le canzoni d'amore condizionano l'immaginario sentimentale della gente. Altro che la musica rock.

Ecco, prendete la musica rock. È stata sempre osteggiata da eserciti minoritari di bacchettoni paranoici, reazionari e moralisti che l'hanno costantemente accusata di corrompere le giovani generazioni promuovendo il sesso promiscuo e il consumo di droga.

Qualcuno è arrivato addirittura a sostenere che ascoltando i testi delle canzoni rock al contrario si possono distinguere delle chiare incitazioni a sconvolgersi, infilate a scopo diseducativo nelle tracce audio con la tecnica del backmasking (quella, appunto, che consente di occultare un messaggio all'interno di un pezzo, che però la riproduzione invertita svelerebbe, evidenziandone il significato e sventando cosí il tentativo di corruzione).

Non me lo sto mica inventando, eh: ricordo di aver visto anni fa in un talk show un tipo dotato di registratore portatile che mandava un frammento di *Another One Bites the Dust* dei Queen, poi faceva sentire lo stesso passaggio al contrario e invitava a riconoscere, nella strofa appena rovesciata, la frase: «Start to smoke marijuana».

Al che il conduttore gli fa: «Le risulta che i giovani sentano la musica al contrario?» E quello attacca tutto un pippone sull'effetto subliminale del messaggio in backmasking, che indurrebbe in tentazione l'ascoltatore a sua insaputa (che è un po' come dire che uno sta a casa a sentire *Another One Bites the Dust*, magari alla radio mentre si fa la barba, viene colto all'improvviso da un'incontenibile voglia di farsi una canna e si ritrova per strada alla disperata ricerca di un pusher senza neanche sapere cosa sta facendo); ma a quel punto il conduttore s'è bello che rotto i coglioni e dà la parola a qualcun altro.

Lí per lí ricordo di essermi chiesto che bisogno c'era di fare la fatica di portarsi dietro il registratore e riprodurre il pezzo al contrario per sostenere quella teoria balorda, quando si sarebbe potuto comodamente scegliere fra bizzeffe di canzoni rock che dicevano in termini molto piú espliciti le stesse cose che *Another One Bites the Dust* avrebbe detto al rovescio. Cosí, tanto per citarne una che era proprio uno spasso, *Sex & Drugs & Rock & Roll* di Ian Dury and The Blockheads, del 1977, che peraltro alla droga (la droga in generale, mica solo l'erba) aggiungeva anche il sesso e il rock and roll. E poi mi ricordo di avere anche pensato: «Sai che ridere se, sentita al contrario, *Sex & Drugs & Rock & Roll* diventa "Ricordati di santificare le feste"».

Un altro aspetto che trovavo parecchio goffo di quella fobia del backmasking era l'esterofilia di ritorno. Non si poteva restare in Italia, per accusare la musica di traviare i giovani? Neanche noi scherzavamo, da quel punto di vista. E non è che avessimo bisogno di complicarci la vita col subliminale, per dire che ci piaceva scopare e farci le canne. Ve la ricordate, p. es., *Una storia disonesta* di Stefano Rosso, quella che faceva «Che bello | due amici, una chitarra e lo spinello | E una ragazza giusta che ci sta»?

Eh, quella lí (a me piaceva un sacco, fra l'altro). Cos'è, non andava bene? Non era abbastanza esplicita?

Il fatto, anche se sembra un paradosso, è che prendersela con il sesso, la droga e il rock and roll è come sparare sulla Croce Rossa. Perché è risaputo che i giovani vogliono frastornarsi, fottere e ascoltare della musica che non li faccia restare seduti. Altrimenti che giovani sarebbero, abbiate pazienza. E da sempre il moralista fonda l'educazione sul colpevolizzare e proibire tutto ciò che dà gioia e procura piacere (ma qualsiasi tipo di educazione, in fondo, è un po' un'educazione all'infelicità).

La teoria del backmasking non era che un tentativo disperato (con qualche improbabile pretesa di scientificità) di spaventare i giovani, facendogli credere di avere a che fare con dei pusher sotto copertura che gli entravano subdolamente in testa per spingerli a comprare la loro robaccia.

Mai, però, che uno di questi crociati della difesa della sanità del vivere abbia alzato un dito contro le decine di canzonette che per anni hanno promosso un'idea dell'amore (specialmente estivo) quella sí diseducativa, autocompiaciuta e piagnona, che ha abituato intere generazioni a rapportarsi alla sfiga come a una componente imprescindibile della relazione amorosa.

Ovvio: molto piú facile prendersela con i Queen che con i Santo California. Entrare in conflitto con un figlio adolescente che passa l'inverno a piagnucolare su una sbarbina sbaciucchiata in vacanza e si chiude in camera a fare il Giovane Werther, è ben piú impegnativo che dirgli di non farsi le canne. Nel primo caso devi prenderti l'onere di spernacchiare un dolore che si trastulla nella lontananza (che in fondo rassicura e consola), e dunque comunicare un'idea propositiva dell'amore, magari consigliando all'afflitto di prendere un treno e raggiungere la destinazione dell'amata invece di stare a casa a rompere i coglioni (anche perché, diciamolo, queste cazzo di fidanzate estive non è che venissero dall'equatore, abitavano al massimo a Brescia); nel secondo devi limitarti a un avvertimento non tanto diverso dal fare attenzione ad attraversare la strada.

Noialtri cresciuti negli anni Settanta abbiamo assorbito come fumatori passivi l'atroce paradigma della canzonetta che raccontava l'amore come evento eccezionale che cominciava (neanche all'inizio, ma) a metà dell'estate e terminava a fine agosto, annunciando un inverno di seghe prevalentemente mentali e lacrimucce penose da versare addosso a quegli amici ancora piú sfigati che non avevano neanche avuto il bene di una storiella estiva e dovevano pure sentirsi te che frignavi con una Laura Pausini ante litteram affranta sul treno delle 7,30 senza Marco (che se n'è andato e non ritorna piú perché il padre è stato trasferito in un'altra città).

All'epoca (tanto per ricordarcelo), non te la davano mica come oggi, anzi non te la davano per niente (la mia generazione non scopava, pomiciava), per cui era inevitabile introiettare quest'idea dell'amore limitato ai preliminari che serviva essenzialmente da scorta per l'inverno, cosí poi se nella stagione fredda non acchiappavi avevi qualcosa su cui piagnucolare.

Erano le canzoni che facevano apologia dell'amore separato sul piú bello, quelle che ti condizionavano la vita, altro che *Another One Bites the Dust*. Pezzi come *Tornerò* e *Miele*, appunto (rispettivamente dei Santo California e del Giardino dei Semplici), che entravano nell'immaginario con la forza invasiva di un trauma (perché prima o poi te ne accorgi, che nell'amore si finisce per imitare le canzonette). E non ti liberavi dall'imprinting finché (svariati anni dopo) non cominciavi finalmente a scopare un po', e una ragazza piú generosa di altre ti dimostrava che non c'era motivo di avere quell'ansia da separazione (visto, fra l'altro, che abitava nella tua stessa città, ma tu stavi con la faccia appesa come se fosse dovuta partire anche lei per Brescia a fine agosto), estirpandoti come un dente del pregiudizio tutte le stronzate di cui t'eri riempito la testa fino a quel momento.

Quando *Tornerò* esplose nelle radio e nei juke-box italiani io ero ancora un ragazzino, ma li vedevo, i diciottenni di allora, già rincoglioniti dal paradigma dell'amor precario, che mi appariva come uno standard romantico a cui non vedevo l'ora di uniformarmi appena fossi cresciuto un po'.

Erano in vacanza, ma tristi. Giovani, ma rassegnati. Avevano la ragazza, ma l'abbracciavano ogni mezz'ora come se dovessero dirle addio. Già si vedevano, infelici ma sotto sotto contenti (questa era la verità), sulla banchina della stazione come il protagonista del pezzo, a guardarla farsi sempre piú piccola mentre il treno si allontanava:

Rivedo ancora il treno
allontanarsi e tu
che asciughi quella lacrima.
Tornerò!
Com'è possibile
un anno senza te.

E s'illudevano, i poveretti, che non sarebbe finita lí, che il loro amore sarebbe sopravvissuto all'inverno, che la prossima estate li avrebbe ritrovati piú uniti di prima. Ma in fondo sapevano che si trattava di un addio, che quella della stessa spiaggia - stesso mare era niente piú di una favola in rima. Soprattutto, erano segretamente convinti (anche se non l'avrebbero mai ammesso) che lei li avrebbe rimpiazzati entro novembre al massimo, cosa che avrebbero fatto volentieri anche loro, ma già gli era capitato di beccarne una d'estate, figurarsi se la trovavano d'inverno.

La ragazza, del resto (che nella canzone interviene addirittura in vivavoce: ecco la trovata che stampa il pezzo in memoria), pur mostrandosi affranta dalla lontananza si guarda bene dall'assumere impegni circa il prosieguo della relazione. È la principessa rinchiusa nel castello, che però non sembra morire dalla voglia che il cavaliere corra a liberarla (né lui, a parte le chiacchiere, ci pensa minimamente a schiodarsi da casa per andare a fare quella fatica).

Da quando sei partito
è cominciata per me
la solitudine.
Intorno a me c'è il ricordo

dei giorni belli
del nostro amore.

La rosa che mi hai lasciato
si è ormai seccata
ed io la tengo
in un libro
che non finisco mai
di leggere.

Lui, poverino, continua imperterrito a ripeterle che tornerà, cercando ossessivamente di convincersi che il tempo passerà in fretta, che un anno non è un secolo.

Ricominciare insieme,
ti voglio tanto bene,
il tempo vola, aspettami.
Tornerò!
Pensami sempre, sai,
e il tempo passerà.

In *Miele* manca addirittura l'illusione, il disperato investimento nella prossima estate: quella in corso, anzi, non è neanche finita, ma la tipa (peraltro non dando prova di grande sensibilità) ha pensato bene di dare lo scaccione al protagonista nella notte di San Lorenzo.

Quando hai detto Scusami, è finita,
e cadevano le prime stelle,
miele, com'eri bella.

A quel punto al povero mollato non resta che ritirarsi nel dolore e ululare il rimpianto dei giorni felici, rifiutando addirittura le avances di una volontaria che sarebbe disposta a consolarlo.

E l'estate ancora sa di miele,
anche se io senza te sto male con me.
C'è un'altra e potrei far l'amore
ma non è miele.

Siamo, insomma, al canto della tristezza fine a se stessa, all'inconsolabilità: praticamente, al gospel.

Ecco dunque un condensato dell'educazione sentimentale che ci è toccata da giovanissimi.

Se proprio volete che ve la dica tutta, e fuori da ogni ipocrisia, credo che l'imprinting dell'amor interruptus sotto sotto fosse piú che benvenuto. Sapere che, finita l'estate, il fidanzamento arrivava alla scadenza o aveva comunque scarse possibilità di sopravvivere era rassicurante, perché ti affrancava dalla prosecuzione di un legame di cui, da lontano, sentivi già i lacci.

D'altra parte è pur vero che se lei te l'avesse data un paio di volte invece di usare le rose seccate come segnalibri, figurarsi se restavi a casa a piangere invece di andare tutti i fine settimana a Brescia, al limite in autostop.

Alla fine, la canzonetta italiana estiva era il ciucciotto in bocca di generazioni di disperati (fra cui la mia) che hanno cercato di buttarla sul nostalgico per ovviare alla mancanza di figa: l'equivalente musicale dei film per tutti, che censurava l'eros omettendolo.

Ma c'era, nello stesso periodo, anche una canzone per adulti che non concepiva nemmeno lontanamente la possibilità di un amore fermo ai preliminari e poetizzato dalla lontananza. Tanto per fare tre esempi emblematici: vi risulta che Mina, Ornella Vanoni o Patty Pravo (che poi appartenevano alla generazione dei nostri genitori), abbiano qualcosa a che fare con l'amore che termina dopo l'estate e si ritira in un inverno di pippe? Credete che pezzi come (cito i primi che mi vengono in mente) *L'importante è finire*, *Ancora ancora ancora*, *Pensiero stupendo* o *Non sai fare l'amore* facessero apologia del rimpianto? Che parlassero di rose seccate infilate nei libri? Col cazzo!

L'importante è finire (Mina, 1975) è cosí oltre i limiti del racconto dell'atto sessuale da affidare direttamente all'orgasmo la funzione risarcitoria della fatica di tenere in piedi una relazione alla frutta:

Ad un tratto io sento afferrarmi le mani,
le mie gambe tremare,
e poi e poi e poi
e poi.

Spegne adagio la luce,
la sua bocca sul collo,
ha il respiro un po' caldo,
ho deciso lo mollo.
Ma non so se poi farlo o lasciarlo soffrire.
L'importante è è è
è finire.

Ancora ancora ancora (sempre Mina, 1978), è la cronaca dell'attività sessuale di una coppia che pare non fare altro dalla mattina alla sera:

Io ti chiedo ancora
il tuo corpo ancora
le tue braccia ancora
di abbracciarmi ancora
di amarmi ancora
di pigliarmi ancora
farmi morire ancora
perché ti amo ancora.

Non sai fare l'amore (1975) sbeffeggia con grazia ironica (la voce incantevole di Ornella Vanoni mi ha sempre fatto pensare a quella di un angelo malato) la frettolosità di un amante maldestro, incapace di soddisfare appieno la sua donna:

Sei uno schianto,
non ti resisto piú...
Però non sai, non sai,
non sai
non sai fare l'amore, tu.
Per fare fai,
ma non ci sei.

Per non parlare di *Pensiero stupendo* (Patty Pravo, 1978), che per la prima volta (insieme a *Triangolo* di Renato Zero, dello stesso anno) sdogana il ménage à trois nella canzone d'amore, raccontando l'intrusione benvenuta di una terza persona:

E tu
e noi
e lei
fra noi.
Vorrei
vorrei
e lei adesso sa che vorrei.

Ovvia conclusione di questo mortificante raffronto è che i nostri genitori, nonostante fossero cresciuti in una società molto piú bigotta e proibitiva della nostra, erano ben piú disinibiti e liberi di noi, nel vivere l'esperienza amorosa.

E chissà quanta pena dovevamo fargli, quando ci vedevano, brufolosi e sfigati, nei tristi inverni sempre in bianco, aspettare una telefonata da Brescia.

Ritrovarsi a supplire

– Com'è che eri cosí in credito? – mi domanda Viola tornando dal bagno, avvolta nell'accappatoio azzurro che ho comprato ispirandomi a *Via con me* di Paolo Conte. In una mano tiene il telefonino e scorre i messaggi e le chiamate arrivate nell'ultima ora; con l'altra si tampona i capelli bagnati.

– Scusa? – chiedo dal letto.

– Non hai capito la domanda? – dice continuando a tenere gli occhi sul telefono.

Siccome l'ho capita benissimo, mi preparo a cadere dalle nuvole.

– Mi sa di no.

Al che lei sposta lentamente lo sguardo dal display e me lo punta addosso come una telecamera.

– Devo essere piú esplicita?

– Vedi un po' tu.

– Com'è che eri cosí arrapato?

Per un attimo temo di arrossire.

– Perché, di solito faccio cilecca?

– Eccolo là. Possibile che ogni volta che vi s'interpella sull'argomento, voi maschi saltate subito sulla difensiva come se fosse messa in discussione la vostra virilità?

– Ma figurati se tengo a queste cose. È solo che non tollero che la mia potenza sessuale venga sfiorata dal dubbio.

– Quanto sei cretino.

– Piantatela voi donne, piuttosto, di fare le disinvolte

con i cazzi degli altri. È un argomento su cui diventiamo terribilmente permalosi, d'accordo? Non ammettere dibattiti sul tema è un nostro inalienabile diritto.

– A pensarci bene una cilecca con me l'hai fatta, – dice ignorando la mia battuta per acciuffare il precedente con la memoria.

– Lo so. Ma speravo che non te la ricordassi.

– E invece. Gesú, non c'era proprio verso, quel giorno.

– Colpa tua. Avevi lasciato Rai News 24 in sottofondo.

Posa il cellulare sul cassettone Undredal, sale sul letto, mi circonda le gambe con le sue e inizia una scalata progressiva del mio corpo trascinandosi sulle ginocchia.

– Tu a me non devi raccontare stronzate, Vincenzo Malinconico.

– Ma perché insisti con questa inquisizione, Violetta? – chiedo, mentre intuisco la forma del seno che sta per evadere dall'accappatoio. Incredibile quanto uno possa rimanere attonito al cospetto di un seno che conosce perfettamente. Due belle tette sono sempre una prima visione, anche dopo mille volte che le hai viste.

– Hai incontrato qualcuna che ti piace? – mi chiede intercettandomi le mani che si stanno facendo strada da sole nel varco superiore dell'accappatoio.

– Cosa? – dico, stupendomi piú che posso.

Si mette a sedere sulla mia pancia e libera i capelli dal cappuccio. Adoro il modo in cui Viola riprende possesso dei capelli con le mani. Praticamente è un dialogo.

– Non ci sarebbe mica niente di strano, vorrei solo saperlo. Ci siamo sempre detti la qualunque, io e te. È per questo che continuiamo a vederci.

– Ma come ti viene in mente?

– Perché sembrava che stessi scopando un'altra, ecco come mi viene in mente.

– Cosa?

– Quante altre volte vuoi dire «Cosa»?

– Sono solo particolarmente in forma, Viole'. E io e te

non ci vedevamo da due settimane, non so se realizzi il salto temporale.

Mi si stacca di dosso come se avessi offeso la sua intelligenza, e si ritira sull'altro lato del letto.

– Va be', vai a fare in culo.

– Ma che ti prende?

– Sta' a sentire, io posso anche starci a fare la parte di un'altra, a patto però che mi avverti.

– Cristo santo, Viola.

– Anche a me capita di pensare a te quando scopo con Giulio, cosa credi.

– Ma che bella notizia mi hai appena dato, sono davvero lusingato, guarda.

– Apprezzo che tu non mi chieda mai se faccio l'amore con mio marito, – dice, ammorbidendosi un po'.

– E che te lo chiedo a fare, lo dici da te.

– Vieni qua, imbecille.

– Vieni tu, – le dico.

– Okay.

Si toglie l'accappatoio e sale su di me. Mi prende le mani, intreccia le dita nelle mie. Si abbassa per baciarmi ma si ferma a metà strada.

– Solo una cosa, – dice.

– Ancora?

– Prova a chiamarla per nome mentre scopiamo e giuro che ti arriva un cazzotto in bocca.

L'ultimo a saperlo

Sono un uomo fortunato. Sul serio. Di tutte le donne con cui mi sia capitato di avere una relazione, Viola è l'unica che non mi abbia mai chiesto niente. È sensibile, intelligente, ha gusto, senso dell'umorismo e un culo che fa girare la gente per strada. Se non scopassimo (per quanto saltuariamente) da anni, potrei dire che è la mia migliore amica, dato che il sentimento che piú ci lega è la fiducia.

Credo ci sia stato un momento, tanto tempo fa, in cui Viola e io abbiamo capito all'unisono che se fossimo diventati una vera coppia ne avremmo avuto abbastanza dopo un paio d'anni; e questa fine abbiamo pensato bene di non farla. Cosí siamo andati per le nostre strade, senza però mai rinunciare l'uno all'altra.

A questo punto della vita, ne abbiamo passate cosí tante (non insieme ma ognuno per conto suo: il che – credetemi – è molto meglio), che potremmo anche pensare di convivere, o al limite di sposarci. Perché no. Cioè: se uno non sposa una donna come Viola (bella, sexy, simpatica e senza nulla a pretendere), quale donna dovrebbe sposare?

Ma Viola ha già un marito, per cui.

Tutto questo preambolo per spiegare (ammesso che ci sia riuscito senza sminuire il bene che le voglio) la deliziosa sensazione di sollievo che m'invade quando, fra l'una e mezza e le due, Viola si riveste per andarsene e io l'accompagno alla porta. È una sequenza, come tutte le serie di atti portati dall'abitudine, che si ripete ogni volta con l'affidabilità di una replica: Viola che si affretta lungo il corridoio e mi chiede se ha dimenticato qualcosa; io che neanche le rispondo mentre m'infilo una maglietta addosso e mi lancio al suo inseguimento; lei che, arrivata all'ingresso, guarda l'orologio da parete Pugg e dice che è tardissimo; io che conto alla rovescia a partire dal tre; Viola che dice: «Massí, chi se ne frega», prima che io arrivi all'uno; io che ridacchio, sottolineando la ripetizione; lei che mi posa un bacio leggero sulla bocca e scappa per le scale; io che resto affacciato sul pianerottolo qualche secondo per differire il piacere dell'attimo in cui chiudo la porta e la solitudine riprende possesso del mio appartamento, infondendomi quell'intima sensazione di rilassatezza che immagino simile alla morfina. Perché sí, è meraviglioso regnare in casa propria senza sudditi né ministri a cui dar conto d'ogni cosa, godere di spazi liberi anche se limitati, mangiare se hai fame, dormire se hai sonno, lavorare e riposare, perdere e riprendere il senso del tempo. È una delle felicità piú abbordabili di cui si possa disporre, ma a patto d'essere amati. La solitudine è bellissima, quando hai qualcuno.

Il Pugg segna le due meno un quarto, ricordandomi che ho fame. Vado in cucina, riempio d'acqua una pentola Vardagen (ho anche una Sensuell, piú costosa, ma tendo a usare sempre la Vardagen: chissà perché certi arnesi da cucina ci risultano piú familiari di altri) e la piazzo sul fornello a fuoco medio al fine di cuocervi un abbondante mazzo di spaghetti da condire con non una ma due scatolette di Gran Ragú Star Extra Gusto (100% carne italiana), quindi vado a buttarmi sotto la doccia in attesa che l'acqua bolla. Come sottofondo musicale opto per *Another One Bites the Dust*, che non ho nella playlist del telefono ma cerco su YouTube allo scopo di espormi al rischio di tossicodipendenza indotta, ma l'esperimento fallisce.

Un quarto d'ora piú tardi sto facendo saltare gli spaghetti nella padella quando la suoneria del telefonino m'interrompe. Nell'esatto momento in cui il nome di zio Mik appare sul display, realizzo di aver dimenticato di chiamarlo per informarlo degli esiti dell'udienza. Lascio squillare tre volte prima di rispondere, eccedendo in affetto.

– Zioo! Come stai?

– Allora? – risponde (anzi, chiede) lui, laconicamente.

– Scusami?

– La causa, Vince'.

Incastro il cellulare tra il collo e la spalla, mentre continuo a mantecare gli spaghetti nel ragú, che invia quel tipico profumo di lattina che mi piace tanto.

– Ah, quella. Abbi pazienza, ero un po' distratto dai tuoi convenevoli. Beh, direi alla grande.

– Molto spiritoso. Very very humorous. Ho capito bene, è andata alla grande?

Mi allontano momentaneamente dai fornelli per aprire il frigo e prendere il barattolo del parmigiano, che spolvero subito dopo sulla pasta fumante.

– Ma of course, te l'avevo detto, no? Pensa che s'è presentato pure quello svergognato del tabaccaio. Voleva testimoniare, voleva. Testimoniare che cosa, poi? Il falso? E vedessi come insistevano, lui e quell'altro accattone del giudice. Ancora un po' e me lo chiedevano per favore. Niente da fare, ho detto, qui manca la citazione: state perdendo tempo, ragazzi.

Inserisco il vivavoce e appoggio il telefono accanto ai fornelli per avere le mani libere e far fare l'ultima giravolta agli spaghi.

– Insomma abbiamo vinto?

– Sí, come no, mi hanno dato già l'assegno. Ci sono dei tempi tecnici, zio Mik. Il deposito della sentenza, la motivazione, le notifiche e cosí via.

– Uhm, – fa lui, e affonda in un silenzio sospettoso che m'indispettisce come se fossi in buona fede. Desideroso di polemica, spengo la fiamma sotto la Oumbärlig.

– Cos'è che non ti torna, adesso? – chiedo.

– Non so.
Porto le mani ai fianchi e parlo in direzione del cellulare, come se avessi di fronte l'avatar di zio Mik.
– Sta' a sentire, zio Mik. Sai che ore sono? Non lo sai? Te lo dico io: le due e dieci. Secondo te cosa stavo facendo quando mi hai chiamato?
– E questo che c'entra with la causa?
– C'entra eccome. Perché stavo per mangiare, e tu mi hai interrotto senza neanche dire Buongiorno per chiedermi conto della tua misera causetta nemmeno fossi un tuo dipendente. E piantala di parlare in quell'inglese intermittente, che si capisce che sei di Grottaminarda.
– Perché te la prendi tanto?
Qui m'imbarco in una jam session accusatoria di cui sono il primo a sbalordirmi, non sapendo quello che dico.
– Perché devi metterti in testa che la caratteristica imprescindibile di ogni processo è l'alea. E anche quando tutti gli elementi sembrano essere a tuo favore può succedere che l'esito non sia quello che ti aspetti. Tu dai tutto per scontato, telefoni a casa della gente a ora di pranzo, pretendi la vittoria come se ti fosse dovuta (che poi, abbi pazienza eh, uno che si va a stampare in una porta a vetri vuol dire che non guarda dove va), e hai pure il coraggio di gettare ombre sulla mia professionalità. Sai che ti dico, zio Mik? Fattela da solo la causa. Oppure fidati di me e non farmi scuocere gli spaghetti.
Zio Mik non ribatte né si abbandona ad alcuna emissione sonora di commento alla mia demenziale sfuriata, ma il silenzio in cui si ritira nella lunga manciata di secondi che segue è piú eloquente di qualsiasi replica.
– Vabbuo', ho capito, – butta lí dopo un po', con il sospiro rassegnato della causa persa (metafora che non vorrei mi portasse sfiga, date le circostanze). – Piuttosto, che cosa posso regalare ad Alagia?
Aggrotto la fronte, confuso dalla virata.
– Perché dovresti farle un regalo, scusa? Compie gli an-

ni fra tre mesi, e quanto all'onomastico figurati, con quel nome che si ritrova.

– Madonna quanto sei heavy, Vincenzo. Pure sulle cose di famiglia devi fare lo spiritoso?

– E che vuoi da me, mica gliel'ho messo io il nome. Nives l'ha fatta con un altro, Alagia.

– Ora sí che mi spiego un sacco di cose.

– Ah, ah.

– Allora?

– Ma allora che?

– Il *regalo*, Vince'. Me lo dai un fucking di consiglio? Non ha fatto nemmeno la lista di nozze, e non so proprio cosa prenderle.

– Oh, e vedi come insisti con questa storia del regalo, lo vuoi capire sí o no che... come hai detto?

Qui zio Mik precipita nel silenzio raggelato di chi s'è appena accorto di aver pestato una merda.

– Oh, san Tommaso, – gli scappa con un filo di voce. Che poi è il santo patrono di Grottaminarda.

Afferro il cellulare, disattivo il vivavoce e lo porto all'orecchio, quasi pensassi che stabilendo un contatto fisico col telefonino scoprirò di aver capito male (uno pensa che le illusioni riguardino le grandi speranze, e invece no: ci s'illude di piú su un rubinetto che si vorrebbe tanto funzionasse di nuovo o un telefono che smentisca quanto abbiamo appena sentito che sul superamento delle disuguaglianze sociali o sull'amore eterno).

– Puoi ripetere, scusa?

– Vince', credimi: non lo sapevo che non lo sapevi.

Per un momento, lo giuro, non ci vedo piú.

– Scusami, non potevo immaginare che... – continua a mortificarsi zio Mik.

– Alagia si sposa? – mi sento ripetere da solo manco il concetto mi sfuggisse, mentre in sovrimpressione mi appare l'immagine di Alagia piccolissima, in calzamaglia e pantofoline antiscivolo, che gattona su e giú per il corridoio e ogni tanto si ferma a schiaffeggiare le piastrelle come volesse assicurarsi che non si muovano dal loro posto.

– Si sposa, – ripeto un'altra volta, ma un'ottava sotto, perché la commozione mi ha preso alla gola come una faringite.

– Senti, abbi pazienza, – dice sospirando zio Mik, comprensibilmente esasperato dalla mia passività, – forse è meglio che ti chiamo in un altro momento. Ciao, eh.

E attacca, anche se indugia parecchio, prima.

– La mia bambina si sposa, – dico per la terza volta, ancora col telefonino all'orecchio.

Non so quanto tempo resto a guardare il documentario virtuale dell'infanzia di Alagia che mi si proietta da solo sul malandato lenzuolo della mente. Quando torno alla realtà, gli spaghetti al Gran Ragú Star Extra Gusto si sono belli che freddati, ma ne mangio lo stesso un paio di forchettate. Sono indignato, preoccupato, confuso, contento, geloso, perplesso; ma soprattutto mi sento offeso, emarginato, sottovalutato, raggirato e anche stupido: insomma, ho le idee molto chiare riguardo al mio stato d'animo, e vorrei vedere voi, al mio posto. Tutto quello che al momento desidero è trovarmi davanti Nives per chiederle quando, di grazia, pensava d'informarmi dell'imminente matrimonio di una figlia che non ho messo al mondo ma ho cresciuto, cazzo, e come spiega che l'amante more uxorio di mia zia ne fosse al corrente, al contrario di me. Poi vorrei rivolgere la stessa domanda alla diretta interessata, cosí, per sapere. Tante volte se ne fosse dimenticata. O avesse preso in considerazione la possibilità di non invitarmi neanche. E Alfredo? Mi lascia un messaggio di un quarto d'ora sulla segreteria per spiegarmi quanto sia incredibilmente importante che vada alla cena ben augurale degli studi universitari (dove s'è mai vista una puttanata del genere, fra l'altro?), e non è che in mezzo a tutte quelle pippe sulla necessità di avere la famiglia intorno prima che inizi il nuovo corso della sua vita eccetera eccetera, si ricorda di dirmi: «Ah, a proposito, papà: lo sai che Alagia si sposa?» Seh. E io che ho anche accusato il povero Espe di fare insinuazioni sul suo compagno di stanza frocio. Com'è vero quell'antico proverbio che parifica l'allevamento dei figli a quello dei suini...

Resto in stato di fissità rimuginante per circa un quarto d'ora prima di riattivarmi ed elaborare uno straccio di controffensiva. Tanto per cominciare, invece di cestinare gli spaghetti, decido di trasferirli in una ciotola Färgrik per poi ricoverarli in frigo nell'eventualità di riciclarli come frittata; quindi mi vesto per uscire e incontrare Nives e faccio anche alla svelta, ma mentre m'infilo i Blundstone sento una voce dietro la testa che mi dice: «Ma dove cazzo vai?», realizzando solo allora di non aver chiamato la mia ex moglie. Al che scopro, con un filo di terrore, che l'unica ragione per cui non sono ancora uscito di casa è che non so dove andare. Quando il mio inconscio farà un salto di qualità, e mi darà anche l'indirizzo delle persone con cui prende appuntamento a mia insaputa, quello sarà il giorno in cui potrò iniziare a preoccuparmi.

Chissà se esistono dei farmaci che impediscono all'inconscio di prendersi tutte queste libertà. Degli inconscio-soppressori, ecco. Tu prendi la tua pillolina settimanale che t'inibisce l'inconscio, e non rischi di trovarti un giorno in una via precisa ad aspettare qualcuno che non arriverà mai.

Dín, fa il telefonino strappandomi dalla digressione psichiatrica. Mentre vado in cucina a recuperarlo m'imbatto nel cordless impalato nella sua base da tempo immemorabile, e penso che ormai il telefono fisso non ha altra utilità che quella di farsi rompere i coglioni dai call-center. Cosa lo teniamo a fare ancora in casa, vai a capire. Secondo me il telefono fisso seguirà la stessa tempistica di estinzione delle cabine telefoniche: erano anni che non servivano piú a un cazzo, ma nessuno si decideva a rimuoverle. E l'attività di smantellamento doveva risultare cosí penosa dal punto di vista affettivo da richiedere addirittura l'annuncio tramite locandine in stile funebre («Questa cabina sarà rimossa il giorno X»: come a preparare l'utenza al trauma).

Io penso troppe cose insieme, è questo il mio problema, mi dico mentre acciuffo il cellulare.

Sarà perché ho l'umore a pezzi, ma la comparsa del nome di Benny Lacalamita sul display mi procura un'imprevista botta di contentezza, tant'è che mentre leggo il messaggino non posso fare a meno di sorridere.

VINCE', UNA GRANDE NOTIZIA! PESTALOCCHI S'È PRESO LA SMART DA UN GARAGISTA MIO CLIENTE. SO DOVE LA TIENE. ANDIAMO?

Un'inattesa vampa di fiducia nell'umanità m'invade. Non impiego piú di un secondo a rispondere:

ASSOLUTAMENTE.

E finalmente chiamo Nives, deciso ad affrontare la situazione di petto.

Bad timing

Se c'è una cosa che capita quasi regolarmente a chi fa jogging nei parchi pubblici, è imbattersi nel conoscente che gli fa la battuta spiritosa quando lo incrocia. Uno sta lí a correre per i fatti suoi, con la cuffietta nelle orecchie per alleggerire la fatica, e ogni tanto gli tocca sorbirsi il pistolotto di chi gli passa accanto e fa apprezzamenti sulle sue velleità atletiche, con la perfidia gratuita di chi vorrebbe dissuaderlo dal continuare. Esattamente quello che sta succedendo a un cinquantenne in canottiera e pantaloncini che corre trafelato a pochi passi da me lungo un sentiero di ghiaia lievemente in salita e si becca gli sfottò di un coetaneo panciuto che finge pure di tagliargli la strada per infastidirlo meglio.

Il runner non raccoglie la provocazione e lo dribbla, tirando dritto per la sua strada. Siccome procedo nella sua stessa direzione, mi trovo lo spiritoso giusto di fronte, a pochi metri di distanza, e ne approfitto per squadrarlo dai piedi alla testa, come a dirgli Cosa sfotte quelli che corrono nei parchi, con il multistrato addominale che si ritrova? Quello se la guarda (la panza), poi guarda me, basito dalla mia impudenza mentre lo supero, ignorandolo. Cos'è, non ti piacciono i tuoi metodi, vorrei dirgli?

Pur non voltandomi, ho l'impressione che sia rimasto immobile a seguirmi con lo sguardo mentre mi allontano alla ricerca di Nives, che dovrebbe essere da qualche parte qui nel parco ad allenarsi con il personal trainer (come mi ha riferito la sua segretaria quando ho chiamato in studio, visto che aveva il telefonino staccato). È un po' che ha la fissa della ginnastica ecologica, per cui invece di andare in palestra paga un coach che abbatte i costi portando le clienti ad allenarsi tra le fresche frasche.

Non che sia geloso della mia ex moglie, intendiamoci. È solo che trovo deprimente per una psicologa della sua reputazione cadere in un cliché sessuale cosí ovvio. Il palestrato di vent'anni piú giovane. È come se un uomo della mia età andasse con una modella di Intimissimi.

Ho sbagliato esempio, ma quello che volevo dire è che quel tipo non mi piace neanche un po'. L'ho già incontrato una volta sulla pista ciclabile, con Nives al seguito. Ha lo sguardo losco, e la tolleranza di chi si sente un'eccezione in un mondo fisicamente sottosviluppato (quelli, per capirci, che quando ti guardano sembra che ti chiedano cosa aspetti a iscriverti in palestra).

Sto per riprovare a chiamare Nives nella speranza che abbia riacceso il cellulare, quando mi sembra di riconoscere il suo toyboy che prende il sole semisdraiato su una delle panchine intorno al laghetto delle papere. Tiene gli occhiali da sole sulla crapa rasata quasi a zero, le cuffiette nelle orecchie e annuisce compiaciuto al tempo del brano musicale che ascolta.

Faccio il giro e vado a bussargli alle spalle.

– Ehi, scusa, – gli domando dandogli del tu, tanto per mancargli subito di rispetto, – Nives è con te?

– Cosa? – mi risponde ad alta voce voltandosi, mentre un orripilante pezzo hip hop che sento da qui gli trapana i timpani (non gli manca proprio niente a questo esemplare, oh).

– Immagino che tu sia stato concepito qui. Tua madre è una leggenda in questo parco, forse glielo intitolano, – spiego, facendo in modo che non legga il labiale.

Si toglie gli auricolari.

– Scusi, non ho sentito, – dice.

Tum, tum, tum, fa il pezzo dalle cuffie a un volume mostruoso; poi s'interrompe per un paio di battute lasciando spazio a un'insignificante voce femminile che canta una cacata tipo «I am the panther of the night», e riprende.

– Sto cercando la mia ex moglie. Mi hanno detto che era con te, – urlo, manco fossimo in discoteca.

Il trash (il cui udito al momento funzionerà sí e no al 30%) corruga la fronte chiedendosi chi io sia e cosa c'entri la mia ex moglie con lui, problema che deve risultargli piuttosto difficile da risolvere, considerato il tempo che ci mette.

– Ah, Nives, certo! – grida. – Sta facendo una corsetta per riscaldarsi, torna tra poco!

– Okay, – rispondo, e alzo il pollice perché capisca.

Lui mi strizza l'occhio, solleva la mano destra, chiude tutte le dita a eccezione del mignolo e con quello frusta l'aria, un gesto che non conosco ma che – a giudicare da come si sente figo nel farlo – potrei tradurre all'incirca in: «Quando ti serve una dritta, amico, è questo l'indirizzo giusto»; quindi s'infila di nuovo gli auricolari e riprende l'ascolto di *I Am the Panther of the Night*.

Ne approfitto per rifilargli un altro paio di insulti che non può sentire, e finalmente mi allontano.

Sono lí che passeggio per ingannare l'attesa, quando la mia attenzione viene rapita da una papera che vaga da sola nei dintorni del laghetto, come rifiutasse di sguazzare lí dentro con tutte le altre e preferisse starsene per conto suo.

– Ma tu guarda questa, – commento ad alta voce in direzione di un ciclista di là con gli anni ma in invidiabile forma fisica che pedala intorno al laghetto come stesse facendo un giro d'ispezione.

– Quella la chiamiamo Grace Kelly, – mi spiega con cordialità da custode, – è proprio cosí di carattere. Ha la puzza al becco.

– La puzza al becco, – ripeto ridacchiando. – Questa devo ricordarmela.

– Già, – ribadisce il ciclista. – La vede com'è altezzosa?

La ricontemplo. Pazzesco, l'atteggiamento contegnoso che assume in quella passerella non richiesta intorno al laghetto. Da farle una pernacchia, sul serio.

– Vero. Che tipa, – osservo.

– Ah, beh, Grace è un personaggio, non c'è dubbio. Sapesse il successo che ha. Foto, video. Provi a cercarla su YouTube.

– Scusi, ma lei come fa ad essere cosí informato, è il suo agente?

– Sono un volontario, – risponde, fingendo di trovare divertente la battuta (ma si capisce che si è un po' risentito). – Faccio parte di un'associazione che si prende cura della villa. Se aspettiamo che se ne occupi il Comune, addio.

– Ah, ecco, mi scusi, non volevo mancarle di rispetto, – rispondo.

Sei sempre il solito stronzo, mi rimprovero, chi credi di essere, che dici quello che ti pare?

– Si figuri, – ricambia il promoter della papera senza spiegarsi perché io stia ridendo. Vorrei spiegargli che è per una frase che ho appena notato su una panchina poco distante, scritta a grossi caratteri con un pennarello: UN AMORE NON PUÒ FINIRE PER UN PAIO DI CAZZOTTI IN BOCCA, ma lui sta già andando via.

Finalmente vedo arrivare Nives, in completino Nike, occhiali da sole Liu Jo di quelli che si portano adesso, con la stecchetta superiore che fa da ponte tra una lente e l'altra (tante volte uno volesse appenderci qualcosa), e addirittura un misuratore di pressione digitale al polso. M'insospettisce la canottiera che lascia scoperta la pancia e fa risaltare le tette. D'accordo, nonostante gli anni che avanzano è ancora ben messa (lo è sempre stata, del resto; e poi è una che mangia pochissimo): ma a quarantacinque anni non ti esponi in quel modo se non hai delle buone ragioni.

Le faccio ciaociao con la manina. Lei m'individua, e

dal sorrisone che mi spalanca direi che è addirittura contenta di vedermi.

– Che ci fai qui? – domanda, raggiungendomi.

– Pensavo di farmi un selfie con Grace Kelly, – dico.

– Cosa? – fa lei continuando a corricchiare da ferma e controllandosi il misuratore digitale al polso.

– Quella, la vedi? – indico la papera snob. – Si chiama Grace Kelly.

– Grace Kelly?

– Perché è regale. Non dà confidenza a nessuno.

Guarda Grace, poi me. Starebbe per darmi uno spintone, guarda di nuovo la papera e capisce che non sto scherzando.

– Impressionante, eh?

Mi sarei aspettato che il dibattito sulla papera continuasse, invece Nives non mi vede neanche piú, presa com'è dall'annunciare il suo ritorno al palestrato agitando le mani nell'aria, ma quello neanche la considera, tanto è impegnato a debosciare sulla panchina.

– Complimenti per come spendi i tuoi soldi, Nives, – commento.

Arrossisce un po'. Nives arrossisce sempre un po', se qualcosa la urta.

– Quando ti permetti questo genere di apprezzamenti diventi veramente cretino, – ribatte, inacidita. – Tra l'altro come vedi mi sto allenando, quindi la tua intrusione è del tutto fuori luogo.

Tira fuori un fazzoletto di carta da un piccolo marsupio che porta in vita e si tampona qualche gocciolina sulla fronte. È cosí elegante, nei piccoli gesti, Nives. E Alfredo in questi dettagli è identico, cazzo.

– Intanto, – replico a tono, – se mi avessi risposto al telefono mi sarei risparmiato volentieri questa trasferta salutista per venire a cercarti. In secondo luogo, vediamo di andare per priorità, perché se c'è qualcuno che deve perdere la calma quello sono io.

– Ma di che parli?

Qui vado in un crescendo polemico troppo brusco per essere vero, ma bisogna pur apparire coerenti, nella vita.

– Ma pensi sul serio che sia qui per fare duck-watching, eh? Non ti viene il dubbio che sia venuto a chiederti cosa cazzo aspettavi a dirmi che nostra figlia si sposa?

– Ah, quello. Ma come l'hai saputo?

– «Ah, quello»?

– Non riesco a capire chi possa avertelo detto, – aggiunge Nives, stirandosi le sopracciglia.

Chiudo gli occhi e li riapro molto, molto lentamente.

– Guarda, sto cercando con tutte le mie forze di restare calmo. Ricapitoliamo un momento, vuoi? Allora: ti ho chiesto come mai non sono stato informato del matrimonio di Alagia, e tu per due, dico due volte, mi hai domandato chi me l'ha detto.

– Eh. E lo so, – fa lei, come se stessimo ribadendo l'ovvio.

In questo momento sto facendo uno sforzo enorme per non darle una capata in faccia, lo giuro. La fatica che mi costa frenare i nervi non solo mi abbassa il tono della voce, ma addirittura lo addolcisce.

– E non ti sembra che prima di chiedermi chi me l'ha detto dovresti spiegarmi perché non sono stato informato?

– Perché voleva essere Alagia a dirtelo, ecco perché. Che poi è la ragione per cui ti ho chiesto come mai lo sapevi. Doveva essere una sorpresa. Anzi, neanche. È solo che Alagia ci teneva a darti personalmente la notizia, ecco tutto.

Fine della discussione. The end. Il sottoscritto non ha piú niente da dire.

Quante volte (no, dico: quante volte?) mi sono trovato in questa condizione schifosa? Quella, intendo, in cui arrivo carico a una discussione, convinto che tutte le ragioni siano dalla mia parte, poi gli altri mi spiegano le loro e va a finire che ho torto. È che mi sfuggono dei passaggi essenziali, puttana la miseria. Tipo pensare che Alagia preferisse informarmi personalmente. Non è che ci volesse chissà cosa, eppure mi è sfuggito. Io ho un problema con i passaggi essenziali. Se un passaggio essenziale mi vede, scappa a gambe levate. Che gli ho fatto, ai passaggi essenziali, non lo so.

– Ma cos'hai pensato, che volessi tenerti all'oscuro del matrimonio di nostra figlia? – mi chiede Nives.

Adesso è lei che mi guarda con riprovazione. E dire che sono venuto fin qui per cazziarla. Non avete idea di quanto la invidio, in questo momento.

– Ma cosa vai a pensare? – infierisce ancora.

Sbotto, esasperato dalla frustrazione:

– Quello che ho pensato, cazzo, quando zio Mik mi ha chiesto cosa regalarle per il suo matrimonio, è stato: «Mia figlia si sposa e io non lo so neanche». Sarò anche in malafede ma è quello che ho pensato, 'fanculo!

– Zio Mik? E come fa a saperlo, zio Mik?

– Ma che cazzo ne so! – risbotto, e poco ci manca che mi commuovo (ma quanti anni hai, mi dico, santo Dio?)

Segue un silenzio tra il penoso e il sofferto (piú il primo che il secondo), in cui Nives si ammorbidisce e mi allunga una carezza sulla barba.

– Mannaggia, Vince'. Pure tu, però: potevi arrivarci da solo, no? Anche se devo ammettere che anch'io al tuo posto ci sarei rimasta malissimo.

– Ah, grazie tante dell'immedesimazione.

– Sta' a sentire, però.

– Cosa.

– Quando Alagia ti darà la notizia, cosa che ha intenzione di fare quando andiamo da Alfredo, fa' finta di cadere dalle nuvole, capito? Ci tiene molto a farti la sorpresa.

Annuisco come un bambino perdonato.

Nives mi batte il cinque sulla spalla, poi fa un cenno con la testa in direzione del coach, che finalmente dalla panchina l'ha vista e sembra convocarla per cominciare l'allenamento.

– Nives, – dico.

– Eh, – dice.
– Che effetto ti fa?
– Che effetto mi fa cosa?
– Il fitness all'aria aperta.
– È rigenerante. Bellissimo. Dovresti provarci.
– Il matrimonio di Alagia, Nives.
– Ah, intendevi quello. Ma che spiritoso. Direi... – riflette coprendosi la bocca con le dita – ... ma sí, in fondo direi nessuno.
– Tu su certe cose sei proprio un disastro. Chiedi in giro se esiste un viagra per la disfunzione emotiva.
– Cosa dovrei fare, la mammina dal cuore infranto? Sono cinque anni che Alagia e Mattia stanno insieme. E convivono da due. Che vuoi che cambi se vanno davanti a un ufficiale di stato civile a dire: «Lo voglio»?
– Sí, sí, ma possibile che tu rimanga sempre impassibile anche davanti ai classici dell'esistenza? Che niente ti prenda mai alla sprovvista?
– Faccio la psicologa, mi occupo di contraddizioni. Figurati se mi sorprendo davanti a due giovani che si sposano. In fondo è solo un modo di raccontarsi che staranno insieme a lungo. Se gli piace cosí, perché no.
– Oh, ma cosa ne hai fatto del cordone ombelicale?
– È una buona domanda. Infatti a volte mi fa sentire in colpa non avere aspettative sui figli. Mi basterebbe che non avessero padroni; per il resto, ogni loro desiderio è ben accetto. Sei tu che ti carichi di preoccupazioni, Vincenzo. È tutta angoscia sprecata. Prima lo capisci, prima te ne liberi.
– Ma chi me lo doveva dire a me stamattina che sarei venuto in questo parco di salutisti decrepiti e papere famose per ricevere una tale perla di saggezza, per di piú gratis. E dimmi, è per via di questa disinvoltura congenita verso il palinsesto della vita che paghi un tamarro fisicato perché stia seduto in panchina a sentire musica di merda mentre fai jogging?

– Mi stavo solo riscaldando, cretino. Non l'abbiamo neanche cominciato, l'allenamento, – ribatte nel preciso istante in cui il Diciamo Coach le invia dalla panchina una specie di bacetto alla Marilyn che mi lascia inorridito.

– Affari tuoi, – commento.

– Ma di cosa stai parlando?

– Non mi piace quel tipo.

– Pensa quanto ne soffrirebbe, se lo sapesse.

– Nives, è losco. Guardalo in faccia, ha lo sguardo perennemente in diagonale.

– E da quando ti preoccupi per me?

– Da sempre.

– Per questo non mi hai piú voluta?

– Sei stata tu a respingermi per anni. E quando te ne sei pentita, era già tardi. È il bad timing, tesoro. Te la ricordi *Romeo and Juliet* dei Dire Straits, «When you gonna realize it was just that the time was wrong, Juliet»? Ecco, quella roba lí.

– I tuoi riferimenti letterari sono sbalorditivi, Vince'. Citassi mai un libro, tu. Sempre canzoni.

– Ma taci, che gli unici romanzi che compri sono quelli che escono in allegato con «Repubblica».

– Resta il fatto che io ti volevo di nuovo, e tu mi hai mandato a comprare le sigarette.

– Ah sí? E quando ti volevo io, e tu venivi a fare l'amore con me mentre restavi sposata con quel cazzone?

– Emilio non era un cazzone.

– Però gli somigliava parecchio.

– Va be' dài, finiamola qui, non era neanche il caso di riparlarne. Ora scusami, voglio cominciare l'allenamento. Gabriel mi sta aspettando.

– *Gabriel?* Si chiama addirittura Gabriel, quello?

– Prego?

– Chiedigli la patente, mi gioco tutto quello che vuoi che si chiama Aniello. Al massimo Gerardo.

– Vaffanculo, Vincenzo, – mi liquida (anche se la battuta la diverte, sostanzialmente perché sa che è vera), e fa per andarsene.

L'afferro per un braccio.

– Nives.

– Che c'è.

– Non mi piace quel tipo.

– Sí, l'hai già detto.

– ...

– Non preoccuparti, non c'è niente fra noi. È solo il mio personal trainer. E poi l'hai visto com'è giovane? Sarei improponibile per lui.

– Sesè.

– Ci vediamo dopodomani da Alfredo?

– Come dopodomani?

– È dopodomani, Vincenzo. Non inventarti scuse perché ci tiene.

– Oh, ma come siete tutti inflessibili quando si tratta dei cazzi vostri. Si fosse preoccupato qualcuno di avvisarmi del matrimonio di mia figlia.

– Che fai, ricominci? Spiegarti le cose non serve, polemizzi daccapo come se uno avesse parlato al vento.

– Invece ho capito perfettamente, ma non puoi togliermi il gusto di fare l'offeso quella volta che mi capita di avere uno straccio di ragione.

– Ma quanto sei cretino.

– Guarda che sono serissimo.

– Insomma vieni o no?

– Se proprio devo.

– Puoi venire con me e Alagia in macchina, se vuoi.

– No, prendo il treno. Lo sai che non li sopporto, i revival. È già abbastanza la cena, almeno il viaggio con la famiglia che fu me lo risparmio.

– Certe volte sei davvero stronzo.

– Lo so.

Fa per andarsene, poi ci ripensa.

– Ah. Alfredo ha detto che puoi dormire da lui, se vuoi trattenerti a Roma.

– Buona idea, cosí cerco di capire cosa combina di notte con il coinquilino.

– *Vincenzo.*

– Scherzavo.

Si allontana in direzione del trash.

– Nives! – le urlo dietro, realizzando una mancanza fondamentale.

Si volta, esasperata, portandosi addirittura le mani ai fianchi.

– Santo Dio, Vince', che c'è, ancora?

– Ma quando si sposa, Alagia?

La Smart è parcheggiata nel cortile condominiale dei suoceri di Pestalocchi, accessibile dal portone principale e da un cancello elettrico sul retro, che Benny Lacalamita e io stiamo piantonando da un bar di fronte da circa venti minuti.

Secondo le informazioni in possesso del mio collega, La Merda avrebbe occupato l'area di parcheggio pertinenziale del suocero il giorno stesso della sua dipartita, un paio d'ore dopo la tumulazione. Pare infatti che il defunto detestasse cosí pervicacemente il genero da avergli sempre negato il permesso di usare il suo posto auto (benché libero), sí che Pestalocchi ha dovuto attendere l'intero corso della sua vita per appropriarsene.

Ma quello che il pezzente ancora non sa (il racconto del retroscena arriva direttamente da Candido, il garagista che gli ha venduto la Smart, vecchio cliente di Benny nonché riciclatore di auto rubate nel tempo libero) è che il suocero, in previsione della propria morte, ha preventivamente venduto il posto macchina a un terzo (a sua volta cliente di Candido), a condizione che accettasse di entrarne in possesso una settimana dopo la sua scomparsa, in modo che La Merda avesse il tempo di illudersi.

– Voglio portare un fiore sulla tomba di quell'uomo, – dico a Benny quando mi mette al corrente di questo piano deliziosamente diabolico.

– Un genio, eh? – commenta lui facendo tintinnare i cubetti di ghiaccio nello Spritz (il secondo, da quando siamo entrati), campanellini profani per onorare la memoria del defunto.

– Concepire questo progetto gli avrà reso piú dolce l'aspettativa del trapasso.

– Sssí. Un'eutanasia preventiva.

Perdo lo sguardo nell'aria come se visualizzassi l'osservazione di Benny. Nell'occasione faccio anche caso al notevole completo antracite effetto scratch che indossa, credo Ermenegildo Zegna, che non mi pare la tenuta piú indicata per andare a vandalizzare una macchina.

– Certe volte mi sorprendi, Lacalamita.

Stringe gli occhi e mette uno di quei sorrisi a metà tra il «Non male, questa» e il vaffanculo.

– Ma ti credi un raffinato intellettuale, che ti stupisci dell'intelligenza degli altri?

– Mi stavo solo complimentando.

– No, ti stavi meravigliando.

– Gesú, come sei permaloso.

Raccoglie un attimo le idee, prima di ribattere.

– Lo sai, ieri Emanuele Severino ti ha citato in un'intervista sul Corriere. A un certo punto diceva: «Anche secondo Vincenzo Malinconico la tecnica è destinata al dominio e l'unica verità possibile è il divenire del tutto».

– Sto morendo dalle risate.

Manda giú in un sorso il resto dello Spritz, sbatte il calice sul banco e mi rutta in faccia. Il barista lo guarda incredulo. Temendo che ci cacci fuori (è un barista corpulento e dall'aria piuttosto trucida), riprendo subito il mio compare.

– No, dico, ma dove credi di essere, all'Oktoberfest?

– Ma fai silenzio, che è mezz'ora che bevi Gatorade. Mi sembri un ventenne palestrato.

– Non tocchiamo quest'argomento, ti prego.

– E perché?

– Temo che la mia ex moglie si trombi il personal trainer.

– Beh, vivaddio.

– Vallo a prendere nel culo, Benny.

– Ma a te che te ne frega di chi si scopa la tua ex moglie?

– Proprio niente. Era cosí per dire.

– Invece a me darebbe fastidio se la mia ex moglie andasse con i palestrati.

– Non sapevo che fossi separato anche tu.

– Infatti non lo sono. Ma se lo fossi non vorrei che la mia ex moglie si facesse sbattere da un culturista, magari su una panca inclinata, quando la palestra chiude e lui le chiede di raggiungerlo lí.

– Ah, ecco. Ho visualizzato perfettamente la scena e l'ho anche collocata temporalmente, grazie.

– Ah, ah. Dài che ti stavo sfottendo.

– Beh, senti, io me ne vado.

– Allora che siamo venuti a fare, scusa?

– È quello che mi chiedo da quando sono arrivato, Benny. Poi mi hai distratto con il retroscena del posto macchina venduto sotto condizione d'immissione tardiva nel possesso (un vero colpo da maestro, ribadisco), e mi è passato di mente. Pensavo che La Merda tenesse la Smart, che so, in una strada secondaria, sotto un cavalcavia. E sarei stato volentieri al tuo fianco, sul serio. Ma se credi di poter danneggiare una macchina in pieno giorno nel cortile di un condominio senza essere visto, vuol dire che sei gravemente malato.

– Tu manchi di audacia, Malinconico. Ecco perché vai in giro con quella faccia.

– Ma tu ce l'hai uno specchio, magari a figura intera? E poi che faccia avrei, scusa?

– E sarei io il permaloso. Sei *triste*, Vince'. Hai la faccia del piagnone diseredato in perenne credito con la vita. Ma ti rendi conto di quanto tempo passi a sbuffare? Neanche mezz'ora che siamo in questo bar e hai già sbuffato cinque volte, le ho contate. Avanti, prova a negarlo.

– Oh, ma chi ti credi di essere per… cazzo, sbuffo davvero cosí tanto?

– Uu-uh. Sembra che ti trascini appresso una valigia da quaranta chili senza neanche le rotelle.

– Gesú, è vero.

– Cos'è, non te n'eri accorto?

– Del credito con la vita, sí. Cioè, abbastanza. Dello sbuffo compulsivo, no. Te lo giuro.

– È perché non ascolti il tuo corpo. Ti sta dicendo chiaramente che gli hai rotto i coglioni, dagli retta.

– Ehi Lacalamita. Le teste di cazzo come te non hanno questo spirito di osservazione, solitamente.

Mi molla una pacca sulla spalla, ma forte, tipo quelle che Antonino Cannavacciuolo, il celebre chef napoletano, assesta ai ristoratori appena salvati dal baratro quando gli risana la cucina portando a termine la missione.

– Ahia!

– Gravissimo errore, sottovalutare una testa di cazzo. Dài, vieni.

– Ma vieni dove?

Esce dal bar e si dirige alla sua station wagon, che ha parcheggiato poco piú avanti in doppia fila. Lo seguo, ancora semisconvolto dalla scoperta delle mie espirazioni esistenziali.

– E dove dovremmo andare, adesso?

– Che fai, sali o vuoi farti un'altra sbuffata, prima? – mi dice mentre apre lo sportello dal lato di guida.

Faccio il giro della macchina, entro anch'io.

– Allora? – chiedo.

Benny non risponde, apre il cruscotto, afferra due apriscatole mezzi arrugginiti e un paio di pennarelli indelebili XL di colore nero, quindi me li sventaglia davanti alla faccia con un gesto da prestigiatore non professionista.

– Quale scegliamo?

– Scusa?

– Cioè. Con l'apriscatole gli facciamo una fiancata a testa, di passaggio: dobbiamo solo sincronizzarci. Coi pennarelli dobbiamo trattenerci un po' di piú. Dipende da cosa vogliamo disegnare, ovviamente. Io un'idea ce l'ho.

Piego la testa come avessi bisogno di guardarlo di traverso per cogliere in qualche punto della sua faccia un tratto leggibile di follia. In momenti del genere mi accorgo quanto siano vicini Lombroso e Freud, almeno nel franchising psicologico con cui hanno imposto il diritto d'autore sui nostri comportamenti inconsci piú elementari.

– No, dico, ma sei completamente impazzito? Secondo te noi adesso entriamo e sfregiamo la macchina di Pestalocchi in pieno giorno?

Ci pensa su.

– Hai ragione.

– Ah, ecco, meno male.

Ripone l'attrezzatura nel cruscotto e richiude.

– Ci sarebbe un'alternativa piú raffinata. Ma non so se ti piace.

– E sarebbe?

– Prometti di non scandalizzarti?

– Avanti, parla.

– Un paio di zoccole morte nel bagagliaio.

– Cosa?

– Zoccole, topi, pantegane. Come le chiami tu?

Fa un cenno con la testa invitandomi a voltarmi. Lo faccio. Cos'è che dovrei vedere, non lo so. Lo fisso rivolgendogli la domanda in silenzio. Lui picchietta l'aria con l'indice verso il basso. Mi giro di nuovo: sul pavimento della macchina, nello spazio compreso fra il mio sedile e quello posteriore, c'è una borsa di tela da allenamenti, molto malandata.

Sposto lentamente la testa verso di lui e lo guardo inorridito.

– Ti prego, dimmi che stai scherzando.

Non risponde.

– Benny, – alzo la voce e metto la mano sulla maniglia dello sportello, – ci sono due topi morti, in quella borsa?

Mette un sorriso alla Walter Matthau.
Vado in pausa per qualche secondo, prima di reagire.
– Eh no, eh. Questo è troppo.
Apro di scatto lo sportello.
Benny mi afferra per il braccio.
– Ma dove vai, cretino.
Mi libero dalla sua presa con uno strattone e scendo dalla macchina.
– Ti ho dato della testa di cazzo? Beh, mi sbagliavo: tu sei psicopatico.
– Torna dentro, imbecille, stavo scherzando.
– Inculati.
– Ma secondo te posso mai andare in giro con dei topi morti in macchina? Avanti, sali.
– Perché dovrei fidarmi?
– Okay, resta lí. Apro la borsa e ti faccio vedere.
Indietreggio di un passo.
– Benny, no.
Prende la sacca, se la mette sulle ginocchia, apre la zip e c'infila dentro mezzo braccio. Carico di ribrezzo, guardo Benny che tira fuori un paio di scarpe da ginnastica rovinatissime, le lancia contro il vetro facendomi zompare sul posto, e mi ride in faccia.
Sospiro (stavolta ho ragione di farlo) e riapro lo sportello senza entrare.
– Sei un vero imbecille, lo sai?
Non riesce neanche a rispondermi, tanto si sganascia. È diventato paonazzo, piange copiosamente e con la borsa ancora in braccio molla cazzotti di taglio al volante.
– È a causa di quelli come te che la nostra categoria sta perdendo prestigio sociale, – aggiungo, visto che non replica.
Pessima idea, perché ride piú di prima. Il crescendo gli scatena una tosse convulsa (essendo Benny, fra le altre cose, un fumatore accanito).
– Fai schifo, Benny. Sei uno spettacolo veramente ignobile.

Resto lí a guardarlo mentre espettora sulla borsa degli allenamenti, non so neanch'io perché.

A un tratto lo vedo sussultare e bloccarsi. Temendo un attacco cardiaco, mi lancio nella macchina per soccorrerlo. Lui, grondante lacrime e muchi ma improvvisamente serissimo, agita la mano nell'aria come a dire che non è niente e, sempre a gesti, m'invita a chiudere lo sportello, come fosse successo qualcosa di terribilmente importante che richiede la massima concentrazione di entrambi.

– Okay, ci siamo, – dice fissando il cancello del cortile in cui è parcheggiata la Smart della Merda. – Adesso viene il bello.

– Benny, mi fai capire di che cazzo parli?

– Sta' zitto e goditi lo spettacolo.

Guardo in direzione del cancello, che viene aperto elettricamente dall'interno per consentire l'accesso a un carro attrezzi. Nel cortile c'è un tipo che agita le braccia per farsi localizzare tra le auto posteggiate, mentre due vigili gironzolano intorno a una Smart bianca e nera compilando svogliatamente un verbale.

– È la macchina di Pestalocchi, quella? – domando, non so nemmeno io se sorpreso o sollevato dal fatto che la mia presenza in questo posto in compagnia del cazzaro seduto al mio fianco stia finalmente trovando una parvenza di senso.

– Alla faccia che intuito, Vince'. Come ti chiamano a casa, Sherlock?

Uno degli addetti alla rimozione scende dal carro, saluta la coppia di vigili e svolge le formalità preliminari mentre il collega al volante individua la macchina da portare via e posiziona il mezzo alla giusta distanza per inclinare lo scivolo e caricarla, il tutto mentre il legittimo proprietario del posto auto lo segue a piedi dandogli indicazioni non richieste ed esponendogli le sue ragioni dal basso, come se poi a quello lí gliene fregasse qualcosa.

Mi volto verso Benny con gli occhi a mezz'asta.

– Quindi è oggi che scadeva la settimana prevista dal contratto di compravendita. Che figlio di puttana che sei.

– E certo. Guarda che meraviglia. Ma non ti dà i brividi vedere il carro attrezzi portarsi via la macchina di quel pezzente?

– E non me lo potevi dire prima, invece di millantare topi morti e fare tutte quelle manfrine con l'apriscatole e i pennarelli, deficiente?

– Quella delle zoccole non l'avevo prevista, te lo giuro. Ma quando ti sei bevuto la palla dell'apriscatole e dei pennarelli e mi sono ricordato delle scarpe dietro il sedile, ho detto: «Vai!»

– Sei uno stronzo.

– Sí, me l'hai già detto. Ma vale la risposta di prima.

Chiudiamo qui il battibecco e ci lasciamo incantare dalla rimozione che si svolge davanti ai nostri occhi. Effettivamente, vedere la Smart della Merda sequestrata dal carro attrezzi trasmette un piacere che sfiora la sonnolenza.

– Pensa quando arriva e trova un'altra macchina parcheggiata al suo posto, – commento.

Gli occhi di Benny si stringono mentre pregusta il futuro prossimo della Merda.

– Ecco cosa farà: prima si metterà a sbraitare in lungo e in largo lí in cortile per sapere di chi sia la macchina, quindi uscirà per chiedere ai negozianti nei dintorni. Al che è probabile che qualcuno gli racconti che un carro attrezzi s'è portato via una Smart. Non crederà alle sue orecchie, chiamerà l'amministratore del condominio, il quale gli risponderà che non ha idea di cosa stia parlando. Lui minaccerà di fargli causa, e quello gli dirà che fa l'amministratore, mica il guardiano del parcheggio, e a quel punto La Merda chiamerà i vigili per chiedere la rimozione della macchina, avvicinandosi sempre di piú alla verità. Praticamente un incubo. Dio, se penso a come se la prenderà nel culo alla fine di tutta questa trafila, quasi raggiungo l'orgasmo.

– Sai cosa, Benny? – dico, mentre la Smart sale sullo scivolo. – Penso che sarebbe un peccato perdersi lo spettacolo.

Benny lascia passare qualche secondo prima di replicare:

– Stai proponendo di restare qui ad aspettare che arrivi Pestalocchi?

Guardo l'orologio.

– Tu hai impegni?

Miami Vice

– Oh, Vince', – fa Benny sul calare della sera.

Ormai siamo talmente scoglionati che se pure Pestalocchi arrivasse, non è cosí scontato che rusciremmo a vederlo.

Vi sarà capitato di stare fermi per un po' a contemplare un pezzo di strada, che so, aspettando un pullman: è un passatempo alienante, solitamente preferito dai vecchietti o dai portieri di condominio (o dai vecchi portieri di condominio). Dopo un po', le persone che hai intorno diventano tutte uguali. E diventando uguali, passano inosservate. Perché l'uguaglianza – è logico – inibisce la distinzione. Uno pensa che ci si massifichi nel mucchio, ma non è cosí: puoi massificarti benissimo anche da single, addirittura sfiorare l'invisibilità, se sei particolarmente insignificante.

– Eh, – rispondo.

– Sembriamo quelle coppie di poliziotti che si vedono nei film americani, capito quali?

– Come no, quelli che stanno in macchina a piantonare i palazzi dei ricercati e mangiano hamburger.

– E bevono Sprite.

– E il caffè lungo nelle walkie-cup.

– Quello, dopo le patatine fritte inzaccherate di ketchup.

Pausa eloquente.

– Che ore sono?

– È presto per passare alla fase *McDonald's*, Benny.

– Che palle.

– Dura la vita dello sbirro, eh?

– Senti, andiamocene, lo stronzo non viene, è chiaro.

– Non se ne parla, Benny. Metti che arrivi tra dieci minuti. Non possiamo rischiare di perderci la diretta per non avere avuto pazienza.

– E dire che basterebbe uno squillo, per farlo arrivare di volata.

– Nonnò. Niente dritte. Dev'essere completamente all'oscuro.

– Come mi piaci quando smetti di fare il morto di seghe.

– Ha parlato Benny Siffredi.

– Lo sai, piú ti conosco piú mi domando come abbia fatto una gnocca come Alessandra Persiano a stare tanto tempo con un cazzone come te.

– Conoscevi Alessandra?

– Come sarebbe «conoscevi»? Non è mica morta. E poi perché ti meravigli? Facciamo lo stesso mestiere.

– Ale è una che dà pochissima confidenza ai colleghi, visto che se la vorrebbero fare tutti.

– Beh, invece a me la dava. La confidenza, intendo.

– Perché era scontato che non avessi alcuna possibilità, chiaro.

– Ah, guarda, se è per questo pensavamo tutti lo stesso di te. Quando ha cominciato a girare la notizia che stavate insieme, non voleva crederci nessuno. Sei diventato un avvocato famoso da un giorno all'altro, senza alcun merito professionale. Dovresti esserle grato.

– Vaffanculo, Benny.

– Sul serio. Per un periodo in tribunale si parlava solo di te.

– Ma vattene.

– È la verità. Te lo devo dire io che per avere successo nel nostro campo avere accanto una bella gnocca conta piú di mille cause vinte?

Penso.

– Non dico che non sia cosí. Anche se è sbagliato, ovvio. Ma a me il successo mi prende sempre di striscio.

– Naa, sei tu che non ne sei all'altezza. Il successo è

un'occasione, mica una rendita. Va coltivato. Non è che ti metti seduto e fa tutto lui.

– Parli per esperienza diretta?

– Certo che no, cretino. Io non mi sono mai guadagnato niente, ho ereditato tutto.

– Ah, meno male. Viva la sincerità.

– È molto meglio essere ricchi che famosi, dammi retta.

– Cristo, sei sconcertante, Benny.

– Senti, io mi sono rotto i coglioni. O ce ne andiamo o vado a prendere due cose da *McDonald's* mentre tu resti di guardia.

– Ma sono le sei e un quarto.

– E chi se ne frega. Allora?

Sto per rispondergli quando mi squilla il cellulare. L'impressione che abbia sbirciato il nome sul display mentre portavo il telefono all'orecchio diventa una certezza quando lo stupore gli allunga la faccia.

– Sí? Ah, sí. Salve, – dico con evidente distacco.

Benny mi guarda come se mi rivalutasse, mentre deduce le battute di Veronica Starace Tarallo dalle mie.

– Certo che l'ho in memoria, è solo che ho risposto senza guardare –. Pausa. – No, nessun disturbo, mi dica pure.

Benny mi dà due colpetti sul braccio, labializza nome e cognome della mia interlocutrice e fa il collo da giraffa con gli occhi spalancati recitando il punto interrogativo.

Manco gli rispondo, tanto sono sconcertato dalla domanda che Veronica mi ha appena rivolto.

– Come dove sono, scusi.

Benny rincula sul sedile.

– Infastidito è un po' troppo. Ma non vedo perché dovrei dirle dove mi trovo...

Guardo Benny aspettandomi che si unisca a me nel disapprovare l'indelicatezza della cliente, ma potete immaginarvi la faccia che fa, avendo presente l'esemplare femminile in questione.

– Prego, – segue pausa (si è scusata, anche se l'ha fatto in tono polemico). – Suo marito ha fissato la riunione, per caso?

«Riunione?» fa Benny in playback.

Mi picchietto la punta del naso con l'indice teso. Lui si stringe nelle spalle come a dire: «E chi ha parlato».

– Ah. E allora scusi, cos'è che doveva dirmi?

Benny scuote la testa, neanche lo avessi deluso. Sono insopportabili, quelli che pretendono d'interloquire mentre parli al telefono. I gesti, le mezze frasi, i labiali. Come cazzo faccio a capire quello che dici se sto parlando con qualcun altro?

– Ah, ecco. No, non c'è niente di strano, anzi. È solo che pensavo mi avesse chiamato per una ragione piú, come dire, concreta.

Mi volto verso Benny e con gli occhi gli comunico che se non la smette di fare no con la testa gli arriva un cazzotto in bocca.

– D'accordo. Niente, si figuri. Buona serata a lei.

E finalmente chiudo.

– Che bello frequentarti, Lacalamita. Sei una persona cosí discreta, – commento.

– Veronica. Starace. Tarallo, – scandisce lui.

Credo non mi abbia neanche sentito, tanto è stupefatto dall'identità della mia assistita.

– La moglie di Ugo Starace Tarallo, – spiega a se stesso.

Io non dico niente. Anche perché sta parlando da solo.

– Eri al telefono con Veronica Starace Tarallo, – insiste. – La moglie di Ugo Starace Tarallo.

– Benny, stai facendo pratica di sillogismo? Se è cosí, non hai capito come funziona.

– Veronica Starace Tarallo è tua cliente, – afferma, catatonico, ribadendo il concetto ad alta voce.

– Pensi di andare avanti a lungo?

– Ma ti rendi conto di come l'hai trattata?

– E come l'ho trattata?

– Di merda. Eri scostante, maleducato e anche stronzo. Ma come, una donna come lei ti chiede dove sei e tu fai quello che non dà confidenza ai clienti?

– Era una telefonata di lavoro, Benny. E poi, vuoi la verità? Non me la conta giusta. Come se nascondesse qualcosa, non so se mi spiego.

– Ti spieghi, ti spieghi. Anche perché se cosí non fosse non si capirebbe come mai Veronica Starace Tarallo si farebbe patrocinare da te.

– Fai un'altra di queste battute e te ne mollo uno.

– Va be'... ma perché una pucchiacca simile, moglie di un avvocato ricco e famoso, dovrebbe scegliersi un avvocato né ricco né famoso?

– Dio santo, le stesse cose che mi ha detto Espe. Praticamente una replica.

– E chi è Espe?

– Il mio collega di studio. Un ragioniere. Cioè, un commercialista. Molto bravo, eh.

– Senza offesa, ma se io fossi Veronica Starace andrei da un divorzista affermato.

– Oh, figurati se mi offendo per cosí poco. Aspetta un momento, «divorzista», hai detto?

– Eh, perché?

– Come fai a saperlo?

– Che Starace sta per separarsi dalla moglie? Lo sanno tutti, Vince'. Figurati se una notizia del genere non circola. È che per sentirla bisogna bazzicare gli ambienti giusti o almeno il tribunale, e tu non frequenti né gli uni né l'altro.

– Non ti arriva un pugno in faccia giusto perché hai detto la verità.

– Beh, verità per verità, sono invidioso. Se l'avessi ricevuta io questa nomina, me la tirerei molto. E farei i salti di gioia, altro che starmene con quella faccia appesa.

– Davvero?

– Scherzi? Ma sai le formichine che ti sentirai nella schiena quando i colleghi si metteranno in fila a rosicare vedendoti arrivare in tribunale con lei? Senza parlare della pubblicità che ti pioverà addosso. Niente di piú facile che tutte le mogli arricchite della città verranno da te per separarsi.

– Ma se hai appena detto che è strano che mi abbia scelto.

– Sí che l'ho detto, ed è anche vero. Ma perché devi martellarti i coglioni da solo? Tanto che ci tieni a sapere quali sono i veri motivi per cui ha voluto te e non un altro? Ti ha nominato sí o no?

– Eh sí, eh.

– E allora che te ne frega di quello che le passa per la testa? Sei il suo avvocato, è questo che conta. Fai il tuo lavoro e fottitene, hai solo da guadagnarci. Anzi guarda, domani spargo la voce in tribunale, cosí rilanciamo il tuo nome alla grande.

– Hai ragione, cazzo.

– Certo che ho ragione, sei tu che ti metti d'impegno a complicarti la vita.

– Sai una cosa? Comincio a pensare che sei quasi un amico.

– Ti voglio tanto bene anch'io, ma adesso andiamo da *McDonald's*.

Sun Tzu

Oggi piove che Dio la manda, e dagli ufficiali giudiziari sembra che ci sia un buffet gratis, tanto la stanza è stipata di segretarie e avvocati non affermati che si occupano personalmente degli adempimenti d'ufficio.

Dalla calca ogni tanto si levano zaffate di ascelle in traspirazione da togliere il respiro e un tanfo di abiti bagnati che denuncia il mancato lavaggio degli stessi e soprattutto dei proprietari che li indossano. È in questo tipo di ammucchiata che capita di fare la scoperta di puzze specifiche che sfuggono all'olfatto medio (quella dei capelli, p. es., davvero disgustosa), o (sempre in tema di cuoi capelluti) di rilevare la capillare (appunto) diffusione del problema della forfora.

Sono qui per notificare un precetto (roba di cinque o seicento euro), ed è quasi arrivato il mio turno quando mi squilla il telefono.

Siccome non c'è spazio per muoversi e non so dove poggiare l'agenda, l'atto di precetto, il giornale e l'ombrello che mi occupano entrambe le mani, e già tutti si voltano a guardarmi manco fossimo in una biblioteca, chiedo a gesti a una segretaria lí presente se per favore mi prende il cellulare dal taschino.

Quella mi squadra come a chiedermi perché mai dovrebbe farmi un favore cosí squalificante, ma visto che il telefono è al terzo squillo e qualcuno già sbuffa (per non parlare degli impiegati, che da dietro il banco aguzzano la vista per individuare il disturbatore che li sta distraendo dall'esercizio delle loro funzioni), decide di accogliere la mia richiesta.

– Grazie. Può dirmi chi è?

– Qui c'è scritto Gaviscon, – dice schifata, mentre l'iPhone continua a squillare.

– Molto gentile, – ribatto, e mi sporgo verso di lei offrendole di nuovo il taschino perché mi restituisca il telefono.

– Che fa, non risponde? – mi chiede con riprovazione.

– Lo farei, se avessi le mani libere, – dico, intendendo: «E secondo te perché ti ho chiesto di prendermi il cellulare?»; ma quella non capisce e mi dà le spalle sdegnata.

– Avvocatoo, faccia il piacere con quel telefonoo! – mi redarguisce il capufficio con un tono da preside, sollevando immediatamente un coro servile di: «Infatti: un po' di educazione, che diamine»; «Qua la capa già ci fa male» (hanno sempre l'emicrania, gli uomini di principio); «Ogni volta è la stessa storia» (come se venissi qui tutti i giorni a far squillare il telefonino apposta) ecc.; per cui sono costretto a sgusciare via dalla calca e a guadagnare l'uscita.

Come da copione, appena vengo fuori di lí, perdendo il turno, il telefono smette di squillare.

Okay, sono nel torto, lo so. Mica dico. Non hai le mani libere per rifiutare la chiamata o silenziare il telefono? Affari tuoi: esci dall'ufficio e fai la fila daccapo. Perché non è che la gente deve farsi carico dei tuoi problemi e sopportarsi il tuo cellulare che squilla all'infinito.

Però.

Però adesso vorrei tanto tornare dentro, e chiedere a questi fautori della correttezza com'è che nessuno di loro ha aperto bocca contro di me prima che il capufficio desse il *la* al coro. Perché non prendono mai l'iniziativa, neanche quando avrebbero ragione di farlo. Se non si sentono dei poveracci ad accodarsi alla prima autorità disponibile per essere sicuri di partecipare al massacro senza risponderne personalmente. Se non si vergognano di fare gruppo per nascondersi. Che se è questo il concetto di democrazia che hanno, se lo meritano, di vivere in un paese di merda.

Ecco cosa vorrei fare. Ma non lo faccio, anche perché quello che piú mi preme, al momento, è chiamare Gaviscon e prenderlo a male parole.

Sto cercando il numero quando con la coda dell'occhio individuo nientemeno che Ugo Starace Tarallo che sale le scale con il codazzo di praticanti al seguito. Cosa ci farà mai qui una legalstar come lui, va' a saperlo. Indossa un gessato blu notte senza panciotto con una regimental che lo fa sembrare una specie d'installazione futurista, ma deve sentirsi parecchio elegante, considerando come se la tira. Ovviamente ha le mani libere (la sua borsa è certamente una di quelle dei praticanti che lo scortano), ma il dettaglio che piú m'impressiona è il suo impermeabile, ancora gocciolante, appeso all'avambraccio di una giovane biondina in tailleur rosa fucsia che fa tanto Hello Kitty e di certo è la sua collaboratrice preferita, a giudicare dalla fierezza con cui lo affianca.

Mi dilungo a guardarlo, finché lui, sentendosi osservato, m'individua con un guizzo e rincula, riconoscendo in me il diciamo collega scelto da sua moglie per la battaglia legale.

Ci guardiamo negli occhi per qualche istante, il tempo che Hello Kitty, con la prontezza della servitrice fedele, registri il momentaneo smarrimento del boss e gli si avvicini in attesa di istruzioni.

Lui toglie lo sguardo da me e fingendo di aggiustarsi la cravatta borbotta in punta di labbra qualcosa che lei coglie immediatamente, tant'è che mi lancia un'occhiata fugace per poi sussurrargli all'orecchio quella che ha tutta l'apparenza di una conferma della mia identità, infatti lui annuisce.

Starei per andargli incontro e presentarmi, solo per il gusto di vedere la faccia che farà quando dirò: «Ciao, sono Vincenzo Malinconico, difendo tua moglie, molto lieto», ma lui, come avesse modificato bruscamente i suoi programmi, gira sui tacchi e riprende le scale in discesa senza dare alcuna spiegazione ai suoi, che si guardano in faccia e gli vanno subito dietro come cagnolini da circo.

La rapidità della manovra è tale che Hello Kitty si ritrova soprendentemente ad essere l'ultima della fila, e prima di lanciarsi all'inseguimento della truppa mi rivolge uno sguardo di puro odio, come mi considerasse responsabile del suo repentino declassamento nella geometria del codazzo. Vorrei tanto mostrarle il medio, ma sono un gentiluomo.

Mi risuona il telefono.

– Innanzi tutto vaffanculo, – rispondo nell'esatto momento in cui una giovane collega (o segretaria, non saprei) mi passa davanti, intercetta la battuta e scoppia a ridere.

– E perché? – fa Gaviscon dall'altra parte, perplesso.

– Ma dico io, se uno non ti risponde dopo quattro squilli, non ti viene in mente che potrebbe essere impegnato?

– A fare che?

Mi volto verso la giovane collega (o segretaria) che ha rallentato il passo (è diretta all'ufficio da cui sono appena fuggito) all'evidente scopo di non perdersi il resto della scenetta, che deve divertirla parecchio.

– Oh, ma tu credi che non abbia un cazzo da fare?

– Se uno è davvero impegnato lo spegne, il cellulare, – ha il coraggio di rispondermi quello stronzo.

– Ah sí? Beh, io lo tengo acceso, guarda un po'.

– Allora non lamentarti se suona.

Guardo di nuovo la giovane collega o segretaria, che sorride. Per cui a questo punto la coinvolgo.

– Mi ha detto: «Allora non lamentarti se suona», – le dico, sconcertato.

Lei si appoggia di schiena alla parete e inizia a ridere senza ritegno. Un collega che esce proprio allora dall'ufficio maledetto la squadra con disappunto, quasi a dirle che non gli sembra il caso di sfrenarsi cosí (ma siamo in un circolo di nobili, qui dentro? Sono davvero sconcertato da questo zoccolo durissimo di colleghi che piú scivola verso l'indigenza e piú si attacca alla forma).

– Ma con chi stai parlando? – chiede Gaviscon.

– Ma vuoi farti un po' i cazzi tuoi? Già mi hai fatto perdere il turno per la notifica, e devo anche dirti con chi parlo?

I concetti di «turno» e «notifica» raggiungono la collega o segretaria come un fulmine. Si ricompone alla bell'e meglio e mi viene incontro dicendomi di passarle il precetto.

– Ma... – sussurro imbarazzato.

– Nessun problema, – fa lei tutta sorridente, – siamo già in turno, c'è una collega dentro che aspetta, ero scesa un momento per il grattino del parcheggio. Dammi, te lo passo insieme ai nostri.

– Allora grazie, davvero, – le consegno subito l'atto senza finte resistenze. – Sei molto gentile.

– Di niente, figurati.

– Se vuoi ti passo anche quest'imbecille al telefono, – aggiungo, per farla divertire ancora un po'. – Si chiama Duccio Crivelli, s'è appena separato e adesso vive dai suoi, a quasi cinquant'anni.

– Ma sei stronzo? – urla Gaviscon dall'altro capo.

La mia generosa collega s'infiamma come un gamberetto al brandy, e con la mano cerca di silenziare la risata che le esplode in bocca, col solo effetto di emettere una sonora pernacchia, il tutto mentre Gaviscon impreca dandomi del bastardo figlio di puttana e augurandomi d'essere investito da un pullman per l'Austria (vai a capire perché).

L'audio è, come dire, perfetto. Neanche se avessi messo il vivavoce si sentirebbe cosí bene.

– A proposito, – le offro la mano. – Vincenzo. Vincenzo Malinconico.

– Non gli dia la mano! – strepita Gaviscon nel telefono. – Si è fatto una sega poco fa, me l'ha appena detto!

Lei esita un momento, ma poi me la stringe. Davvero una donna spiritosa, questa giovane collega.

– Bettina Consalvo, piacere.

– Tutto mio, te lo giuro. E questo qui al telefono (ripeto: Duccio Crivelli, nato a Napoli il 15 giugno 1969, disperante scrittore, separato), è un idiota, come vedo che hai capito.

– Vince'! – urla Gaviscon. Ma finalmente gli viene da ridere.

– Molto piacere, signor Crivelli, – fa Bettina Consalvo sporgendosi verso il telefonino; poi mi saluta con un piccolo cenno della testa e finalmente si avvia verso l'ufficio.

– Ma tu vedi un poco il Padreterno, – fa Gaviscon dopo un paio di secondi di silenzio.

– Si può sapere che cazzo vuoi? – dico, ora che siamo rimasti diciamo soli.

– Disperante scrittore, eh?

– T'è piaciuta? M'è venuta di getto, giuro.

– Non male. Ma dovrai spendertela con qualcun altro: mi ha appena chiamato una casa editrice. Hanno letto un mio racconto in rete e vogliono un romanzo.

– Davvero?

– Certo che è vero. Che dico, stronzate?

– Ma è fantastico.

– Già.

– E qual è questa casa editrice?

Gli ci vuole qualche secondo per rispondere.

– La Costante di Faraday.

– Ah, come no. È famosissima.

– È un editore indipendente.

– E dimmi, questo editore indipendente ti avesse chiesto dei soldi, tante volte?

Piccola esitazione.

– È proprio di questo che volevo parlarti.

– Ah, ecco.

– Hanno parlato di...

– Contributo per la distribuzione?

Pausa.

– No, eh?

– Cristo, Duccio.

– Non vuoi neanche leggere il contratto?
– Quale contratto?
– Come quale contratto.
– Gaviscon, non avrai mica firmato?
– No, te lo giuro. Mi sono fatto mandare il pdf, ma giusto per capire quali fossero le condizioni. Dove li prendevo cinquemila euro?
– *Cinquemila euro?* Gaviscon, santo Dio, – mi ammorbidisco, cogliendo la sua delusione (che considero un buon segno, alla nostra età), – sono gli editori che pagano gli scrittori, non il contrario.
Silenzio abissale. Non parla piú.
Sono uno stronzo, dite? Sono stato troppo esplicito? E cosa avrei dovuto fare, spiegargli con le buone che la sua frustrazione lo sta rendendo tollerante? No, non ce la faccio proprio. L'amore e l'amicizia sono gli unici campi della vita in cui non ci riesco, a ingentilire il linguaggio. Conosco Gaviscon da quando eravamo ragazzi: è mio preciso dovere disilluderlo. A che servono gli amici, se no?
– Ma porca puttana, porca. Mi era venuta pure una bella idea, – dice, accettando la realtà.
– Cioè?
– Vuoi sentirla?
– Vai.
Figuriamoci se adesso ho voglia di stare qui a sentire l'idea del romanzo di Gaviscon; ma dirgli anche questo sarebbe davvero troppo, è chiaro.
– Allora. Hai mai visto *MasterChef*?
– Qualche volta. Ma dopo un po' cambio canale, perché non sopporto di vedere la gente umiliata.
– Quindi hai presente gli chef che trattano di merda i concorrenti che sbagliano i piatti.
– Uu-uh. Non so come non glieli tirano in faccia.
– Okay. Allora senti. Concorrente di *MasterChef*. Tra i quarantacinque e i cinquanta. Sposato, moglie stronza che lavora, mentre lui no; e lei glielo fa pesare, nonostante lui

faccia tutte le faccende di casa, tant'è che ha anche imparato a cucinare, e infatti ha deciso di andare a *MasterChef*.

– Hm-hm.

– Ora. Questo qui viene regolarmente mortificato dai giudici perché non azzecca mai un piatto e soprattutto non vince mai nessuna prova (tipo «Mystery Box» o «Invention Test», non so se hai presente), però rimane in gara perché c'è sempre uno peggio di lui, per cui alla fine si salva, e ogni volta gli chef lo umiliano per averla scampata di nuovo senza meriti, finché smettono pure d'insultarlo e cominciano a sfotterlo, dicendo che passerà alla storia di *MasterChef* come il cuoco negato che ha resistito di piú in trasmissione, prova vivente che anche i mediocri possono andare avanti nella vita eccetera.

– Un caso di mobbing televisivo, insomma.

– Bravissimo. Dopo un po', questo poveraccio inizia a diventare famoso in quanto zimbello del programma, tant'è che sospetta che lo tengano proprio per quello: infatti in un «Duello» (che poi sarebbe la prova in cui il concorrente peggiore dell'«Invention Test» sfida il concorrente peggiore del «Pressure Test», e chi perde va a casa), il suo piatto era chiaramente il peggiore, eppure hanno mandato via l'altro e tenuto lui, ridendo sotto i baffi.

– Cristo santo, Gaviscon.

– Ci sarebbe da andarsene, è chiaro, ma il disgraziato preferisce l'umiliazione televisiva al ritorno a casa dalla moglie stronza che a quel punto gli rinfaccerebbe pure di aver fatto la figura del cretino in tv. Per cui resta lí a subire mortificazioni in crescendo, nell'illusione che la fortuna, sia pure in maniera perversa, sia dalla sua parte, e che se saprà resistere alla fine riuscirà addirittura a vincere.

– Una psicosi seria. E poi?

– Ti sei appassionato, vedo.

– Sí, sono curioso. Va' avanti.

– Okay, ora viene il bello. Molto in là con le puntate, si trova a fare un'altra prova a eliminazione. Stavolta il piatto peggiore non è nemmeno il suo. A sorpresa, però, i giudici decidono di promuovere l'altro.

– Forse la sua notorietà televisiva era diminuita.

– Infatti pensavo di scrivere un capitolo in cui gli autori del programma analizzano gli indici di gradimento dei singoli concorrenti, e arrivati alla sua slide si trovano davanti il grafico di una curva in discesa progressiva.

– E a quel punto che succede? Lo eliminano e torna a casa a farsi vessare dalla moglie?

– Sarebbe il destino che lo aspetterebbe, se non tirasse fuori una pistola da una scarpa e la puntasse contro gli chef.

– Cosa?

– Non potevo certo farlo uscire di scena cornuto e mazziato. Che volevi, il finale neorealista?

– Non farà mica una strage...

– Peggio, li costringe a cucinare per lui. Gli fa fare l'«Invention Test». Avete due minuti per scegliere a piacere gli ingredienti dalla dispensa e venti per cucinare. Sparo in testa a chi fa il piatto che meno mi piace. I due sopravvissuti vanno al «Pressure Test». Chi cucina il piatto migliore si salva, l'altro lo ammazzo.

– Bello.

– Immaginati le facce degli chef quando realizzano che la situazione s'è ribaltata e l'orologio inizia a correre. Pensa quanto diventa feroce la gara, quando sai che ti stai giocando la vita e il tuo giudice è l'uomo che hai preso per il culo per settimane.

– Sai una cosa? Ha piú una tensione da film che da romanzo, questa storia.

– No, ti sbagli. Una roba cosí, scritta come si deve, t'incolla alla poltrona di casa molto piú che a quella del cinema, te l'assicuro.

– Ha parlato Stephen King. E come finisce?

– Finisce che il tipo mangia lentamente tutti e tre i piatti mentre quelli aspettano la sentenza con le lacrime agli occhi e poi dice: «Complimenti, sono tutti buonissimi, siete salvi», e senza fare resistenza si consegna alla polizia che intanto è arrivata nello studio. All'uscita, mentre lo spingono in macchina, si rivolge a una telecamera e dice: «Vaffanculo, Marianna».

– E chi è Marianna?

– Come chi è? La moglie.

– Molto bello, il finale.

– Grazie.

– Praticamente, racconti un riscatto. In fondo è un classico.

– Oh-ohh! Malinconico ha letto Dostoevskij.

– Non c'è bisogno di leggere Dostoevskij. Il bello dei grandi è che puoi anche ignorarli, perché sono loro che conoscono te.

– Accidenti. E questa di chi è?

– Non lo so piú. Comunque mi sa che è meglio se non lo scrivi questo romanzo, Gaviscon.

– Perché?

– Non credo che i produttori di *MasterChef* la prenderebbero benissimo.

– Nel senso che potrebbero farmi causa?

– Non so, sai. Devo pensarci.

– Lo sapevo che avrei dovuto chiedere a un avvocato.

– Sai che ti dico? Visto che pubblichi con La Costante di Faraday puoi anche farlo, chi vuoi che se lo cachi, – ribatto mentre prendo le scale.

– Scusa ma adesso devo andare, ho un appuntamento con Giuliana Capòzzoli.

Rimango interdetto. Addirittura mi fermo.

– Ah, Vince'.

– Ma che vuoi, ancora?

– Ricordati di mercoledí.

– Oh Madonna santissima, Gaviscon. Me l'hai detto cinquecento volte: la cena di classe, ho capito.

– Okay, vaffanculo.

– Vaffanculo tu.

E finalmente chiudiamo.

Quando esco in strada, l'odore di città bagnata mi dà quasi alla testa. È uno dei vantaggi dell'invecchiare, non chiedetemi perché.

C’est la vie

Sarà una mia impressione, ma tutte le volte che prendo un Alta Velocità noto che la gente, quando scende dal treno, tende a comportarsi da manager. Secondo me è proprio una sindrome che riguarda quel particolare mezzo di trasporto e tocca le punte piú estreme in Executive e in Business (anche in Premium si possono manifestare dei sintomi, che però per degenerare necessitano di tratte lunghe). La cosa non vale per le famiglie con bambini e le coppie sentimentali (le coppie di colleghi – due avvocati, due commercialisti, due impiegati ecc. – tendono invece a infettarsi reciprocamente).

D’accordo, la scenografia dei luoghi condiziona gli atteggiamenti, le pose e prima ancora l’accento (se no non si spiegherebbe l’abbondanza di «Furze», «Buongiurno», «Un mominto», «Abbia pazianza» ecc., che in certi ambienti fioccano su bocche normalmente avvezze a ben altre pronunce); ma ci dev’essere qualcosa di specifico, nei treni veloci (forse proprio il fatto di bruciare le distanze in tempi rapidi), a spingere cosí tanti viaggiatori a sentirsi protagonisti della ripresa economica del paese, per cui a un certo punto li vedi che si accigliano e prendono quell’intolleranza da amministratori delegati, si preparano tipo venti minuti prima dell’arrivo per accalcarsi negli spazi d’intercomunicazione fra le carrozze come se simulassero una prova di evacuazione, e quando finalmente il treno si ferma si precipitano a guadagnare l’aperto con il cellulare all’orecchio senza guardare dove mettono i piedi (il concetto è che sei tu che devi spostarti, perché loro non possono rallentare) e percorrono il binario a grandi falcate come per rendere chiaro che loro, al contrario di chi prende il treno per andare in vacanza, non hanno tempo da perdere.

Questo per raccontare che mi ero appisolato da un po' quando, un quarto d'ora prima di arrivare a Roma per il pranzo beneaugurale di Alfredo, l'affetto da sindrome del manager che mi stava seduto accanto (lato finestrino) mi ha svegliato per chiedermi di farlo passare. Io credevo dovesse andare alla toilette (visto che il treno non aveva neanche rallentato), e invece quello voleva solo arrivare per primo alla porta, ma non poteva comunque farcela perché altri quattro o cinque infetti s'erano appostati lí da dieci minuti.

A quel punto, visto che il corridoio era già stipato di gente (perché poi gli affetti da sindrome del manager spingono all'imitazione acritica un sacco di altri viaggiatori, che capiscono d'essersi affrettati senza motivo quando si accorgono che la gente seduta li guarda chiedendosi chi gliel'ha fatto fare di scomodarsi), a quel punto, dicevo, sono rimasto felicemente seduto allungando pure le gambe verso la poltrona di fronte e ho richiuso gli occhi godendomi la coda del pisolino interrotto, tant'è che quando è venuto a svegliarmi l'addetto alle pulizie dicendo che se non uscivo mi chiudevano dentro (ma secondo me non era vero), il treno s'era completamente svuotato, e una volta sceso un paio di controllori che chiacchieravano sulla banchina mi hanno guardato come a dire Ma tu che ci fai ancora qua.

E insomma arrivo nella capitale con un paio d'ore d'anticipo sul diciamo pranzo di famiglia, e visto che sono ancora parecchio assonnato faccio tappa a uno dei bar della stazione, mi metto in coda e quando arriva il mio turno chiedo un caffè.

– Vuole anche un cornetto? – fa la cassiera.

– Prego? – domando.

– Vuole anche un cornetto? – ripete quella.

– Scusi, – preciso, – ho chiesto un caffè.

– Quindi il cornetto non lo vuole? Glielo dicevo perché se prende il cornetto può fare il menu. In piú c'è anche la spremuta di arance, – argomenta lei.

– Ma se non voglio il cornetto perché dovrei volere anche la spremuta?

– Quindi niente menu?

Alla fine il disagio di aver dovuto rifiutare tutte quelle proposte mi toglie il piacere del caffè.

Chissà se queste nuove forme di stalking commerciale sono affidate alla libera iniziativa degli esercenti o rientrano in una precisa strategia di marketing pensata su ampia scala. Quello che è certo è che capita quasi regolarmente di andare in un negozio per comprare una cosa e difendersi dal tentativo di vendita di un'altra.

Cosí, p. es., di recente m'è successo di andare in un punto vendita della mia compagnia telefonica perché tutt'a un tratto non mi andava piú internet sul cellulare e volevo capire cos'era successo, e l'addetto alla ricezione della clientela, dopo tipo trentacinque minuti che ero lí che aspettavo con tanto di numeretto, quando finalmente è arrivato il mio turno mi ha chiesto numero di cellulare, documento d'identità e numero fisso (che lí per lí non capivo cosa c'entrasse, ma già che c'ero gliel'ho dato), quindi mi ha schedato per bene sul suo computer per poi riepilogarmi la tipologia e il costo del mio abbonamento (come se io non lo sapessi), e propormi di passare a un altro profilo con cui avrei avuto non so quanti giga in piú e anche, tipo, sei mesi di cinema e calcio gratis con un modem di ultimissima generazione che sarebbero venuti a installarmi direttamente a domicilio.

Al che gli ho chiesto se aveva capito la mia domanda, e cioè come mai di punto in bianco internet avesse smesso di funzionarmi sul telefonino, e quello s'è pure contrariato che insistessi sul mio problema invece di approfittare dell'offerta. Dopo un po' ero cosí demotivato (perché poi chi cerca di venderti una cosa che non gli hai chiesto è uno che non ti ascolta) che gli ho detto che avrei tanto voluto restare e farmi spiegare meglio tutti i dettagli di quella irripetibile proposta ma dovevo proprio andare, cosí sono praticamente fuggito e ho chiamato il numero dedicato all'assistenza. Ci sono voluti tipo quaranta minuti di ascolto di musichette d'attesa, ma alla fine ho risolto.

Davanti a esperienze simili mi viene da pensare che forse siamo in presenza di un nuovo modello economico in cui l'offerta non solo prescinde dalla domanda, ma addirittura la evita.

E niente, m'intossico il caffè e poi vado alla fermata dei taxi. Per raggiungere il quartiere dove Alfredo ha trovato l'appartamento che divide con il coinquilino che oggi resterà a pranzo con noi (va' a capire perché), potrei anche prendere i mezzi pubblici (Alf mi ha mandato un messaggino con tutte le indicazioni), ma per una volta voglio arrivare a destinazione spensierato.

I taxi arrivano a ripetizione accalcandosi nella loro corsia, per cui i tassisti scendono dalle macchine e chiamano a gesti la gente in fila, rivendicando le precedenze.

Quando vedo il mio tassista agitare le mani da lontano penso d'essermi sbagliato, ma lo stupore con cui quello ricambia il mio colpo d'occhio conferma la mia impressione.

Sulle prime sono tentato di fingere di non averlo visto e infilarmi in un'altra macchina, poi penso che non si meriti una scappatoia cosí meschina e gli vado incontro, evitando di guardarlo in faccia mentre mi apre lo sportello posteriore.

– Vuole posare lo zaino nel portabagagli? – mi domanda procurandomi un balzo all'indietro che quasi mi fa chiudere gli occhi, tanto la voce gli è rimasta uguale, a dispetto degli anni.

– Non c'è bisogno, grazie, lo tengo con me, – rispondo, e salgo in macchina.

– Dove andiamo? – mi chiede sedendosi alla guida, senza cercarmi nello specchietto retrovisore. Il dettaglio mi fa sperare che forse riusciremo a percorrere tutto il tragitto fingendo di non conoscerci.

– Via Fabiola 8, Monteverde.

Annuisce, sempre senza guardarmi, e partiamo.

Prendo il cellulare e scorro i messaggi che ho già letto, preda come sono di un'orrenda mistura di tristezza e vergogna. Sarà la grevità del mio silenzio a cavargli le parole di bocca.

– Se li porta bene, gli anni. Sono contento di come la trovo, – dice, tirandomi fuori dal paravento del telefonino. E solo allora alza gli occhi per inquadrarmi nello specchietto.

– Anche lei sta bene, professore, – ricambio; e per poco non mi commuovo.

– Buona questa, – fa lui, e sorride di gusto.

In quel momento faccio caso alla stanghetta destra dei suoi occhiali, corrosa quasi fino al bianco, e con una stretta al cuore penso che forse sono gli stessi che portava ai tempi del liceo.

– Dico davvero, – preciso, spingendomi in avanti per paura di averlo offeso.

Lui chiude gli occhi e li riapre lentamente sul traffico, come si arrendesse all'evidenza di una condizione contro cui non può piú niente.

– Posso chiederle di cosa si occupa? – mi domanda. – È diventato avvocato, se non sbaglio.

– Sí, infatti.

– Ha famiglia?

– Due figli, – rispondo in leggerissimo ritardo.

Mi guarda nello specchietto.

– Sono separato.

Sorride con una specie di dispiacere.

– Uno si è appena iscritto all'università. Sto andando a trovarlo, – aggiungo.

– Ah. E che cosa studia, suo figlio?

– Professore, la prego, non mi dia del lei.

– Perché no? È un uomo adulto.

– Sono stato suo alunno.

– Preferisce che la chiami Malinconico e le dia del tu?

– Ai nostri tempi si usava cosí.

– Non era poi un bell'usare.

– Mi farebbe molto piacere se mi chiamasse Vincenzo.

– Se ci fossimo incontrati per strada forse ci sarei riuscito.

Qui non so proprio piú cosa dire perché è vero, esserci ritrovati in questa situazione cambia tutto.

– E dei compagni di classe è rimasto in contatto con qualcuno? – riprende lui dopo un po'.

Un saltimbanco a un semaforo approfitta del rosso per esibirsi davanti alle macchine lanciando in aria tre racchette per volta, calcolando perfettamente anche il tempo dell'inchino e della raccolta delle mance.

– Non ci crederà, ma abbiamo una cena di classe proprio in questi giorni, – rispondo.

– Davvero?

– Sí.

– Sarà bello ritrovarsi dopo tanto tempo.

– Sempre se non diventa una reunion di depressi, professore.

Si volta a guardarmi come se la mia battuta dovesse rendermi piú interessante.

– Io non sono un fan delle rimpatriate, – argomento. – Intendiamoci, non è che non abbia voglia di rivedere i miei compagni, anzi. È che in queste occasioni si fanno i conti con i fallimenti, non so se mi spiego.

– Si spiega eccome, – risponde e poi tace.

Mi darei un pugno in faccia, lo giuro. Ma perché non penso prima di parlare? Sulla mia tomba dovranno scrivere: VINCENZO MALINCONICO, PESTATORE DI MERDE.

Sono cosí risentito con me stesso che mi ritiro in un silenzio colpevole per una buona decina di minuti.

Per fortuna dopo un po' mi chiama Nives per chiedermi se sono arrivato, dirmi che lei e Alagia sono sulla strada, ricordarmi di non fare battute sul coaffittuario di Alfredo ecc., cosí riesco a macinare quasi tutto il resto del percorso sfuggendo all'imbarazzo di non sapere come riempire il silenzio.

Il momento piú difficile viene all'arrivo, quando devo pagare la corsa. Neanche premendo il tasto Invio dopo aver compilato il piú carestoso degli F24 mi sono sentito tanto addolorato. Lo strazio degli strazi è aspettare il resto. Perché a lasciargli la mancia davvero non ce la faccio.

– Mi ha fatto piacere rivederla, – mi saluta senza tendermi la mano mentre apro lo sportello. Magari teme di commuoversi o gli dà semplicemente imbarazzo, chi lo sa. Del resto non è mai stato molto espansivo.

– Anche a me, professore, davvero.

– Tanti auguri per tutto quello a cui tiene.

Non ricambio nemmeno, scendo solo dalla macchina respirando dal naso perché l'aria dalla gola non passa.

– Vincenzo, – sento appena chiudo lo sportello.

Mi abbasso verso il finestrino, stralunato e felice che mi abbia chiamato per nome.

– Sí.

– Saluti gli alunni per me.

– Certo, professore.

– Mi raccomando.

– Lo farò, stia tranquillo.

Mentre guardo il taxi che si allontana mi viene in mente che devo avercela avuta con lui, una volta, ma adesso proprio non mi ricordo perché.

Tropico de noantri

Uno non lo direbbe mai che a Roma vivano dei pappagalli tropicali, finché non gli volano davanti in uno stormo di venti. Va bene che il quartiere si chiama Monteverde, ma siamo pur sempre a Roma, mica ai tropici.

È quello che rispondo a mio figlio quando mi conferma che quelli che ho visto dal balcone della sua cucina sono proprio dei pappagalli tropicali, e piú precisamente dei parrocchetti.

– Sono romani di terza o quarta generazione, papà, – mi spiega Alfredo mentre tira fuori dal forno le lasagne. – La spiegazione piú attendibile è che qualcuno li ha comprati, poi quando s'è scocciato di tenerli li ha liberati, e loro si sono riprodotti. I pappagalli hanno un'altissima capacità di adattamento, oltre ad essere molto prolifici. Evidentemente qui hanno trovato un clima favorevole.

– Quindi è vero che l'Italia si sta tropicalizzando, – commenta Alagia attrezzandosi a stappare con un cavatappi la bottiglia di Prosecco che ho portato.

– Sono immigrati, in pratica, – dico.

Alagia interrompe la manovra e scuote la testa rassegnata. Alf ridacchia e inizia a porzionare le lasagne con una paletta Vardagen (la passione per l'Ikea è chiaramente ereditaria). Il coaffittuario (si chiama Fareed, ho saputo poco fa), invece, mi guarda come se trovasse politically scorrect la mia battuta. Un po' di senso dell'umorismo, cacchio. È come se io mi offendessi se qualcuno desse del terrone a un mastino napoletano.

– Che bel profumo, Alfre', – dice Nives rientrando in cucina dal bagno e affacciandosi sulla teglia fumante.

Ha addosso un pulloverino rosa, pantaloni di cotone con laccetti e pantofole chiuse con le suole di gomma. Non era vestita mica cosí, quand'è arrivata. Credo che ci sia qualcosa di genetico nella fulmineità con cui le madri che vanno a trovare i figli fuori sede si travestono da cameriere in trasferta per fare volontariato casalingo. Come non si fidassero delle attitudini igienico-organizzative dei loro tesorucci, o fossero gelose dell'appartamento in cui finalmente vivono senza di loro e volessero impadronirsene un po'.

In poco piú di mezz'ora ha già ripulito la stanza di Alf da capo a fondo, caricato una lavatrice, apparecchiato la tavola e fatto una ventina di domande a Fareed, cosa fa nella vita, come mai è in Italia e da quando, quali sono i suoi progetti eccetera, e quello le ha pure risposto.

Mentre era lí che governava e interrogava Fareed le è anche venuto, cosí, en passant, da rimproverarmi di non dare una mano; al che le ho detto di non pensarci neanche, primo perché stavo guardando i pappagalli e secondo perché cosa mi invita a fare uno a casa sua se poi mi fa lavorare? Allora Fareed mi ha riguardato come se ne avessi detto un'altra che avrei fatto meglio a risparmiarmi, e poco c'è mancato che gli dicessi: «Vedi di scioglierti un po', ragazzo, perché sei veramente una palla». Vuoi vedere che adesso devo stare attento a come parlo se no il coaffittuario di mio figlio si piglia collera.

E insomma, ci mettiamo a tavola a gustare la lasagna bianca che Alfredo e il suo mica tanto simpatico compagno di casa hanno preparato per l'occasione, brindiamo al piano di studi (bah) e diamo inizio ai diciamo divertimenti, che per quanto mi riguarda si protrarranno addirittura fino a domani, visto che stasera ho concordato con Alfredo di pernottare qui, e precisamente sul divano letto Solsta, peraltro situato proprio in questa stanza.

– Ma davvero l'avete fatta voi, questa? – domanda Alagia sorpresa, dopo il primo boccone.

– Oh, con chi ti credi di parlare, sorella? – reagisce Alf. E subito quello scassacazzo del coinquilino guarda Alagia con riprovazione.

– Ehi, Faruk, – gli dico.

– Fareed, – corregge.

– Sí, va be', ma perché prendi tutto alla lettera? Mi sembra che l'italiano lo parli bene.

Alagia trattiene (e mica tanto) una risata. Alf guarda le lasagne nel piatto. Nives mi lancia un'intimazione oculare a interrompere la polemica cosí come l'ho iniziata. Quanto a Fareed, neanche replica.

– Mi sa che ha preso alla lettera anche questa, – commento.

Il cellulare di Nives, distrattamente lasciato al centro della tavola proprio accanto alla bottiglia del Prosecco, annuncia l'arrivo di un messaggio e lei, con uno scatto da cobra, lo afferra prima che chiunque possa allungare l'occhio e farsi gli affari suoi, quindi arrossisce e si precipita a metterlo in stand-by. Una scena ignominiosa che fuga ogni mio dubbio residuo circa il fatto che il tamarro palestrato se la stia scopando.

Mastichiamo in silenzio per qualche secondo, poi Alagia rompe l'imbarazzo.

– Ah, Vincenzo, sai chi ho incontrato di recente?

– No, chi?

– Zio Mik. Erano almeno cinque anni che non lo vedevo. È rimasto tale e quale, oh.

Appoggio la forchetta sul bordo del piatto.

– Aaah, ecco, adesso ho cap... – dico, o meglio non finisco di dire, dato che il calcio di Nives sotto il tavolo m'interrompe. Saranno pure di feltro le ciabatte che porta, ma la punta fa male. Infatti la guardo come a dire *Ma sei scema?*

– Cos'è che hai capito? – mi domanda poliziescamente Alagia, temendo (a ragione) che zio Mik abbia svelato il segreto.

– Cos'è che ho capito cosa? – dico io.

– Sei tu che hai detto di aver capito, Vincenzo, – puntualizza. – Che fai, mi rigiri la domanda?

– Ma dicevi di zio Mik? Ah, ah, ma lo sai che lo difendo in una causa perché s'è andato a scassare il naso contro la porta a vetri di un negozio? Ma come si fa? Ah, ah, ah.

Nessuno ride.

– Va be', ho capito io, te l'ha detto, – conclude Alagia.

– Ma no che non me l'ha detto, – protesto.

Al che tutti, ma proprio tutti, compreso Fahmuk o come si chiama, si voltano verso di me.

– Dio santo quanto sei cretino, Vince', – fa Nives. E una volta tanto ha ragione.

Mi umilio e taccio. Restiamo in una sospensione penosa, con le lasagne che fumano e nessuno che le tocca, finché Nives rivolge ad Alagia un cenno con la testa che sa tanto di invito a non infierire. Alagia si alza, fa il giro della tavola e viene da me.

– È colpa mia, avrei dovuto avvisarlo di non dirti niente, – dice posandomi le mani sulle spalle. – Non ci ho pensato, non credevo che lo avresti visto.

Sollevo la testa e la guardo dal basso come una madonnina che mi avesse appena fatto la grazia.

– Non mi fai gli auguri? – chiede.

– E come no, – rispondo; mi alzo e l'abbraccio.

Nives chiude la mano sinistra a pugno e se la porta davanti alla bocca.

– E guarda quella, che si commuove, – fa Alfredo.

– Non mi capita spesso, dovresti saperlo, – dice Nives.

– Per questo mi sembrava il caso di rimarcare l'evento.

– Ah, ah, – fa Nives.

– Poi comunque ne parliamo, – dico ad Alagia in un orecchio.

– Ma sta' un po' zitto, – risponde, e mi riabbraccia.

– È incinta? – chiede Fareed (adesso mi ricordo) ad Alfredo.

– Peggio: si sposa, – rispondo io al suo posto.

– Vaffanculo, – mi dice Alagia tornando a sedersi.

Riprendiamo a mangiare le lasagne, ma ci bastano dieci secondi per percepire il risentimento di Fareed nei confronti di Alfredo, e altri cinque per capire che ce l'ha con lui per averlo tenuto all'oscuro del matrimonio della sorella.

Noialtri ci guardiamo in faccia. Alf coglie il nostro imbarazzo e gela il coinquilino con gli occhi.

Il richiamo all'ordine è immediatamente esecutivo, dato che Fareed si mette a fare addirittura il simpatico.

Ma tu vedi un poco la Madonna, mi dico.

È chiaro che Alagia mi legge nel pensiero, altrimenti non diventerebbe tutta rossa e soprattutto non si alzerebbe dalla tavola per andarsene a ridere, vigliacca, nell'altra stanza.

Dopo pranzo, vanno tutti a una mostra alle Scuderie del Quirinale, mentre io vado a vedere *Deadpool*, il supereroe che dice le parolacce.

L'idea della mostra è di Nives, che per le mostre alle Scuderie del Quirinale ha una fissazione inspiegabile. Ogni volta che le capita di passare per Roma, garantito che va alle Scuderie del Quirinale. Perché non è che le piacciono le mostre, le piacciono proprio le mostre delle Scuderie del Quirinale.

Affari suoi eh, non mi metto a giudicarla. Ma se io non ti giudico perché vai alle mostre alle Scuderie del Quirinale, tu dovresti avere il buongusto di non trattarmi come uno scemo se vado a vedere *Deadpool*. Perché io, tra una mostra al buio (anche se alle Scuderie del Quirinale) e *Deadpool*, scelgo tutta la vita *Deadpool*. Che poi è esattamente quello che ho detto a tutti e quattro quando mi hanno guardato in contemporanea come a intendere che dovevo stare proprio inguaiato per andare a vedere *Deadpool* invece della mostra. E poi ho anche chiesto: «Scusate, ma qualcuno di voi sa chi è che espone, a queste Scuderie?» E non lo sapeva nessuno. Allora gli ho detto che erano quattro deficienti, e che secondo me almeno Alfredo e Farim (cazzo, l'ho dimenticato di nuovo) avrebbero preferito di gran lunga venire a vedere *Deadpool* con me, ma non lo dicevano perché si vergognavano.

Comunque alla fine mi ha fatto piacere andarci da solo, perché non avere nessuno accanto che ti chiede «Cos'ha detto?», «Ma questo chi è?» ecc., oppure ti dà la gomitatina facendoti sbandare sulla poltrona se si accorge che ti sei appisolato un po', è bellissimo. Una delle occasioni della vita in cui piú apprezzo la solitudine (un'altra è non sentirmi chiedere: «Ma sei nervoso?» quando sono nervoso).

Nel pieno di una scena davvero esilarante in cui Deadpool polemizzava con Colosso, una specie di Mike Tyson mutante appartenente agli X-Men che voleva convincerlo a rinunciare alla carriera solista per entrare nel gruppo e mettersi a fare il supereroe serio, e Deadpool gli rispondeva: «Il giorno che deciderò di diventare una fighetta del cazzo disposta a convivere con un branco di piagnoni nella villa stile Neverland di un triste, vecchio, calvo, leader mistico figlio di una gran troia, quel giorno invierò al tuo culo lucido una richiesta di amicizia. Ma fino ad allora proseguirò per la mia strada»; proprio alla fine di quella memorabile battuta, *dín*, messaggino.

Mi sono piegato in avanti abbassando il telefonino al di sotto della poltrona, come faccio sempre al cinema, e ho letto.

UDIENZA PESTALOCCHI DI OGGI RINVIATA PER INDISPOSIZIONE. COSÍ C'ERA SCRITTO SULLA PORTA. TI RENDI CONTO, VINCE'? MAGARI GLI È VENUTO UN ICTUS. INCROCIAMO LE DITA. TORNA PRESTO, BENNY.

Non fossi stato dov'ero, avrei chiamato subito Benny per farmi dare qualche dettaglio in piú, ma il film mi aveva davvero preso, e la notizia mi ha reso la visione ancora piú piacevole. Sul finale, quando Ryan Reynolds bacia Morena Baccarin con *Careless Whisper* in sottofondo, mi sono anche un po' commosso.

E niente, sono rientrato a casa di Alfredo a piedi, godendomi lo spettacolare tramonto arancio-azzurro di Roma e intercettando un'altra banda di pappagalli parrocchetti che rincasava sugli alberi facendo un casino divertentissimo.

Gli Scudieri del Quirinale sono rientrati piuttosto tardi

(la mostra, ovviamente, «era bellissima»; «Sapeste *Deadpool*», ho detto io), cosí abbiamo mangiato qualche avanzo, visto un po' di tv e fatto due chiacchiere, dopodiché Alagia e Nives si sono ritirate in un bed & breakfast nelle vicinanze (Nives riparte di prima mattina, mentre Alagia resta a Roma aspettando che la raggiunga quel babbeo del futuro marito che torna proprio domani da un convegno a Bologna, se non sbaglio); io mi sono sistemato sul divano letto nella cucina-soggiorno di Alf, ci siamo dati la buonanotte e ognuno s'è ritirato nelle sue stanze. Cioè, lo spero. Infatti è un po' che ho azzerato il volume della tv per tener d'orecchio (si può dire «tener d'orecchio»? Perché no, visto che si dice «tener d'occhio») eventuali movimenti loschi nelle camere attigue.

E mentre mi abbasso a questo ignobile spionaggio, intrattengo un breve dialogo con me stesso riguardo ai miei ormai fondati sospetti sulla vita diciamo sentimentale di Alfredo.

Boh. Chi lo sa. Magari a diciannove anni puoi avere una fase, diciamo, ondulatoria.

Ondulatoria?

Sí, hai capito cosa intendo.

No, non ho capito.

Che non sai ancora bene se ti piace l'altro sesso o il tuo. O tutti e due.

Io veramente non ho mai ondulato.

Neanch'io. A sette anni guardavo le cosce delle ballerine in tv e già non sapevo tenere ferme le mani.

A me lo dici? Ti ricordi la sezione d'intimo femminile di «Postal Market»? Quando vedevo il catalogo nella buca delle lettere dei nonni, mi partivano le pulsazioni.

Ah, ah, ah! E perché, di «Rosa e Nero» su «Panorama», vogliamo parlarne?

Waaa, che mi hai ricordato! Erano due le rubriche, nelle penultime pagine, «Periscopio» e «Rosa e Nero», e sulla seconda c'era sempre la foto della modella in giarrettiere o almeno con le tette in mostra.

L'angolo del rattuso, praticamente.

Esatto! Il redattore doveva essere un genio, perché aveva capito quanto fosse importante tener conto anche dei tiramenti del lettore istruito. Negli anni Settanta (cioè quelli in cui eravamo ragazzini), gli adulti zozzosi della middle class compravano insieme rivista porno e quotidiano, e nascondevano la prima nel secondo. «Rosa e Nero» era la versione edulcorata dello stesso gesto: la foto piccante occultata nel settimanale impegnato. Lo leggevi, eh, non è che lo compravi per la foto. Ma sapere che alla penultima pagina ti aspettava la gnocca desnuda era un incentivo all'acquisto, la quota pecoreccia del settimanale di approfondimento.

Ah, per noialtri figli maschi dei lettori di «Panorama», diciamo pure il valore unico.

Quanto le abbiamo fatte faticare queste mani, eh?

Uu-uh. I ragazzini che oggi vanno su Youporn come se facessero zapping non hanno nemmeno idea.

Certo che non ce l'hanno, vivono nel loro tempo. Cosa dovrebbero fare, stare a sentire noi due che rimpiangiamo «Postal Market» e «Rosa e Nero»? Ma perché, se oggi fossimo ragazzini e avessimo internet non andremmo su Youporn tutti i giorni?

E vedi tu. Anche tutte le notti.

E allora.

E allora niente, stavamo parlando di Alfredo, non capisco neanche perché l'abbiamo iniziato, questo discorso sulla pugnetta vintage.

Boh, non mi ricordo come ci siamo arrivati, ma sei tu che hai cominciato con quella manfrina delle ondulazioni e compagnia bella.

Ah sí, stavo dicendo che forse si può attraversare un periodo d'incertezza, quando l'identità sessuale è ancora in formazione.

E questa dove l'hai letta? Tu hai mai avuto bisogno di fare un esperimento con il panettiere per capire che ti piacevano le femmine?

Va be', ma noi non dettiamo legge. Al limite facciamo testo, mica bibbia.

Senti, davvero non capisco perché la stai facendo tanto lunga. Devi per forza coltivare la speranza idiota, retriva e precivilizzata che Alfredo sia gay a tempo determinato? Non puoi semplicemente pensare che la vita sessuale di tuo figlio non ti riguarda?

Semplicemente, dici?

Certo che lo dico, è semplicissimo. Accetta la realtà. Se tuo figlio è ricchione, non sono cazzi che ti riguardano.

Potevi essere un po' meno brutale.

Cos'è, non ho ragione, forse?

E figurati se non hai ragione.

Allora falla finita e vaffanculo.

Okay.

Sconfitto miseramente al match dialettico con me stesso, decido d'ignorare ogni eventuale transfer nelle stanze accanto, e sto quasi per addormentarmi quando il diapason del messaggino irrompe nella stanza, procurandomi un'angoscia da preavviso di disgrazia (incredibile quanta potenza allarmistica venga sprigionata da uno stronzissimo sms).

Leggo il nome. Guardo che ore sono.

Ma è imbecille, questa?

STA DORMENDO, AVVOCATO?

scrive Veronica Starace Tarallo.

Mi gonfio d'aria, sospiro, digito la risposta:

SÍ.

Poi resto in attesa della replica, che immagino arrivi qualche secondo dopo, come infatti succede.

MOLTO SPIRITOSO. POSSO CHIAMARLA?

«Molto spiritoso?» dico ad alta voce. Vorrei tanto scrivere la frase che mi è appena venuta in mente, ma sono un uomo ragionevolmente beneducato, e mi modero.

LO SA CHE ORE SONO?

Stavolta impiega qualche secondo in piú, a ribattere.

MEZZANOTTE E VENTI, LO SO. MA È IMPORTANTE.

Insisti, eh? Okay, vediamo cosa rispondi, adesso:

LO SARÀ ANCHE DOMANI MATTINA.

Passano tre minuti esatti. Li ho contati.

CAPITO. LE CHIEDO SCUSA. BUONANOTTE.

Mi concedo un altro margine d'attesa prima che il silenzio protratto del telefonino decreti la fine del ping-pong polemico e mi assegni la vittoria. E finalmente mi, diciamo, rilasso.

Se qui ci fosse Benny, o Espe, o peggio ancora tutti e due, tanto per cominciare mi darebbero del cretino. Perché è chiaro che se una come Veronica Starace Tarallo ti cerca a quest'ora della notte, una (come dire) vaghissima intenzione di scopare ce l'ha. E sarei un ipocrita se dicessi che la cosa mi lascia indifferente. Insomma, se n'è accorta anche Viola, che avevo una carica erotica losca. E so benissimo (come ha capito benissimo anche lei) che quella carica aveva nome e cognome.

Il fatto è che i modi di questa signora mi irritano. Veronica S. Tarallo ha la presunzione di poter apparire nella vita degli uomini che le interessano in qualunque momento del giorno e della notte. Una specie di sindrome della Madonna. E fa niente se è mezzanotte e venti, se sei in compagnia e quell'iniziativa ti metterà in imbarazzo, costringendoti a dare spiegazioni o scatenando una lite: Sua Maestà ha bussato alla tua porta, la fai anche aspettare? Vuoi rivendicare il diritto alla privacy?

Io, a questo genere di sudditanza, non ci sto. O meglio, non ci sto piú. Ne ho passate troppe per non sapere che firmare la clausola preventiva di sottomissione produce interessi usurari che al momento dovuto – non ci stanno santi – pagherai fino all'ultimo centesimo. In prospettiva già vedo Veronica che mi telecomanda come un robottino domestico mentre io modello la mia vita sulla sua raccontandomi anche di essere felice, tutto sommato; e questa fine non voglio farla. E se proprio vogliamo dirla tutta – cara Veronica Starace Tarallo che chiami la gente all'una di notte – io sono *il tuo avvocato*, se ben ricordi. Non è che ci siamo incontrati a una festa. Cosa credi, di poter oltrepassare impunemente i confini del rapporto professionale e intimizzare con me dando per scontato che io accetti il conflitto d'interesse? Pensi che davanti alla probabilità di scoparti (che, lo ammetto, è una bella probabilità), io tradisca i fondamenti deontologici della nobile professione che mi dà (appena) da vivere? Beh, scordatelo: non ho nessuna intenzione di farlo (o sí? A questo punto non ha importanza, visto che ti ho chiuso la porta in faccia. Cazzo).

Comunque, a voler essere totalmente sincero, c'è un'altra ragione, molto piú profonda, alla base di questa mia ostinazione a respingere le (forse) avances di Veronica S. Tarallo.

Dalla fine della mia storia con Alessandra Persiano è cambiato qualcosa nel mio approccio con le donne. Come se, dopo anni e anni di rapporti sentimentali continuativi (Nives prima, Alessandra Persiano poi), ritrovarmi single per un tempo considerevole avesse sviluppato un superpotere che mi dà accesso al patrimonio genetico della mia possibile partner, lasciandomi intravedere, come una specie di Tac, il profilo della donna che l'ha messa al mondo e ne ha forgiato il carattere, rendendola una copia piú o meno riuscita di se stessa.

Lo so, siamo ai confini della realtà. Ma giuro che è vero. C'è chi si siede davanti ai cadaveri e vede la dinamica dei delitti (come quel vecchio telefilm, *Millennium*), o chi, come il famoso commissario napoletano degli anni Trenta, sente le voci dei morti nell'ultimo istante di vita: io vedo le madri, e il peggio è che il piú delle volte sono addirittura vive. Le uniche donne che mi attirano, oggi, sono quelle che non hanno le madri in controluce. E io, la madre di Veronica S. Tarallo in controluce, l'ho vista quel giorno al ristorante e anche poco fa, affacciata dietro il secondo messaggino (quello in cui diceva: «Molto spiritoso»). Lo giuro.

Un'altra cosa che ho imparato dai fallimenti dei miei rapporti sentimentali, è che non sono tagliato per l'amore. Lo so che detta in questi termini sembra che stia parlando di una materia scolastica, ma è cosí che stanno le cose, fra l'amore e me. Raramente l'ho vissuto con leggerezza. Per me l'amore è sempre stato fatica, cimento, manutenzione e ristrutturazione. Me lo sono ogni volta sudato, e l'ho attraversato, anche nella felicità, con una certa propensione alla tragedia. D'accordo, è un mio limite, e non ditemi che dovrei superarlo perché già lo so, e non è che sentirmelo ripetere mi aiuti. In amore, io, non mi rilasso mai. Sono sempre in tensione. Ho paura di rovinarlo, di fare una cazzata che lo danneggi in modo irreparabile, di svegliarmi e non trovarlo piú, di scoprire che non c'è mai stato. E sono cronicamente stanco del rapporto di coppia, del conflitto di fondo che lo avvelena e lo svelena finché non lo immunizza o lo sopprime (perché non c'è amore senza conflitto: palle, che l'amore è pace, l'amore al massimo è tregua), della coazione a comprendersi e sopportarsi, della convivenza, degli amici comuni e soprattutto dei parenti, delle case, del condominio che all'improvviso delibera una spesa di cui non ti frega niente, di quel sentirti continuamente al servizio di qualcosa di piú grande di te che merita il tuo sacrificio.

Anche con l'amore per i figli ho lo stesso problema. Mi sembra d'improvvisare, di fingere di sapere quello che dico, di occupare un ruolo che non è esattamente il mio, se capite di cosa sto parlando. Il peso della responsabilità che sento nei loro confronti è un motivo d'angoscia, tollerabile ma continua, che mi affatica l'esistenza. Invidio chi ha un rapporto naturale con la cosiddetta genitorialità (una di quelle parole che fino a qualche anno fa nessuno usava). Quelli che mettono al mondo piú di un figlio liberi dal terrore e dal senso di colpa, e trattano l'imprevisto come il quotidiano, affrontando le contrarietà della vita senza protagonismi, in quella gavetta infinita che poi è il lavoro del genitore. Io non ce l'ho questa capacità. Non mi sento un buon padre, e certe volte non mi sento nemmeno un padre. Sono i miei figli che mi fanno sentire un padre ogni volta che li vedo, perché tutte le volte che li vedo so di essere nel giusto, anche se non sono all'altezza del mio compito.

E chissà che alla fine i figli non si facciano per questo.

Stalk in progress

A proposito di figli, con Alagia ci siamo accordati per vederci stamattina al *Roadhouse Grill* della stazione Termini a farci un hamburger come ai bei tempi in cui la portavo al *Burger King* dell'aeroporto a ingozzarci di whopper di nascosto dalla madre nel periodo in cui Nives rompeva i coglioni con la cucina vegetariana (devo dire che ha fatto i lucciconi, quando gliel'ho proposto).

Amarcord a parte, ho anche intenzione di fare due chiacchiere riguardo al suo imminente matrimonio, a cui sono piuttosto contrario, benché la mia opinione abbia scarse probabilità di smuoverla dai suoi propositi. Il fatto è che Alagia ha solo ventitre anni, e non esiste che una ragazza di ventitre anni si sposi senza che suo padre si opponga.

Cosí stamattina mi alzo, richiudo il divano letto Solsta, faccio colazione con Alf e il suo diciamo coaffittuario, saluto e approfitto della bella giornata per concedermi una passeggiata lungo i giardini di Villa Pamphilj sperando d'intercettare ancora un po' di parrocchetti prima di pranzare con Alagia e prendere il treno per tornare a casa.

Sulla porta, Alf mi ringrazia d'essere venuto e mi chiede di fargli gli auguri per i corsi che iniziano. Al che gli dico se non gli sembra di averla fatta un po' lunga con tutta questa liturgia preuniversitaria, la famiglia riunita alla vigilia del grande evento e adesso addirittura l'ansia da concentrazione per le lezioni che partono, perché s'è iscritto all'università, non è che si è arruolato nella legione straniera.

Allora lui mi dice che non ho capito quanto sia importante questo momento per lui. E io gli dico che se vuole posso andare a comprare un agnello cosí lo sacrifichiamo. E lui finalmente ride, anche se un attimo dopo mi abbraccia come se non dovessimo vederci mai piú.

E niente, faccio la mia passeggiata diciamo ecologica, e piú ancora dei pappagalli, che ogni tanto tagliano l'aria come piccole comete verdi e subito vanno a nascondersi tra le foglie neanche fossero gelosi della loro bellezza (ma uno lo punto e riesco addirittura a fotografarlo quando si posa su un ramo), stavolta mi colpisce la quantità di vecchietti in canottiera e pantaloncini che fanno jogging su e giú per i sentieri di Villa Pamphilj, essenzialmente perché mi trovo a pensare che il vecchietto atletico è una novità di questo secolo: da bambino, cosí come da ragazzo, credo di non aver mai visto, ma proprio mai, un vecchietto che facesse jogging.

Sono questi mutamenti antropologici che ti fanno capire quant'è cambiato il mondo, altro che Facebook e Instagram. Mio nonno, per dire, sarebbe stato incuriosito dal computer, e forse avrebbe anche navigato in rete, ma col cavolo che sarebbe uscito di casa in canottiera per andare a correre nei parchi.

Terminato il parrot-watching e concluse le speculazioni estemporanee sull'attualità, trovo una panchina libera e ne approfitto per leggere il giornale, ma dopo un po' mi alzo perché mi sento tanto comparsa in un documentario sui prepensionamenti (il timore è accentuato dalla vicinanza di due ragazzi, di cui uno munito di telecamera a spalla: ho la fobia dei registi amatoriali), e sto scendendo lungo la scalinata che costeggia il giardino segreto della villa padronale quando suona il telefono.

Non era mica detto che richiamasse. Io certo non l'avrei fatto, dopo lo scambio di messaggi di ieri notte.

Faccio squillare tre volte, prima di rispondere.

– Sí.

– Buongiorno, avvocato.

– Buongiorno.
– Come sta?
– Bene, grazie.
– Lei si aspetta che le chieda scusa per ieri.
– Dice?
– Non lo farò.
– Si è fatta una domanda e si è data una risposta. Dovrebbe andare in quel famoso programma notturno.
– E vuol sapere perché?
– Veda un po' lei.
– Perché se io la cerco all'una di notte, lei può fare altrettanto con me.
– Mi sa che non la seguo.
– Mi sembrava un concetto chiarissimo.
– Senta signora, io sono il suo legale…
– A proposito, devo firmarle il mandato perché lo diventi ufficialmente.
– Il mandato difensivo non implica…
– Ho capito, le ho creato dei problemi. Se è cosí me ne scuso.
– Comincia a essere indiscreta.
– Era con qualcuno?
– La cosa non la riguarda.
– Vorrei sapere se ha una relazione fissa.
Interrompo il passo cosí bruscamente che una ragazza in bicicletta, seguita dal suo cane, si volta a guardarmi.
– Non ci posso credere. Mi ha davvero chiesto quello che mi ha chiesto?
Ora si volta anche il cane.
– Era solo per sapere se chiamandola in orari inopportuni la metto in imbarazzo.
Per un attimo mi si annebbia la vista.
– Stia a sentire, signora.
– Mi chiami Veronica.
– NO. Mi ascolti bene, *signora*. Finora sono stato molto paziente, ma se c'è una cosa che mi irrita è l'invadenza.

Se vuole concedersi questo tipo di scantonamenti le conviene trovarsi un altro avvocato.

Breve silenzio. Riprendo a camminare come se sapessi dove sto andando e disponessi anche di poco tempo per arrivarci. Questa donna è quasi piú arrogante che bella.

– Devo averla proprio fatta arrabbiare.

– Ah, lei crede?

– Però ha del fegato.

– Prego?

– Apprezzo il modo in cui difende la sua vita privata. E poi lo ammetto: non ci sono abituata.

– Desolato di averle macchiato il curriculum.

– Non si scusi. La sua reazione non mi dispiace affatto.

– Non mi stavo scusando.

– Questa mi piace ancora di piú.

– Signora, crede di aver capito cosa le ho detto?

– Se provo ancora a entrare in confidenza con lei, dovrò trovarmi un altro legale.

– Precisamente.

– Vede che avevo capito? Non succederà piú.

– Bene, lo spero proprio.

– Intesi.

– E allora come mai ho l'impressione che il mio avvertimento le sia entrato da un orecchio e uscito dall'altro?

– Ah, questo non lo so, ma si rilassi. Volevo dirle che mio marito ha fissato la data per quella riunione.

– Suo marito non può fissare nessuna riunione se prima non si accorda con me, visto che a quella riunione devo esserci anch'io.

– Infatti, la sto chiamando per sapere se la data le va bene.

– Con tutto il rispetto, signora, dovrebbe avvertirmi il legale di suo marito, o direttamente suo marito, non lei.

– Adesso non faccia il fiscale. Va bene, sarò stata un po' indiscreta, ma non è che può richiamarmi all'ordine ogni volta che apro bocca. Riceverà senz'altro una telefonata ufficiale dallo staff di mio marito, ma volevo avvisarla prima io, visto che quello stronzo mi ha informato ieri sera tardi. L'avevo chiamata per questo.

– D'accordo. Per quando sarebbe?

– Lunedí prossimo, alle 18. Crede di essere libero?

– A quell'ora lo sono senz'altro. Dove?

– Allo studio di mio marito.

– Praticamente è tutto deciso. Data, ora e location.

– Preferisce che ci vediamo al suo, di studio?

– Eh?

– Ho chiesto se preferisce che la riunione si tenga da lei, invece che da mio marito.

Per un momento mi si para davanti la planimetria virtuale del Diciamo Loft, e m'immagino il disprezzo con cui quel pernacchio di Ugo Starace Tarallo si guarderebbe intorno. E ho già voglia di cacciarlo fuori.

– Credo di aspettare un cliente, a quell'ora.

– Aveva detto di essere libero.

– Infatti ho detto credo.

Pausa. Intanto raggiungo una porta d'uscita. Chissà quale. Villa Pamphilj è immensa.

– Senta, che dice, la facciamo questa riunione?

– Massí, leviamoci il pensiero.

– Allora d'accordo. Nel frattempo crede di potermi ricevere, nel pomeriggio?

– E perché?

– Vorrei firmare il mandato. Se non le è di troppo disturbo.

– Ah, certo. Ma è domenica. Sono a Roma.

– A Roma? E come mai?

– Che fa, ricomincia?

– Scusi. Allora domani?

– Sí. Ma se è per il mandato, non ne vedo l'urgenza.

– Non è solo per il mandato.

– E per cos'altro, allora?

– Riguarda la separazione.

– Quindi non mi ha detto proprio tutto, l'altro giorno al ristorante.

– Era il nostro primo incontro. Lei fa tutto al primo appuntamento, avvocato?

– Dovrei trovarla divertente, questa?

– Mamma mia, Malinconico. Meno male che la sua migliore qualità era il senso dell'umorismo.

– E a lei chi l'ha passata questa informazione sul mio senso dell'umorismo?

– Non ci provi, non glielo dico.

– Voglio saperlo.

– Lo so.

– ...

– Vuol darmi della stronza, vero?

– ...

– Lo faccia.

– Non mi provochi.

– Non mi offendo, se mi chiama stronza.

– Stronza.

Ride. La stronza.

– Allora vengo da lei domani alle cinque. L'indirizzo lo trovo sull'elenco, non si disturbi, – conclude, e attacca senza neanche dire Arrivederci.

In pratica ha anche fissato l'orario dell'appuntamento.

Guardo il display del telefono e poi le strade che mi circondano, totalmente incapace di capire da quale lato della villa sono sbucato.

E mentre m'incammino a vanvera nella speranza di orientarmi in qualche modo (non ditemi che dovrei usare il navigatore del cellulare perché non so come funziona e non ho nessuna voglia d'impararlo), mi abbandono a un'allucinazione progressiva in cui Veronica S. Tarallo insiste perché le dia della stronza mentre la possiedo nel giardino segreto della casa padronale di Villa Pamphilj con i pappagalli monteverdini che ci svolazzano intorno incuriositi dallo strano modo che noialtri umani abbiamo di accoppiarci.

Ogni cosa è vera in parte

Dopo aver girato intorno a Villa Pamphilj per una mezz'oretta abbondante senza capire dove fossi né avere il coraggio di fermare un passante per chiederglielo, intravedo da lontano la sagoma di un tram, viro in quella direzione, lo raggiungo, lo prendo con la disinvoltura di un utente abituale del trasporto pubblico romano, ed è solo quando dopo un paio di fermate arriviamo a Casaletto e la corsa termina, che capisco di aver sbagliato verso. Cosí scendo, salgo sull'altro tram che si avvia a partire nella direzione opposta, dalla diciamo analisi del diagramma del percorso affisso sulle porte credo di capire che la destinazione sia piazza Venezia, e finalmente l'incubo volge al termine.

Mi avvicino a una coppia di posti liberi, poso lo zaino sul sedile vicino al finestrino, mi siedo su quello accanto e riprendo la lettura del giornale da dove l'avevo interrotta mentre il convoglio riparte.

Alla prima fermata sale un po' di gente.

– Scusi, – mi chiede una voce femminile strappandomi dalla lettura.

Alzo la testa e mi trovo davanti una tipa dall'età indefinibile che indica il sedile su cui ho lasciato lo zaino.

– Oh, certo, – dico, mentre recupero lo zaino e faccio per alzarmi per consentirle di passare, ma lei esita.

– Le dispiace sedersi lei, lí? – dice.

– Perché, scusi? – domando, interdetto.

– C'era il suo zaino.

– E allora? – dico, trovando incomprensibile la spiegazione.

– Abbia pazienza, ma non so se l'ha posato per terra, prima di metterlo lí sopra.

D'istinto lancio un'occhiata sul sedile, manco dovessi trovarci qualcosa. Poi guardo lei.

– Ma sta scherzando?

– No. È che ho messo stamattina questi pantaloni nuovi, e non voglio sporcarli.

– Le sembra che il mio zaino sia sporco di merda? – le chiedo disgustato, facendo anche voltare un po' di gente.

– No. Ma lí non voglio sedermi lo stesso. Che ne so dov'è stato lo zaino, prima.

Mi prendo un paio di secondi per esaminarla e concederle il beneficio del sospetto di pazzia, ma concludo subito che è solamente stronza.

– Allora resti in piedi, perché io di qui non mi alzo.

Quella starebbe addirittura per replicare, ma intanto le porte si riaprono, un altro gruppo di passeggeri sale, un tipo corpulento e poco incline alle precedenze punta il sedile libero accanto al mio, dribbla la stronza e io gli cedo immediatamente il posto passando al sedile accanto.

Sarei pronto a scommettere che il giallo Van Gogh che tinge la faccia della tipa quando realizza di non poter piú sedersi in nessuno dei due posti sia il suo colore naturale.

Leggiucchio ancora un po' il giornale mentre il tram sferraglia lungo la Gianicolense, e sul viale di Trastevere mi decido a sentire un messaggio vocale che Gaviscon mi ha mandato almeno un'ora fa ma di cui ho rinviato l'ascolto perché i messaggi vocali mi fanno venire il nervoso, dal momento che quelli che li mandano se la prendono sempre comodissima prima di venire al punto, facendo lunghe premesse e andando fuori tema con gusto, roba che tre minuti sembrano trenta, infatti a un tratto ti viene naturale interloquire, tipo che dici qualcosa di pertinente, ed è solo quando realizzi che la tua osservazione non è stata tenuta in nessun conto che ti ricordi che stavi ascoltando un messaggio registrato.

Il messaggio vocale assolve dall'onere della sintesi: in pratica, ruba il tuo tempo. Ecco perché i messaggi vocali mandano in bestia cosí tanta gente anche non collerica. Se per strada (specie alle fermate degli autobus o nelle stazioni) vedete uno col cellulare all'orecchio che sbatte i piedi per terra come fosse attaccato a un guinzaglio virtuale che gl'impedisce di muoversi, garantito che sta ascoltando un messaggio vocale.

Il fatto è che la tecnologia non ha solo agevolato la comunicazione, l'ha anche colpevolizzata, perché ha inibito ogni forma di latitanza. Oggi non puoi non rispondere, non sapere, negare di aver ricevuto un messaggio o sostenere di non averlo letto, perché adesso si vede anche quello. La tecnologia non ammette ignoranza. Basta essere raggiunti per essere interpellati, e non è possibile sottrarsi all'appello, a meno di praticare il silenzio-dissenso, dunque rendere implicitamente chiaro che non hai intenzione di rispondere e farti la nomea di antipatico. Nel mondo tecnologicamente evoluto non puoi mancare, devi esserci per forza. Hanno abolito l'assenza. Siamo tutti qui, come cantava Braccobaldo nella sigla del suo vecchio show.

Per cui me ne faccio una ragione, infilo gli auricolari e passo a sentire il messaggio di Gaviscon.

Pronti, via.

> Allora, senti questa, Scemenzio. Piú che una storia è una scena. Ma vorrei metterla nel romanzo. Allora. Ci sono due a cena, uomo e donna. Lei ha accettato l'invito dopo varie insistenze, scegliendo pure il ristorante. A un tratto lui cerca di prenderle la mano. Lei la ritira e si mette a esaminare la carta dei vini. Lui fa finta di niente, pensa: «Boh, forse sono stato un po' precipitoso». Iniziano a mangiare, chiacchierano, bevono un paio di calici di un Amarone da sessanta euro, e lui ritenta. Altro palo. Al che le chiede cosa c'è che non va. E quella parte con tutta una tirata di: «Lo sapevo», «Cosa ti ha fatto credere che», «Allora non è possibile cenare insieme e basta» ecc., a voce neanche tanto bassa, infatti un po' di teste si girano verso il loro tavolo. Lui si mortifica, addirittura si scusa, ammette di essere stato inopportuno e le promette che non farà piú nulla che possa rovinare la serata. Cosí lei si calma, anche

se ci mette un po', e riprendono a cenare come se niente fosse. Dopo una mezz'ora in cui la tensione s'è sciolta, lui le chiede permesso e si alza per andare alla toilette, solo che appena scompare dalla sua visuale finge di ricevere una telefonata, guadagna l'uscita come se lí dentro il cellulare non prendesse, e se ne va. Dopo tipo un quarto d'ora, il telefonino comincia a squillargli davvero. Lui col cazzo che risponde. Altre telefonate a manetta, seguite da sms d'insulti: DOVE SEI, STRONZO?, CAFONE DI MERDA. Lui se ne frega alla grande, entra addirittura in un pub, ordina una birra, posa il cellulare sul banco e aspetta la prossima raffica di chiamate e messaggi. La tipa, che sta chiaramente annaspando, vira sul registro pietoso: TI PREGO, TORNA, NON MI SONO PORTATA DIETRO NÉ CONTANTI NÉ CARTA DI CREDITO; al che lui posa di nuovo il telefono sul banco, prende un altro sorso di birra, pensa, sposta lo sguardo sul cellulare e lo fissa.

Qui il racconto s'interrompe. Guardo il display del telefono temendo di aver perso la connessione. Invece riprende.

A questo punto, se vuoi sapere come continua devi chiedermelo per favore.

Fine del messaggio vocale.

Riguardo il cellulare, esterrefatto. Cosa fa questo deficiente, mi usa come cavia per sapere quant'è bravo in suspense?

Rispondo:

COL CAZZO CHE TI PREGO. MA SE NON MI DICI COME VA A FINIRE, QUESTA TUA BELLA INIZIATIVA TI PORTERÀ UNA SFIGA COSÍ IMPLACABILE CHE MANCO LA COSTANTE DI FARADAY TI PUBBLICHERÀ PIÚ.

E invio.

Voglio proprio vedere come la mette, adesso.

Il tram arriva effettivamente a piazza Venezia (non è che ne fossi proprio sicurissimo), e a quel punto impiego solo una decina di minuti a capire quale sia la fermata da cui passano i pullman diretti alla stazione.

Quando arrivo alla steakhouse, Alagia non solo è già lí, ma ha pure ordinato due premium burger con cheddar, doppio bacon, pomodoro, insalata e salsa burger con contorno di patatona lessa ricoperta di panna acida. Pornogastronomia pura, chiaro. Quanto amo condividere con mia figlia questo specifico gusto dell'eccesso, non potete neanche immaginarvelo.

– Ma quanto ci hai messo? – domanda mentre mi abbraccia e sbaciucchia l'aria in prossimità del mio orecchio.

– Non me ne parlare, ho sbagliato tram.

Mi siedo, afferro il boccale della mia birra (ha ordinato anche quella, insieme ai panini) e lo sollevo, dedicandoglielo.

– Come hai fatto a sbagliare tram? – mi chiede ricambiando il gesto e facendo cozzare il suo boccale contro il mio con mascolinità maldestra. – Sono due, uno scende e l'altro sale.

– Ho il senso dell'orientamento di una papera, lo sai.

– Sei solo un po' disadattato.

– Invece tu che ti sposi a ventitre (dico ventitre) anni cosa saresti, un bell'esempio di integrazione?

Manda giú un sorso da carpentiere, raccoglie le idee e replica.

– Okay, Vincenzo. Ho capito che devi fare la parte del padre contrario alle nozze, perché è un classico e va be'. Ma quello che m'interessa sapere è se hai qualcosa contro Mattia. Perché qui finisce il folk e la cosa diventa seria.

– Io? Io qualcosa contro di lui? Ma scherzi? È una pasta di ragazzo, te l'ho detto fin dalla prima volta in cui me l'hai presentato e mi ha riassunto il pensiero di Heidegger in sette minuti dopo che gli avevo semplicemente chiesto cosa faceva nella vita. Fisicamente mi ricorda un cactus (anche questo te l'ho detto), ma quello è un problema tuo.

– Ha un dottorato in Filosofia. Tu un dottorato non lo avresti preso neanche se te l'avessero tirato in faccia.

Arrivano i Roadhouse Special. Ad Alagia brillano gli occhi mentre il cameriere ci porge i piatti ovali su cui sono disposti quei due meravigliosi affronti al Mangiare Sano. Lei si lancia a mani libere sul diciamo panino azzannandolo senza neanche prendere la mira, io mi trattengo qualche secondo a contemplare la mia torretta ipercalorica prima su un lato e poi sull'altro, da bambino che valuti la compattezza di un castello di sabbia appena costruito, e mi delizio nell'appurarne l'instabilità causata dallo straripamento della farcitura. Il bello dei momenti che precedono il consumo di un hamburger gourmet è che non sai da che parte iniziare a mangiarlo. Sono convinto che nel differire questo tipo di piacere si possa dare un qualche senso alla vita.

– Okay, – dico dopo il primo morso che mi ha dato una tranvata di sapore da capogiro, – andiamo subito all'osso. Ho una domanda per te, facile facile. Tu e Heidegger vivete (purtroppo) già insieme, che bisogno c'è di sposarvi? Risposta «rapidissima», come dice la Gruber quando passano i titoli di coda di *Otto e mezzo*.

– Infatti è un'idea sua, – fa lei tamponando una colata di salsa e pomodoro dalla parte opposta del Roadhouse Special. – Per quanto mi riguarda, non vedo nessuna ragione per cui due persone che stanno insieme dovrebbero sposarsi.

– La penso esattamente come te. Anzi, peggio.

Solleva il coperchio del panino, ne esamina il contenuto e appura la mancanza di un ingrediente che deve considerare fondamentale, a giudicare dal modo in cui scuote la testa.

– Mi passi la maionese? È lí, guarda, – mi dice oltrepassandomi con uno scatto diritto della testa.

Mi volto, e su un mobiletto a qualche metro di distanza vedo allineate delle bottiglie d'olio, aceto e vari flaconi, fra cui appunto quello della maionese.

– Ma c'è già la salsa burger, dentro, – obietto.

– Io non mangio un hamburger senza maionese.

– Vabbuo', – dico; quindi mi alzo, vado a rendermi utile e torno al tavolo con il flacone squeeze.

– Se la pensi come me, mi dici perché ti sposi? – torno sull'argomento mentre Alagia innaffia ulteriormente lo scandaloso multistrato.

– Perché Mattia me l'ha chiesto in ginocchio. E mica per pregarmi, eh. È che il suo sogno è sempre stato quello di chiedere in ginocchio alla donna che amava di sposarlo. Cosí quando l'ha fatto mi si è stretto il cuore.

– Santo Dio, Alagia, torna in te. Get back. Come to your senses. Non puoi raccontare una puttanata simile con quella partecipazione.

– Spiegami perché avrei dovuto dirgli di no. Per il gusto d'impuntarmi su una questione di principio quando posso semplicemente farlo felice? Lo amo, lo faccio per lui. Che altro mi serve per dire sí?

È vero. Quanto ha ragione. L'amore è questa cosa qui, facile facile: rendere felice chi ami. Dire sí, vaffanculo. Dire qualche stronzissimo sí, anche se non del tutto convinto, per il piacere di veder sorridere chi ami, rimettendoci quel poco che ci rimetti senza pentimenti e senza rinfacci. Me ne hanno detti cosí pochi di sí, a me, ecco cosa.

– Hai capito che culo, Heidegger.

– Piantala di chiamarlo Heidegger.

– E non hai paura che uno cosí alla lunga ti rompa i coglioni?

– Può darsi. Ma per adesso mi rende la vita dolce.

– È solo che hai un debole per gli uomini fragili.

– E tu invece cosa saresti, Vince', un macho d'altri tempi? *Drum l'ultimo Mandingo*? Se non sbaglio tutte le donne che hai avuto ti hanno sempre portato a spasso come un cagnolino.

– Però ai giardinetti a pisciare ci andavo da solo.

Ride.

– Sapevo che ti sarebbe piaciuta.

– Però è vero.

– Che il tuo futuro marito è una checca? Una fragile checca? – arrotondo il concetto e vado in pausa, fulminato. – Ehi, sembra il titolo di uno di quei libri che vanno adesso.

– Sei omofobo, lo sai?

– Io? Ma che dici? Comunque vado pazzo per quei titoli. Ci pensavo giusto qualche giorno fa, gironzolando nella Feltrinelli con un amico. Incredibile come facciano cacare tutti allo stesso modo, con quella ricercatezza studiata per far sentire raffinato chi non legge, tipo *Tu crisalide al mio amore basti*, *La provvisorietà degli avverbi di tempo*, *Sociologia dei gomiti*...

– Sociologia dei gomiti?

– Bello, eh?

– Ah, ah, ah! Ma che deficiente che sei!

– Ehi ragazzina, è la seconda volta che mi dai del deficiente. Anzi no, prima mi hai dato dell'omofobo e prima ancora del disadattato. Guarda che potrei essere tuo padre.

Diventa seria, posa quello che resta del Roadhouse Special sul piatto, mi guarda.

– Perché, non è cosí?

Rinculo.

– Beh, se escludiamo il trascurabile dettaglio che tua madre ti ha generato con un altro, forse potremmo anche riten...

Si sposta in avanti e mi copre la mano con la sua.

– Perché, non ti senti mio padre?

– Ehi, non guardarmi in quel modo.

– Lo sai, non mi aspettavo che vederti preoccupato e anche geloso di me mi rendesse cosí contenta.

– Se non la smetti ti faccio pagare il conto.

– Tu mi hai cresciuta.

– Oh, basta. Non posso commuovermi mentre mangio un hamburger.

– Sei tu il mio papà.

Non vedo piú niente, tanto è fitta la cataratta dei lucciconi. Sono troppo vecchio per questi picchi di felicità.

– Vaffanculo, Alagia. Non mi hai mai chiamato cosí.

Nemmeno quando ti compravo lo zucchero filato di nascosto perché avevi la sciorda.

– Non montarti la testa, non comincerò adesso, – dice. Ma si asciuga la lacrimuccia anche lei.

– Stronza come tua madre, eh?

Restiamo lí in silenzio come due finti parenti che si sono ritrovati in un programma del pomeriggio, nella certezza che al primo accenno di emissione sonora scoppieremmo in lacrime, offrendo al pubblico uno spettacolo pietoso e soprattutto gratuito. Il supplizio dura tipo un paio di minuti (un'eternità), finché da un tavolo vicino una signora sui sessant'anni che sta consumando un'insalata di carne cruda in solitudine si rivolge a noi con l'esitazione sofferta di chi ha tentato fino all'ultimo di trattenersi ma non ce l'ha fatta.

– Scusatemi. Di solito non mi permetto d'invadere l'intimità delle persone, ma mi si spezza il cuore a vedervi cosí commossi. Posso chiedervi cosa vi è successo? Vi posso aiutare in qualche modo?

Alagia e io la guardiamo, poi ci guardiamo in faccia. Ci sono momenti in cui te le offrono proprio sul vassoio. Come si fa (no, dico: come si fa) a non approfittarne?

Mi mordo le labbra, mi asciugo una lacrima e rispondo alla signora, incrinando la voce:

– Sono suo padre, – tiro su col naso. – Me l'ha appena detto.

La signora spalanca gli occhi e sorride.

– Ma è meraviglioso, – dice. E poco ci manca che non scappi da piangere anche a lei.

Alagia volta la testa di lato, afferra il tovagliolo e praticamente ci si nasconde dentro, già paonazza dalla fatica che le costa trattenere le risate.

– Madonna quanto sei cretino, Vince', – dice a bassa voce mentre comincia a ridere spernacchiando; ma credo che la signora pensi che singhiozzi, perché si copre la bocca con la mano contrastando un principio di commozione.

– Vi sono grata di avermelo detto. Sono cosí felice per voi.

Dentro di me sto rotolando per terra dal ridere sferrando cazzotti al pavimento, eppure (non ho la minima idea di come riesca a farlo) mantengo la compostezza dell'uomo di mezza età che ha appena ricevuto la notizia piú importante della sua vita.

Lo sfrecciare della campagna di là del finestrino (Ah, che titolo)

In questo lungo flusso narrativo di nozze imminenti e paternità riscoperte, avevo dimenticato di dire che il seguito del messaggio di Gaviscon mi è arrivato neanche dieci minuti dopo il mio preavviso di disgrazia editoriale, ma a quel punto era chiaro che l'avrei messo in attesa per qualche ora in modo che non pensasse che friggevo dalla voglia di sapere come andava avanti il racconto della fuga dal ristorante, e soprattutto per fargli montare la paranoia che la sfiga augurata avesse già iniziato il suo corso. Per cui è solo quando il treno parte, vale a dire intorno alle quattro del pomeriggio, e subito dopo il passaggio del carrello del welcome drink riservato ai clienti che viaggiano in Business (io sono in Standard, per cui il carrello lo vedo solo passare), che indosso gli auricolari e mi preparo a sentire la seconda parte del messaggio.

> Innanzi tutto sei un grandissimo stronzo. E ti riterrò personalmente responsabile di ogni eventuale rifiuto editoriale dovessi ricevere da oggi in avanti. Non perché creda a queste cose, figurati. Ma era parecchio che non ci vedevamo, per cui che ne so se nel frattempo sei diventato pure schiattamorto? Del resto la vita ti è andata male, sei un uomo palesemente insoddisfatto, divorziato, single, lavori poco, guadagni niente, potresti anche aver sviluppato delle capacità paranormali, perché no.

Qui devo interrompere la riproduzione, perché dai posti vicini mi stanno guardando tutti, tanto mi diverto.

> Comunque, eccoti il seguito. Eravamo rimasti che il fuggitivo è in birreria dopo che la tipa è passata dagli insulti alla questua (TI

PREGO, TORNA INDIETRO, COME FACCIO ecc.), davanti al cellulare posato sul banco che fino a poco fa impazzava e adesso tace drammaticamente. Resta lí a finire la birra lanciando qualche occhiata di stramacchio al telefono che lo accusa col suo silenzio, finché lascia dieci euro sul banco, esce dal pub e inizia a camminare allungando sempre piú il passo. Sembrerebbe una tipica accelerazione da senso di colpa in crescendo, anche perché il fuggitivo arriva al ristorante, nota una certa concitazione davanti all'ingresso, si apposta dietro una macchina e vede la tipa praticamente arrestata dal proprietario del locale, assistito dal capo cameriere, che le dice che se prova ad allontanarsi chiama la polizia, perché non esiste che la lascia andare se non paga il conto, visto che avevano già preso due Prosecchi, antipasto, primo piatto e una bottiglia di Amarone (Campo dei Gigli 2012, Tenuta Sant'Antonio, specifica il capo cameriere), per cui è meglio che la pianti di fare la scena e disturbare i clienti perché lui fa sí il ristoratore stellato ma ha cominciato nelle bettole, e se provano a fregarlo non ci pensa due volte a ritrovare le origini. Ci siamo fatti le ossa, nelle bettole, aggiunge il capo cameriere. Lo puoi dire forte, fa il ristoratore.
Nascosto dietro la macchina, il fuggitivo ride come se stesse vedendo una comica di Stanlio e Ollio. La donna chiede al ristoratore che colpa ne ha se il suo accompagnatore è scappato e l'ha lasciata nei guai. E quello risponde Grazie tante, se facciamo passare il sistema per cui uno si alza e se ne va lasciando l'ostaggio che frigna perché non ha i soldi, allora che li teniamo a fare i ristoranti, tanto vale che offriamo la cena a tutti. Andiamo direttamente alla mensa dei poveri a lavorare, fa il capo cameriere. Esatto, fa il proprietario. Allora lei gli dice Guardi che è vero, le posso dare nome e cognome, di quell'infame. E lui risponde A me che me ne frega delle generalità del suo cavaliere, cosa dovrei fare, denunciarlo, che neanche lo conosco? E poi chi mi dice che non siete d'accordo? Ma le giuro che è la verità, fa lei piagnucolando, col trucco in liquefazione che la scarabocchia in stile Pierrot. A me queste spiegazioni non interessano, ribadisce il ristoratore, quello che voglio è che venga pagato il conto. E detto questo si volta verso il capo cameriere come se l'avesse visto soltanto allora e gli dice Ma tu cosa ci fai qui che c'è il 7 che non ha ancora ordinato e il 19 che ha chiesto il tiramisú da un quarto d'ora? E quello se ne va.
Allora? dice il ristoratore tornando all'arrestata. Allora che? fa lei. Il conto lo paga o no, domanda. Non posso, risponde lei, non ho i soldi. Bene, allora non perdiamo altro tempo, risolve lui, e tira fuori il cellulare. Al che la tipa finge uno svenimento e si accascia a terra in modo assolutamente ridicolo. Seeh, ho capito, fa

il ristoratore; s'incazza davvero e chiama il 112. Di lí a poco arriva una volante della polizia seguita a ruota da un'ambulanza, e il fuggitivo se ne va ridendo.

Guardo il display pensando che la riproduzione si sia interrotta, e invece no, è proprio finita. Resto interdetto per qualche minuto, domandandomi se nel racconto non ci fosse qualcosa che avrei dovuto capire, ma mi pare di no. Allora scrivo a Gaviscon, comunicandogli il mio parere nel modo piú sintetico possibile:

E CHE CAZZO DOVREBBE SIGNIFICARE QUESTO RACCONTO?

Poi invio.
Passano neanche cinque minuti, e arriva la replica.

IL FATTO CHE TI CHIEDA COSA VUOL DIRE UN RACCONTO SIGNIFICA CHE NON L'HAI CAPITO.

Guardo in faccia il mio vicino di posto come se fosse al corrente dello scambio di messaggi in corso (quello rimane piuttosto sbigottito), e rispondo.

HO MOLLATO L'ULISSE DI JOYCE A PAGINA 20, FIGURIAMOCI SE MI METTO A CAPIRE TE, GAVISCON.

Conto fino a dieci.
Dín.

VAFFANCULO.

Rido. Il mio vicino scuote la testa.
Replico.

UNO INVITA UNA A CENA, LEI SI RIFIUTA DI DARGLIELA E LUI SI VENDICA. E ALLORA? COSA VUOI DIMOSTRARE, CHE LE DONNE VANNO A SCROCCO? SEI SESSISTA E PROBABILMENTE ANCHE OMOFOBO.

Tempo.
Dín.

LO VEDI CHE SEI CRETINO? RIDUCI TUTTO AL FATTERELLO. HO RACCONTATO UN'EVASIONE, UN RIFIUTO DELLA SUDDITANZA IMPOSTA DAL CORTEGGIAMENTO.

Mi ritiro qualche minuto per deliberare, poi ridigito.

AH, ECCO, ADESSO HO CAPITO. SE LA COSTANTE DI FARADAY METTE LA SPIEGAZIONE IN CORSIVO IN TESTA AL RACCONTO, COME SI USAVA NELLE ANTOLOGIE DELLE SCUOLE MEDIE, NON AVRAI NESSUN PROBLEMA CON I TUOI LETTORI.

Venti secondi esatti.

COMUNQUE TUA SORELLA ME LA SONO SCOPATA DAVVERO.

In effetti è possibile, mi dico. Giustina (mia sorella) ha avuto una fase un po' zoccolesca, ma all'università. È escluso che sia successo ai tempi del liceo, quando Gaviscon veniva a casa a diciamo fare i compiti, perché allora le ragazze non la davano, specialmente agli amici dei fratelli. Certo, potrebbe anche essere. Io, del resto, la sorella di Gaviscon me la sarei fatta volentieri. E anche la madre. Boh. Devo ricordarmi di chiederlo, a Giustina. Anzi, glielo chiedo senz'altro, penso, e m'incanto a guardare la campagna che sfreccia fuori del finestrino come se poi questa contemplazione attonita della campagna che sfreccia di là dei finestrini dei treni volesse dire qualcosa.

Talking heads

Un altro classico dei treni e delle campagne viste dai finestrini è che i treni si bloccano sempre in aperta campagna, cosí uno può contemplare le aperte campagne non solo in movimento ma anche da ferme. Esattamente quello che è successo al mio treno da circa venticinque minuti senza che nessuno (specialmente il controllore, che fugge da un vagone all'altro per non essere interrogato) ci dica quando prevediamo di ripartire.

Capito l'andazzo, mi reinfilo gli auricolari e metto un sottofondo rilassante per aiutarmi a prendere sonno, quelle robe tipo *Pioggia in foresta tropicale*, *Onde del mare calmo che s'infrangono sulla riva* o *Bosco di notte*, che ho scaricato qualche anno fa, durante un periodo particolarmente tormentato in cui non c'era verso che mi addormentassi senza rischiare di buttarmi di sotto al risveglio. Andavo a letto con le cuffie, ascoltavo un paio d'ore di gabbiani, grilli e varie specie di uccelli notturni con cori indigeni in lontananza per teletrasportarmi in un'illusoria natura incontaminata che avrebbe dovuto affrancarmi dalla persecuzione che mi autoinfliggevo pensando ossessivamente alla mia storia d'amore agonizzante, mi addormentavo per sfinimento e mi svegliavo in lacrime. Roba che se ci penso mi pare impossibile che stia ancora qui a parlarne. Infatti dopo nemmeno cinque minuti di ondine che s'infrangono sugli scogli mi viene un principio d'attacco d'ansia e mi strappo gli auricolari.

Mi do dell'idiota per aver conservato questi reperti sonori di vecchie angosce (come ho potuto pensare che le ondine che s'infrangono mi avrebbero rilassato invece di risvegliare il demone, non lo so), e sto per cancellare impietosamente tutto l'archivio di musica rilassante quando mi arriva una videochiamata che mi riempie il cuore di speranza.

Rimetto gli auricolari e sfoggio un sorriso a dentatura piena al mezzobusto scontornato di Pino Silvestre, che non vedevo da non so piú quanto tempo.

– Sei invecchiato da fare schifo, ma non hai idea di quanto sono felice di vederti, – esordisco.

Lui ridacchia, per guardarmi meglio sgrana gli occhi frammentandosi e ricomponendosi in pixel, e ribatte:

– Anche tu sei messo di merda, Scemenzio. Non so se è Skype, ma mi sembri anche un pochettino strabico.

È seduto alla scrivania, davanti al computer, e ha addosso il camice da lavoro. Non ha piú capelli, porta gli anni decisamente peggio di me ma dà l'idea di un uomo che ce l'ha fatta. Alla nostra età i successi e i fallimenti si vedono meglio delle rughe, purtroppo. Addirittura in digitale.

– Come no, ho anche una zoppia e i denti rifatti. Ma buttati di sotto.

Piega la testa all'indietro al ralenti e ride spalancando la bocca. Al liceo faceva cosí. Uguale.

– Ah, ah, ah, che coglione! Ma come stai?

– Bah, mica lo so. Per ora sono sequestrato su un treno, siamo fermi da quaranta minuti e neanche sappiamo perché. Sto tornando da Roma, Alfredo s'è iscritto alla Sapienza. Lo sai che Alagia si sposa?

– No! Ma dài, veramente? Quanti anni ha?

– Ventitre. No, dico, ti rendi conto?

– Perché ti meravigli? Tu e Nives siete separati, Nives si è risposata e riseparata, perché Alagia non dovrebbe credere nel matrimonio?

– Fai ridere stocazzo, Pino.

– Dovresti essere felice per lei, invece, – qui la faccia

gli diventa di pietra. – Lo sai che sono sei mesi che non vedo i miei figli?

Inspiro e mi raddrizzo a sedere sulla poltrona.

– Mi ha accennato qualcosa Duccio. Mi dispiace tanto, Pino. Ma è una fase, passerà. Credimi: facendo, per quanto male, l'avvocato, ne ho viste tante di storie cosí. Dopo un po' tutti i rancori si sciolgono. Devi solo aspettare, lasciare che i tuoi figli si prendano il loro tempo per riavvicinarsi.

Palle. In una situazione analoga, l'ex moglie di un mio caro amico l'ha tenuto lontano dai suoi figli per sette anni.

– Apprezzo la tua gentilezza, – risponde, intenerito dalla mia santa bugia, – ma fammi il favore di risparmiarmi le stronzate.

– Perché? – dico, sforzandomi di sembrare coerente.

– Mi sono scopato la zia, Vince'. Tu lo perdoneresti un padre che si tromba la sorella della moglie?

Il silenzio tragicomico in cui restiamo è insostenibile. Infatti dopo qualche secondo scoppiamo a ridere tutti e due. Di quelle risate che piú cerchi di reprimerle e piú aumentano, oltretutto.

– Scusa, non volevo, – dico, ancora congestionato, dopo un po'.

– Figurati. Ormai ho talmente toccato il fondo che sentirmi ridicolo è uno dei pochi sollievi che mi posso permettere. Non hai idea di cosa ho passato negli ultimi mesi. L'ultima volta che ho cercato di parlare con mio figlio piú grande mi ha sputato in faccia nel videocitofono.

– Ma come ti è venuto di fare una cazzata simile, Pino? Va bene, sei sempre stato un puttaniere compulsivo, al liceo guardavi le bidelle e una volta, a casa di Gaviscon, hai rubato una foto della madre in costume da bagno, ma almeno tua cognata potevi risparmiarla.

Il mio vicino di posto si volta incredulo verso di me. Increspo la faccia e scuoto il capo in segno di negazione dando a intendere che sto scherzando, ma non credo che se la beva. Una signora di almeno settant'anni seduta di fronte, invece, si copre la bocca con le dita e ride.

– Oh, grazie tante, non ci avevo pensato, – replica Pino Silvestre portandosi una mano al cuore. – Cosa vuoi che ti dica, Scemenzio, che sono pentito? Certo che lo sono. Che ho fatto una cazzata? Questo non lo so. Io e la mia ex cognata abbiamo perso la testa l'uno per l'altra, e sapevamo benissimo cosa stavamo facendo. E in tutta sincerità credo che staremmo ancora insieme se Erika non avesse scoperto la cosa e soprattutto non fosse andata a raccontarla a cani e porci, persino su Facebook, stramaledetti i social e chi li ha creati. Se vai sulla sua pagina trovi la mia foto in apertura con la scritta: VI PRESENTO MIO MARITO, QUEL PORCO.

– Senti, però. Il fatto che tua moglie si senta umiliata non le dà il diritto di diffamarti, tanto meno su internet.

– Infatti il mio avvocato continua a ripetermi che dovrei querelarla, tiene da parte tutta la rassegna stampa aggiornata delle ingiurie, ma sono io che non voglio. Ho già fatto abbastanza male ai miei figli, preferisco subire, – qui si prende una piccola pausa, come stesse facendo uno sforzo di razionalizzazione da training autogeno. – Magari sbaglio, ma dopo tanto sbattere la testa mi sono convinto che quando sei dalla parte del torto l'unica speranza di uscirne è rimanerci e investire in buona condotta in attesa di un condono. In una situazione come la mia, o prendi una posizione e la mantieni o il cervello ti va a margherite.

– Ma non c'è modo di parlare con Erika e farla ragionare un po'?

– Se vuoi provarci.

– No, eh?

– È completamente posseduta, Vince'. Non ci sente. È fuori come un citofono. Mi odia. Odia me e la sorella. Non paga qualcuno per eliminarci solo perché preferisce renderci la vita un inferno. La mia clientela si è dimezzata. La gente per strada non mi saluta. I miei figli mi disprezzano. Se a Erika fosse rimasto un barlume di buonsenso capirebbe quanto questo merdaio li stia danneggiando, e invece va avanti come uno schiacciasassi.

– Io farei intervenire il Tribunale dei Minori, Pino. Non puoi restare inerte mentre i tuoi figli fanno le spese della sua vendetta.

– Non è escluso che lo faccia. Ma per adesso preferisco aspettare che le passi. È troppo spiritata, Vince', quanto può durare una furia simile? Cioè, spero. Ma se le dichiaro guerra anch'io, non so dove andiamo a finire. Dove vanno a finire i nostri figli, soprattutto.

– Non è che se lasci ristagnare le cose fai meglio.

– Lo so, lo so. E dire che andava cosí bene con Erika, prima che succedesse lo scatafascio, cazzo...

– Scusa?

– Sí, te lo giuro, eravamo diventati felici. Erika aveva un amante, e anch'io stavo con una mia paziente da diverso tempo.

– Pino, ma mi prendi per il culo?

– No, è la verità. E sai come siamo venuti a saperlo? D'estate, in un'escursione in barca. Hai presente quelle gite di gruppo dove fai il giro della costa, ti fermi in un'insenatura bellissima a fare il bagno e poi pranzi a bordo?

– Eh.

– Avevamo mandato i bambini dai nonni e c'eravamo presi due giorni di vacanza ognuno per conto suo, visto che erano già tre anni che dormivamo in camere separate ed era tacitamente passata l'idea che potessimo avere altre storie. Ma vallo a sapere, che avremmo scelto la stessa isola per quei due giorni.

– Geesú.

– Insomma quella mattina ci troviamo, è proprio il caso di dirlo, sulla stessa barca, lei con il suo amante e io con la mia. Quando l'ho vista salire sulla passerella stavo per buttarmi in acqua, te lo giuro. Poi ho capito che era accompagnata, e sono rimasto dov'ero.

– Mi si gela il sangue solo a pensarci.

– No, aspetta, non hai capito. I nostri amanti fra loro non si conoscevano, cosí Erika e io ci guardiamo in faccia, allibiti, e non diciamo niente, neanche una parola. Un patto tacito di reticenza reciproca, che stabiliamo in quell'attimo. Cosí restiamo sulla barca, io di qua lei di là, accoppiati e cornuti, per tutta l'escursione, sosta bagno e spaghettata a bordo comprese, fingendo di non conoscerci. Ogni tanto ci lanciavamo un'occhiata e ci scambiavamo addirittura un sorriso. È stato anche bello, in un certo senso.

– Beh, immagino. Cioè, non so. Insomma, una cosa del genere non mi è mai successa. Ne ho fatte di figure di merda, eh...

– Invece no, un toccasana. Quando al ritorno ci siamo ritrovati a casa, non abbiamo aperto bocca sull'accaduto. Silenzio tombale. Non hai idea di come andavamo d'accordo. Ognuno faceva la sua vita in grazia di Dio senza dare il minimo fastidio all'altro, anzi, ci venivamo incontro su tutto, sulla gestione dei tempi, le uscite, i rientri, i fine settimana, gli impegni con i bambini. Grazie a quell'incidente eravamo passati da una coabitazione indifferente a una solidarietà silenziosa in cui funzionava tutto a meraviglia. Era, non ridere, un matrimonio felice.

Rimango un po' esterrefatto un po' rassegnato, poi mi lascio andare a un'osservazione; per meglio dire, a una presa d'atto.

– Io sono sempre piú convinto che la nostra è una generazione di disadattati sentimentali. Altrimenti non si spiegherebbe come mai la stragrande maggioranza di noi è cosí allergica ai rapporti durevoli.

– Lo penso anch'io. Eravamo fatti per la separazione, piú che per il matrimonio. I migliori di noi hanno patteggiato sulla felicità. E io e Erika c'eravamo anche riusciti, cazzo.

– Finché non ti sei trombato la sorella e hai rovinato tutto –. Mi volto verso il vicino. – Scherzo.

– Già, – conferma Pino infilandosi un dito nel naso.

Lascio passare un minutino in attesa che l'escavazione finisca ma niente, è totalmente distratto.

– Oh, Pino.

– Mmm?

– Guarda che ti vedo.

– E allora?

– E allora fai schifo.

– Vince', ma siamo amici o no?

– Siccome siamo amici devo assistere alla tua pulizia nasale?

– No, ma potevi evitare di rilevarlo.

– Scusami?

– Lo sai, quando ci si scaccola si perde il senso della realtà. Siccome combatti con protuberanze che si attaccano alle cavità nasali come stalattiti, pensi che tanto ci metterai un attimo. In realtà non è mai cosí, perché ci s'impiega sempre un po'. Non solo, ma c'è anche un delizioso piacere nell'estirparti dal naso un ramoscello di un paio di centimetri.

– Ti dispiace se vomito?

– Volevo dire che in quei momenti t'illudi che l'altro non ci farà caso.

– Va be', senti, il treno sta ripartendo, grazie al cielo. Volevo dirti una cosa prima che chiudiamo… ma tu ci tieni proprio ad andare alla cena di classe?

– Che domanda, certo che no. In questo periodo non ho voglia di vedere nessuno. Tranne te e Gaviscon. Non perché siete i miei preferiti, ma perché sapete già tutto della mia situazione e non devo spiegarvi la faccenda daccapo.

– Ah ecco, grazie anche a nome di Gaviscon. Sta' a sentire, ma visto che anche tu la pensi cosí, perché non facciamo filone?

– Fare filone alla cena di classe?

– Io pensavo addirittura di andare in una sala giochi, come ai vecchi tempi.

– Sarebbe meraviglioso, Vince', ma non si può.
– E perché no? Andiamo a farci una pizza solo noi tre, poi c'infiliamo in una sala giochi (ne sarà rimasta qualcuna, no?) e ci facciamo centoventi partite a biliardo.
– No, non se ne parla. Sono settimane che Duccio e Nicoletta si fanno in quattro per organizzare sta cena, Vincenzo. Dobbiamo andarci.
– Dobbiamo proprio, eh?
– Proprio proprio.
– Vabbuo'.
– Ci vediamo lí.
– Okay.
– Grazie per aver sopportato le mie lagne.
– Niente rispetto allo scaccolamento in diretta.
– E piantala.
– Io non mi farei mettere le mani in bocca da un dentista che s'infila le dita nel naso. Forse è per quello che stai perdendo i clienti.
Ride, poi mi dà della suocera malevola e mi chiude il telefono in faccia.

La sindrome di Umberto D.

Ogni volta che rientro da un viaggio anche breve, va a finire che sono triste. So di sembrare patetico, anzi lo sono, ma quando scendo da un treno e m'incammino verso casa, al pensiero che non troverò nessuno ad aspettarmi mi vengono delle botte di autocommiserazione.

Normalmente non mi capita, anzi. Entro ed esco piú volte al giorno senza che il vai e vieni da casa, Diciamo Loft e tribunale, mi arrechi la minima alterazione psicologica. La mia sindrome di Umberto D. ha a che fare esclusivamente con il rientro da un viaggio, e non penso che riguardi soltanto me. Credo che chiunque, quando torna da un viaggio, abbia bisogno di sentirsi accolto. Perché il ritorno non c'entra con la solitudine. Non puoi tornare ed essere solo. Anche perché quando uno torna ha voglia di raccontare, giusto? Se no cosa va via a fare.

Alla fine, ci sono delle ragioni molto semplici alla base delle cose che si fanno. È solo che uno le cose si limita a farle e non si sofferma sulle motivazioni. Ma se lo facesse, si renderebbe conto che ogni gesto ha uno scopo anche minimo. E quando il gesto non raggiunge lo scopo a cui tende indipendentemente dalle intenzioni di chi lo compie, arriva il fallimento. È inevitabile. Ecco perché quando esci dal treno ti viene la sindrome di Umberto D., se a casa non c'è nessuno ad aspettarti. Perché lo scopo del tornare è tornare da qualcuno che ha voglia di rivederti e di sapere cos'hai fatto di bello nel tuo viaggio, e quello scopo rimane tale anche se non l'hai messo in conto, per cui quando rientri in una casa vuota hai l'impressione (fondata) di aver fatto una cosa (un viaggio) senza senso. Tant'è che pensi che se potessi tornare indietro non partiresti piú.

Questo discorso in apparenza un po' complicato ma fondamentalmente semplice è la premessa necessaria per rendere il sollievo che provo quando, subito dopo aver chiuso la porta di casa e aver già preso la postura di Umberto D., ricevo un'inaspettata telefonata di Viola che mi dice che il marito l'ha appena informata che l'aereo con cui sarebbe dovuto rientrare da un convegno ha un guasto, per cui la compagnia ha smistato i passeggeri sul primo volo di domani e per il pernottamento ha messo a disposizione un hotel nelle vicinanze dell'aeroporto e quindi, se mi fa piacere e non ho altri impegni per la serata, sarebbe felice di venire a dormire da me e preparare anche la cena; per cui quasi urlo di sí e poco ci manca che faccia i salti di gioia.

Passiamo una serata felice, da quegli amici innamorati che sappiamo di essere. Racconto a Viola ogni particolare della trasferta romana, dai pappagalli tropicali al probabile fidanzato di Alfredo, dalla stronza dello zaino in tram all'hamburger con Alagia, da *Deadpool* alla videochiamata di Pino Silvestre, saltando solo la telefonata di Veronica Starace Tarallo. Lei mi ascolta, si sorprende, mi anticipa, ride, si diverte, sdrammatizza, mi sfotte. Cucina degli spaghetti aglio, olio e ricotta salata veramente spettacolari, facciamo fuori una bottiglia di Nebbiolo e andiamo a letto presto.

La sveglia digitale sul comodino segna le 00:40 quando sento il *dín* di un messaggino dalla cucina. Accanto a me, Viola aggrotta le sopracciglia ma non si sveglia. Mi alzo piano mentre lei si volta sul fianco e riscivola negli abissi del sonno. M'infilo le pantofole, esco dalla stanza, raggiungo la cucina, accendo la luce e localizzo il cellulare sulla tavola. Prima apro il frigo, prendo la bottiglia dell'acqua e bevo a canna, poi afferro il telefono al rallentatore, convinto come sono di sapere chi possa avermi inviato un messaggio a quest'ora.

STA DORMENDO, AVVOCATO?

Mi liscio due volte la barba con la mano sinistra, poi mi affaccio in corridoio per assicurarmi d'essere solo, e rispondo:

SÍ.

Spengo il telefonino, poi la luce, e torno a letto.

Glory Glory Hallelujah

Se uno ha una segretaria, è piuttosto grave che arrivi nel suo ufficio e non la trovi. Oh, lo so che non è una novità. Come so che Gloria non è una mia dipendente (e neanche una dipendente di Espedito, dato che lo stipendio le viene segretamente versato dal suo amante). Ma tollerare la libera circolazione di una sgallettata che viene un po' quando vuole, e quando viene passa pure tre quarti del tempo a smanettare col telefonino, è una roba che dopo un po' snerva, vi assicuro.

In questo momento poi non c'è neanche Espe, per cui il Diciamo Loft, in assenza di personale, rivela, oltre alla miseria strutturale, tutta la scarsezza del suo portafoglio clienti. Perché quando in uno studio si lavora poco e niente, hai voglia di acchittarlo per dargli un tono: si vede. E anche perché, in un ufficio in cui c'è da lavorare, col cazzo che alle quattro di pomeriggio non trovi la segretaria.

E comunque neanch'io, a dirla come va detta, ho granché motivo di essere qui. Il fatto è che quando hai un ufficio ogni tanto devi passarci, se non altro per salvare un minimo di apparenze con te stesso. Perché salvare le apparenze con se stessi è piú importante di quanto si creda.

Cosí raggiungo la mia postazione, mi accomodo alla Jonas e accendo il computer con l'intento di farmi una partita a Break Out, ma non faccio neanche in tempo ad avviare il gioco che suonano alla porta.

Butto un'occhiata all'orologio da parete Pugg e decido di non aprire, primo perché fino alle sei non aspetto nessuno e secondo perché a quest'ora passano i testimoni di Geova. La mattinata invece è appannaggio di vendicalzini, consulenti finanziari porta a porta e falsi impiegati di luce e gas che propongono variazioni delle utenze a condizioni vantaggiosissime. Sarà l'ubicazione al piano terra a massimizzare l'esposizione del Diciamo Loft alla molestia e ai tentativi di truffa. E il fatto che sulla porta sia affissa una targa che dice cosa si dovrebbe fare qui dentro non dissuade minimamente chi bussa per convertirti a una compagnia telefonica o al Padreterno. Non che uno che sta a casa sua abbia meno diritto di essere lasciato in pace rispetto a chi impiega o perde il suo tempo in uno studio. Anche perché non è detto che uno a casa non lavori. Ma che lavori o meno non è affare che riguardi i venditori di calzini o i testimoni di Geova. Perché non ci si presenta a casa (o nello studio) degli altri senza invito, e questo è quanto.

L'ultima volta che, senza guardare, ho aperto ai testimoni di Geova (erano due, una donna di mezza età e un ragazzo sui vent'anni), hanno esordito dicendo Buongiorno, possiamo lasciarle una rivista senza impegno? Come no, ho detto, le amo, le riviste disimpegnate. Quelli si sono guardati in faccia e hanno detto che ci doveva essere un equivoco. Lo penso anch'io, ho risposto. Non le facciamo perdere tempo, è intervenuto il ragazzo, vorremmo solo proporle la lettura della Bibbia da un'angolazione diversa. Diversa da cosa, ho chiesto. Da quella da cui viene letta comunemente, ha risposto. E lei come fa a sapere da quale angolazione leggo la Bibbia, scusi, ho detto. Al che la donna l'ha guardato come a dire Ha ragione, cosa ne sai tu di come legge la Bibbia lui. Se ci concede dieci minuti proviamo a spiegarglielo, ha tentato di rifarsi il ragazzo. Posso farvela io una domanda? ho detto. Certo, hanno risposto loro. Ma voi andreste mai a proporre una lettura della Bibbia da un'angolazione diversa a un meccanico che sta riparando il motore di una macchina? Non abbiamo capito, hanno detto dopo un momento di panico. Ah, no? ho detto io. Al che il ragazzo ci ha pensato sopra e ha alzato il dito. Prego, gli ho detto. Dipende se il meccanico ha in mano la chiave inglese, ha detto, ah ah ah. E la donna si è vergognata al suo posto. Io non ho chiavi inglesi né altri corpi contundenti in mano, ho detto, sono disarmato ma lavoro anch'io, come il meccanico. Solo che dal meccanico non ci andate, ma da me sí. Avete qualcosa contro i meccanici? Allora la donna ha dato una strettina al braccio del ragazzo per fargli capire che non era il caso di trattenersi oltre. Il giorno in cui tratterete i meccanici come gli avvocati, gli ho detto mentre finalmente se ne andavano, quel giorno sí che troveremo un'angolazione diversa da cui leggere la Bibbia.

E insomma, dati i precedenti con i testimoni di Geova (a scuola ne avevo anche una in classe, per cui so bene quanto siano instancabili), non abbandono la mia postazione, anzi comincio anche la mia partita a Break Out per dispetto, ma siccome il campanello continua a suonare, al quarto tentativo mi alzo e vado dritto alla porta preparandomi a intonare il piú indimenticabile Vaffanculo della carriera del testimone di Geova che avrà la sventura di comparire sulla soglia.

Apro la porta di scatto e mi trovo davanti un tipo sulla cinquantina, stempiato, in pullover, pantaloni di velluto stazzonati e pantofole quadrettate chiuse (il dettaglio che piú mi colpisce).

– Allora siete aperti, – dice.

– Non è esattamente un negozio, ma diciamo di sí.

– Stavo per andarmene.

– Cercava qualcuno?

– Sí, lei, avvocato. Sono Memoli, del terzo piano, non si ricorda?

– Veramente no. Stando al piano terra non mi capita spesso di salire le scale, – rispondo, spiegandomi il suo abbigliamento cosí sfacciatamente domestico.

– Ah, ah, ah, giusto.

– Ha preso appuntamento con la segretaria, per caso?

– No. Ho pensato di venire direttamente, visto che abito proprio qui.

– Ah, che bella idea. Solo che aspetto una cliente, – rispondo, e quasi mi commuovo pensando che erano anni che questa frase non mi usciva di bocca corrispondendo quasi al vero.

– Neanche dieci minuti?

– Dieci dieci?

– Dieci dieci.

– Si accomodi.

– Grazie.

Faccio strada lungo il Diciamo Loft conducendo l'inatteso condomino alla mia postazione e ignorando i suoi apprezzamenti oculari sulla divisione degli ambienti e la dittatura dell'arredo Ikea (come se poi uno che si presenta in uno studio legale con le pantofole ai piedi, e per giunta a quadretti, potesse prendersi certe licenze), quindi riguadagno la Jonas e lo invito ad accomodarsi.

– Allora, di che si tratta? – comincio.

– Vengo subito al punto, avvocato. Per caso in questi giorni ha dato un'occhiata alla bacheca?

– No. Non lo faccio mai, per la verità.

– Allora appena si trova a passare vada a vedere. C'è un foglio A4 in bella mostra con sopra scritto: «Il signor Memoli Renato non paga il condominio da cinque mesi», con tanto di timbro e firma dell'amministratore pro tempore. Che poi sarebbe quel buzzurro di De Crescenzo, il geometra che abita proprio sopra di me.

– Scusi, – dico spingendomi in avanti con il busto, – ho capito bene? Lei non paga le rate condominiali da cinque mesi?

– Mi scusi lei, avvocato, – ribatte lui indurendosi, – le sembra piú grave un ritardato pagamento o il fatto che una persona venga offesa pubblicamente? Se un condomino è in mora gli si fa causa, non lo si sbatte in prima pagina, fosse pure quella di una bacheca.

– Questo è vero, – mi trovo costretto a rispondere, spostando addirittura la schiena all'indietro e accarezzandomi la barba per riconoscergli simbolicamente il punto.

– Ah, ecco, – fa lui risollevato.

– Il che non toglie che lei sia nel torto.

– Esporre qualcuno al pubblico ludibrio è un torto che supera di gran lunga quello del mancato pagamento di qualche rata di condominio.

Hai la risposta cazzuta, per essere un moroso in pantofole, vorrei dirgli.

– Ho capito, – delibero dopo breve riflessione, venendo alle conclusioni diciamo giuridiche. – Quindi vuole che interceda con l'amministratore perché tolga il foglio dalla bacheca. D'accordo, lo farò. Paghi le mensilità arretrate e chiudiamo la faccenda.

– No, non ha capito, invece. Non voglio affatto che la cosa si risolva bonariamente. Voglio querelare De Crescenzo e chiedergli il risarcimento per il danno che ha causato alla mia reputazione, e anche alla mia immagine.

Chiudo gli occhi e li riapro.

– Cosa?

– Ha sentito benissimo, avvocato.

– Querelare l'amministratore?

– Sí. Per diffamazione. Non mi va che questo affronto passi impunito.

– Bah, – dico, rilassandomi e lasciando trasparire il mio totale disinteresse per la faccenda. – Non credo di essere l'avvocato piú indicato per assisterla in questa rivalsa.

– E perché?

– Beh, perché sono anch'io un condomino di questo stabile, e affiancarla in un'azione contro l'amministratore creerebbe un diciamo conflitto d'interesse.

– Cos'è, ha paura di De Crescenzo?

– Non dica stronzate, Memoli. Sono già stato abbastanza paziente.

– Lei fa solo il suo lavoro, avvocato. Non c'è mica niente di personale nell'accettare un incarico. Proprio non la capisco, questa sua resistenza.

Guardo il fermacarte con murrine in vetro di Murano sulla Jonas e penso che l'unica ragione per cui non glielo tiro in faccia è che me l'ha regalato Alagia.

– Oh, meraviglia. Sa cosa le dico? Accetto l'incarico. Preparo la querela oggi stesso. Passi domani a firmare, e intanto mi lasci mille euro di acconto.

– E no. Troppo facile, cosí.

– *Prego?*

– Dopo l'ingiuria perpetrata che sto ancora subendo devo anche sopportare il costo di un'azione legale? Non se ne parla neanche.

Sento le labbra piegarsi in uno di quei sorrisi isterici che potrebbero preludere a un raptus omicida.

– È il condominio che deve farsi carico della spesa. Nessuno può chiamarsi fuori da questo affronto, – spiega L'Indebitato Di Principio.

– Ma dice sul serio?

– Certo che sí.

– Quindi lei vuole che io faccia la querela, *gratis*, e metta la parcella sul conto del condominio? – riassumo, scandalizzato dalle mie stesse parole.

– Esattamente.

Sono cosí stravolto dall'assurdità della pretesa che assecondo un perverso bisogno di completezza.

– E cosa le fa pensare che il condominio accetti di farsi carico della spesa?

– È proprio questa la questione giuridica da sollevare. Quando l'appartenente a una comunità viene offeso, tutta la comunità deve farsi carico di riparare l'offesa subita. È un problema di etica della solidarietà. Quello che è successo a me potrebbe succedere a qualunque altro condomino.

Scuoto la testa come avessi un deficit dell'equilibrio. Neanche quando mi facevo le canne mi sentivo cosí scollato dalla realtà.

Proprio in quel momento la porta si apre e rientrano Espe e Gloria, entusiasti e gaudenti, che sghignazzano accavallandosi come sulla coda di una barzelletta che non ha ancora esaurito l'effetto comico. La loro entrata in scena congela la tensione in corso e la sospende nell'aria, come una massa invisibile ma densa che grava drammaticamente sull'open space spegnendo di colpo le risate della diciamo coppia.

– Tutto bene, Vince'? – domanda Espe raggiungendo la mia postazione dopo aver lanciato un'occhiata alle pantofole del condomino.

Gloria lo segue a ruota. Si facesse mai gli affari suoi, quella. Visto che c'è, ne approfitto, per una volta.

– Benissimo. Il signore se ne stava andando. Gloria, ti dispiace?

– Mi dispiace cosa? – fa lei.

– Secondo te? – domando, sconcertato.

– Non vi disturbate, faccio da me, – dice il militante dell'Etica della Responsabilità alzandosi, stizzito. – Del resto, non è che in questo studio corro il rischio di perdermi.

Espe mi guarda come a dire: «Posso?», ma solo per bon ton, perché senza aspettare un cenno di risposta gli taglia la strada e lo guarda in faccia da vicinissimo, in stile coatto anni Settanta.

– Cosa sarebbe, una battuta?

Quello si rannicchia nelle spalle e perde ogni velleità di baldanza.

– Sono Memoli, del terzo piano, – balbetta cercando di autoraccomandarsi, nemmeno l'appartenenza al condominio potesse garantirgli un occhio di riguardo.

– E chi se ne frega, – fa Espe, ancora piú insolentito.

– Aspetti un momento, – interviene Gloria. – Memoli del terzo piano, ha detto?

Espe si volta verso di lei con aria interrogativa.

Memoli impallidisce ma non apre bocca.

– È quello che non paga il condominio da cinque mesi! – esplode Gloria, addirittura indicandolo.

E per forza che lo sa. Passa tre quarti della giornata nell'androne, figurarsi se le sfuggiva il proclama in bacheca.

– Ah, – fa Espe rimettendogli gli occhi in faccia.

– Forse è il caso che tolga il disturbo, – dice Memoli atteggiandosi a Persona Distinta Che Non Vuol Trascendere.

E si avvia alla porta mentre Espe lo segue a passi lenti.

– Ma che voleva, sto qui? – domanda Espe alla fine.

– Se te lo dico non ci credi.

Gloria lo raggiunge e gli posa una mano sulla spalla («Ahi, ahi», penso).

– Cioè? – mi chiede di nuovo Espe.

– Vuoi vedere che indovino? – dice la drogata di telefonino che infatti sta già puntando il Samsung in varie direzioni del soffitto alla ricerca del segnale che non trova (il che significa che tra cinque minuti al massimo uscirà di qui per andare a piazzarsi nell'androne e rientrare poco prima che lo studio chiuda). – Voleva fare causa al condominio.

– Ma come hai fatto? – chiedo, stupefatto.

Espe annuisce due volte, compiaciuto del suo acume.

– Ma l'hai visto come stava vestito? – fa Gloria quasi la imbarazzasse spiegarmi una cosa che le pare ovvia. – Uno che non paga il condominio qualcosa si deve inventare per tirare avanti. Figurati se non provava ad approfittare di quella sputtanata pubblica nella bacheca. Anche perché, se non paga il condominio, figurati se paga il fitto o le bollette. Dà fastidio per guadagnare tempo, è chiaro. Quello là, te lo dico io, se non vieni con la polizia non lo sfratti nemmeno dopo che gli tagliano l'acqua.

– Ehi, – dico ammirato, – quasi quasi ti assumo.

– Ah, ah, che simpatico, – fa lei. – Ma tu piuttosto, avvoca', vedi uno combinato in quel modo, con le pantofole da pensionato ai piedi, e lo fai pure entrare? Che ti credevi, che era arrivato un cliente?

Espe e Gloria smettono di colpo di sghignazzare perché il campanello suona di nuovo.

– Mò gli arriva una capata in faccia, – dice Espe lanciandosi verso la porta.

– Bravo scemo, – lo blocca Gloria prima che arrivi alla maniglia. – Magari è proprio quello che vuole, cosí poi denuncia anche te.

– Hai ragione, – fa lui, e va in stallo.

Benvenuto fra gli alunni di Gloria, penso.

– Apro io, – dice la nostra coach. – Tanto, se è lui, lo faccio scappare sotto i muri come le zoccole.

– Raffinata metafora, duchessa, – commento.

Lei mi mostra il medio e apre.

La figura che appare sulla porta sprigiona una luce che potrebbe ricordare le apparizioni delle Madonne, se le curve che disegnano il profilo del suo corpo, fasciato in un bellissimo vestito blu di chiffon con volant al bordo inferiore, non stimolassero pensieri tutt'altro che religiosi.

Gloria arretra.

Le labbra di Espe si schiudono.

Io, finalmente, gongolo.

– Buonasera, – dice Veronica Starace Tarallo.

Cosa stavi dicendo un minuto fa, vorrei dire a Gloria che se ne sta lí ammutolita a spennellare con gli occhi l'esemplare che ha di fronte, «Che ti credevi, *avvoca'*, che era arrivato un cliente»? Bene, guarda lí, adesso. Guardali, i miei clienti. Ammirane la superiorità estetica, l'allure. Guarda e impara, invece di contemplare il mondo nello schermo del Galaxy.

– Chiedo scusa, – dice Veronica rompendo l'ossequioso silenzio, – ho un appuntamento con l'avvocato Malinconico. Sono Veronica Starace Tarallo.

Che poi è come avesse detto: «Ho salutato e nessuno mi ha risposto; ve ne state lí a fissarmi come dei deficienti senza neanche chiedere perché ho suonato a questa porta: adesso mi presento e vi spiego pure la ragione della mia visita, cosí almeno mi fate entrare prima che facciamo notte».

– Oh, ma sappiamo benissimo chi è! – esclama Espe, entusiasta. – Si accomodi, – corre a riceverla saltellando alla Alberto Sordi, – l'avvocato la riceverà subito.

Poco ci manca che s'inchini, quando la raggiunge sulla porta facendo le veci di Gloria, che assiste disarmata a quella scena.

– Grazie, – fa Veronica come trovasse eccessiva tanta deferenza; e finalmente varca la soglia.

– Beh, non le prendi il soprabito? – dice Gloria a Espe.

Lui la guarda rimbambito. Veronica nasconde una risatina dietro la punta delle dita.

– Ci tieni tanto a fare la segretaria, – spiega Gloria a quel cretino, – almeno completa il servizio.

Espe impallidisce, realizzando solo allora di avere agito con l'automatismo del provolone che appena gli si presenta l'occasione di strisciare ai piedi di una bella donna, la coglie di default; e Gloria, per tutta risposta, lo scalza dal ruolo penosamente usurpato e se lo riprende, rivolgendosi a Veronica con un bel sorriso cordiale.

– Dia a me, signora, – intende il soprabito. – E lo scusi, a una certa età credono davvero alla favoletta che invecchiando migliorano.

Espe diventa rosso pompeiano e resta lí come uno scemo, sputtanato e colpevole, praticamente paralizzato. A quale esame di riparazione lo sottoporrà Gloria per fargli recuperare questa figurina miserabile, non voglio neanche immaginarlo. Dalla mia postazione assisto alla sorprendente, direi quasi professionale iniziativa di Gloria (temevo avrebbe, tipo, sputato in faccia a Espe per poi uscire indignata senza neanche salutare la mia cliente), e penso che l'ho proprio sottovalutata, questa ragazza.

Veronica ride alla battuta e guarda Gloria con immediata simpatia. Si toglie il soprabito e glielo consegna.

– Grazie, tesoro. Come ti chiami?

– Gloria.

Le tende la mano.

– Veronica. Ti ho dato del tu, fa lo stesso.

Gloria sorride e le stringe la mano. Praticamente sono già amiche. Mi sa che le donne in complicità istantanea ci superano alla grande.

– L'avvocato è laggiú, dietro quel paravento, – le spiega Gloria appendendo il soprabito sull'appendiabiti Tjusig. – Vuoi che ti porti un caffè o qualcos'altro?

– No grazie, sei molto gentile.

E detto questo viene da me superando Espe che se ne sta lí come una consolle dell'Ottocento in attesa di restauro.

Le vado incontro a diciamo mezza strada.
– Buonasera, signora, si accomodi.
– Buonasera, avvocato, – risponde emanando quel suo delizioso odore di fresco appena profumato che non ho annusato come meritava durante il pranzo al *Salvagoccia*, intronato com'ero dalla fame. Credevo si sarebbe guardata intorno disdegnando l'ambiente un po' understatement, invece pare che il Diciamo Loft addirittura le piaccia.
Ci accomodiamo nel mio space e io compio uno sforzo mica da niente per non guardarle le cosce mentre le accavalla sedendosi sulla Volfgang con imbottitura in poliuretano espanso.
– Simpatico, questo studio, – commenta.
– Simpatico, dice?
Cazzo di apprezzamento è, mi dico.
– Sí. È informale, leggero. Non sembra neanche uno studio legale. Guardi che è un complimento.
– Me la ricordo, la sua teoria della drammaticità dello studio legale canonico.
– Infatti. Qui non tira aria di sciagure imminenti. Non c'è preavviso di disgrazia. È tutto cosí disimpegnato, cosí precario.
– La pianti di sfottere o tiro fuori la mia collezione privata di penne Bic.
– Ah, ah, ah! Guardi che non la sto sfottendo, anzi m'intriga la scelta di arredare uno studio legale tutto Ikea. Non so lei, ma trovo stupidi quelli che comprano una Billy, uno specchio da parete Krabb (quello tutto curve, ha presente) o uno scaffale Expedit e cercano di confonderli fra gli altri mobili manco se ne vergognassero.
– Ehi, lo sa che è vero? Ora che mi ci fa pensare, mi è capitato d'incontrare all'Ikea gente che ha fatto finta di non conoscermi. Molti hanno il senso di colpa - Ikea.
– Mi ci accompagnerebbe, una volta?
– Cosa?
– All'Ikea. Mi accompagnerebbe? Vorrei prendere un

divano letto. È evidente che ha una notevole conoscenza del catalogo, potrebbe consigliarmi.

Alzo gli occhi al cielo, poi glieli punto addosso con la severità di un docente che si trovi per l'ennesima volta a richiamare un'alunna indisciplinata.

– Stia a sentire, signora, avevo intenzione di sorvolare sul messaggino di ieri notte (il secondo che mi manda in due giorni piú o meno alla stessa ora), ma visto che insiste è bene che ci chiariamo una volta per tutte.

– Era con una donna.

– Ooh, santiddio. Ricomincia?

– Può anche evitare di rispondermi, tanto lo so che era con una donna.

– Ah, pure? – ribatto, inorridito dalla sua impudenza. – Ma vuole proprio che la sbatta fuori?

– Non lo farebbe mai.

– E cosa glielo fa pensare?

– Il fatto che è un gentiluomo, per esempio. Se non lo fosse, a quest'ora avrebbe già approfittato dell'interesse che ho mostrato per lei. Ma non l'ha fatto, il che aumenta la mia ammirazione. Cosa che secondo me ha capito benissimo. Quello che non ho capito io, invece, è se mi respinge sinceramente o ci marcia. Comunque, se mi mandasse via se ne pentirebbe, dato che non le perdonerei l'umiliazione neanche morta. E alla sua età non le ricapita facilmente una donna come me, scusi l'immodestia.

Piombo in un silenzio ebete per una buona decina di secondi (un tempo infinito, in circostanza di sputtanamento), annichilito come sono dalla puntualità dell'analisi. Non so se sentirmi lusingato, violato o intimorito. Quel che è certo è che una donna cosí diretta e allergica ai fronzoli non l'avevo mai conosciuta. Continuo a tacere riflettendo sul da dirsi finché opto per la risposta piú ipocrita possibile per tenere un piede dentro e l'altro fuori (posizione scomodissima, che tuttavia nella vita ho assunto spesso, anche quando non avrei voluto).

– Direi che faremmo bene ad archiviare il conflitto d'interesse, se vogliamo occuparci in modo corretto del suo problema. Fingerò di non aver sentito questo, diciamo, spoiler.

– Ovvio, altrimenti dovrebbe prendere una posizione. Sta solo soprassedendo, ma per ora il rinvio ci può anche stare.

– Non tiri troppo la corda.

– Mi accompagni all'Ikea.

– Adesso basta.

– Okay.

Lascio passare qualche secondo per assicurarmi che non riparta all'attacco. Quando mi sembra che sia scattata la tregua, riprendo.

– Parliamo della riunione di lunedí prossimo.

– Tanto per cominciare, la riunione è saltata.

– Cosa?

– Mio marito l'ha annullata. Non si tiene piú. Almeno non lunedí prossimo.

Mi alzo di scatto come se la seduta della Skruvsta fosse diventata rovente, e m'infiammo in crescendo.

– Ma roba da matti! Con chi crede di avere a che fare, suo marito? Pensa che la gente sia a sua disposizione? E quando pensava di dirmelo? Avrei potuto organizzare i miei impegni per essere libero lunedí, crede che non abbia niente da fare?

La vedo un po' confusa, quando termino il mio cazziatone in contumacia del responsabile.

– Scusi, eh, – commenta tirandosi all'indietro i suoi bellissimi capelli rossi (quando una donna si tira indietro i capelli vuole un surplus di ascolto, secondo me), – ma per caso mio marito, o uno dei suoi portaborse, l'ha chiamata per fissare la riunione?

– No, – rispondo con la stessa, stupida prontezza con cui ho perso le staffe.

– E allora perché se la prende tanto?

Infatti, perché? penso.

– Si figuri se voglio difendere quello stronzo, – riprende Veronica, – ma sono stata io a dirle della riunione, se ben ricorda; tant'è che al telefono lei mi ha fatto notare che avrebbe dovuto essere informato da mio marito e non da me.

Cazzo, è vero. Non ci avevo pensato. Che figura di merda. Ma ormai mi sono appellato troppo platealmente alla questione di principio per uscirne senza ammettere di essere un cretino che non pensa prima di parlare, per cui proseguo nell'invettiva rinunciando a ogni pudore. È questo il guaio delle questioni di principio: devi tenertele anche se te le smontano o capisci che non contano niente. È proprio insito nella loro natura. Sono capestre, le questioni di principio. Ecco perché i saggi le evitano.

– Ha ragione, – riprendo la scenetta dell'indignato, – allora sa cosa le dico? Che nel caso in cui dovessi ricevere un invito formale da suo marito o da uno dei suoi galoppini, dirò che non sono disponibile a nessuna riunione, perché per quanto mi riguarda non ci sono accordi da discutere. Andiamo direttamente alla giudiziale e vediamo come va a finire, tanto s'è bell'e capito che ci verrà proposta una buonuscita da fame. Non diamogli la soddisfazione di bloccare l'offerta. Vadano a farsi fottere, lui, il suo codazzo di leccaculi e quella specie di Hello Kitty che si porta dietro.

Veronica aggrotta le sopracciglia e sorride, come se richiamare alla mente il personaggio di Hello Kitty le avesse risvegliato una sensazione precisa.

– Hello Kitty? Oh mio Dio, è vero! Si veste proprio da Hello Kitty, ah, ah, ah!

– Ha capito di chi sto parlando?

– E certo, come no, Angela, la nuova praticante di mio marito. Non ho mai visto una ragazza piú sottomessa e servizievole. Il tipo che annuisce prima ancora che il capo apra bocca, non so se ha presente.

– Ho presente sí, l'ho vista all'opera.

– Davvero?
– Ho incrociato suo marito con tutta la banda dei sottoposti sulle scale dell'ufficio notificazioni e protesti, qualche giorno fa. Si veste di merda, lasci che glielo dica.
– E perché non me l'ha detto?
– Che si veste di merda?
– No, che l'aveva incontrato.
– Non è che ci fosse molto da dire, a parte che se la tirava come un divo del piccolo schermo inseguito dai paparazzi la notte dei Telegatti.
Si porta la mano alla fronte, scuote la testa e ridacchia emettendo una specie di nitrito.
– Questa devo ricordarmi di dirgliela la prossima volta che litighiamo, è perfetta.
– Però una cosa è successa, a dire la verità.
– Cioè?
– Quando mi ha visto ha sbandato, manco si fosse trovato davanti qualcuno a cui doveva dei soldi o che so io. Hello Kitty deve avergli detto all'orecchio chi ero; al che lui ha fatto dietro-front e s'è portato appresso la fila di cagnolini.
– Davvero? Non mi aspettavo un gesto cosí plateale. Benebenebene.
– Prego?
– Prego cosa?
– Come mai è cosí soddisfatta?
– Perché mio marito è piú prevedibile di quanto immaginassi. Quando gli ho detto che avevo scelto lei come avvocato gli è caduta la mascella, glielo giuro. Si figuri che mi ha risposto: «Dimmi che non è vero».
– Questa non l'ho capita, – dico; e mi risiedo, come se la reazione che mi è stata appena illustrata meritasse una riflessione scrupolosa.
– Ugo è un parvenu. Ma parvenu vero, eh. Di quelli che si fa fatica a pensare che ancora esistano. È nato in un paesino, fra gli asini e le mucche, e fin da bambino ha

avuto il mito della buona società. Ha sgobbato tanto per affrancarsi dalle sue umili origini, anche se dice di esserne fiero, come tutti quelli che se ne vergognano.

– Un classico. Ma non vedo cosa c'entri con la storia del dietro-front.

– Eccome se c'entra. Mio marito, come le dicevo, è l'equivalente dei meridionali che si trasferiscono al nord e dopo un paio d'anni dicono che i meridionali non si lavano.

– Credo abbia espresso abbastanza il concetto. Ma continuo a non vedere il nesso con la sua ritirata quando mi ha visto sulle scale.

– Il nesso è che Ugo disprezza gli avvocati che non appartengono al giro che conta. L'idea d'affrontare una causa che lo coinvolge personalmente con un collega che non considera alla sua altezza lo disgusta. Parlo di altezza sociale, non professionale. Se come avvocato sei un perfetto incapace ma hai un cognome noto, ti tratta subito da pari.

– Sta dicendo che ha invertito il senso di marcia perché era disgustato dalla mia vista?

– Disgustato no: s'è trovato davanti il coprotagonista del film in cui dovrà comparire anche lui, e non ha retto il trailer. Avrebbe potuto fingere di non vederla, ma non è riuscito a fare neanche quello. Un segno di debolezza, chiaro. Sono soddisfatta da un lato, e sconcertata dalla sua stupidità dall'altro.

– Vediamo di ricapitolare. Lei è soddisfatta di avermi scelto perché in quanto avvocato di basso livello suo marito mi disprezza al punto da non sopportare neanche la mia vista. Il riassuntino dovrebbe gratificarmi?

– Nonnò, ha sbagliato lettura. Io ho scelto lei perché mi è stato consigliato, non perché mio marito la considera un avvocato di basso livello. La soddisfazione, semmai, mi viene dal pensare che Ugo si senta male all'idea che un avvocato di basso livello, come lui la considera, accompagni sua moglie all'udienza di separazione, facendolo sfigurare davanti al giudice. Perché lui, da buon parvenu, mi vorrebbe con un matrimonialista affermato accanto, a quell'udienza.

– Mi dica chi le ha consigliato di venire da me.

– No.

– Ma perché no?

– Perché lei fa il prezioso, e io le rendo la pariglia.

– Allora quando pensa di dirmelo?

– Quando meno se l'aspetta.

– E se accettassi di accompagnarla all'Ikea?

– Ragione in piú per tenere la bocca chiusa.

– E perché?

– Perché vorrebbe dire che mi accompagna per sapere quello che le interessa, e non per il piacere di accompagnarmi.

Appoggio le mani sulla Jonas, intreccio le dita e batto ripetutamente le punte dei pollici una contro l'altra.

– Non l'è piaciuta la risposta? – dice la sfacciatissima Veronica.

– No, stavo ripensando all'episodio delle scale e alla spiegazione che mi ha dato poco fa.

– Cos'è che non le torna?

– Il fatto che, comunque la si metta, in questa specie di commedia mi tocca la parte dell'avvocaticchio che la moglie del celebre Ugo Starace Tarallo ha nominato per disonorare il marito nella causa di separazione.

– Dal punto di vista di Ugo.

– Perché lei invece mi stima, avendomi visto in streaming ed essendole stato anche consigliato da mister X. Senza contare che le piaccio perché non rispondo ai suoi messaggini notturni.

– Cos'è, non mi crede?

– Mi permetta di nutrire qualche leggerissimo dubbio.

– Quindi sarei in malafede. L'avrei nominata perché anch'io la riterrei un avvocato scadente, e l'avrei fatto solo per indispettire mio marito.

– È una possibilità.

– E cosa ci guadagnerei a incattivire Ugo, visto che ha già il coltello dalla parte del manico?

– Non so. Magari, nella convinzione di perdere, si porterebbe a casa la soddisfazione di rovinargli la vittoria.

– Addirittura.

– Non dico che sia cosí. Ma è un'ipotesi.

China la testa. Per la prima volta da quando la conosco la vedo fragile e delusa. Va be', non la conosco da tanto, ma non è che serve un passato comune per riconoscere una persona addolorata quando te la trovi davanti.

– Se la pensa in questo modo è ancora in tempo per rifiutare l'incarico, – dice senza guardarmi, e si alza.

Bravo Vincenzo, mi dico, complimenti davvero. Si sentiva proprio il bisogno, di questa bella esternazione. Ma lo vedi che combini solo guai, quando dici quello che pensi? Mi prenderei a pugni in faccia da solo. Perché sono i momenti come questi che mi fanno sentire biologicamente sbagliato. Vorrei tanto che qualcuno mi spiegasse perché tutte le volte che provo a essere sincero finisco per fare la parte dello stronzo, e quando gli altri sono sinceri con me devo anche ringraziarli. Ma la sincerità va a simpatia e antipatia? Sta scritto sulle tavole divine che devo trovarmi sempre nel torto? Almeno rimanessi coerente. Almeno avessi la spina dorsale di difendere le cose che dico. Invece no, adesso darei un capitale per portare indietro le lancette di trenta secondi e tenere la bocca chiusa.

– Aspetta, – dico mentre Veronica mi volta le spalle e fa per dirigersi alla porta.

Si ferma, senza girarsi. Un fottutissimo classico.

Scanso la Jonas e vado da lei, avanzando in stile Richard Gere che raggiunge Julia Roberts davanti all'ascensore in *Pretty Woman*. Prego solo che Veronica non dica: «Mi hai ferita. Non farlo piú».

– Scusami. Era, cioè, solo un'ipotesi. Davvero, – striscio.

– Un'ipotesi stronza, – fa lei, ancora mortificata.

Sospiro.
– Lo so. Certe volte sono un vero idiota.
Finalmente mi guarda.
– Non so se ti sei accorto di avermi dato del tu.
Socchiudo gli occhi per poi riaprirli al rallentatore.
– Non si può chiedere scusa usando il lei.
– Me lo ricorderò, la prossima volta che mi capiterà di dire: «Mi scusi».
Segue pausa assolutamente ridicola.
– Hai rovinato l'intensità dell'attimo, – dico.
– Hai sbagliato la battuta, – dice.
Ridiamo. Poi ci guardiamo negli occhi.
– A questo punto dovresti baciarmi, – fa.
È vero, la scena lo prevede. Anzi, lo impone. E non potrei tirarmi indietro, se proprio allora, al centro esatto del Diciamo Loft, non comparisse – lo giuro – Benny Lacalamita.
Lí per lí penso, ma sul serio, di avere un'allucinazione. È solo quando guardo Veronica e capisco che anche lei lo vede, che realizzo la sua presenza. Ma rimango cosí di sasso che non riesco neanche a chiedergli come abbia fatto a entrare.
– Scusatemi, sono mortificato. Non credevo di disturbare, la porta era aperta, – dice.
Veronica si allontana da me e va a recuperare la borsa dalla Volfgang.
– Ah beh, certo, – commento, stizzito dalla sciatteria della gestione del mio ufficio. – Come hai potuto notare, in questo studio vige il libero accesso, dato che la segretaria svolge il servizio nell'androne.
– Quindi è la tua segretaria quella che mi ha indicato la porta dell'ufficio?
– Stava smanettando col telefonino, per caso?
– Sí.
– Allora è lei.
Con la coda dell'occhio vedo Veronica che ridacchia.

– Ma non c'è nemmeno quel cretino di Espedito? – domando retoricamente, guardandomi in giro.

– Sarebbe il tuo coinquilino? – chiede Benny.

– E già.

– C'è un tipo, sempre giú, che sta chiedendo scusa alla segretaria. Tra un po' s'inginocchia.

– È lui, – dico.

Si avvicina Veronica, la borsa sulla spalla, per una sosta rituale prima di andarsene. Al che sono costretto a fare le presentazioni, benché mi senta in imbarazzo, data la quasi flagranza in cui siamo stati sorpresi.

– Benny, ti presento...

– Veronica Starace Tarallo, – mi anticipa lei tendendogli la mano.

Benny arretra di due passi e s'inchina mostrandole la chierica, quindi le fa un baciamano a sfioro da gentiluomo dell'Ottocento.

– Avvocato Beniamino Lacalamita. Incantato.

– Qualche parentela con l'avvocato Gennaro Lacalamita?

– Mio padre, signora. Onorato che lo conosca.

– Chi non ne ha sentito parlare?

– Non vedo l'ora di dirgli che una donna stupenda ha fatto il suo nome.

– Cristo, Benny. Falla finita, – commento, disgustato.

– Perché? – lo difende d'ufficio Veronica. – È un uomo galante. Dovresti imparare da lui, Malinconico.

– Sentito? – dice il cretino prendendola alla lettera.

– E secondo te perché è qui? – ribatto prontamente. – Dà lezioni di galanteria a domicilio.

– Ah, ah, che ridere, – fa Benny.

– È stato un piacere, – dice Veronica congedandosi dal mio diciamo collega e chiedendo implicitamente a me di accompagnarla. Incredibile come le donne riescano a comunicare su piú livelli e con piú interlocutori con una sola emissione sonora. Altro che chat.

– Neanche la metà del mio, signora, – fa l'imbecille reinchinandosi.

– Tu resta qui, – gli intimo. E scorto Veronica all'uscita.

Le prendo il soprabito dal Tjusig.

– Vuoi che ti chiami un taxi?

– No grazie, cammino volentieri.

Se lo infila, offrendomi la visione ravvicinata delle sue bellissime gemelle.

– Cosa facciamo se Ugo ti chiama per fissare la riunione? Vuoi davvero dire di no?

– Forse è il caso che ci vada, ma da solo. Non vedo perché dovresti partecipare a una trattativa cosí umiliante. Intanto, fammi il favore di non parlare mai piú con lui della separazione. Qualunque cosa voglia dirti, rispondigli che deve rivolgersi a me.

– Com'è che sei diventato cosí carino?

– Eh.

– Vai molto a senso di colpa, lo sai?

– Dei sensi di cui dispongo, è quello che mi funziona meglio.

Sorride divertita, esce sul pianerottolo, si volta.

– Vincenzo.

– Cosa.

– La prossima volta chiudi la porta.

– Non sono affari tuoi, – dico a Benny anticipando la sua domanda quando rientro nel mio space dopo aver accompagnato Veronica alla porta. Nel frattempo mi ha occupato la Jonas, accomodandosi sulla Skruvsta in maniera piuttosto svaccata.

– Non te l'ho chiesto, – ribatte. Ma stava già con il dito a mezz'aria, invece.

Mi metto a sedere sulla Volfgang e ce ne stiamo un po' cosí.

– Bella però, eh? – mi scappa, a un certo punto.

– Uno schianto, – conferma Benny, e mette i piedi sulla Jonas. – Da vicino è ancora piú bona che da lontano.

– Ma ti prego, fai come se fossi a casa tua, – dico, fissando la suola delle scarpe.

– Stavi per baciare Veronica Starace Tarallo, – glissa, – non so se ti rendi conto.

– Forse l'avrei addirittura fatto, se tu non fossi comparso dal nulla, peraltro neanche invitato.

– La porta era aperta. Prenditela con la segretaria.

– Non posso, non è una mia dipendente.

– Quindi lavora per il tuo coinquilino?

– Neanche.

– E allora cosa fa qui, un master?

– È l'amante di un suo amico, crede che lui le abbia trovato un lavoro e invece l'ha parcheggiata da noi per levarsela dai coglioni. Infatti è a suo carico. Ma lei non lo sa.

– Beh, è un genio.

– Vuoi togliere i piedi dalla mia scrivania?
– La chiami scrivania, questa?
– Sai una cosa? Non ho ancora capito il motivo della tua diciamo visita.
– Ti sembra il modo di rivolgerti a un collega che viene a farti una sorpresa?
– Oh, hai ragione. Sei stato tanto opportuno. Un'improvvisata cosí gradita. E poi quel baciamano. Un figurone, mi hai fatto fare.
– Non so se hai notato che l'ho solo sfiorata.
– Ci mancava pure che le sbavassi sull'epidermide.
– Ti rendi conto che stavi per baciare Veronica Starace Tarallo?
– L'hai già detto, Benny. Da quanto tempo non fai due analisi?
– Devo assolutamente scoprire come fa una mezza tacca come te a piacere tanto alle donne. Sappi che la ragione per cui ti frequento è questa.
– Okay, basta. Fuori di qui.
– Era il primo bacio, vero?
– Si vedeva cosí chiaramente?
– Come un goal del Barcellona in HD.
– E dire che fino a oggi avevo resistito.
Su questa toglie addirittura i piedi dalla Jonas.
– Pure? Cristo santo, Malinconico, ma cos'hai che io non ho?
Lo squadro a figura diciamo intera, e gli risparmio la risposta.
– Ti ricordi la sera che piantonavamo la Smart di Pestalocchi, quando mi hai chiesto come mai la moglie di un avvocato ricco e famoso avesse scelto un avvocato né ricco né famoso per la sua separazione?
– Come no. E poi ti ho anche detto di fottertene. Comunque ricordami di aggiornarti, riguardo a Pestalocchi. Ero venuto apposta.
– Dopo. La risposta alla tua domanda è che Ugo Starace

Tarallo non sopporta che sua moglie si presenti all'udienza con un avvocato né ricco né famoso.

Riflette.

– Perché farebbe sfigurare lei, e quindi lui di riflesso.

– Esatto.

– Il che peraltro è anche vero.

– Ti prenda un colpo, Benny.

Si gratta le palle e continua a ragionare.

– Ovvio. Finché sua moglie è riconducibile a lui. Gesú, credevo che questa specie di cafoni arricchiti si fosse estinta.

– Aggiornassero almeno i pregiudizi.

– Furba, però, Veronica. Lo colpisce dove gli fa piú male.

– Bravo. Sei arrivato al punto.

– L'ho capito, che ti senti usato. Ecco perché non l'hai ancora scopata.

– Può darsi.

– Come siamo diversi, Vince'. Io me la scoperei *proprio per questo*.

– È per questo che le donne come Veronica non te la danno, Benny.

Va in stallo.

– Porca puttana, hai ragione.

Lo lascio a macerarsi nell'autocritica per qualche secondo, poi riprendo l'argomento.

– Ora la domanda è: pensi che Veronica avrebbe messo in piedi tutta questa manfrina solo per indispettire il marito se non pensasse che in una giudiziale sarebbe sconfitta in partenza?

– Ovviamente no. Infatti appena mi hai riferito il retroscena ho escluso subito la possibilità di una consensuale. Ma cosa gli ha fatto per sentirsi cosí in svantaggio?

– Quello stronzo ha messo insieme un dossier di e-mail e messaggini tra Veronica e un tipo.

– Cioè aveva un amante?

– Virtuale. Dice lei.

– «Dice lei»: è la verità o no, Vince'?

– Ti ho appena detto che lei sostiene che era solo una relazione virtuale. Ma poi a te che cazzo te ne frega?

– Me ne frega perché questo cambia tutto.

– In che senso?

Toglie i piedi dalla Jonas.

– Vince', tu non sai proprio niente. Primo: fotocopie, posta elettronica non certificata, stampate di chat e messaggi sono riproduzioni meccaniche. Valgono come prova solo se non le contesta la controparte. Inutile che ti spiego cosa significa, perché da come mi guardi è chiaro che non sai di cosa sto parlando.

– Lo so, invece. Vaffanculo.

– Sesè, come no. Secondo: e-mail, messaggini eccetera sono corrispondenza privata, e rubare la posta di una moglie è violazione della privacy (anche se ci sono state sentenze che hanno ammesso delle prove procurate in violazione di legge, ma, come puoi capire addirittura tu, è una questione aperta).

– Una di quelle sentenze l'ho letta.

– Eh certo, è pieno di massimari di giurisprudenza, qui, – dice lanciando un'occhiata alla mia Billy semivuota.

– Di questi tempi si fa tutto in rete. Aggiornati.

– Ma fammi ridere. Terzo, e qui veniamo al punto fondamentale: se è vero che l'amante di Veronica era solo virtuale, se cioè il tradimento è avvenuto tramite chat, sms, WhatsApp, e-mail eccetera, ma loro non hanno mai scopato (e non hai idea di quanta gente abbia rapporti del genere), col cazzo che Ugo Starace Tarallo va in udienza e addebita la separazione alla moglie in automatico.

– Ah no?

Punta il gomito sulla Jonas e depone la fronte sul palmo della mano, nella pantomima della rassegnata disperazione di Fabio Fazio dopo una battuta spinta della Littizzetto.

– La Cassazione, – dice abbassando la voce, avvilito dalla mia incompetenza (come dargli torto?), – per adesso è piú orientata sull'esclusione che sull'ammissione dell'addebito. Nel senso che il tradimento, perché si possa accollare la colpa a uno dei due, dev'essere concreto.

– Diciamo sessualmente rilevante, – azzardo.

Ci pensa un attimo.

– No. Perché un atto può essere sessualmente rilevante senza comportare un rapporto fisico. Se ti masturbi in chat davanti a una che si spoglia dall'altro capo del computer compi un atto sessualmente rilevante (almeno per te), ma non ti scopi nessuno. Ma perché butti definizioni a capocchia? Tanto per dire qualcosa anche tu?

– Piantala di fare la maestrina e finisci il discorso della Cassazione, piuttosto.

«Che sto prendendo appunti mentali», penso.

– È quello che stavo facendo prima che m'interrompessi a vanvera. Allora, l'orientamento della Cassazione è grosso modo questo: digitale senza scopata uguale niente addebito. Ma anche qui, al solito, ci sono state pronunce contrastanti, la questione è aperta. E anche molto intrigante, se ci pensi. Chi lo stabilisce che se io chatto con una donna ma non la incontro e non ci vado a letto (di piú: non ho intenzione di vederla né di andarci a letto, perché mi va benissimo che la nostra relazione rimanga astratta, diciamo diversamente platonica), ho tradito? Certo, mia moglie potrebbe sentirsi tradita, sulla base dei suoi principî etici e del suo senso del matrimonio (oppure no, questo è da vedere di caso in caso, perché non è che le persone la pensano tutte allo stesso modo): ma un magistrato ha diritto di entrare nella mia vita privata e giudicare la mia immaginazione, le mie proiezioni, i miei desideri repressi (che infatti non realizzo perché magari non ne ho il coraggio o semplicemente non voglio), e darmi la colpa di qualcosa che non ho fatto? È complicato, non ti sembra? E non è che una complicazione cosí la risolvi buttando due fotocopie o un telefonino sulla scrivania di un giudice. Il tutto, poi, tagliando completamente fuori le ragioni che hanno portato tua moglie a inseguire un desiderio in una chat. Andiamo anche un po' a vedere che marito sei stato, cosa le hai fatto mancare, se il matrimonio era già in crisi e perché.

– Ma tu come fai a sapere tutte queste cose?

– Faccio l'avvocato, sai com'è.

– Vai a farti fottere, Benny.

– Sai cosa? – dice, istigato da un pensiero generato dal suo stesso discorso, – mi piacerebbe proprio, sfidare un pallone gonfiato come Ugo Starace Tarallo su una questione del genere. Arrogante com'è, arriverà davanti al giudice convinto di avere la vittoria in tasca.

– A meno che non stia bluffando.

– Bluffando?

– Vuol proporre a Veronica una cifra una tantum per non andare alla giudiziale.

– Aah, ecco. Quindi sta cercando di fregare la moglie in via preventiva perché sa che se andasse alla giudiziale potrebbe addirittura perdere.

– Esatto. Tant'è vero che aveva fissato una riunione per discutere l'accordo, ma poi l'ha annullata.

– Allora non capisco perché è cosí turbato dalla tua presenza. Cioè, capirei se Veronica si fosse rivolta a un avvocato competente che le avesse spiegato come stavano le cose. Ma tu non sai un cazzo, quindi per Starace Tarallo il fatto che la moglie sia assistita da te dovrebbe farlo sentire in una botte di ferro. Al suo posto mi sarei precipitato a fare quella riunione e a chiudere l'accordo, trattando un po' sulla cifra.

– Ma tu oggi non avevi proprio un cazzo da fare, eh?

Si avvia alle conclusioni, ignorandomi:

– O Starace Tarallo è completamente cretino (e a questo punto non si capisce davvero come abbia fatto a farsi tutti i soldi che s'è fatto), oppure è cosí piccolo borghese da rischiare di darsi una martellata sui coglioni pur di non vedere sua moglie in udienza con una mezza calzetta di avvocato.

– Stramaledetta Gloria che ha lasciato aperta la porta, Benny.

– Dovresti esserle grato, invece. Ti ho risolto la causa.

– Dici?

– Ma è chiaro. Ora te la puoi giocare, la partita. Parla con Veronica e cerca di capire se è vero che con quello non ci ha mai scopato. Se è cosí, vagli addosso, a quello stronzo.

Sospiro.

– Non so se sentirmi sollevato o umiliato, cazzo.

– Aah, non dire puttanate, sei solo poco aggiornato, tutto qui. Ormai un po' mi conosci, dovresti aver capito quanto mi piace prendere per il culo la gente. Lo sai com'è fatto il nostro mestiere, s'impara facendolo. Il tuo problema è che hai un portafoglio clienti da riderti in faccia, ma sei bravo, dico sul serio.

– E come fai a saperlo?

– In tv te la sei cavata alla grande.

– Non si vedeva un cazzo. Siete in dodici, a ricordarvi di quella tragedia. E di quei dodici, otto l'hanno vista su YouTube.

– La stoffa si vede anche in streaming, scemo. E tu ce l'hai, te lo dico io.

– Eh, «Te lo dico io»: ha parlato Perry Mason.

– Okay, sono un cazzone che ha ereditato uno studio legale, ma ti prenderei subito a lavorare con me.

– Adesso vengo a farti da praticante. Mi manca solo una bella regressione professionale.

– Ora le vuoi sapere o no, le ultime di Pestalocchi?

– Come no.

– Al caffè all'angolo, però, perché mi sta venendo la claustrofobia, qua dentro.

Atto dovuto

Temevo che, uscendo, ci saremmo imbattuti nella scena incresciosa di Espe uggiolante intorno a Gloria come un cagnolino che chiede perdono per aver pisciato sul pavimento, e invece, stranamente, nel portone non c'è traccia del duo. Chissà Gloria dove l'avrà portato a espiare. Da come sembrano messe le cose, è facile prevedere che il datore di lavoro occulto di Gloria si sgraverà presto dalla sua obbligazione.

Ci sediamo al tavolino del bar all'angolo che si chiama, strano ma vero, *Mexico '70* (il proprietario è un inguaribile nostalgico), ordiniamo due caffè e Benny avvia il resoconto sulla persecuzione di Pestalocchi.

– 'lora. Mi sono procurato il numero di cellulare della Merda.

– Ma come hai fatto?

– Ho una talpa al Consiglio dell'ordine.

– Sul serio?

– Scherzo. Era sull'albo di qualche anno fa.

– Quale albo?

– Quello delle figurine Panini. L'albo degli avvocati, deficiente.

– Ah, ecco.

– Ti ricordi che il Consiglio dell'ordine ce lo mandava in cartaceo, prima che mettessero tutto on-line?

– No.

– Oh sant'Antonio da Padova, Vince', sapessi una cosa che una. Allora: sull'elenco cartaceo che il Consiglio dell'ordine mandava agli iscritti, e quindi anche a te, essendo anche tu (immagino) iscritto al Consiglio dell'ordine degli avvocati, oltre ai fissi c'erano tutti i numeri di cellulare, e quindi pure quello di Pestalocchi. L'ho chiamato per assicurarmi che nel frattempo non l'avesse cambiato, ho riconosciuto la voce e gli ho chiuso il telefono in faccia.

– Ah, che bello scherzo telefonico.

– Seh. E secondo te andavo a cercare il numero per fargli cucú settete? Sono andato in un Internet Point di quelli che non chiedono il documento d'identità e l'ho iscritto a un sito d'incontri gay estremo.

– Santo Dio, Benny.

– Come nome gli ho dato Inquisitore, e nell'annuncio ho raccomandato di non scoraggiarsi ma anzi d'insistere nel caso in cui, sentendosi chiamare con quell'appellativo, gli fosse partito l'embolo, essendo un tipo che si eccita quando subisce una molestia.

– Ah.

– Immagina la scena. Ti squilla il telefono: «Pronto». Una voce dall'altra parte fa: «Inquisitore?»; e tu: «Eh?»; e quello comincia a dirti una maialata dietro l'altra. Al che tu attacchi pensando che abbiano sbagliato numero. Poi quello richiama. E poi ti chiama un altro. E un altro. E un altro. E tutte le telefonate cominciano con quell'appellativo. Alla quinta ti è già zompato il sistema nervoso. Appena senti «Inquisitore» inizi a imprecare come una bestia di Satana. E piú sbraiti, piú quello all'altro capo del telefono pensa che ti stai arrapando.

– Sei tu la bestia di Satana, Benny.

– E insomma faccio l'iscrizione ieri sera tardi per godermi lo spettacolo stamattina, visto che avevo udienza con lui.

– E com'è andata?

– Non ne hai idea. Appena è arrivato non ha detto manco Buongiorno, tanto era imbestialito (il delirio telefonico era già iniziato da qualche ora, evidentemente), e ci ha passati tutti in rassegna come degli indiziati. Sembrava un riconoscimento di polizia, sai quando nei film i sospettati sfilano davanti a un testimone? I colleghi si sono guardati in faccia come a dire: «Cazzo gli prende, stamattina». Insomma si siede, e non fa neanche in tempo a chiamare la prima causa che il telefonino già gli squilla.

– Gesú.

– Non puoi capire. Nel giro di un quarto d'ora gli saranno arrivate otto chiamate. Lui prendeva il telefono, lo portava all'orecchio per un paio di secondi, diventava tutto rosso e riattaccava. A un certo punto secondo me si è pure arrapato.

– Ma vattene.

– Te lo giuro. Si vedeva che era, come dire, turbato. Sai quando indugi con la mano ma ti dispiace chiudere? Cosí. C'era Attilio Arena accanto a me, e pure lui se n'è accorto.

– Pensa che dichiarazione d'amore stava ricevendo.

– 'spetta che adesso viene il bello. In tutto quel diluvio di chiamate, siccome doveva anche occuparsi delle cause, si dimentica di rimettere il cellulare nel taschino e lo lascia sulla scrivania. E gli arriva credo una foto putrida (sai che all'inizio il messaggino si vede e dopo qualche secondo lo schermo si oscura?), perché a un tratto i colleghi intorno alla scrivania sono diventati paonazzi e qualcuno non ce l'ha fatta ed è scoppiato pure a ridere. A quel punto gli è partita completamente la brocca. Alla telefonata successiva s'è messo a urlare come un ossesso: «Dovete lasciarmi in pace! Sono sposato, capito?!?» Ha detto proprio cosí, «Sono sposato», ma ti rendi conto.

– Madonna del Carmine.

– Ti giuro che lí dentro s'è rischiata la crisi respiratoria collettiva, per la fatica di trattenere le risate. Un paio di colleghi sono schizzati fuori dell'aula. Dal corridoio si sentivano certe sghinazzate che non hai idea. Mi hanno raccontato che Paride Scafatese ha messo la testa sotto il rubinetto. A quel punto La Merda ha capito che era il caso di staccare il telefono.

– Immagina l'orchestra, quando lo riaccende.

– Uu-uh. L'unica è cambiare scheda. Che è comunque una tragedia, perché devi salvare la rubrica, informare tutti i tuoi contatti che hai un numero nuovo ecc. E comunque, ti stavo dicendo, a figura di merda conclamata stacca e si rivolge a tutti noi mentre dal corridoio si sentono ancora i fuggiaschi che ridono come foche e dice, testuale: «Non so chi mi abbia giocato questo tiro infame, ma sono certo che il responsabile è in quest'aula. Ho già sporto denuncia contro ignoti, ma vi giuro sui miei defunti che se scopro chi è stato gliela faccio pagare cara!» Ha detto proprio sporto, te lo giuro.

– Allora la buona notizia è che non c'ero.

– Ah, certo. Se è veramente convinto che il colpevole fosse tra i presenti, a te dovrebbe escluderti. Ma che ti prende?

Ha ragione a chiedermelo, perché tutt'a un tratto la mia attenzione s'è spostata sulla scena che sto vedendo al di là della porta a vetri del bar, sul marciapiede di fronte.

Ho riconosciuto la macchina di Nives accostata con le quattro frecce accese prima ancora di capire che fosse lei quella che sta discutendo animatamente fuori dell'auto con il suo personal trainer (curioso che nelle situazioni critiche la mente funzioni per induzione: avevo di fronte sia la mia ex moglie che la sua macchina, eppure sono risalito alla prima dalla seconda, come avessi invertito le priorità).

Benny si gira e inquadra anche lui la scena di là della strada mentre mi alzo.

– Ma chi sono, li conosci?

– E li conosco sí. È la mia ex moglie, quella.

– Quindi immagino che l'altro…

– Esatto, – rispondo continuando a fissare quella lite fatta di avvicinamenti e distanziamenti scanditi da recriminazioni reciproche, come se ciascuno dei due, ricevuto un colpo, si allontanasse per incassarlo e prepararne un altro. Per come conosco Nives, ho l'impressione che faccia fatica a reggere lo scontro, anzi la vedo fisicamente intimorita.

– Che si fa, Vince'? – domanda Benny, alzandosi a propria volta per offrirsi volontario in un'eventuale rissa, nel momento stesso in cui il tamarro stringe il pugno e lo solleva in aria come volesse abbatterlo su Nives, poi riesce a controllarsi e scarica la rabbia sulla macchina, sferrando un calcio alla fiancata.

Mi lancio fuori del bar senza pensare, arrivo sul bordo del marciapiede e gli urlo contro.

– Ehi, pezzo di merda!

Quello spazza l'aria con la testa per capire da dove sia arrivato l'insulto, poi mi focalizza e credo che mi riconosca, a giudicare dalla faccia che fa. Io resto immobile e lo fisso, per niente intimidito (e dire che in genere sono abbastanza codardo), mentre quello valuta se è meglio attraversare la strada e venire a gonfiarmi o evitare la galera. Nives mi vede, e nello sgomento che le tinge il viso riconosco il suo timore per la mia incolumità, oltre all'imbarazzo per la flagranza in cui l'ho colta. Schwarzenegger non ha ancora deciso cosa fare, istigato com'è dall'insistenza del mio sguardo, e io non mollo.

Arriva anche Benny, e mi si piazza a fianco. Adesso sí che quello si caca sotto, penso.

Nives fa per raggiungere Schwarzy (per pregarlo di risparmiarci, immagino), ma lui l'anticipa sfanculando lei e noi con lo stesso manrovescio simbolico all'aria, quindi volta le spalle e se ne va sdegnato.

Io e Benny sospiriamo all'unisono mentre Nives lascia che lo stronzo si allontani senza neanche provare a seguirlo, quindi mi guarda con una straziante mistura di riconoscenza e di vergogna, rientra in macchina e parte.

– Ecco, bravo, torna dalla mamma, – fa Benny a bassa voce rivolgendosi alla schiena di Schwarzy. – Hai capito che non ti conviene, eh?

Giro la testa e lo guardo.
– Sai le nasate che gli davamo sui cazzotti, se no, – dico.
Ridiamo.
– Se vuoi gli faccio rompere il culo, – dice Benny dopo un po'.
– Cosa?
– Fammi solo avere l'indirizzo della palestra dove lavora.
– Ma dici sul serio? – chiedo, inorridito.
– No. Il culo no. Al massimo gli spezzano un braccio.
– Va' un po' a farti fottere.
– Okay, allora comportiamoci da persone civili e denunciamolo. Ero con te, stava per picchiarla, ho visto tutto.
Ci penso.
– Dovrei prima parlarne con Nives.
– Vuoi chiederle l'autorizzazione a denunciare un pezzo di merda che la stava menando?
– Ha solo alzato la mano e l'ha ritirata. Non è detto che l'avrebbe fatto.
– Ma che fai, l'avvocato del diavolo?
– Non so come stanno le cose fra quei due, Benny. Magari quando litigano si tirano gli stracci e spaccano tutto quello che trovano intorno, che ne so. Se le avesse messo solo un dito addosso, puoi stare sicuro che non ne staremmo neanche parlando. Ma se si limita a sbottare e a fare l'isterico e a lei va bene cosí, chi sono io per impicciarmi della vita privata della mia ex moglie e rovinare una cosa a cui tiene?
Benny resta in una sospensione incerta per qualche secondo, come stesse soppesando i miei argomenti, poi mi guarda come se non mi riconoscesse.
– Non ci posso credere. Hai ragione. Hai addirittura ragione.
– Trovati un ulivo secolare e impiccati, Benny.
– Mi piace lo psicologo autodidatta che ogni tanto emerge quando rifletti sulle cose. Ogni buon avvocato dovrebbe esserlo, almeno un po'. Io, per esempio, non lo sono.

– Se questo è un complimento, come mai ho voglia di mollartene uno?

Vorrebbe rispondermi ma gli suona il cellulare.

– Spiegami subito il motivo di questa chiamata, – parte in quarta dopo aver letto il nome del chiamante.

Lo guardo come a chiedergli se gli sembra il modo.

– È Sasà, il mio praticante cretino, – mi dice ad alta voce.

Rido imbarazzato mentre il poveretto appena insultato dall'altra parte del filo si giustifica. È evidente che Benny non l'ha lasciato neanche finire, a giudicare dal tono con cui ribatte.

– E che, non lo so che l'appuntamento era alle sei? Ma sono appena le sette meno dieci, cosa mi disturbi? Digli che sto arrivando e non rompesse i coglioni.

E impartita la demenziale disposizione, gli chiude il telefono in faccia; quindi alza un braccio in direzione di un taxi vuoto di passaggio, che accosta una dozzina di metri piú avanti.

– Ehi, ora devo andare, – si congeda dandomi una pacca sulla spalla. – Ma tu ricordati dell'opzione polifrattura, nel caso quello stronzo la picchiasse.

– Okay, Benny. E grazie di tutto.

Mentre raggiunge il taxi spazza l'aria con la mano senza neanche voltarsi, come a dire Figurati.

Resto lí a guardare la macchina che si allontana (una cosa che nei film si vede spesso, come se guardare le macchine che se ne vanno fosse segno d'introspezione), torno nel *Mexico '70* a pagare i caffè (non l'avevo ancora fatto), poi riprendo la strada del Diciamo Loft.

Quando arrivo, trovo la porta chiusa, non socchiusa come al solito. Apro lentamente, ricavando un piccolo spiraglio da cui guardare, come assecondassi un presentimento.

Vedere Espe che tromba è già abbastanza allucinante;

ma sentirlo grugnire, mentre Gloria lo cavalca sulla poltrona Stockholm (peraltro girevole), ha proprio del surreale.

Rimango basito sulla soglia finché Espe non si accorge della mia presenza e spalanca gli occhi, sospendendo il ritmo e i grugniti. Al che Gloria si ferma come a chiedergli conto dell'interruzione e io indietreggio, tirandomi dietro la porta.

Silenzio assenso

Il messaggino vocale di Gaviscon mi coglie davanti all'ingresso del tribunale intorno alle 10:15, mentre sono lí che aspetto Veronica, già in ritardo di un quarto d'ora. Non ho nessuna voglia di sentirlo, specie dopo aver letto lo scandaloso minutaggio di durata, ma siccome non sopporto il sequestro di persona a cui costringe l'attesa dei ritardatari, m'infilo gli auricolari e lo ascolto.

Idea per un romanzo.

«Buongiorno anche a te, Duccio», penso.

Una coppia attraversa una serie micidiale di sfighe. Qualunque cosa facciano insieme, va male. Prendono una casa in affitto che sembra bellissima, e dopo qualche giorno si accorgono che è piena di spifferi. Si rompe la caldaia. Hanno un vicino schizofrenico che tutte le notti sposta i mobili. È come se fossero vittime di un complotto delle circostanze che rendono intollerabile la convivenza, come dite voi avvocati.
Arrivano all'estate esasperati, e lei prenota una settimana in un albergo a cinque stelle in Croazia. Nessuno dei due c'è stato, e non vedono l'ora di andarci per rifarsi della catena di sfighe che li ha travolti. Hanno già pagato tutto, aereo a/r e albergo in pensione completa. Perché poi si dice pensione completa quand'è un albergo, boh. E comunque, il giorno della partenza arrivano all'aeroporto, vanno a fare il check-in e scoprono che il passaporto di lui è scaduto.

– E che cazzo, – dico ad alta voce senza accorgermene.

Rimangono tipo due minuti a fissarsi increduli allo sportello del check-in come a dire: «Non è possibile che ci stia succedendo *anche* questo». Lui tra l'altro non ha neanche la carta d'identità con sé, e l'aereoporto è in un'altra città rispetto a quella in cui abitano, per cui non c'è il tempo di tornare indietro a recuperarla.

«Ma lo fai apposta, Gaviscon?» mi dico provando una pena immensa per quei due poveretti.

Stanno per scivolare nella depressione quando lo steward si ricorda che da qualche settimana nell'aerostazione hanno aperto uno sportello per il rilascio delle carte d'identità in caso di emergenza. Al che i due disgraziati riprendono speranza e corrono allo sportello, ma una volta arrivati lo trovano chiuso: e sai perché? Perché è ferragosto.

– E che cazzo vuol dire che è ferragosto? – alzo la voce da solo, perdendo la calma. – E quando dovrebbe andare in vacanza la gente, il giorno dei morti?

A quel punto i due poveretti vorrebbero morire, anche perché i voli sono pieni e i prezzi dei primi aerei disponibili su quella tratta, tipo la sera dopo, costano tre volte quello che hanno perso. Lui ha un crollo nervoso e scaraventa il trolley per terra, rompendolo irreparabilmente e facendo accorrere i poliziotti, che li trattengono quasi due ore per dei controlli, visto che lui, tra l'altro, come documento di riconoscimento ha solo il passaporto, che è pure scaduto.

Interrompo un attimo la riproduzione per controllare se Veronica stia arrivando, tante volte; e quando appuro che non c'è traccia di lei riprendo, benché mi sia montato un risentimento personale verso Gaviscon. Fosse qui, gli darei un cazzotto in bocca.

Quando anche quell'incubo finisce, sul treno per tornare a casa lei avanza una proposta a malincuore: Le cose ci vanno troppo male, cosí non possiamo andare avanti, tiriamoci fuori da questo periodo sventurato che non passa, stiamo lontani per un po' prima che tutte queste sciagure ci separino. Sembra una soluzione assurda, un rimedio scaramantico, ma sono tutti e due cosí stremati che si trovano subito d'accordo. Fanno il tentativo. Nell'arco di qualche settimana la sfiga li abbandona, la vita riprende, tutto torna normale, ognuno per conto proprio ritrova la pace e cosí va a finire che si lasciano senza nemmeno dirselo, semplicemente facendo in modo che il tempo allunghi sempre piú la distanza fra loro finché la separazione si compie nei fatti, nel silenzio-assenso. Che poi è anche il titolo del romanzo. Ti piace?

Fine del messaggio vocale.

Rimango immobile per qualche lungo secondo, ebete di tristezza per la conclusione infelice di quella storia balorda, quindi schiaccio il tasto di risposta vocale e registro:

È nu strunz' cacato a forza.

– Ciao, Vincenzo, – mi sento dire alle spalle in quel preciso momento, con un tempismo che ha dell'incredibile, come tutte le cose che capitano.

Ed ecco Veronica a due centimetri da me.

– Puoi anche non credermi, – dico, – ma ti giuro che stavo dando un parere letterario.

– Figurati se ti credo.

– Figurati se credo io alla palla che stai per raccontare per giustificare trentadue minuti di ritardo.

Non so, stamattina è piú bella di ieri. Indossa un cardigan intrecciato di lana spessa, blu notte, aperto su una T-shirt bianca con la stampa di un cuore composto di fiori rosa che le fa risaltare le tette in modo insopportabile alla vista, jeans appena attillati su delle sneakers Moschino bianche (c'è scritto Love Moschino sulle punte), e ha una borsa a bauletto Louis Vuitton. È tutto cosí giusto, addosso a lei, che pensare di stendermici sopra anch'io mi fa sentire abusivo.

– Hai ragione. Vorrei tanto riuscire ad arrivare puntuale agli appuntamenti ma proprio non ci riesco, è piú forte di me.

– Guarda, di tutte le ragioni che potevi addurre a tua discolpa questa è in assoluto la piú opportuna.

– Posso farmi perdonare offrendoti la colazione? C'è una vecchia sala da the abbastanza vicina dove fanno la torta di mele piú buona che abbia mai mangiato.

– Ti ringrazio, ma ho un'udienza tra un quarto d'ora.

Palla. Non ho assolutamente niente da fare, ma voglio che pensi il contrario.

– Allora dev'essere importante, se hai chiesto di vedermi sapendo di avere dei tempi cosí stretti, – dice mentre capto l'attenzione di un gruppetto di colleghi che stazionano davanti al tribunale e guardano non Veronica ma me, domandandosi cosa ci faccia con lei.

– Infatti lo è. Vengo subito al punto. Ho bisogno di sapere se è vero che la tua relazione clandestina era soltanto virtuale.

Arriccia naso e sopracciglia insieme. Lo facesse chiunque altro, diventerebbe inguardabile. Lei rimane bella uguale.

– Mi sembra di avertene parlato la prima volta che ci siamo incontrati.

– Già. Ma non abbiamo mai approfondito l'argomento.

– E cos'altro dovrei dirti che non sai?

– Vi siete mai visti?

– Quando ci siamo conosciuti, sí.

– Che significa.

– Significa che ci siamo conosciuti, e poi ci siamo cercati in rete.

– Poi.

– Poi. Vuol dire dopo che ci siamo conosciuti.

– E una volta cominciata questa relazione diciamo platonica vi siete rivisti, per caso?

– Vuoi sapere se ci sono andata a letto?

– Sí. È proprio quello, il dettaglio che m'interessa.

– Devo ripetertelo? No. Neanche una volta.

– Hm. E prima che cominciasse la relazione diciamo platonica?

– Prima che cominciasse la relazione diciamo platonica, *cosa?* Mi pare che manchi un pezzo di domanda.

– Hai capito benissimo.

– No, Vincenzo. Non ci ho fatto l'amore né quando l'ho conosciuto né dopo. Era una relazione immateriale, e non ho mai voluto che fosse altro. Ho risposto abbastanza?

– Quindi, per capirci, nei messaggi che vi scambiavate non c'era mai un riferimento a qualche accaduto.

– Spiegati meglio.

– È mai capitato, per esempio, che uno scrivesse all'altro, che so, «Ieri sera è stato bellissimo»?

Ci pensa sopra.

– Sí. Può darsi. Ma non vuol dire niente. Se io e te stasera ci scambiamo delle frasi compromettenti su WhatsApp, e tu domani mi scrivi: «Ieri sera mi hai fatto perdere il sonno», non significa che ieri sera ci siamo visti e abbiamo scopato.

– Anche questo è vero.

«Cazzo», aggiungo tra me e me.

Veronica china la testa sulla spalla e mi guarda da molto vicino come cercasse di leggermi nella mente. A quel punto mi pare di sentire il grugnito del gruppetto delle capère che continuano a monitorarci dall'ingresso del tribunale.

– Anche se, – rifletto ad alta voce riacquistando fiducia nella tesi difensiva di Benny e addirittura ampliandola, – questi riferimenti ambigui vanno letti nel contesto di un'intera corrispondenza, e non presi uno alla volta come se stessero in piedi per conto loro.

– E allora? – chiede Veronica, curiosa di capire dove stia andando a parare.

– E allora quei messaggi, letti nel loro insieme, possono inquadrarsi in una relazione esclusivamente virtuale. Sempre che nel frattempo la coppia in questione non sia passata dal digitale all'analogico.

– Per la terza volta, Vincenzo: non ci ho mai scopato, con quello. Piantala di ripeterlo prima che m'incazzi.

– Okay. Ti credo.

– Ora me lo spieghi il perché di questo interrogatorio?

– Mah, sai, fin dall'inizio qualcosa non mi tornava, nella spavalderia con cui tuo marito è sempre stato convinto di governare la separazione. È un senso giuridico che si acquista in anni e anni di esperienza. Cosí mi sono lanciato in una lunga ricerca giurisprudenziale (negli ultimi giorni avrò dormito due ore per notte), e adesso credo di poterti dire che non solo non dobbiamo rassegnarci all'idea di soccombere, ma possiamo addirittura vincere, sia che andiamo alla giudiziale sia che facciamo una consensuale, e non certo alle condizioni che detta lui.

– Davvero?

– Fidati.

Sorride, raggiante; poi vedo il suo bellissimo viso attraversato da un'ombra di delusione.

– E adesso che ti prende?

– Per un momento ho pensato che fossi geloso.

– Oh, ma piantala.

Solleva l'indice e me lo posa sulle labbra. Le capère sono a un passo dall'harakiri.

– Ora però rispondi tu a una domanda, – dice.

– Quale.

– Perché mi hai chiesto se ero stata a letto con il mio amante virtuale *prima* che cominciassimo la tresca in rete?

– Eh? – domando, rimpicciolendo.

– Che bisogno avevi di saperlo?

– Era solo per, diciamo, completezza, – balbetto.

– Ah sí eh? – dice, e poco ci manca che mi baci.

Mi stringo nelle spalle. Non ho mai visto un suricato da vicino, ma in questo momento, non ho la minima idea del perché, sono assolutamente convinto di somigliargli.

– Bene. Bene. Bene, – fa lei sputtanandomi con gli occhi e facendomi sentire oggetto di un'annessione, come se a un tratto fossi diventato una terra di conquista.

Rimango intrappolato fra Veronica che festeggia la sua vittoria e le capère che rosicano, finché è proprio la mia domina a liberarmi dall'incastro.

– Ma tu non avevi una causa?

– È vero, – dico buttando un'occhiata all'orologio e fingendo un attacco di similpanico. – Devo scappare.

La bacio su una guancia e fuggo attraversando il campo magnetico delle capère; quindi entro nel palazzo di giustizia superando il metal detector con il telefonino nella tasca interna della giacca e sempre di corsa, come non avessi un minuto da perdere, prendo le scale in discesa ed esco dall'entrata secondaria.

La notte degli Oscar

La vera reunion dei compagni di scuola non avviene al tavolo del ristorante ma prima, davanti all'ingresso, quando via via che i chiamati al revival arrivano, la classe di una volta si riforma e riproduce l'anticamera scolastica delle 8:15-8:20, il tempo del chiacchiericcio libero che precedeva la carcerazione mattutina e veniva interrotto dall'arroganza militare del suono prolungato della campanella che ti richiamava all'ordine senza che tu nemmeno lo avessi evaso, quasi non potessi arrivarci da solo a capire che le lezioni cominciavano alle 8:30 tutti i giorni, e dunque fosse necessario cazziarti preventivamente ogni mattina, per ricordartelo.

Gaviscon, Guia Mastrogiacomo, Ugo Bove (che mi sorprende trovare qui, dato che nessuno di noi l'ha mai potuto vedere, e viceversa) e Nicoletta Mautone (l'ideatrice nonché organizzatrice dell'evento, che chissà dove ha trovato la pazienza e la perseveranza di cercarci tutti e fissare la data) hanno già iniziato col Prosecco, e specialmente Gaviscon circola liberamente nel cortiletto del ristorante con il calice fra le dita, come fosse avvezzo alla frequentazione dei wine bar dove la sedia è un optional (chissà, magari si sente un po' Jay McInerney, in quel mood).

Quando arrivo, la prima a buttarmi le braccia al collo è Nicoletta, che non vedevo da diversi anni e mi rallegra ritrovarla bella com'è sempre stata, nonostante le delusioni che le leggo in faccia quando mi prende il viso fra le mani dicendomi che sono molto piú bello da vecchio.

Ricambio il complimento dicendole che anch'io una bottarella gliela darei ancora, e per tutta risposta mi arriva un pacchero affettuoso ma forte, che fa ridere soltanto lei e quel cretino di Gaviscon (Guia non ci fa caso perché sta chiudendo una telefonata e Ugo Bove manco si scompone).

Fingendo d'ignorare il dolore alla guancia, passo a salutare Guia, elegantissima e somigliante a Vanessa Redgrave piú ancora che da ragazza.

– Guia, che bello vederti.

– Una vita, Vince', – commenta abbracciandomi.

– Sai che adesso vive in Inghilterra? – m'informa Nicoletta.

– Ah sí? – dico.

– Da due anni, – conferma Guia.

– Il suo compagno è un regista di Brighton, – dice Nicoletta prima che Guia riesca ad aggiungere qualcosa. – Si sono conosciuti sul set di un film dove Guia era costumista.

– Fantastico, – rispondo. – Guia, fa' una cosa: avviati dentro e comincia a ordinare, tanto mi racconta tutto Nicoletta al tuo posto.

– Ah, ah, ah, sempre la solita capa a sfottere! – ride Nicoletta.

Intanto si avvicinano anche Gaviscon e Ugo Bove. Ci salutiamo a gesti, e percepisco subito la fatica di Ugo Bove nel mostrare il minimo sindacale della cordialità. Appena ne ho modo voglio proprio chiedere a Nicoletta come l'è venuto d'invitarlo.

– Devi motivarmi la tua recensione negativa a *Silenzio assenso*, – mi dice Gaviscon quasi all'orecchio, esibendosi con il calice di Prosecco manco fossimo in un caffè letterario. – Non è che «nu strunz' cacato a forza» spieghi molto.

– Come no, sono qui apposta, – alzo la voce. – Invece di fare due chiacchiere con Guia e Nicoletta che non vedo da anni, – ometto volontariamente Ugo Bove, – ci appartiamo una mezz'ora e ti faccio una recensione dettagliata del tuo racconto dove due disgraziati si mollano perché si portano una sfiga tremenda.

Guia e Nicoletta si guardano e sbottano in una risata fragorosa. Ugo Bove piega la bocca in un sorriso disgustato. Gaviscon diventa rosso.

– Quindi scrivi ancora, Duccio? – domanda Guia, sforzandosi di tornare seria.

Facciamo qualche secondo di silenzio e poi scoppiamo a ridere tutti tranne Ugo Bove. Duccio e io battiamo il cinque, quindi passo a dargli la mia sincera opinione.

– Comunque ci ho pensato sopra, Duccio, e secondo me l'idea è buona.

– Ma vattene.

– Giuro. All'inizio ti ho odiato, con tutta quella catena di sfighe. Poi mi sono accorto che continuavo a pensarci (il che è un ottimo segno), e mi si sono schiarite le idee. In fondo il tuo racconto è una contromorale sul fare fronte comune contro le avversità della vita. Come se tu dicessi: «Nella buona e nella cattiva sorte un cazzo: la cattiva sorte avvilisce, demotiva e separa, e non è mica vero che insieme si supera qualsiasi cosa».

– Sono contento di sentirtelo dire, perché era proprio quella l'intenzione. Cioè, mi sembra.

– Insomma, – completo il concetto, – anche l'amore ha bisogno di buona sorte. A un certo punto la vita deve semplificarsi e andare per conto suo senza che ogni mattina si debba fare una fatica immensa per arrivare a sera; e se questo non succede, anche l'amore si arrende.

– Ma di cosa parla questo romanzo, Duccio? – chiede Guia, intrigata.

– Sí, dài, cosí ti diamo un parere anche noi, – si unisce Nicoletta.

– Non so ancora se sarà un romanzo, potrebbe essere anche solo un racconto.

– Ah, quanto c'interessa questo dettaglio, – osservo.

– Parla di una coppia a cui non va mai bene niente, –

racconta Gaviscon. – Si amano, ma tutto quello che fanno, dalla casa che prendono in affitto alla vacanza che prenotano, si guasta. Cosí decidono di stare lontani per un po', per liberarsi dalla catena di guai. Le cose si aggiustano, e loro non si sentono piú.

– Mamma che storia triste, – commenta Nicoletta.

– Triste ma vera, – puntualizza Guia. – Ne conosco, di coppie che si sono lasciate in questo modo. Non perché non si amassero, ma perché tra loro non andava. I colpi di sfortuna del racconto di Duccio a me sembrano metafore dei difetti che ammalano i rapporti di coppia.

– È vero, – interviene Nicoletta, – non basta amarsi, bisogna andare d'accordo. Capire l'altro quando parla. E mica è detto. Anzi, quando non ti capisci, l'amore è peggio. Perché non ti trovi con il tuo uomo, e ti danno fastidio un sacco di cose, però sei innamorata, quindi ci fai l'amore, soprattutto se ti piace. Ma non risolvi niente. Perché non è che se fai l'amore poi dopo ti capisci.

Restiamo un po' spaesati, come se qualcosa nell'analisi di Nicoletta non tornasse, dopo di che io dico:

– Ho sempre amato l'immediatezza del tuo modo di esprimerti, Nico.

E Guia e Duccio ridono.

– Vuoi un altro pacchero, Vince'? – fa Nicoletta.

– No, te lo giuro. Hai una chiarezza, come dire, da scuola dell'obbligo. Fai diventare tutto cosí elementare e profondo allo stesso tempo. A tratti mi ricordi il giovane Holden.

– E chi è?

– Lascia perdere, – dico, mentre, nell'ordine, arrivano: Elena Carta (detta Il Gobbo per via dell'impagabile funzione di suggeritrice che svolgeva durante le interrogazioni); Carmen Baccano (permalosissima, che si fidanzava sempre con dei ragazzi di almeno cinque anni piú grandi: una volta se ne portò addirittura uno in gita a Firenze); Walter Mutalipassi (inarrivabile testa di cazzo rimandato tutti gli anni in almeno due materie, che una volta, all'esame di riparazione, alla domanda del professore avvilito dal suo mutismo: «Ma cos'hai fatto questa estate invece di studiare?», rispose: «I bagni»); Carlo Alberto Fiume, oggi ingegnere aeronautico, che a quindici anni ne dimostrava quarantacinque; Pino Silvestre e Silveria Gentile che arrivano addirittura insieme (io guardo Gaviscon come a dire se anche lui pensa quello che penso io, data la quarta di reggiseno di Silveria); Gaetana Tuozzolo (una meschina d'animo nella cui fondamentale bontà era disposta a credere soltanto Nicoletta), e – special guest che ci lascia tutti interdetti – Lucia Maccauro, la testimone di Geova che per un triennio intero ci ha triturato i coglioni cercando di convertirci e riprendendoci moralmente su qualsiasi cosa dicessimo.

– Ci siamo tutti, – decreta Nicoletta quando abbiamo finito di dirci come siamo invecchiati ma che bello essere qui.

– Tutti tutti non direi, – osserva Carmen Baccano mentre entriamo nel ristorante e io mollo una scametta a Pino Silvestre per dirgli di smetterla di guardarle il culo.

– Tutti quelli che sono riuscita a trovare, – precisa Nicoletta. – E la metà di voi l'ho cercata su Facebook. Senza contare i due, e non vi voglio dire neanche chi sono, che mi hanno risposto che non gli interessava venire.

– Beh, non è che le rimpatriate ti devono andare per forza, – dice Guia.

– Ho capito, ma ti sembra una risposta da dare? Uno ti cerca, t'invita, e tu lo tratti cosí?

– Secondo me il problema è Facebook, – commenta Gaviscon mentre aspetta che Ugo Bove si sieda per assicurarsi di non capitare vicino a lui. – Ha reso tutti rintracciabili, Dio Irpef.

– Dio Irpef? – fa Walter Mutalipassi. – Ah, ah, ah!

– Basta non andarci, per non essere rintracciati, – sentenzia Lucia Maccauro, la testimone di Geova, dopo aver espresso il proprio disappunto facciale all'imprecazione di Gaviscon.

– Se ci siete anche voi, su Facebook, – obietta Guia.

– Infatti, – ribatte Lucia con lo stesso puntiglio che usava quand'eravamo studenti, – ma non andiamo in giro a lamentarcene.

– Aejh, – fa Gaviscon agitando le mani in aria all'altezza del pacco.

Al che Pino Silvestre si alza dal suo posto impugnando il calice vuoto.

– Ragazzi, è arrivato il primo cazziatone di Lucia. Brindiamo ai vecchi tempi!

– Evvai! – intoniamo quasi tutti in coro, e qualcuno applaude.

– Brindiamo con cosa? – domanda opportunamente Walter, visto che a tavola non c'è nemmeno l'acqua.

– Giusto, – fa Nicoletta, e alza la mano in direzione del cameriere.

– Ero davvero cosí pesante, ragazzi? – chiede Lucia un po' a tutti.

– Noo, – risponde all'unisono la quasi totalità dei presenti.

– Mi dispiace. Devo avere proprio un brutto carattere.

– Potevi dirlo vent'anni fa, – dice Elena Carta alias Il Gobbo.

– Lo so, – annuisce Lucia.

– Va be', meglio tardi che mai, – fa Nicoletta mentre il cameriere distribuisce i menu.

– Ma vai sempre in giro a suonare ai citofoni? – chiede Walter a Lucia, cosí, d'emblée, facendo piombare sulla tavola un silenzio agghiacciante.

– Ehi ragazzi, tra un po' ce ne andiamo, – dico.

– Non gli dar retta, è cretino, – sdrammatizza Silveria Gentile mollando uno schiaffo sul dorso della mano di Walter.

– Tu invece cosa fai, il ricercatore universitario? – gli risponde Lucia, allampanandosi. – Coi voti che prendevi a scuola, immagino le vette che avrai conquistato.

– Oh, ve lo dico: vediamo di non concludere la serata prima di cominciarla, – mette le mani avanti Nicoletta.

Tiriamo un sospiro di sollievo mentre il cameriere porta il vino e annota le ordinazioni.

L'atmosfera migliora, e nel giro di dieci minuti realizzo che, malgrado non ci si veda da parecchi anni e le nostre vite abbiano preso le strade piú diverse (che non stiamo a raccontarci, anche perché c'è il rischio che qualcuno, a cominciare da me, se ne vergogni), si sono riprodotte le stesse dinamiche di quand'eravamo seduti nei nostri banchi. Come se i ruoli, la tempistica dei dialoghi e dei battibecchi rispettassero fedelmente il settaggio di una volta. Siamo un remake di noi stessi, una specie di famiglia che s'è inventata un Natale per ritrovarsi.

– Comunque, – dice Nicoletta mentre litiga con le fettuccine che non riesce ad arrotolare intorno alla forchetta, – l'ingegnere non l'avrei mai trovato, senza Facebook.

Si riferisce a Carlo Alberto Fiume, che leva la testa dal piatto e risponde a tutta la combriccola.

– E per forza. L'ultima volta che vi ho visti, i cellulari non li avevano ancora inventati.

– Come siamo vecchi, – fa Gaviscon.

– Parla per te, – gli risponde Il Gobbo.

– Perché, – ribatte Gaviscon, – tu ce l'avevi già il cellulare, l'ultima volta che hai visto Carlo Alberto?

Pino spernacchia una risata, e Silveria gli pizzica un braccio in un modo che lascia chiaramente intendere che se non hanno già scopato lo faranno domani.

– Volevo solo dire che mi sento ancora giovane, – dice Il Gobbo.

– Dev'essere interessante, il tuo lavoro, – dice Guia a Carlo Alberto.

– Ma cosa fa esattamente un ingegnere aeronautico? – s'aggiunge Carmen.

– Secondo te? – risponde lui.

– Scusa la domanda, – si offende Carmen.

Santo Dio, è rimasta permalosa *esattamente come da ragazza*. Porta i difetti meglio degli anni.

Il povero Carlo Alberto, mortificato dalla reazione, tenta il recupero.

– Mi occupo di velivoli, dalla progettazione alla...

– Lascia stare, – lo stoppa prontamente lei, – non voglio piú saperlo.

Carlo Alberto diventa rosso fin sopra la pelata e non riesce piú a dire una cazzo di parola. È tipico dei molto portati per lo studio, non reggere il conflitto.

– Mamma mia come sei suscettibile, Carmen, – irrompe Gaetana Tuozzolo, che finora non aveva aperto bocca (non è che se ne sentisse la mancanza).

– Ah! Suscettibile! Detto da te fa veramente ridere! – si stizzisce Carmen.

– Beh, per la verità Gaetanal era stronza, ma non permalosa, – fa Pino, e si capisce che gli è scappata.

Al che ridiamo tutti, anche se non so in quanti si siano accorti della *l* che Pino ha aggiunto al nome. Sicuramente non la diretta interessata, che sembra trovare divertente lo sbotto di sincerità di Pino (il che, devo dire, mi colpisce, dato che non è mai stata campionessa di senso dell'umorismo).

– Sai una cosa? – dice del tutto gratuitamente Walter a Carlo Alberto. – Solo tu potevi fare un lavoro che non si capisce neanche in cosa consista.

Altro silenzio, peggiore di quello seguente a «Ma vai sempre in giro a suonare ai citofoni?»

Carlo guarda Walter stranito, come non avesse capito il concetto ma gli sembrasse di coglierne il retrosenso offensivo.

Intervengo.

– Ehi Walt, quello che mi è sempre piaciuto di te è la cautela con cui ti rivolgi al prossimo.

– Guarda che era un complimento, – si giustifica il disadattato.

– E figurati se non si era capito, – dico.

Proprio in quel momento la porta si apre ed entra una ragazza sui vent'anni, volgarotta e scosciata, un iPhone in una mano e una pochette nell'altra, che si guarda intorno e localizza il nostro tavolo prima che il cameriere la raggiunga per chiederle se sta cercando qualcuno. Dallo scatto con cui Silveria si alza appena la vede, capiamo subito che si tratta di sua figlia. E dallo sgomento che imbianca la faccia di Pino Silvestre quando la ragazza viene verso il nostro tavolo, capisco subito quello che vorrei tanto non aver capito.

– Buonasera, – dice svogliatamente la ragazza.

– Tesoro, e che fai qua? – dice Silveria con quel misto di sorpresa e di allarme che coglie sempre un genitore quando si trova davanti suo figlio all'improvviso. – Ragazzi, questa è Noemi.

– Ciao, Noemi, – diciamo tutti a cappella.

– Scusa mamma, non volevo interrompervi, ma mi sono accorta di essere uscita senza chiavi. Puoi lasciarmi le tue, perché penso di rientrare prima di... Ehi, ma...? – punta tutt'a un tratto il dito verso Pino, seduto proprio accanto a sua madre.

«Mo so' cazz'», penso. E guardo subito Gaviscon, che ha già la mano alla fronte.

Silveria si volta verso Pino, che tra un po' scivola sotto il tavolo.

– Ma tu sei... – dice Noemi sorpresa, mentre quel disgraziato di Pino s'illude di autodeformarsi contraendo i muscoli facciali – ... ma sí, sei Arbre Magique! – esclama tutta contenta. – Ma dài mamma, vi conoscete?

Restiamo tutti semiparalizzati. Finanche Ugo Bove, che non ha detto una parola né dato alcun segno di presenza, sembra partecipare emotivamente all'imbarazzo che adesso ci accomuna. L'unico che riesce a muovere le mani è Gaviscon, che le usa per coprirsi la faccia.

– Sí, – risponde Silveria, glaciale, fissando Pino che ormai non ha piú collo, tanto s'è zippato nelle spalle, – perché, anche tu lo conosci?

– E come no, siamo amici su Facebook.

Silenzio di tomba.

– Ah, – dice penosamente Pino, – quindi sei quella Noemi lí. Ma ciao, chi l'avrebbe detto.

– E già, chi l'avrebbe detto, – ripeto io fra i denti.

– «Arbre Magique», – fa Walter, e ride da solo.

– È simpaticissimo, mamma, – infierisce la ragazza, che a questo punto non capisco se ci faccia o ci sia. – Sapessi che frasi profonde scrive. Quanti libri mi consiglia.

E subito dopo gli invia un bacetto aereo in stile Marilyn.

Silveria è diventata, come dire, un'armatura a piastre del quindicesimo secolo.

– Quanti anni hai, scusa? – chiede timorosamente Gaviscon a Noemi.

– Diciannove a maggio.

– Ah, – fa lui risollevato.

Siamo nel pieno di una grezza interattiva, di quelle che non riguardano solo chi la fa ma chiunque presenzi alla medesima. Esistesse il reato di concorso esterno in figura di merda, riceveremmo tutti un avviso di garanzia.

– Beh, ora vado che mi aspettano, – dice Noemi. – Mi dai le chiavi, ma'? – Silveria è in trance. – Mamma?

– Sí, scusami, tesoro, – riprende il controllo Silveria, e cerca le chiavi nella borsa.

– Allora buona continuazione, – si congeda la ragazza ricevendole. – Ciao, Arbre. Ci vediamo su Fb. *Pciú*.

E Noemi non c'è piú.

Sulla tavola cade un silenzio cosí carico che quando il cameriere arriva con i secondi si affretta a servirci per smarcarsi da quell'atmosfera lugubre.

– Sai che l'ultima volta che ti ho visto con Noemi spingevi ancora la carrozzina? – dice Il Gobbo a Silveria, nella patetica speranza di liberarci dall'imbarazzo.

Silveria annuisce accompagnandosi con un sorriso ebete.

Primo tentativo di digressione fallito.

Al secondo, va volontaria Carmen Baccano:

– La velocità con cui crescono è impressionante. Ma ci pensate che oggi i nostri figli hanno piú anni di quanti ne avevamo noi quando ci siamo conosciuti?

– Io non ho figli, – s'inserisce Gaviscon con i lucciconi, – solo un cane in affido condiviso. Però anche lui cresce in modo sbalorditivo.

– Un cane in affido condiviso? – fa Nicoletta.

– Eh, perché? – risponde Gaviscon.

– Ci prendi in giro, – dice Guia.

– Ma manco per niente.

– Guardate che questa cosa degli animali in affido è vera, – interviene Il Gobbo. – L'avessi saputo in tempo, non avrei mai permesso al mio ex marito di portarsi via il gatto per farmi soffrire. Neanche se ne fosse occupato lui, durante il matrimonio. Che stronzo.

– Perché non ti specializzi in cause di affido di animali domestici, Vince'? Magari finalmente guadagni, – mi dice Walter con tempismo psicopatico.

– Sei divertente come una raccomandata di Equitalia, Walt, – ribatto. – Vedi di piantarla o ti chiedo che lavoro fai.

– Finitela, adesso, – irrompe Silveria alzando tutt'e due le mani a mo' di medium che annuncia l'arrivo dell'entità nel pieno di una seduta spiritica. – Siete gentili a cercare di cambiare discorso, ma sappiamo benissimo che la serata è rovinata.

– Via, Silve, non è successo niente, – butta lí Nicoletta, prendendole addirittura una mano.

– Hai anche tu una figlia adolescente, Nico, – replica Silveria. – Se scoprissi che un tuo coetaneo la frequenta, la prenderesti cosí alla leggera?

– Io non frequento affatto tua figlia, siamo solo amici su Facebook, – si difende Pino. – Non fare insinuazioni di cui ti potresti pentire.

«Per questo stava per venirti un infarto, poco fa?» penso.

– Amici su Facebook! Ah! – sbotta Silveria. – Non ti senti ridicolo a dire una cosa del genere alla tua età?

– Ma perché, scusa, io e te non ci siamo ritrovati su Facebook? – controargomenta lui.

– Io non vado su Facebook a rimorchiare ragazzine.

– Nemmeno io. Tant'è vero che quando mi hai chiesto l'amicizia te l'ho data subito. Se il mio target fossero le ragazzine avrei dovuto escluderti...

In pratica, in due sole battute, Pino ha riferito all'assemblea qui riunita che:

a) lui e Silveria flirtavano in rete già da tempo (il che spiega il fatto che siano arrivati insieme);

b) che è stata lei a cercarlo;

c) che ha risposto al suo appello nonostante Silveria abbia una certa età.

Un gentiluomo d'altri tempi, insomma.

Silveria, infatti, è cosí stordita dalla tripletta che non sa cosa rispondere.

– Ve l'ho detto che il problema è Facebook, – commenta Gaviscon.

– Io vorrei sapere cosa c'è di riprovevole nell'andare su Facebook alla nostra età, – prende la palla al balzo Guia cercando di convertire la polemica in dibattito culturale.

– Forse il fatto che ci vanno anche i nostri figli? – propone Carmen.

– E allora? – dice Il Gobbo.

– E allora non ci trovi qualcosa di sbagliato nel fatto che genitori e figli usino lo stesso social? – ribadisce Carmen.

– E perché? – s'inserisce nel dibattito Gaetanal (Oops: tutta colpa di Pino Silvestre).

– Mah, forse perché i genitori dovrebbero distinguersi dai figli e non cercare di somigliargli, – argomenta Carmen. – Non ci credo alla favoletta del sentirsi giovani. Mi fa ridere chi dice che l'età è nella testa. L'età è nello specchio, altro che chiacchiere. Non siamo piú giovani, punto e basta. Voi maschi avete fatto la panza, il gozzo e la chierica. Noi siamo incartapecorite o palestrate per disperazione. Le nostre tette cedono alla gravità ogni giorno che passa.

– Il tuo culo invece è un capolavoro di resistenza, – dice Gaviscon dal profondo del cuore.

– Grazie, Duccio, – ridacchia Carmen. – È l'unica cosa che mi è rimasta. Il giorno che mi saluta anche lui smetto pure di andare dal parrucchiere.

– Scusa eh, se io al contrario di te non mi sento cosí malridotta, – Il Gobbo. – Ho quarantasei anni, mica ottanta, – precisa, con imbarazzante leggerezza.

C'è gente che pensa di scontarsi un po' di anni se li pronuncia senza lasciar trasparire alcun coinvolgimento emotivo. Ma il problema dei numeri è che sono anaffettivi, irrappresentabili, resistenti alla finzione. Non c'è modo di piegarli ad alcun sentimento. Soprattutto, è impossibile sottrarsi alla loro autorità. Nessuno ci riesce. I numeri dettano legge. È una delle ragioni per cui ho sempre detestato la matematica.

Da come Walter sta squadrando Il Gobbo a mezzobusto, si capisce chiaramente cosa pensa del suo autosconto anagrafico, ma stavolta tiene la bocca chiusa. Credo che la mia minaccia abbia funzionato.

– Posso dire una parola in mia difesa, Carmen? – chiedo riallacciandomi alla sua impietosa descrizione della nostra incipiente vecchiaia. – Io i capelli ce li ho ancora. E quel po' di panza alla mia ultima fidanzata non dispiaceva.

– A me la pancia degli uomini è sempre piaciuta, – fa Il Gobbo.

– Questa è molto da troia, – dice Gaviscon.

E si becca un ceffone di quelli rumorosi, che fa scoppiare a ridere tutti.

– Ahia! Cazzo come meni, Gobbo, – frigna Gaviscon tenendosi la guancia.

– Te lo sei chiamato, Duccio, – lo bacchetta Il Gobbo, poi gli dà un bacino per scusarsi e sottovoce ammette: – Comunque è vero.

– Ah, ecco, viva la sincerità, – dice Gaviscon.

– Io non penso affatto che nessuna di noi sia malridotta, Elena, – riprende l'argomento Carmen. – E Vincenzo è senz'altro un uomo piacente. Anzi, lo trovo piú attraente adesso di quand'era ragazzo. Volevo solo dire che questi sconfinamenti disinvolti nella giovinezza sono gli stessi per cui i genitori si vestono come i figli.

– Sai che non ti facevo cosí conservatrice? – dice Guia.

– Vorrei solo ricordarmi quanti anni ho. E ricordarlo anche a qualcun altro a questo tavolo, magari.

– Che vuoi dire, Carmen? Ce l'hai con me? – scatta Silveria.

– Sto dicendo che abbiamo un'età, e dovremmo fare le cose che possiamo permetterci, tutto qui.

– Adesso dovremmo saperle da te, le cose che possiamo permetterci? – domanda Il Gobbo.

– Non travisate, ragazzi.

– Sono d'accordo, – dice Gaetana.

– Invece io penso che sia riduttivo ragionare cosí, – prende la parola Guia. – Certo, in termini generali il discorso di Carmen non fa una grinza. Ma il fatto è che non tutti hanno avuto la fortuna, o quantomeno l'occasione, di fare le esperienze che andavano fatte quand'era il tempo di farle. C'è chi è in credito con la vita, e magari, anche se è un po' fuori corso, cerca di rifarsi.

– Come Gaviscon, – mi butto a pesce, – che ha scopato per la prima volta a venticinque anni.

Carlo Alberto scoppia a ridere cosí forte che per poco non sputa le zucchine alla scapece dal naso.

– Sí. Ma sul divano di casa tua, con tua sorella, – ribatte Gaviscon.

E ridiamo tutti.

– Ma che deficienti siete, – fa Nicoletta mentre io e Duccio ci complimentiamo a vicenda.

– Sí, sembra di essere ancora a scuola, tanto siete rimasti scemi, – aggiunge Carmen. – E comunque, quello che ha detto Guia mi sembra giusto. Cioè, non so se sia giusto, ma è vero.

– Cos'è che ha detto Guia? – domanda Nicoletta.

– La faccenda del recupero crediti con la vita, – le rammento.

– Ah sí, – fa Nico.

– Cioè, Guia, – dice Carmen riprendendo il filo del discorso, – sono d'accordo. Ma puoi cercare di rifarti anche senza vestirti da giovane e andare su Facebook, per dire.

– Anche questo però è discutibile, – interviene Pino, che sospetto farebbe meglio a stare zitto. – Insomma, nessuno è contento di mostrare la sua età. Se sei attratto da una persona piú giovane, tenterai di levarti qualche anno per abbordarla, è inevitabile. Lo so che c'è il rischio di rendersi ridicoli, ma sapete cosa? È come quel film di Woody Allen, *Whatever Works*. Se funziona, chi se ne frega.

«Lo vedi che era meglio se stavi zitto?» gli direi adesso, se prima gli avessi detto di stare zitto.

– È per questo che ti stai lavorando mia figlia? – lo azzanna al volo Silveria.

– Dài Silve, smettila, – si lancia di nuovo Nicoletta per spegnere la polemica sul nascere. – Si conoscono soltanto su Facebook, non è mica successo niente.

– Ma perché dici *Whatever Works* e non *Basta che funzioni*? – chiede Gaviscon a Pino. – Vuoi tirartela che sai l'inglese? Tra l'altro andavi di merda, in inglese.

Qui ho un flash.

– Uh... Vi ricordate quando la prof gli chiese: «Come si dice lungomare?», e Pino rispose: «Long sea»?

– Ah, ah, ah! Come no! – ridono insieme Gaviscon e Carlo Alberto.

– Io i film vado a vederli solo in lingua originale, – c'informa Gaetana, manco qualcuno gliel'avesse chiesto.

– Ma vai a cagare, – fa Gaviscon. – Cosa mi andate

tutti a vedere i film in lingua originale, per caso state facendo l'Erasmus?

Gaetana gli risponderebbe, se Pino, che nel frattempo è rimasto in un silenzio risentito cercando di soprassedere alla provocazione di Silveria senza riuscirci, non perdesse la calma, attirando l'attenzione di tutti.

– Senti, – le dice mostrandole i denti, – speravo che cambiando discorso l'avresti piantata. Ne ho abbastanza di sentirmi trattare come una specie di pervertito. Vai a fare in culo.

– Ti senti colpito, eh? – gli fa lei beffarda.

E qui, Pino proprio non si tiene piú:

– Ora te lo faccio vedere quanto sono colpito, – ringhia, tirando fuori il telefonino dalla giacca. – Anzi, vediamo se si sentono colpiti anche gli altri.

– Qualunque cosa tu stia per fare, Pino, fermati, – lo prego.

– E no, Vince'. Quando è troppo è troppo, – ribatte lui smanettando. Ormai è inarrestabile come un rinoceronte alla carica, chiaro. Qualche secondo di ricerca, poi ci punta il telefonino in faccia dalla parte dello schermo, panoramicando a semicerchio sull'intera tavolata.

Non sto neanche a descrivere la foto che apre il profilo della figlia di Silveria. Basti dire che il primo scatto, che già ci lascia allibiti, sembra castigato rispetto a quelli seguenti, che Pino continua a far scorrere con implacabili colpi di polpastrello. Non so se siano piú inquietanti i diciamo vestiti che Noemi indossa nelle foto o le posizioni che assume nell'esporsi all'obiettivo.

Restiamo tutti ammutoliti tranne Walter, che mette la mano a paletta tenendo le dita giunte e spennellando l'aria mentre piega la bocca come un emoticon che sconsigli la visione di un film. Lo freddo con gli occhi per fargli capire che se dice una sola parola è finito.

Silveria diventa un fascio di nervi, chiude gli occhi e si morde le labbra.

– Questo è troppo, Pino, – dice Guia. – Dovresti vergognarti.

Pino guarda Guia e poi tutti noi, e nel preciso istante in cui realizza la gravità del suo gesto s'incanta. Una strategia disperata della psiche, immagino.

– Pino, – gli dico con voce calma ma fermissima, – rimettiti in tasca quel cazzo di telefono.

E credo proprio che se lo rimetterebbe in tasca, quel cazzo di telefono, se Silveria non lo anticipasse impugnando il suo calice e tirandogli in faccia il vino che contiene con un manrovescio fermo e sprezzante che lo fa saltare sulla sedia con un rinculo ridicolo.

Sul ristorante piomba un silenzio drammatico, che dura pochi istanti ma mette in pausa ogni attività in corso. In quel lasso di tempo, giuro, non si sente piú nulla.

Silveria si alza, raccoglie la borsa dallo schienale della sedia e senza dire una sola parola attraversa il locale, apre la porta e se ne va, mentre il cameriere la segue con gli occhi con un misto di stupore e di tristezza.

Ci raccogliamo nel piú penoso degli imbarazzi, quindi Nicoletta scatta in piedi e si precipita all'inseguimento di Silveria.

– Scusatemi, non so che mi ha preso, – dice Pino, asciugandosi la faccia con il tovagliolo.

– Non ti facevo cosí squallido, – lo aggredisce Carmen. – Sei un genitore anche tu, come hai potuto?

Lui la guarda ma non credo la senta, tanto è stravolto.

– Dài, non infierire, è chiaro che gli sono saltati i nervi, – prova ad abbassare i toni Il Gobbo.

– Sapete che c'è, ragazzi? – taglia corto Carmen posando i palmi delle mani ai due lati del piatto. – Se riuscite a restare seduti allo stesso tavolo di un cafone capace d'infangare una ragazzina per una foto, affari vostri. Io me ne vado.

E detto questo si alza, raccoglie soprabito e borsa e abbandona la cena anche lei.

– Ehi, – fa Gaviscon, – non vorrei dire, ma qui poi c'è da pagare il conto. È la seconda che se ne va senza pagare.

Lo guardo come a dire Ma ti sembra il momento.

E lui mi labializza: «Eh, stocazzo».

– Che buffonata, – dice Gaetana riferendosi all'uscita di scena di Carmen.

– No, ha ragione, – commenta Pino, fissando il vuoto ma riacquistando lucidità. – Mi sono comportato in modo ignobile. Non ho nessuna giustificazione.

– Vai a chiederle scusa, – dice Guia, – invece di stare qui a fustigarti.

– Dici?

– Hai anche bisogno di pensarci? Muoviti, – s'intromette Il Gobbo.

E Pino si alza, proprio nel momento in cui Nicoletta rientra nel ristorante, sfinita.

– Ma come t'è venuto, Pino? No, dico: come? Non è da te, – dice, tornando al tavolo.

– Lo so, mi dispiace. Lei dov'è?

– Se n'è andata. Lasciala in pace adesso, non hai idea di cosa c'è voluto per calmarla.

– Provo almeno a farle uno squillo, – dice tirando fuori il telefono e avviandosi all'uscita.

– Ma no, lasciala sboll… sí, va be', addio, – fa Nicoletta mentre Pino schizza fuori dal locale.

– Dici che lui almeno torna? – mi chiede Gaviscon.

– La pianti? – rispondo.

– Ma io non lo so, – si lamenta Nicoletta rimettendosi a sedere, – proprio stasera doveva fare una scenata del genere? Quando finalmente ci ritroviamo dopo tanti anni? E che cazzo.

– State un po' esagerando con questo processo a Pino, – esordisce Gaetana con una spocchia che annuncia una bassezza delle sue. – Ma l'avete vista la figlia di Silveria?

– Eh, l'abbiamo vista, – rispondo. – *E allora?*

– E allora se hai una figlia che mette quelle foto in rete

con quale faccia vai a fare la predica agli altri? – sentenzia, piegando le sopracciglia in due virgolette inguardabili.

Risponderei, se Guia non mi anticipasse.

– La maggior parte delle adolescenti si mostra in pose ammiccanti sui social. Cosa credi, che siano tutte delle troie?

– Ah, non lo so. Certo se mia figlia si facesse le foto in mutandine e tacchi a spillo, vorrebbe dire che non sto facendo la madre come dovrei.

– Nel tuo caso sarebbe un'autocritica inutile, – s'intromette Carlo Alberto come i cavoli a merenda.

– Che vuoi dire, scusa? – domanda Gaetana, confusa e diffidente a un tempo.

– Che se tua figlia somiglia a te, anche in mutandine e tacchi a spillo non corre nessun pericolo.

Al che tutti gli piantiamo gli occhi addosso chiedendoci che cacchio gli abbia preso.

Carlo Alberto Fiume, l'ingegnere aeronautico. L'introverso cronico. La discrezione in persona. Che ti chiedeva scusa anche quando ti passava il compito. Che non ha mai, non dico alzato la voce, ma neanche risposto a tono a nessuno. Che alla maturità era già cosí maturo che gli spettava honoris causa.

– Eehi! – esplode quella gran testa di cazzo di Walter. – Questa sí che è bella!

E per una volta siamo tutti d'accordo con lui.

– Ma come ti permetti? – dice Gaetana, scandalizzata.

– Tu, – spiega Carlo Alberto con lucido rancore, – sei sempre stata un'ipocrita. Opportunista e invidiosa, servile con i professori, mediocre nel profitto. Ci avresti venduti tutti in blocco, pur d'ingraziarti un insegnante. Non vedevi l'ora che qualcuno uscisse dalla stanza per parlarne male. Come adesso. Ti ho osservata attentamente, poco fa. Aspettavi solo che Silveria andasse via per spettegolare alle sue spalle e malignare su sua figlia.

Restiamo tutti a fissare incantati Carlo Alberto, come se di schianto ci avesse svelato un'identità segreta di cui nessuno aveva mai avuto il piú lontano sospetto. Per associazione, mi scatta davanti agli occhi la scena di *Qualcuno volò sul nido del cuculo* in cui l'indiano, che per metà film ha fatto credere di essere sordomuto, butta la maschera con Jack Nicholson dicendogli: «Grazie», quando gli offre il chewing gum.

– Io ho solo detto che una madre dovrebbe fare attenzione a sua figlia, – si difende Gaetana, tramortita dall'invettiva.

– E chi sei, – ribatte prontamente Carlo Alberto, – un'assistente sociale incaricata dal Tribunale dei Minori di monitorare il protocollo educativo di Silveria Gentile?

Nella pausa seguente, avvertiamo tutti con chiarezza che, nonostante l'imbarazzo, tra noi sta circolando un entusiasmo, anzi di piú, un'allegria, un'inaspettata ricomposizione della complicità che viene direttamente dal consenso che Carlo Alberto s'è appena guadagnato. Chissà perché, il primo a cui rivolge lo sguardo dopo la sua sparata sono proprio io; e in quell'occhiata percepisco una richiesta. Come se toccasse a me dargli ragione per primo e tirarmi dietro gli altri. Come se Carlo Alberto mi stesse incaricando di non lasciarlo solo, di mettermi dalla sua parte, e di farlo subito. In altre parole, mi sta investendo della sua fiducia. Un codice silenzioso ma chiarissimo che rigenera la nostra amicizia e la rende, in quel preciso attimo, adulta.

Non dico niente; solo, stendo le labbra in un sorriso soddisfatto e complice e annuisco ripetutamente, scarcerando in quel modo la sincerità di tutti.

Il primo, manco a dirlo, è Gaviscon.

– Oh, Carlo, voglio il tuo poster in camera.

– Fossi una donna te la darei subito, – lo segue a ruota Walter.

Gaetana è annichilita. Per un momento, quasi mi dispiace per lei.

– La pensate anche voi come lui, vero? – dice alle ex ragazze con le labbra che le tremano, passandole in rassegna una per una alla ricerca di una smentita che non trova. – Anche secondo voi sono un'ipocrita, una che parla male degli assenti, invidiosa e opportunista?

– Ma no, – fa Nicoletta, muovendosi appena. Del resto è l'unica ad averle sempre concesso il beneficio di una bontà di fondo.

«Gaetana è solo insicura», ha sempre detto. È un vecchio trucco del quieto vivere, quello di contrabbandare la meschinità d'animo come forma degenerativa dell'insicurezza. Io, se volete che ve lo dica, non ho mai conosciuto una persona insicura che si comportasse da stronza.

– Invece sí, – sbotta capricciosamente Gaetana. – Ve lo leggo in faccia, a tutti. Anche tu, Nicoletta, fai l'affettuosa ma mi disprezzi.

– Io?

– Sí, tu. Hai sempre finto di essermi amica, ma l'unica ragione per cui mi frequentavi era che ti piaceva mio fratello.

I muscoli facciali di Nicoletta si rilasciano assecondando il flusso di una rabbia che fuoriesce già scarica, quasi che in quell'accusa puerile realizzasse lo sperpero di una fiducia malriposta per anni, di cui solo adesso prende coscienza. In quell'attimo, curiosamente, mi sembra di vederla serena, come si godesse la delusione.

– Guarda che era lui che corteggiava me, – risponde con pacata sincerità. – Chiediglielo, sono sicura che te lo dirà. È sempre stato un ragazzo di cuore. Al contrario di te.

Gaetana incassa e tace. Ora, è davvero umiliata.

– Mi sono sempre sbagliata sul tuo conto, – la giustizia Nicoletta. – Avevano ragione gli altri.

Gaetana rimane qualche istante a mordersi le labbra, poi prende a raccogliere le sue cose.

– E no, eh, – fa Gaviscon. – Scusa, puoi aspettare solo un momento?

Lo guardiamo alzarsi, andare dal cameriere, riferirgli qualcosa che sembra tanto un'istruzione e tornare al tavolo.

– Okay, ora puoi andare, – dice a Gaetana.

Lei è cosí intronata dalle mazzate ricevute che manco gli chiede spiegazione di quel surreale intermezzo.

Un momento dopo vediamo il cameriere che la intercetta sulla porta.

– Ma che hai fatto, Gaviscon? – chiedo.

– Abbiate pazienza, eh. Non è che possiamo offrire la cena a tutti quelli che si offendono.

– Ma che testa di cazzo sei, – dico, e sto ancora ridendo quando la voce della testimone di Geova mi raggiunge come un'interferenza molesta.

– Per favore, ditemi quant'è, che vorrei andarmene.

– Trentotto e cinquanta, – risponde al volo Gaviscon. – Direttamente alla cassa.

– Che ti prende, Lucia? – le chiede Guia spazientita.

– Scusatemi, ma mi sento totalmente estranea alle polemiche e ai discorsi che ho sentito finora.

– Cos'è, abbiamo offeso la tua sensibilità? Ti senti cosí moralmente superiore?

– È solo che non condivido il vostro modo di assalire gli altri, di schierarvi, approcciare i problemi, essere madri e padri. Ripensandoci, forse ai tempi del liceo avevo le mie buone ragioni per rendermi antipatica.

– Ooh, questa è meravigliosa, – reagisce Guia. – Capito, ragazzi? Lucia *non condivide* il nostro modo di parlare, di affrontare i problemi (ah no scusa, hai detto approcciare), addirittura il nostro modo di fare i genitori. Siamo appena stati eticamente bocciati nientemeno che da Lucia Maccauro.

– Ehi, sembra che stasera hai fatto scuola, – dice Walter a Carlo Alberto.

– Queste parole non ti fanno onore, Guia, – contrattacca Lucia. – E se pensi che scenda al tuo livello non lo farò.

– Ma smettila, Maccauro. Ci hai rotto il cazzo per un triennio con la tua compunzione, il tuo vocabolario pretenzioso, i rimproveri da sorella maggiore e l'aria da prima della classe, quando poi eri solo una leccaculo.

– Mi rincresce vederti cosí carica di rancore.

– No, guarda, il rancore lo riservo alle persone che ho amato. Quindi con questo paternalismo d'accatto ti ci puoi fare uno shampoo, che tra l'altro ne avresti anche bisogno. Sono solo indignata dalla tua arroganza. Ma chi sei, Lucia? Cosa fai di cosí rilevante nella vita per ritenerti moralmente al di sopra degli altri?

– Suona divinamente il citofono, – dice Walter.

– Non intendo restare qui a farmi ingiuriare oltre, – cerca di troncare Lucia, diventata rosso Campari.

– Oh, ma come cazzo parli? – parte di testa Gaviscon. – Ingiuriare, approcciare... E poi perché voi del marketing dell'apocalisse ci tenete tanto a sembrare tutti emigrati dal Norditalia? Tu sei di Atripalda, Lucia, che fine ha fatto il tuo accento?

– Madonna che serata, – sospira la povera Nicoletta, esausta. – Ma chi mi ha cecato di organizzarla?

– Dài, non fare cosí, – la consola Il Gobbo prendendole la mano. – Meglio sinceri che ipocriti. E sai cosa, in fondo mi sto divertendo.

– L'ho capito che vi piace il gioco al massacro, – dice Lucia raccogliendo le sue cose.

– Ma non dovevi andare via? – fa Guia. – Sembrava avessi fretta di lasciarci, e sei ancora lí che vuoi l'ultima parola.

Lucia non replica, si limita ad allontanarsi senza salutare nessuno. Gaviscon alza una mano allertando subito il cameriere.

Nicoletta la segue con gli occhi, esterrefatta.

– Ma vi rendete conto? L'ho cercata, l'ho invitata, ho anche insistito perché venisse, e ha la faccia di andarsene senza neanche dire Arrivederci. Ma che stronza.

– Me la chiami faccia, quella? A me mi pare una frittata di cipolle, – fa Walter.

– Ragazzi, io vi saluto. Purtroppo non posso trattenermi, domani ho un treno molto presto, – dice Carlo Alberto. – Ma è stato bellissimo vedervi.

Lo guardiamo subito con malinconia.

Il Gobbo e Guia fanno: «Oh», all'unisono.

Carlo Alberto si rivolge a Nicoletta e le posa una mano sulla spalla.

– Non ti angustiare, Nico. È stata un'ottima idea radunarci tutti, e io ti ringrazio. Sono stato molto contento di esserci.

– Poteva andare meglio, – fa lei alzandosi per salutarlo come merita.

– Ti sbagli, – dice lui accarezzandole una guancia, – ci si guadagna sempre, a perdere uno stronzo.

E qui stiamo proprio per fargli l'applauso.

Lo abbracciamo a turno, tributandogli un affetto e una stima accresciuta dall'epocale resa dei conti con Gaetana. Anche l'insignificante Ugo Bove si alza per stringergli la mano. Immagino che nessuno di noi abbia dei dubbi: è lui, la rivelazione della serata.

Carlo Alberto Fiume, ladies and gentlemen.

Restiamo addirittura in piedi, finché non si chiude la porta alle spalle.

– Sapete che vi dico? – se ne esce Il Gobbo appena ci rimettiamo a sedere. – Che se questa serata è servita anche soltanto a farci ritrovare Carlo Alberto, io sono già contenta.

– Anch'io, – sottoscrive Walter.

– Anch'io, – dichiara Guia, – ma mi sento ancora meglio al pensiero di aver mandato a fare in culo Lucia Maccauro. Vi giuro che quando ha detto: «Ditemi quant'è che vorrei andarmene», ho pensato: «Adesso ti faccio pagare tre anni di sopportazione in una volta».

– Che fosse un cazziatone in sospeso da vent'anni s'era abbastanza capito, – fa Il Gobbo.

– Insomma, sembra che ognuno abbia un motivo per considerare questa cena riuscita, – osserva Guia.

– Dite cosí per non mortificarmi, – butta lí Nicoletta.

– No, Guia ha ragione, è la verità, – dico io.

– Se siamo rimasti in sette, – ribatte lei.

– Io direi sei, – sentenzia Gaviscon versandosi dell'altro vino, e tutti ci voltiamo a comando verso Ugo Bove, come se solo adesso ci ricordassimo che c'è anche lui.

Quello serra le mascelle e ci guarda.

– Ma ci spieghi che cazzo sei venuto a fare, Bove? – gli domanda Gaviscon fuori dei denti, e si capisce che ce l'aveva proprio sullo stomaco. – Non hai detto una parola tutta la sera, stai lí a esaminarci come se dovessi fare rapporto, fai anche rumore quando mangi; no, dico, ma te ne accorgi?

Nessuno di noi apre bocca. Ugo Bove risponde pure a brutto muso e a tutti noi, non solo a Gaviscon:

– La verità, se ci tenete a sentirvela dire, è che non mi siete mai piaciuti.

– Ma ci siamo visti per litigare, stasera, Dio santo? – fa Nicoletta, portandosi le mani alla testa.

– No, no, aspetta, voglio proprio sentire, – dice Walter, tendendosi verso Ugo Bove con intenzioni non esattamente pacifiche.

– A parte Carlo Alberto, non avevo voglia di rivedere nessuno di voi, – asserisce Ugo Bove, nel tono di chi non ammette dibattito.

– E allora perché sei venuto, scusa? – gli chiedo.

– Per dirvelo.

Ci guardiamo tutti in faccia, come per assicurarci di aver sentito bene.

– Beh, ha un senso, – commenta Gaviscon.

– Mica tanto, – obietto.

– Okay, ce l'hai detto, – trancia Walter. – Adesso puoi andartene.

– Certo che me ne vado, – dice lui. E lo fa.

Rimaniamo sbigottiti a fissarlo mentre fa tappa alla cassa ed esce dal locale senza degnarci di uno sguardo.

– Ma voi ci avete capito qualcosa? – domanda Nicoletta.

– Che vuoi capire, mica s'è spiegato, – dice Guia.

– Ha detto che non ci ha mai potuto vedere, piú chiaro di cosí, – dice Walter.

– Non era una spiegazione, era un'affermazione. È come se avesse inziato un discorso partendo dalla fine e si fosse fermato lí, – dice Guia.

– S'è fatto la resa dei conti da solo, – dice Gaviscon.

– Sta fuori come una veranda, – dice Il Gobbo.

– Io sono stupefatto sul piano antropologico, – dico io. – È il primo esemplare di nerd cinquantenne che abbia visto. Si potrebbero organizzare delle visite guidate al suo domicilio e farlo diventare un business.

– Mamma come siamo ridotti, – si passa le mani tra i capelli Nicoletta. – E io che pensavo quanto sarebbe stato bello ritrovarsi. A saperlo avrei fatto dei colloqui, prima.

– Beh, noi ci siamo ancora, Nico, – la consola Gaviscon. – Anzi, guardate chi arriva.

Ci voltiamo tutti verso l'ingresso, assistendo al ritorno di Pino Silvestre.

– Ma dove sono andati, tutti quanti? – chiede raggiungendoci al tavolo, esausto. Se c'è una cosa che alla nostra età ti si legge in faccia è la stanchezza.

– È una storia lunga, – gli dico mentre si siede e lascia andare un lungo sospiro.

– Sei riuscito a parlarle? – chiede Nicoletta.

– Finito adesso. Dio che fatica.

– Cioè ti ha perdonato? – domanda Guia.

– Non so dirti, un po' piangeva, un po' mi dava dello schifoso, un po' mi augurava di morire. Questo dopo qualcosa come quarantadue chiamate, eh. Ho il lato destro della faccia in fiamme, appena arrivo a casa ci metto il ghiaccio.

– È vero, guarda là, sei tutto rosso! – dice Il Gobbo, trovando il dettaglio divertente.

– Oh, ma poi me le mandi le foto della figlia? – chiede Gaviscon.

Dritto, secco e implacabile, parte subito il pacchero di Guia, che coglie Gaviscon tra la guancia e l'orecchio sinistro. *Paf!*

– Che coglione che sei, – aggiunge, mentre noialtri ci scompisciamo dal ridere.

– E due, – fa Gaviscon portandosi la mano alla faccia. – Prima quel metalmeccanico del Gobbo, adesso tu. Nico, vuoi favorire, per caso?

– Io ho già dato, – dice Nico, e mi guarda.

– Te lo sei meritato, era una battuta stronza, – lo rimprovera Guia.

– Allora perché stai ancora ridendo?

– Ma si può sapere che è successo, che vi vedo decimati? – chiede Pino.

– Boh, niente di particolare, – spiego. – Carlo Alberto ha sfanculato Gaetana Tuozzolo, Guia ha sfanculato Lucia Maccauro, Gaviscon ha sfanculato Ugo Bove che a sua volta ha sfanculato noi, Carmen s'è sfanculata da sola e a te ti ha sfanculato Silveria.

– Una seratona, – piagnucola Nicoletta.

– Dobbiamo proprio chiederti scusa, – le dice Pino.

– *Dovete*, semmai. Noi non abbiamo fatto niente, – precisa Walter.

– Sentite, – s'illumina Pino come folgorato da una grande idea, – ma perché non approfittiamo della selezione naturale che ci ha offerto questa serata disastrosa?

– In che senso? – domando.

– Se siamo rimasti noi sette, un motivo ci sarà.

– Aspetta a dirlo, magari tra cinque minuti parte un'altra nomination, – cerca di disilluderlo Gaviscon.

– Sapete, penso davvero che il fatto che siamo ancora qui voglia dire che abbiamo da scambiarci molto piú di quattro chiacchiere. Sarebbe bello rivederci, parlare.

– Cioè, una specie di terapia di gruppo? – inorridisco.

– L'idea già mi piace, – dice Nicoletta L'Entusiasta.

– Sai cosa? Anche a me, – fa Guia. – Ci conosciamo da

ragazzi, non abbiamo bisogno di mentire, possiamo aprirci senza riserve.

– State cercando di risparmiare sull'analista? – dice Il Gobbo.

– Io in analisi non ci andrei. Ma con voi dei miei problemi parlerei volentieri, – dice Nicoletta.

– Bah, – fa Il Gobbo.

– Mi sa che siamo arrivati alla frutta, – dice Gaviscon.

– Sentite, – propone Pino, – io ho un attichetto nel centro storico dove vado ogni tanto. Possiamo vederci lí, se volete.

– Un *attichetto* nel centro storico? – dico.

– Sí. In affitto.

– Immagino sia il tuo eremo di meditazione, – dice Walter.

– Vi va domani sera? – glissa Pino. – Apro un gruppo WhatsApp e vi mando l'indirizzo.

– Già cosí presto? – dice Il Gobbo.

– Vi va o no? – fa Pino.

Nicoletta: – A me va.

Guia: – Ma sí, proviamo.

Il Gobbo: – Devo pensarci.

Io: – Anch'io.

Gaviscon (a me): – Devi controllare l'agenda?

Io (a Gaviscon): – Vaffanculo.

Walter (dopo un silenzio piuttosto eloquente): – Io ci vengo se mi offrite la cena, perché non ho un soldo.

Alfonso Gatto

Nel ristorante non c'era campo e cosí, una volta fuori dal locale, nell'arco di pochi minuti veniamo raggiunti quasi contemporaneamente da mitragliate di messaggini accumulati durante la cena, per cui velocizziamo i saluti e ce ne andiamo ognuno per la sua strada col cellulare in mano o all'orecchio.

Quando, come adesso, realizzo quanto sia ammaestrato dal telefonino, che è diventato per me una specie di psicoregolatore, per cui mi angoscio o mi calmo a seconda che lui mi convochi o taccia (credo sia legato alla vigilanza che il cellulare svolge sulla mia persona, il senso di scarcerazione che provo a fine giornata quando lo spengo), e riconosco negli altri i sintomi della stessa sottomissione, mi chiedo qual è stato il momento (perché c'è stato) in cui abbiamo finto di non capire che stavamo acquisendo una dipendenza, e ci siamo lasciati andare infilandoci un padrone nel taschino.

Mentre m'inoltro nelle stradine semideserte della città vecchia sbattendo le suole sull'asfalto per intimorire eventuali pantegane in libera uscita, do un'occhiata alle chiamate perse e ai messaggi.

Il primo in ordine d'arrivo è di Alagia, il secondo di Viola; poi, tre telefonate da un numero sconosciuto e un messaggio vocale, sempre dallo stesso numero.

Malgrado muoia dalla curiosità di conoscere l'identità del chiamante misterioso, do la precedenza a mia figlia.

CIAO VINCE', PER CASO SEI ANCORA IN CONTATTO CON QUEL TUO VECCHIO AMICO VIOLINISTA? HO PENSATO CHE MI PIACEREBBE MOLTO SE

AL MATRIMONIO SUONASSE UN QUARTETTO D'ARCHI. SAREBBE BELLO VISTO CHE, COME SAI, FAREMO TUTTO IN GIARDINO. DICI CHE IL TUO AMICO POTREBBE CONSIGLIARCI, O MAGARI VENIRE A SUONARE PROPRIO LUI? FAMMI SAPERE, XXX

Il quartetto d'archi in giardino, con pochi invitati, un buffet di monoporzioni e fritture preparate al momento, un carretto dei gelati (con gelataio in divisa), il taglio della torta e lo champagne. Molto chic, certo. L'idea mi piacerebbe, se la prospettiva di Alagia che dice sí per tutta la vita al piccolo Heidegger tutt'a un tratto non mi trafiggesse come una freccia. Sarà perché mi sono appena immaginato la scena della villa in campagna dei genitori di Heidegger (dove appunto si sposeranno), con Alagia in abito da sposa e gli archi in lontananza che suonano il tema di *High & Dry* dei Radiohead (non so perché ho scelto proprio quel pezzo), ma in questo momento sto pensando Come si permette, quello, di sposare la mia bambina. E non credevo di poter scendere cosí in basso. Per cui, già che ci sono (in basso), decido di restarci un po', cosí impugno il telefono e scrivo:

NON TE L'AVEVO DETTO? QUEL MIO VECCHIO AMICO È MORTO TRAGICAMENTE IN UN INCIDENTE DI ELICOTTERO. PER CUI NON SO PROPRIO COME AIUTARTI. DEL RESTO NON MI RISULTA CHE I QUARTETTI D'ARCHI FACCIANO MATRIMONI. YYY

Poi passo a leggere Viola.

NON SO TU, MA IO IN QUESTO MOMENTO MI STO ROMPENDO TERRIBILMENTE I COGLIONI. COSÍ, VOLEVO DIRTELO. BACI.

Eccolo qua, il tipo di messaggio che mi mette di buonumore. Se c'è una cosa che amo di Violetta, è la gratuità.

Vai con il messaggio vocale, adesso.

Ciao, collega Malinconico, scusa se t'importuno ma non eri raggiungibile e ho una certa urgenza di parlarti. Sono Ugo Starace Tarallo. Puoi chiamarmi a questo numero già domattina molto presto. Lo farei io ma non conosco i tuoi orari. Ti ringrazio e scusa ancora il disturbo. Buona serata.

Oh, wow. Ugo Starace Tarallo in differita sul mio cellulare. Chiamerei Benny per dargli la grande notizia, se non fosse cosí tardi. Vorrà fissare la riunione, immagino.

Però il messaggio me l'ha inviato alle 22:30, un orario un po' insolito per telefonare a un collega, che tra l'altro neanche conosci. Come avesse voluto sottolineare la riservatezza, chiedere indirettamente di non riferire a nessuno della sua telefonata. E a chi altro potrei riferirne, se non a Veronica?

Ma certo. Non vuole che sua moglie lo sappia. Ecco perché – rifletto mentre continuo a pestare l'asfalto per paura delle pantegane – mi ha chiesto di richiamarlo domani mattina presto (anzi, molto presto): per parlarmi prima che io senta Veronica. E figurarsi se Veronica si sveglia con le galline.

E bravo Ugo Starace Tarallo. Cos'è che vuoi da me, hmm? Cosa spinge un pacchianone con la puzza al naso come te a lasciare un messaggio cosí cautelativo a un collega piccolo piccolo? Non l'avresti mai fatto se non avessi qualcosa da perdere, giusto? Benebenebene, la faccenda si fa interessante.

Mi lascio cosí prendere dell'ermeneutica che mi accorgo d'essere arrivato a casa solo quando infilo la chiave nel portone.

Sullo zerbino del primo piano incontro Alfonso, il gatto sordo del quartiere, che pernotta un po' dove gli capita e qualche volta anche qui. Chissà quale testa di cazzo avrà avuto l'idea di chiamarlo Alfonso Gatto. Comunque Alfonso è benvoluto dai condomini e nessuno lo manda via, perché è buffo e silenzioso, e poi ha quest'abitudine di seguire le persone che incontra perché, essendo sordo come una campana, le usa per muoversi in giro senza farsi investire dalle macchine.

Se ne sta acciambellato sullo zerbino, e quando mi vede alza la testa. Io lo ignoro e passo oltre. Quando arrivo davanti alla porta me lo trovo accanto; per meglio dire, in basso.

– Che ci fai qua? – gli chiedo.

Come se poi mi sentisse.

Mi guarda, si gratta un baffo con la zampa posteriore. Quella davanti non andava bene, evidentemente.

Apro. Lui resta sullo zerbino, mi fissa proprio in faccia. È chiaro che vuole entrare, ma aspetta che lo inviti. È un gatto discreto.

– Vuoi dormire qui? – gli dico.

Lui piega un orecchio, come cercasse d'interpretarmi.

– Cosa lo pieghi a fare, che non ci senti, – dico.

E lui che ancora se ne sta lí e mi guarda.

– Ti muovi o no?

Una sfinge, oh. Non vuol proprio saperne.

– Va be', ho capito, – dico. E lascio la porta socchiusa.

Vado in cucina, apro il frigorifero, prendo la bottiglia dell'acqua minerale e bevo, mentre Alfonso si decide.

– Posso chiudere la porta, adesso? – gli chiedo.

E lui, senza darmi retta, si accomoda in cucina e sale sul divanetto Klippan.

– Meno male, va'. Facevamo l'alba, tra un po', – commento mentre un altro *dín* del cellulare annuncia un nuovo messaggio in arrivo.

Guardo Alfonso, pensando istintivamente che il suono possa averlo scosso dalla manovra di accomodamento; poi lo vedo sculettare all'indietro per trovare la posizione migliore e mi ricordo che è sordo.

Mentre mi cavo il telefonino di tasca fingo di chiedermi chi possa essere a quest'ora.

STA DORMENDO, AVVOCATO?

Mi liscio due volte la barba con la mano sinistra, sorrido e rispondo, compiaciuto del dispetto:

SÍ.

E chiudo cosí la giornata.

To call or not to call (That is the question)

Alfonso Gatto viene a miagolarmi in camera alle 7 e 40, strappandomi da un dormiveglia già rovinato dai guaiti del cane del palazzo accanto che, come tutte le mattine da dieci anni a questa parte, appena i padroni escono di casa si fa venire l'ansia da abbandono, infila la testa fra le stecche della ringhiera del terrazzo e intona il gospel a un volume inspiegabile, data la taglia (è un West Highland White Terrier, detto Westie: sono andato su Wikipedia a documentarmi, spinto dalla curiosità filosofica di conoscere il nemico).

Che poi vorrei dire: ormai sono dieci anni che abiti con gli stessi padroni, dovresti averlo capito che tornano (su Wikipedia c'è scritto che sei intelligente), quindi che cazzo guaisci appena resti solo in casa cinque minuti? E poi, hai un terrazzo intero a disposizione, goditelo e non rompere i coglioni, no? Allora cosa dovrei dire io che ho un balconcino di un metro quadro dove non posso stendere neanche i panni?

– Non sai quanto t'invidio, in questo momento, – dico ad Alfonso Gatto alzandomi. Il riferimento è alla sua sordità, ovviamente. Lui continua a miagolare andando avanti e indietro perché mi alzi e lo faccia uscire. Se c'è una cosa che manca agli animali è la pazienza.

– Ho capito, piantala di farmi fretta, – dico infilandomi le pantofole; e lascio che mi guidi alla porta trotterellandomi davanti con la coda dritta.

– Non vuoi fare colazione? – gli propongo aprendo; ma

lui sguscia subito fuori e scappa per le scale. Chissà dove va, cosí di corsa.

Sbadiglio, mi stiracchio e vado in cucina a caricare la Bialetti single meditando sull'opportunità di chiamare Starace Tarallo o aspettare che ritelefoni. D'accordo, è stato lui a chiedermelo, indicando anche la fascia oraria preferibile, ma è pur vero che se lo accontentassi farei la figura dell'inferiore che scatta ossequiosamente sull'attenti appena l'avvocato di grido lo tratta da collega. Okay, sa un po' di *Mi si nota di piú se vengo e me ne sto in disparte o se non vengo per niente?*, ma proprio non mi va di gratificare uno stronzo.

L'unico problema, rifletto versandomi il caffè nella tazzina, è che, avendomi chiesto di chiamarlo *anche molto presto* (è cosí che ha detto), se non lo chiamo entro una mezz'ora penserà che dormo. E allora? Lo chiamo e mi presto al gioco (ma almeno non gli faccio credere di essere uno sfessato che si alza tardi perché non ha un cazzo da fare), o aspetto che mi chiami lui e mi scuso di non aver fatto in tempo a precederlo a causa dei miei impegni? E se poi non chiama? In fondo ha ragione ad aspettarsi la mia telefonata, visto che mi ha cercato tre volte senza riuscire a prendere la linea.

Cellulari stramaledetti. Hanno moltiplicato i dilemmi. Ma tu guarda se devo stare qui a dilaniarmi. Sto per uscire a comprare un teschio con cui discutere quando squilla il fisso. Guardo il cordless che lampeggia chiedendomi chi possa essere, a quest'ora. Neanche i call-center rompono i coglioni alle otto di mattina.

Prendo il telefono.

Numero sconosciuto.

– Pronto.

– Buongiorno. L'avvocato Malinconico?

Voce di donna. Giovane.

– Sí.

– Buongiorno avvocato, – dice l'ignota nel tono gentile e insieme imbarazzato di chi si scusa preventivamente per l'orario inopportuno, – sono la collega Reitano, dello studio Starace Tarallo.

– Starace Tarallo? – chiedo come se mi sforzassi di ricordare di chi si tratta.

– Sí, – conferma lei con una venatura di disappunto, quasi mi rimproverasse di aver disconosciuto la celebrità del marchio, – l'avvocato Ugo Starace Tarallo.

– Ah sí, – rispondo, come a dire: «E allora?»

E nella micropausa che precede la sua replica capisco di star parlando con Hello Kitty. Non ho mai sentito la sua voce ma scommetterei cento euro che quella dall'altro capo del telefono è lei.

– Mi perdoni, avvocato, se la chiamo cosí presto, ma ha il cellulare spento e ho trovato il numero sull'elenco.

– Sull'elenco c'è anche quello dello studio, – ribatto polemico.

– Veramente no. C'era solo questo. Oh mio Dio, allora l'ho chiamata a casa? Santo cielo, mi scusi tanto, sono mortificata, – sobbalza la quasi certamente Hello Kitty, e in quel momento mi ricordo che siccome al Diciamo Loft abbiamo una sola linea, piuttosto che passare per uno studio associato, o (peggio) registrarci come «Avv. Vincenzo Malinconico e Rag. Espedito Lenza» con un solo numero (che sarebbe stata una figura di merda), ho preferito che la linea se la intestasse soltanto Espe (tanto, chi vuoi che ti cerchi sull'elenco, di questi tempi).

– Va be', non si preoccupi, – la rassicuro.

– Dio che figura, la prego, mi scusi.

– Non c'è problema, davvero. E poi ero già pronto per uscire. Qui se non cominciamo a correre di prima mattina non veniamo a capo della giornata, – dico, stupefacendomi di aver partorito una minchiata simile.

– Ha ragione, è proprio cosí. Senta, comunque le rubo solo un minuto. Se posso permettermi, a questo punto.

– Prego.

– Allora. Chiamo da parte dell'avvocato. Mi ha detto che avreste dovuto sentirvi stamattina di buon'ora, ma purtroppo è dovuto uscire molto presto per un interrogatorio in carcere, e non avrebbe avuto modo di risponderle al telefono. Cosí mi ha chiesto di chiamarla al suo posto e chiederle se è libero per pranzo.

– Per pranzo? – mi stupisco.

– Sí. Vorrebbe incontrarla a pranzo. Se lei è disponibile, s'intende.

E io che mi facevo tutti quei problemi su chi dei due avrebbe dovuto cedere per primo. Ormai qui siamo ai confini dello stalking. Qualunque cosa Starace Tarallo voglia dirmi dev'essere maledettamente importante (almeno per lui), per rilanciare in tempi cosí serrati.

– Va bene, credo si possa fare.

– Oh, benissimo. L'avvocato proponeva alle tredici all'*Uva Pazza*.

– Facciamo l'una e un quarto, – ribatto, tanto per rompere i coglioni.

– Tredici e quindici, d'accordo, riferisco. Vuole che le mandi un messaggino con l'indirizzo del ristorante?

– No grazie, so dov'è.

– Bene, allora. Grazie avvocato, e buona giornata.

– A lei, – rispondo. E vado a cercare su internet l'indirizzo.

Se non fosse cosí presto, chiamerei subito Veronica per avvisarla del pranzo imminente (a questo punto, l'insistenza del marito mi sembra un chiaro invito a tenerla all'oscuro del nostro incontro: favore che non intendo assolutamente fargli), cosí decido di tergiversare un'oretta sbrigando i primi adempimenti della giornata, che consistono essenzialmente nell'accendere il telefonino.

Durante lo spegnimento, il mio iPhone ha custodito i messaggi di Alagia (NON FARE L'IMBECILLE E CHIAMA IL TUO AMICO VIOLINISTA); Alf (che mi ha registrato i pappagalli monteverdini in sottofondo); Gaviscon (MA TU CI VAI DAGLI

ALCOLISTI ANONIMI, STASERA?), piú una chiamata persa da un numero sconosciuto (quello di Hello Kitty, suppongo).

Preparo il secondo caffè, scorro i titoli di Rai News e mi concedo una lunga doccia. L'ora che avevo preventivato non è ancora passata ma chiamo lo stesso Veronica, che rantola un «Pronto» un momento prima che chiuda.

– Stavo per attaccare, – dico.

– Sarebbe stato un peccato, – risponde.

– Ah, ah, – simulo.

– Ma che ora è? – domanda.

– L'alba.

– Ah, ah, – mi imita.

– Scusa se ti strappo dal sonno, ma volevo dirti che oggi vedo tuo marito a pranzo.

– Cosa?

– Mi sembra di capire che non ne eri al corrente.

– Infatti.

– Beh, ha chiesto di vedermi a pranzo. Dopo avermi cercato tre volte ieri sera. E stamattina mi ha fatto chiamare da una sua sottoposta. A proposito, come si chiama Hello Kitty?

Impiega qualche secondo a ricollegare le informazioni e capire di cosa sto parlando.

– Angela.

– Angela e poi?

– 'spetta... Reitano, mi sembra.

– Bingo! Lo sapevo che era lei!

– Ti ha detto perché vuole vederti?

– No. Non ci ho neanche parlato.

– Però hai accettato l'invito.

– Se ti ho detto che lo vedo a pranzo.

– Eh già.

– Non dovevo?

– È solo che mi urta che abbia chiesto di vederti da solo.

– Beh, non è poi cosí strano che gli avvocati s'incontrino.

– Sí, ma questa non è una causa qualsiasi. Si tratta di

lui e di me. E all'inizio s'era parlato di una riunione in cui dovevo esserci anch'io. È chiaro che ha qualcosa in mente.

– Oppure ha semplicemente deciso di restringere quella riunione a noi due soltanto.

– Allora non vedo il motivo d'invitarti a pranzo.

– Io aspetterei di sentire cos'è che vuole, prima di arrovellarmi.

– Hai ragione, – risponde. Ma dal silenzio in cui scivola capisco che non è convinta.

– Oh, – dico.

– Sí, – dice.

– Sta' tranquilla. Ti chiamo appena vengo via di là.

– Va bene.

– Allora a piú tardi.

– Vincenzo.

– Cosa.

– Perché non mi hai ancora chiesto un acconto?

– E come ti viene, adesso?

– Non lo so. Mi sono appena resa conto di non averti ancora dato un soldo.

Ci penso un attimo.

– Ehi, sai una cosa? È vero.

L'*Uva Pazza* è al primo piano di una palazzina signorile del centro. Al posto dell'insegna ha una targa bombata in ottone, da studio notarile, e se non fosse per l'odore di cibo stellato che aleggia come una suggestione olfattiva che ha piú a che fare con l'estetica che con l'appetito, quando varchi la soglia giureresti di essere entrato per sbaglio nell'atelier di un antiquario.

Non sono mai stato in un ristorante che non fosse al piano terra, e malgrado questo ambiente mi irriti (potrebbe chiamarsi *La Puzza al Naso*), devo ammettere che mi piace.

Una ragazza color ebano che potrebbe tranquillamente lavorare per Dolce & Gabbana mi accoglie all'ingresso con un sorriso splendente e mi scorta al tavolo dove c'è già Ugo Starace Tarallo che mi aspetta. È vestito peggio dell'altra volta, con un completo fantasia scozzese che sarebbe anche bello se lui non avesse sbagliato la camicia. Ha dei mocassini allacciati di pelle lucida che brillano come glieli avesse appena leccati un cammello.

Prima ancora di avvicinarmi noto che è lampadato come una milf (l'altra volta non ci ho fatto caso, forse per via delle diverse condizioni di luce), e si tinge pure i capelli. Come abbia fatto una donna come Veronica a sposarsi con un simile trappano, veramente non si capisce.

– Buongiorno, collega, – mi accoglie alzandosi in piedi, – e grazie di avere accettato l'invito.

– Grazie a te, – dico, e ci stringiamo la mano.

– Vincenzo, vero?

– Sí.

– Ugo. Veramente mi chiamo Ugo Maria, ma avendo già due cognomi ho pensato di elidere Maria, altrimenti ci vuole un quarto d'ora per chiamarmi.

– E Maria non ti manca? – replico mentre ci mettiamo a sedere e lui già convoca la modella di Dolce & Gabbana.

– Carina. La battuta, intendo. Me l'avevano detto, che eri un tipo simpatico.

– Anche a te? È un po' che mi sto scoprendo una reputazione che non sapevo di avere.

– Ah, ah, ah, – ride tanto per fare, mentre arriva la top model con gli iPad (è un po' che i ristoranti fighetti danno i tablet al posto dei menu) e ci chiede se intanto l'acqua la vogliamo liscia, gassata o leggermente, come se leggermente fosse un tipo di acqua.

– Senti, – propone, – non so tu, ma a me non piace parlare di lavoro quando mangio. Se sei d'accordo, direi di farci portare una bollicina e chiacchierare un po'. Poi ordiniamo.

– Sono d'accordo.

– Perfetto. Ci porti un Prosecco millesimato, Farai?

– Certo, – risponde la ragazza, alla quale non credo che Starace Tarallo sia molto simpatico. – Quale preferisce?

– Uhm... facciamo Terre di San Venanzio. Anzi, no. Sorelle Bronca.

– Bene, – fa lei. E ho tutta l'impressione che gli farebbe una pernacchia di cuore, se potesse.

– Mi scusi, – la trattengo prima che si allontani, – io preferirei un bianco fermo.

– Sí. Cosa le porto?

– Uno qualsiasi, scelga lei.

La mia risposta deve piacerle, perché mi sorride.

– Allora vengo subito al punto, Vincenzo, – esordisce Ugo Maria Starace Tarallo. – Come puoi ben immaginare, si tratta della mia separazione.

– Infatti lo immaginavo.

– Posso chiederti se mia moglie è al corrente di questo incontro?

– Secondo te?

– Beh, se ti ho proposto di vederci a pranzo invece che in una sede formale, è evidente che sto contando sulla tua discrezione.

– Allora facciamo che non rispondo alla tua domanda.

Torna Farai (quanto mi piace il suo nome) col Prosecco e il mio vino. L'intermezzo sospende la tensione del primo scambio. Non brindiamo.

– Credo tu sappia della relazione di mia moglie, – dice.

– Ammesso che la si possa definire cosí.

– Posso assicurarti che il malloppo di e-mail e messaggi che ho raccolto è piú che sufficiente a definirla cosí.

– So di quella documentazione. Ma non ho la tua stessa fiducia nel suo valore probatorio.

– Tu cosa penseresti se scoprissi che tua moglie intrattiene una corrispondenza intima con un altro uomo?

– Il problema non è quello che penserei io, ma se uno scambio di messaggi senza consumazione di un rapporto sessuale configuri un tradimento.

Questa mi è venuta proprio bene: infatti non gli è piaciuta. Prende un sorso di Prosecco, mentre gli s'indurisce la mascella. Vorrebbe controllarsi, lo vedo, ma non ce la fa.

– Temo tu abbia le idee un po' confuse, al riguardo.

Poso il calice sul tavolo.

– Prego?

Approssimativamente traducibile in: «Che cazzo hai detto, faccia di merda?»

– Mia moglie non ha nessuna possibilità di spuntarla, se andiamo alla giudiziale, – ribatte a denti stretti.

– Ma se sei cosí sicuro di vincere qual è il problema? E soprattutto, perché mi hai invitato a pranzo?

Manda giú un altro sorso di Prosecco e prende un tono curiosamente pacato, come non avesse piú voglia di continuare una polemica sterile.

– Per chiederti di rinunciare all'incarico.
– Cosa?
– È quello che ho detto.
– E perché dovrei fare una cosa del genere?
– Perché – si sporge in avanti e abbassa la voce – non capita tutti i giorni di guadagnare cinquantamila euro.
Vado in stallo per un paio di secondi.
– Mi sa che questa non l'ho capita.
– Le proposte non si capiscono, si valutano.
– Stai scherzando.
– Affatto.
Mi guardo intorno, come se a un tratto trovassi questo ambiente ostile, e tutti i clienti del ristorante fossero complici di Ugo Starace Tarallo.
– Io sono allibito.
– Lo so. So esattamente come ti senti. La mia proposta ti ha offeso nella tua dignità di persona, prima ancora che di professionista. Sei scandalizzato, disgustato, vorresti alzarti e uscire da questo ristorantino esclusivo di gente sussiegosa e benvestita urlandomi ogni genere d'insulto e magari darmi anche un pugno in faccia. Ma non lo fai. E sai perché?
– No, perché?
– Perché cinquantamila euro esentasse sono un sacco di soldi. E per guadagnare cinquantamila euro pagando le tasse bisogna incassarne centomila. E per incassare centomila euro bisogna investire un altro bel po' di soldi da riprendersi quando e se sarà.
Qui si concede una breve pausa, per dare il tempo alla raffica di concetti con cui mi ha mitragliato di affondare nella mia coscienza e infettarla.
– Dimmi, Vince', li hai mai guadagnati cinquantamila euro, cinquantamila euro *veri*, con una sola causa?
– Fammici pensare… sai che credo di no?
– Beh, qui li guadagneresti senza neanche farla. La cosa si svolge fra me e te, e resta fra me e te. La mia parola,

la tua. Dimmi di sí e ti faccio avere i cinquantamila euro quando vuoi, come vuoi. È sufficiente che mi prometti che rinunci al mandato e non hai piú nessun rapporto con mia moglie. Il primo passo lo faccio io, senza garanzie. Dammi la mano e la cosa è fatta.

– Ma perché ci tieni tanto che mi tolga di torno?

Mi guarda come se gli avessi fatto una domanda inopportuna.

– Scusa eh, ma questi saranno pure affari miei. Caccio cinquantamila euro e ti devo anche delle spiegazioni?

Rimango ammutolito dall'impeccabilità della replica.

– Tutto quello che devi fare – passa alle conclusioni, sintetizzando (devo riconoscere che le tecniche di corruzione le conosce benissimo) – è chiamare Veronica e dirle che rinunci al mandato –. Pausa. – E questo, bada bene, *dopo* che hai incassato la cifra. Inventati una stronzata qualsiasi, dille che sei depresso, che hai scoperto di essere malato e devi curarti, che sei diventato obiettore di coscienza e credi nell'indissolubilità del matrimonio. Gliel'hai detto che venivi a pranzo con me, vero?

– Eh sí.

– Ecco perché non dovevi dirglielo. Sarebbe stato piú semplice raccontarle una palla, dopo. Beh, affari tuoi, io indirettamente ti avevo avvisato. Pensavo che telefonandoti alle dieci di sera e facendoti chiamare alle otto di stamattina dalla mia collaboratrice, ci saresti arrivato da solo.

Rimango inebetito, in un orrendo stato di semi-incoscienza, disgustato da me stesso e spossessato della mia lucidità. Ugo Starace Tarallo si sporge di nuovo verso di me, fissandomi negli occhi mentre penso al matrimonio di Alagia, all'università di Alfredo, al lungo respiro che mi darebbe la disponibilità di una somma simile.

– Vince': *cinquantamila euro*. Puliti. Hai capito?

– Eh, ho capito. Ho capito, cazzo.

– Bevi un sorso, – dice, porgendomi il *mio* calice.

– Eh?

– Bevi un sorso di vino. Riprenditi un po'.

Prendo il calice in automatico e lo mando giú intero.

– Vuoi che vada di là a fare una telefonata cosí resti da solo a pensarci un minuto?

– Oh, falla finita, ti prego.

– Dicevo per te. Ordiniamo, intanto?

In quell'esatto momento entra nella sala Hello Kitty, trafelata (la riconosco al volo, è ancora piú uguale a Hello Kitty della prima volta che l'ho vista), e viene dritta al nostro tavolo, coperta dagli sguardi di riprovazione degli avventori del ristorante, che devono ritenere il suo stato di agitazione poco consono all'ambiente. Il mio corruttore è spiazzato dall'intrusione.

– Ma che ci fai qua, dovresti essere in tribunale per la causa Rotunno, – la bacchetta prima ancora che apra bocca.

– Mi scusi, avvocato, – dice la ragazza ansimando, – mi scusi anche lei, avvocato Malinconico, se interrompo cosí il vostro pranzo, ma credo... oh mio Dio, temo di aver fatto una sciocchezza.

– Che è successo, – asserisce il boss, glaciale.

– Ecco, ho avuto... un mancamento, come una fame d'aria, e mi sono allontanata dall'aula.

– *Ti sei allontanata dall'aula?*

– Ci avrò messo cinque minuti, non di piú, il tempo di un bicchiere d'acqua, glielo giuro, avvocato, – si giustifica lei convulsamente. – Sono tornata di corsa in udienza e avevano già chiamato la causa.

Starace Tarallo appallottola il tovagliolo e lo lascia cadere accanto al piatto gettando simbolicamente la spugna mentre la poveretta va avanti con le lacrime agli occhi.

– Ho cercato di spiegare al presidente cos'era successo, ma non ha voluto sentire ragioni ed è andato avanti col turno. Oh Dio, mi dispiace cosí tanto...

– Capito, Vincenzo, – mi fa Starace Tarallo, beffardo, – cosa succede ad affidare un compito a degli inetti? Le è venuta *fame d'aria*, nientedimeno. Pure psicolabili, oltre che incapaci. Dovremmo fargli fare i test attitudinali, prima di mandarli in udienza.

Hello Kitty stringe i pugni e si morde le labbra. Credo di non aver mai visto da vicino un essere umano piú umiliato.

– Arrivi qui mentre sono a pranzo con un collega frignando come una mocciosa dopo che mi hai mandato una causa a puttane, – infierisce Ugo Starace Tarallo. – Cosa ti aspetti, che mi commuova? Che ti dica che non fa niente? Levati dai coglioni, vai.

Hello Kitty ascolta sino alla fine la raffica d'insulti con gli occhi sbarrati e poi, con un ultimo cenno di mortificazione che strazierebbe chiunque, annuisce.

Farai, la nera di Dolce & Gabbana, in un impulso di solidarietà le va incontro e la accompagna all'uscita. Non so se sono piú nauseato dalla volgarità di Starace Tarallo o dall'indifferenza con cui la clientela di questo ristorante ha già archiviato l'umiliazione a cui ha assistito in diretta.

– Scusa, Vincenzo, – fa il mio commensale liquidando l'accaduto come un'interruzione di poco conto, paragonabile a una telefonata che ci abbia distolto per qualche minuto dalla conversazione. – Allora, vogliamo ordinare?

Per un attimo lo vedo fuori fuoco, preso come sono da una specie d'estasi, una leggerezza che ha qualcosa di magnifico e mi restituisce la proprietà di quel poco che è mio e che stavo per perdere.

– Sai cosa? Ordina tu, – dico. E mi alzo.

– Ma che ti prende? – fa lui, stupito.

Dal tavolo accanto, uno coi capelli alla Trump e una bellona rifatta si voltano verso di me.

– Cazzi vostri niente, eh? – dico a entrambi, facendo il gesto della pistola e ruotando la mano nell'aria; e quelli abbassano la testa sul piatto. Ma proprio subito.

Wow, che borghesia combattiva, penso, intercettando il sorriso di Farai dal fondo della sala, mentre Starace Tarallo, immobile sulla sedia, continua a fissarmi incredulo.

– Senti, – spingo la sedia sotto il tavolo in segno di congedo, – ti ringrazio dell'invito e della proposta, ma ho deciso di rifiutare l'uno e l'altra, – dico, assaporando le parole come profiteroles.

– Ma ti ha dato di volta il cervello? – fa lui guardandomi a figura intera.

– No, è solo che ho avuto fame d'aria.

– Aah, ecco: uno scatto di solidarietà con l'inetta. Avanti, siediti, non fare il bambino.

– Vai a farti fottere.

Senza alzarsi si sporge in avanti, abbassando minacciosamente la voce:

– Ma cosa credi di fare, scemo. Cosa pensi, di vincere? Tu non sei nessuno, Malinconico. Me l'hanno dovuto spiegare, che fai l'avvocato, perché neanche lo sapevo.

– Tu invece sei famoso, Maria Ugo. E sapessi perché.

La mascella gli scatta in avanti come quella di un cane da combattimento. Non fossimo qui dentro mi metterebbe le mani addosso, lo so. E io gli darei subito una capata in faccia, so anche questo.

– Ascolta bene, pezzente. Appena entriamo nell'ufficio del giudice ti spiaccico come uno scarafaggio. Se quella troia di mia moglie non avesse voluto farmi dispetto, tu con me non staresti neanche parlando.

Poso le mani sul tavolo e mi abbasso, portandomi alla sua altezza.

– Hai ragione. Ma sta di fatto che hai appena offerto cinquantamila euro a una nullità come me, che li ha rifiutati.

È questo il punto esatto in cui Starace Tarallo ritira la sua proposta. Non un momento fa, e nemmeno quando l'ho mandato apertamente a farsi fottere: adesso. Adesso che modula la rabbia, che stende i muscoli facciali e mi guarda perché intenda che siamo ufficialmente in guerra e non mi verrà risparmiato nessun colpo. Di piú: che sono stato appena iscritto nella lista di quelli che alla prima occasione gliela pagheranno. Una tacita promessa che colgo in tutta la sua doppiezza e a cui, con mia stessa sorpresa, rispondo con la piú totale indifferenza.

Mi avvio all'uscita. Farai mi apre la porta.

– Grazie, – le dico.

– È stato un piacere, – risponde lei.

Ho rifiutato cinquantamila euro

Ho rifiutato cinquantamila euro, mi dico camminando lungo i marciapiedi con il sorriso sulle labbra mentre i volti estranei che incrocio sembrano dirmi Beato te che sei di buonumore. Ho rifiutato cinquantamila euro e sono contento. Sono proprio contento di aver rifiutato tutti quei soldi, mi ripeto, sperando di non scoppiare in lacrime in mezzo alla strada da un momento all'altro. Però adesso sono contento. Sono proprio fiero di me. Un giorno lo racconterò ai miei nipoti: «Sapete che una volta il nonno ha rifiutato cinquantamila euro?» Per forza dovrò raccontarlo ai miei nipoti, perché se lo raccontassi ai miei figli mi direbbero: «Ma sei cretino?»

Guardatemi, voialtri che vi rovinate la vita a correre dietro ai soldi, guardate come sono contento. Sono talmente contento che ho addirittura fame, anche perché non ho mangiato. A pensarci, è la seconda volta che vengo invitato a pranzo dai coniugi Starace Tarallo e non mangio. Ogni volta che gli Starace Tarallo m'invitano io digiuno, è la regola. E dire che mi portano nei ristoranti stellati. In effetti io li tratto proprio male, gli Starace Tarallo. Vogliono pagarmi il pranzo, mi offrono un sacco di soldi (Ugo Maria), mi intortano mandandomi messaggini all'una di notte (Veronica), e io dico sempre no. Dobbiamo essere proprio incompatibili, io e i coniugi Starace Tarallo, mi dico trovando persino divertente tutta la storia, come se ci fosse anche qualcosa di divertente nel fatto che finora non ho visto un centesimo (oltre a rifiutare cinquantamila euro), dato che Veronica, che mi ha teoricamente assoldato, non mi ha praticamente dato un soldo. E va bene che signori si nasce, che l'autostima è importante, che è chic non svendere la dignità ed è ancora piú chic non cedere alle lusinghe sessuali di una cliente bellissima, ma non è possibile che ogni volta che m'imbarco in un incarico di un certo rilievo ne venga sempre fuori a mani vuote. È tutta la vita che vinco premi di consolazione, a casa ne ho una parete piena. Sono allergico al business, e questo è quanto. Dovrei farmene una ragione.

E comunque adesso sono contento e ho fame, cosí entro in una kebabberia e ordino un falafel, ma non faccio neanche in tempo a morderlo che mi suona il telefono.

Se non si trattasse di Veronica non risponderei.

– Mi hai anticipato, te lo giuro, – dico, al posto di «Pronto».

– Si dice sempre cosí quando ci si dimentica di chiamare, – ribatte.

– E lo so, perciò ho giurato. Ti avrei chiamato fra una decina di minuti. Ho un falafel in mano, se vuoi mi faccio un selfie e te lo mando.

– Ma non eri andato a pranzo con lo stronzo?

– Infatti ci sono andato, ma non ho pranzato.

– E perché?

– Mi ha invitato all'*Uva Pazza*, lo conosci?

– Certo che sí.

– Sono piú un tipo da trattoria.

– Che è successo, Vincenzo.

– Mi ha offerto dei soldi.

– Per cosa?

– Per farmi rinunciare all'incarico.

Silenzio.

– Quanti.

– Come, scusa?

– Quanto ti ha offerto.

– Non sembri sorpresa.

– Per niente. Cosa gli hai risposto?
– Secondo te?
– Che devi pensarci.
– E io che credevo che la cosa ti scandalizzasse.
– Se ti ho appena detto che me l'aspettavo.
– Cinquantamila euro.
– Cosa?
– È la cifra che mi ha proposto.
– Credevo di piú.
– Non lo sapevo, che esiste un borsino per la compravendita degli avvocati.
– Si è rivelato il solito morto di fame.
– Avrei dovuto rilanciare?
– Noo, avresti perso tempo. Lo conosco, quando arriva a un prezzo non si smuove. È figlio di commercianti.
– E dimmi, quale sarebbe la mia percentuale?
– Scusa?
– Facciamo il venti?
– Vincenzo!
– Il quindici?
– Dimmi che stai scherzando.
– E perché dovrei? Pensi che gli abbia risposto che ci avrei pensato, l'hai detto un attimo fa: ora ti scandalizza che parli di percentuali?
– Quindi secondo te starei chiedendo la mia fetta di quella torta ridicola? Ti avrei proposto un affare sottobanco?
– Beh, ti sento cosí disinibita al riguardo.
– Guarda che non hai capito un cazzo.
– Ah no?
– Ti risulta che sia nelle condizioni di pretendere che tu divida la mazzetta con me? Nel caso ti sfuggisse, tu non saresti tenuto a darmi un centesimo di quei cinquantamila euro di merda. Potresti tranquillamente prenderli, rinunciare al mandato e fingere pure di non conoscermi quando m'incontri per strada. A me, ti do una notizia, dei soldi di quello stronzo non me ne frega niente.

– Bene, allora ti farà piacere sapere che ho rifiutato.
– Davvero?
– Certo. Può cambiarli in monetine da 50 centesimi, i suoi cinquantamila euro, e usare il culo come salvadanaio.
– Carina.
– Grazie.
Ce ne stiamo zitti per un po' a recuperare la fiducia reciproca.
– Lo sapevo che eri l'uomo giusto.
– Tuo marito è proprio uno stronzo.
– Lo so.
– Vedessi come ha trattato quella disgraziata di Hello Kitty.
– C'era anche lei?
– No, è arrivata all'improvviso perché… va be', non importa.
– C'è rimasto quando hai rifiutato, eh?
– Altroché. La faccia che ha fatto. Come se mi avesse sorpreso a sodomizzare la nonna sulla lavatrice.
Momento di silenzio, durante il quale Veronica starà probabilmente visualizzando la scena.
– Oh, mio Dio.
– Che ti prende? – dico.
– Oddio, questa è tremenda… ah, ah, ah!! Non ci posso pensare, la nonna di Ugo a novanta sulla lavatrice! Uh-uh-iih, ih, ih!! Gesú.
– Sembra che tu la stia vedendo in 3D.
– Basta, ti prego! Ah, ah, ah!!
– Senti, facciamo che mi richiami quando ti passano le convulsioni, cosí riesco a mangiare questo falafel?
– Oooh, mio Dio. Oooh, Dio mio.
– Ehi.
– Un momento, mi sto asciugando. Uuuh, uh…
– Ehi.
– Che c'è?
– Mi dispiace d'aver pensato male.

– Ma no, capisco che tu abbia equivocato.

– Se stavo zitto era meglio.

– Al posto tuo avrei fatto lo stesso. E poi sono io che ti sto usando, in un certo senso.

– Viva la sincerità.

– È vero, lo sto facendo e lo sai, perché te l'ho spiegato. Come vedi avevo ragione, visto che mio marito era disposto a tirare fuori tutti quei soldi perché non ti presentassi all'udienza. Non pensare che ti sottovaluti. Uno come te vale dieci volte quell'imbecille.

– Tanto per sondare il mistero, ma perché l'hai sposato?

– Eh, per amore. Non hai idea di cosa non ha fatto per conquistarmi. Mi mandava canzoni, pagine strappate di libri, poesie di altri ritrascritte a mano da lui su pergamena, piccoli oggetti simbolici, capito, niente di appariscente, di volgare. Mi tempestava di messaggi, mi riempiva di attenzioni, mi corteggiava con una devozione da signore d'altri tempi. Non mi sono mai sentita cosí adorata...

– E com'è che un uomo dal corteggiamento cosí vintage si sia poi rivelato...

– Poi l'ho capito: aveva una coach.

– Cosa?

– Te lo giuro: aveva alle spalle una professionista che gli diceva esattamente cosa fare. Una specie di art director del corteggiamento.

– Stai scherzando.

– No. Ho trovato l'incartamento nascosto in un vecchio lp di Battisti. Com'è che le chiamate voi avvocati le pratiche da ufficio? Un fascicolo, ecco. Un fascicolo con dentro il contratto, le fatture, gli appunti, l'elenco dei regali da farmi, le date da ricordare, le parole da dire e le frasi da citare, gli autori da spendersi nelle conversazioni eccetera. Un mestiere davvero fantasioso, quello che s'è inventata questa Guia Mastrogiacomo. Il nome m'è rimasto impresso, se trovo il numero in elenco un giorno la chiamo per farle i complimenti e le dico quanto mi dispiace non essere lesbica.

– Guia Mastrogiacomo, hai detto?

– La conosci?

– E la conosco sí, eravamo compagni di classe. L'ho vista l'altra sera a cena.

– Ma veramente?

– Veramente. Sai, non mi sorprende, questa cosa. Guia è sempre stata in gamba. La vedessi, è uguale a Vanessa Redgrave.

– Ma tu pensa. Allora ti chiederò il numero.

– Posso mangiare questo bel falafel freddo, adesso?

– Ah, sí. Scusa.

– Grazie.

– Vincenzo.

– Ma devi sempre chiamarmi per nome dopo che ti ho salutato?

– E adesso che facciamo?

– La giudiziale, che vuoi che facciamo. È guerra aperta. E sai una cosa? Non vedo l'ora.

The affair

Lo sapevo. Lo sapevo che finiva cosí. Era ovvio. Anzi, è strano che sia successo solo ora. Te lo darei io un cazzotto in bocca, Espe, altro che difenderti da Gregorio Cortese che s'è precipitato qui come una furia quando ha saputo che ti trombi la sua dipendente occulta. Ma cosa credevi, che Gloria avrebbe tenuto la bocca chiusa? Che avresti fatto l'amante dell'amante? Adesso sono cazzi tuoi. E voglio proprio vedere come le paghi lo stipendio, tra l'altro.

Ecco cosa penso mentre mi sbraccio per separare i due galli nel Diciamo Pollaio sperando che l'oggetto del contendere non arrivi puntuale proprio oggi.

– Sei un lurido pezzo di merda, Espe, un traditore, un Giuda! – gli urla Gregorio, che non avevo ancora avuto il piacere di conoscere (ci siamo presentati mentre lo afferravo per le spalle impedendogli di colpire Espe, benché abbia avuto subito l'impressione che stesse solo facendo un po' di scena, come quelli che chiedono di farsi trattenere per non buttarsi, per capirci).

Credo d'essere arrivato un attimo dopo la sua irruzione. Espe s'era già barricato dietro la Arkelstorp, e il neocornutone gli stava tirando contro un portapenne e la cassettina dove Espe tiene la corrispondenza senza tuttavia colpirlo, mentre quell'imbecille continuava a ripetere: «Ti giuro che mi sono detto: *Ma cosa sto facendo?* tutto il tempo». Roba che lo guardavo incredulo e persino un po' ammirato.

– Dài Gregorio, – dico al potenziale aggressore tenendolo per le braccia (ma è chiaro che non ha intenzioni violente, altrimenti non riuscirei a trattenerlo, data la stazza), – posso chiamarti cosí? Calmati, lo vedi che non si difende? Non è che ti senti meglio, se lo prendi a cazzotti.

Ci guardiamo negli occhi per il tempo che dovrebbe servirgli a valutare la situazione e desistere dai presunti propositi aggressivi, quindi finalmente rilascia i muscoli neanche tesi abbassando le mani e, insieme, la voce.

– Hai ragione, Vincenzo. Stavo per fare una cazzata.

«Come no», penso.

– Ringrazia il tuo amico, stronzo! – alza di nuovo la voce all'indirizzo di Espe, trincerato dietro lo schienale della sedia. – È solo merito suo se non ti massacro. Non vale la pena sporcarsi le mani con un verme come te.

– Avanti, calmiamoci, – dico mantenendo la posizione mentre Gregorio si volta di spalle fingendo di lasciar sbollire la rabbia e l'idiota esce timidamente dal nascondiglio.

– Greg… – dice timidamente, – mi dispiace tanto.

– Sta' zitto, capito? – gli risponde quello puntandogli il dito contro. – Abbi almeno il buongusto di stare zitto. Non ci posso credere che tu abbia fatto una cosa del genere. Non me lo sarei mai aspettato da te.

E qui ho la certezza della sua malafede.

– Hai ragione. Se non fosse arrivato Vincenzo e mi avessi preso a pugni non avrei alzato un dito per difendermi. Ma credimi, Greg, non è stata un'avventuretta.

– Ah, pure? – fa lui. – Cos'è, ti sei innamorato?

Qui vedo Espe un po', come dire, perplesso.

– Oh, questo non lo so. Era solo per dirti che non mi sono scopato la tua ragazza tanto per divertirmi.

– Espe, – mi permetto di osservare, – credo sarebbe meglio se lasciassi perdere le spiegazioni.

– No, no, fallo parlare, Vincenzo. Sono proprio curioso di vedere a quali livelli è capace di arrivare questa grandissima faccia da culo.

– Era solo per dirti, – continua l'imbecille, – che un coinvolgimento emotivo c'è stato. Nessuno di noi avrebbe voluto che accadesse. Ma è successo, purtroppo.

– Ah, ma allora è tutta un'altra cosa. Sapere che eri emotivamente coinvolto mentre te la scopavi, sí che cambia tutto.

– Dio quanto sei cretino, Espe, – dico, perché proprio non riesco a tenermela; e credo di aver fatto bene, perché finalmente chiude il becco.

Gregorio si ritira in un silenzio afflitto. Addirittura si mette a sedere sulla Flintan, come se solo adesso iniziasse ad accettare la realtà.

Espe lo guarda in attesa del perdono.

– Va bene, amico, – fa Greg dopo un lungo sospiro, – so quand'è tempo di arrendersi. In fondo la mia relazione con Gloria è durata fin troppo.

– Eh? – fa Espe.

Greg si copre la bocca con le mani come per soffocare un principio di commozione (questa gli è venuta malissimo).

– Questo momento doveva arrivare, prima o poi, – riprende, tirando su col naso. – L'ho sempre saputo che un giorno qualcuno me l'avrebbe portata via.

Espe e io ci guardiamo in faccia.

– Hai vinto, Espe, – getta la spugna Greg, alzandosi. – È tutta tua. Ma proprio tutta. Da oggi sarai tu a prenderti cura di lei. Promettimi solo che l'amerai quanto l'ho amata io.

– Come? – domanda Espe.

– Per favore, non dire altro. È già abbastanza difficile per me.

– Intendevo la parte in cui dicevi che dovevo prendermi cura di lei.

– Cos'è che non hai capito di quella parte?

– Cioè… la retribuzione…

– Non ti aspetterai mica che continui a pagare lo stipendio di Gloria mentre te la ingroppi.

– E se ti dicessi che è già finita?
– Eh, col cazzo.
– Ma Greg, avevamo un accordo. Lo sai che non posso permettermi di pagare uno stipendio.
– L'accordo non prevedeva che te la scopassi.
– Non mi sembra una buona ragione per venir meno alla parola data.
– Beh, a me sí.
Mi liscio la fronte evitando di guardare in faccia l'uno e l'altro.
– Gli affari e il privato vanno tenuti distinti, Greg. Andiamo, lo sai, – dice Espe.
– Sono d'accordo. Infatti sei tu che li hai mischiati.
Nel Diciamo Loft cala una sospensione che sa tanto di ribaltamento drammaturgico.
– Spiegami un po' una cosa, Greg... – fa Espe virando su tutt'altro tono rispetto a quello dimesso e colpevole di poco fa.
– Quale.
– Come mai tutt'a un tratto penso che tu avessi previsto tutto questo, dati causa e pretesto?
– Non so di cosa stai parlando.
– Invece credo che tu lo sappia benissimo.
Greg guarda me e poi lui.
– Stai insinuando che ti avrei piazzato Gloria in ufficio sperando che te la trombassi in modo da liberarmene?
– Non lo insinuo, lo dico proprio.
Le mie sopracciglia fanno le virgolette da sole.
– Questo mi addolora, Espe. Ci conosciamo da ragazzi, credevo fossimo amici.
– Anch'io.
– Oggi mi porterò a casa una doppia sconfitta. Non credevo di poter perdere anche un amico, insieme alla donna che amavo.
– E piantala con questa manfrina, Greg. Sei uno schifoso figlio di puttana.

– Devo andare.
E fa per avviarsi.
– Greg, non farmi questo, ti prego, – frigna Espe mentre quello imbocca la via della libertà.
– Dovevi pensarci prima d'inzuppare il biscotto, Espe. È solo colpa tua.
– Dirò a tua moglie che ti scopavi Gloria.
– Siamo separati.
– Non lo sapevo.
– Ma siamo rimasti in ottimi rapporti.
Lo accompagno, e quando gli chiudo la porta alle spalle ho l'impressione che stia zompettando in stile Vispa Teresa. Poi torno da Espe a consolarlo.
– Non ti azzardare a dire: «Te l'avevo detto», – ordina.
– Okay, – rispondo, e mi siedo dall'altra parte della Arkelstorp, manco fossi un cliente.
– E adesso come facciamo? – mi domanda, dopo un po'.
– Prego?
– Con Gloria, Vincenzo.
– Se stai pensando d'istituire una tassa sulla commare, scordatelo.
– Non sono in grado di pagarle lo stipendio da solo.
– Affari tuoi. L'hai fatta tu la frittata.
– Non credi che a questo punto della carriera una segretaria serva anche a te?
– No.
– Ma sarebbe solo al 50%.
– Allora sei scemo. Passo a malapena l'assegno di separazione, adesso mi metto a pagare metà stipendio alla tua fidanzata?
– Il 40?
– Facci una croce, Espe, vuoi?
Sospira.
– E come faccio, adesso? Non posso mica licenziarla. Con quale faccia la mando via, dopo quello che c'è stato fra noi?

– Un bel problema di opportunità, mi rendo conto. Non vedo come tu possa uscirne, a meno di trovarti un altro coinquilino disposto a dividere affitto e segretaria, – dico d'un fiato, come se avessi enunciato un paradosso, ed è solo allora che realizzo la perfetta praticabilità dell'ipotesi. Taccio, mentre negli occhi di Espe si accende la lucina della speranza.

– Saresti capace di arrivare a tanto? – dico, aspettando che mi smentisca.

Silenzio.

– Cristo santo, Espe.

Mi alzo dalla Flintan, sconcertato, quindi mi avvio alla porta pensando di sollecitare il suo senso di colpa. Aspetto fino all'ultimo che mi rincorra dicendo che non sa cosa gli è preso, ma non lo fa.

Esco dal portone e mi dirigo al *Mexico '70* raccontandomi che non è come penso, che Espe non sacrificherebbe mai un vecchio amico, che appena tornerò al Diciamo Loft mi chiederà di perdonarlo; ma dentro di me già mi vedo riempire gli scatoloni.

Fossimo in affitto gli direi: «Falli tu gli scatoloni, stronzo, perché io di qui non mi muovo». Ma il padrone di casa è lui, il che mi spinge a togliere il disturbo prima ancora che me lo chieda. La domanda retorica che ci si fa sempre in questi casi è: «Ma può un'amicizia ventennale finire per motivi cosí biechi da un momento all'altro?» La risposta è: «Sí, perché è cosí che finiscono le amicizie ventennali, per motivi biechi e da un momento all'altro; altrimenti, semplicemente non finiscono».

Ma no che non è cosí, mi dico. Ormai è chiaro che il livello di sudditanza erotica raggiunto da Espe intacca la sua capacità d'intendere e di volere. La gnocca, da questo punto di vista, funziona un po' come l'Alzheimer. Bisognerebbe aggiungerla tra le circostanze attenuanti penalmente codificate.

Sono lí al *Mexico '70* che giro il cucchiaino nel caffè valutando le variabili di questa situazione incresciosa quando mi arriva un'altra chiamata di Veronica.

Cosa potrà volere adesso, ci siamo salutati poco piú di un'ora fa.

– Ehi, – dico.

– Vincenzo, – pronuncia il mio nome con un sollievo inquietante. – Meno male che ti ho trovato.

– Ma perché sei cosí agitata, che è successo? – chiedo.

– Non lo so, – risponde ansimando. – Ho appena ricevuto una telefonata di Ugo. Rantolava. Mi ha detto: «Aiutami», e poi è caduta la linea. Ho sentito anche piangere qualcuno, sembrava una donna.

– Cosa?

– Sembrava stesse male davvero, Vincenzo.

– Ma da dove chiamava, lo sai?

– No, non l'ha detto, gli si è spenta la voce dopo che mi ha chiesto aiuto. Ma se ha chiamato me dev'essere allo studio, sono l'unica che ha la chiave, oltre a lui. Io sono già in taxi, sto andando lí. Vuoi venire con me, per favore? Non so cosa fare, ho paura.

– Certo, sta' tranquilla. Dammi l'indirizzo, ci vediamo là.

Upside down

Che cosa fa il destino quando gioca? Nega se stesso. Smentisce le previsioni. Rovescia. Si accanisce sui vincitori, li disarma e li consegna ai perdenti.

Eppure c'è qualcosa di volgare, nell'inatteso vantaggio che viene dalla rovina del piú forte. Come se il beneficio che puoi trarre dal caso non ti rendesse migliore. Come se proprio adesso che le parti si sono invertite e dovresti solo allungare una mano, non avessi piú voglia di vincere.

Come ora. Al netto dell'empatia, dovrei gioire all'idea di speculare sulla scena che ho davanti e non posso non documentare, lasciando poi a Veronica la facoltà di servirsene; eppure ho voglia di voltarmi dall'altra parte, di negare d'aver visto.

Il tempo si ferma per qualche istante come nei film, quando ci affacciamo sulla soglia della stanza del celebre Ugo Maria Starace Tarallo. A distogliermi dal fermoimmagine psicologico sono i singhiozzi di Hello Kitty ammanettata al termosifone, inginocchiata su una sedia e nuda dalla vita in giú, con dei ridicoli tacchi a spillo del tutto inadeguati al suo corpo minuto. Si volta, ci vede, riconosce sia Veronica che me, e si abbandona a un lamento terrorizzato e colpevole. Poco piú in là, alla scrivania, Ugo Starace Tarallo, bianco besciamella, la bocca aperta e gli occhi stravolti, immiserito dal molto probabile infarto che l'ha inchiodato sulla poltrona presidenziale con i pantaloni alle caviglie e la camicia completamente sbottonata, bofonchia parole incomprensibili alternate a rantoli sofferti.

– Oh mio Dio, – dice Veronica.

Approfitto di quei pochi istanti d'immobilità per tirare fuori il cellulare e paparazzare la scena, scattando cinque o sei foto di seguito e facendo attenzione a non inquadrare il viso di Hello Kitty; poi Veronica accorre in soccorso del marito e lo afferra subito dietro la testa, sollevandogliela.

– Sta' calmo, – gli dice all'orecchio, – sono qui. Sta' calmo e respira.

Lui spalanca gli occhi come volesse chiederle scusa.

Con un gesto della mano lei lo invita a non sforzarsi, mentre con l'altra prende il cordless dalla scrivania e me lo passa.

– Chiama l'ambulanza, presto.

Compongo il 118, intanto Hello Kitty si rannicchia sulla sedia tremando come se qui dentro si gelasse.

Veronica la guarda, mette a fuoco le manette e si rivolge al marito scandendo bene le parole, mentre la sala operativa mi risponde e io comunico l'indirizzo dello studio.

– Dove sono le chiavi?

Lui fissa il vuoto.

– Le chiavi delle manette, Ugo, – alza la voce Veronica toccandogli la mano. – Hai capito cosa ho detto?

Lui la guarda. Prova a muovere le labbra.

– Non parlare, – fa lei. – Fammi segno con gli occhi.

Lui punta debolmente la testa verso la scrivania.

– Là, – dico io, individuando due piccole chiavi legate da un anello in un posacenere di cristallo anni Cinquanta.

– Fa' tu, per favore, – mi chiede Veronica. Poi lascia la mano di Ugo, si piega sulle ginocchia e gli tira su i pantaloni stando attenta a muoverlo il meno possibile.

– Tranquillo, va tutto bene, sta arrivando l'ambulanza, – gli dice.

Prendo le chiavi e mi avvicino a Hello Kitty, che si raggomitola ancora di piú, come avesse paura di me. Il laccio delle manette gira intorno a una barra del radiatore, incatenandola come un animale. Cosa spinga gli appassionati del genere a inscenare un sequestro di persona per farsi un'innocente trombata, vallo a capire.

– Calmati, – le dico mostrandole le chiavi, – adesso ti libero.

Alza la testa e mi guarda, il viso sfigurato dal trucco diluito dalle lacrime, la mascella che le trema come avesse infilato le dita in una presa elettrica.

– Angela? Ti chiami Angela, vero?

Fa sí con la testa.

– Solleva le mani, per favore, altrimenti non vedo la serratura.

E finalmente mi ascolta, offrendomi i polsi come nella pantomima di un dissanguamento sacrificale.

Infilo la chiave e faccio scattare il meccanismo, liberando la mano sinistra. Hello Kitty fa un sospiro felice, addirittura sorride. Pare una bambina. Passo all'altro polso, apro il secondo bracciale, e quando tiro via le manette mi accorgo che uno dei ganci dentati è sporco di sangue. Si sarà ferita tirando con forza nel tentativo disperato di strapparsele. Mi butta le braccia al collo, versandomi addosso la sua gratitudine.

– Va tutto bene, è finita, – le dico, sentendomi tanto Philip Marlowe. Poi mi levo la giacca e gliel'avvolgo intorno alle gambe, tanto per completare l'imitazione. Il suo ex carceriere continua a rantolare ma mi sembra abbia ripreso un po' di colore, intanto.

Veronica si allontana da lui per un attimo e viene da Hello Kitty, posandole una mano sulla spalla.

– Mi vergogno tanto, signora, – dice la poverina.

– Non è colpa tua. Ti senti bene?

– Sí, io... sí, sto bene.

– Dove sono i tuoi vestiti?

– Di... là, nella sala riunioni.

– Vai, sciacquati il viso e rivestiti, – le dice accarezzandole una guancia.

– E... lui?

– Non preoccuparti, lo portiamo in ospedale. Riprenditi, adesso. Bevi un po' d'acqua.

– Vuoi che l'accompagni a casa? – domando a Veronica appena Hello Kitty esce dalla stanza.

– Sí, forse è meglio, è sconvolta. Vai, resto io, qui.

Ugo Starace Tarallo pronuncia debolmente il nome di Veronica. Ci voltiamo. I suoi occhi sono piú vigili, adesso. Ho la chiara impressione che mi riconosca.

– Che vuoi farci con queste? – chiedo a Veronica cavandomi l'iPhone dalla tasca.

Lei si volta di nuovo verso il marito, lo guarda, poi torna a me.

– 'fanculo, – dice. – Dammi.

Prende il telefono, entra nella libreria fotografica, trova le immagini incriminate e le cancella una dopo l'altra.

– Tu sei matta, – dico, mentre mi restituisce il cellulare con i lucciconi agli occhi.

Poi vado a raggiungere Hello Kitty e la porto via di qui, mentre il suono della sirena dell'ambulanza sembra entrare fin dentro il palazzo per interrompersi di colpo e fare posto allo sferragliare della barella montata in fretta dagli operatori del pronto soccorso che invadono l'androne e un attimo dopo si lanciano per le scale, di corsa.

Salvo rare eccezioni, io, i giudici di pace, non li posso vedere. E andando proprio sul personale, il giudice di pace Pasquale Pestalocchi, detto La Merda, non solo non lo posso vedere, ma da oggi, vista (anzi: certificata) la malafede con cui mi ha fatto perdere la causa, farò di tutto, ma veramente di tutto, contando sull'operosa collaborazione di Benny Lacalamita, per rendere la sua già miserabile vita un inferno.

Perché bisogna essere degli avariati di cuore per scrivere una sentenza cosí infame e arrogante nella pretesa di asserire il vero, di giudicare la condotta della parte danneggiata e ora anche beffata, e poi spiegarle pure come si sta al mondo.

– Senti qua, – dico a Benny piú sconcertato di me, mentre usciamo dalla cancelleria come se la causa l'avessimo persa entrambi, – «La dinamica dell'evento è in sé prova della colpevole disattenzione della parte attrice, che in un giorno piovoso, in considerazione dell'età e del traffico pedonale, avrebbe dovuto mantenere un passo lento sí da non mettere a repentaglio l'incolumità propria e altrui».

Restiamo a guardarci in un silenzio indignato per qualche lungo secondo.

– Ma che pezzo di merda, – fa Benny.

– No, dico, ma ti rendi conto? In pratica scrive che è colpa di zio Mik se è andato a spaccarsi la faccia contro la porta della tabaccheria; gli spiega anche a quale velocità avrebbe dovuto camminare, non solo per evitare di farsi male, ma anche per non farne a qualcun altro.

– Ci mancava solo che segnasse la strada che avrebbe dovuto fare per arrivare alla tabaccheria.

– «... sí da non mettere a repentaglio l'incolumità propria e altrui»: praticamente zio Mik era un pericolo pubblico, pensa tu.

– Ci sarebbe da andare a rompergli il culo, Vince'.

– E senti qua: «La violenza stessa dell'impatto connota un procedere senza le dovute cautele in relazione alle circostanze loco-temporali per un cosí accorsato esercizio di rivendita – di sera e in autunno inoltrato».

– Sai che ti dico? Una bella spaccata d'ossa...

– «Ma soprattutto, – continuo nella lettura, mentre le vampate di sangue mi offuscano a tratti la vista, – manca una norma di legge che preveda espressamente delle vetrofanie di allarme per l'avventore che acceda nel negozio, concretizzandone cosí il nesso eziologico prefato con l'evento».

– Chissà dove l'ha copiata, questa.

– «P. Q. M., – andiamo alla conclusione, – Il giudice di pace, definitivamente pronunciando sulla domanda proposta da Olivieri Carmine nei confronti della ditta *Non solo Coffee Bar, Tabacchi e Scommesse* di Galloppo Lucia Santa & C. S. n. c., nella persona del suo legale rappresentante p. t., respinge la domanda; contenute le spese ex art. 92 sub IV c. p. c. per l'innovatività della questione, spese che liquida per l'intero a favore degli antistatari nella misura di...»

– Quindi adesso dovresti anche pagarmi. Ovviamente non se ne parla neanche, Vince'.

– Grazie, Benny.

– Ci mancherebbe.

Ci sediamo su una panchina. A un tratto m'è piombato addosso uno sconforto cosmico. Pare che venga quando si subisce un'ingiustizia.

– E adesso come glielo dico, a zio Mik.

– Fallo venire allo studio. Passo anch'io e gli racconto tutto.

– Cosa?

– Se si sente dire da me, cioè dall'avvocato che ha vinto la causa, che questa sentenza grida vendetta, si consola un poco, no? Anche perché dovrebbe pagarmi le spese e l'onorario, e io gli dirò che non voglio un centesimo, tanto sono disgustato da come è andata a finire.

– Faresti questo davvero?

Mi posa una mano sulla spalla.

– Anche domani mattina, se vuoi.

– Lo apprezzo, Benny, davvero. Ma credo di avere qualche problema a ricevere in studio, in questo periodo.

– E perché?

– Ti ricordi la faccenda della segretaria stipendiata di nascosto dall'amante?

– Come no.

– Beh, il mio coinquilino se l'è scopata. Quello l'ha saputo e s'è sgravato dall'obbligo retributivo.

– Ah, ah, ah! Ma è fantastico!

– Beh, dal suo punto di vista sí. Perché è chiaro che se l'era studiata.

– Ma questo cosa c'entra con i problemi a ricevere?

– C'entra, perché si dà il caso che Espedito sia anche il proprietario dello studio.

– E allora?

– E allora se adesso non divido con lui lo stipendio della sgallettata, affitta il mio ufficio a qualcun altro disposto a farlo.

– Non ci credo.

– Invece mi sa che andrà proprio cosí.

– Ultimo stadio della dipendenza da figa, eh?

– Senza rimedio.

Ci pensa su un attimo.

– Al diavolo. Prendi le tue cose e vieni da me.

– Cosa?

– Ho una stanza libera. Uno degli avvocati che avevo ereditato da mio padre mi ha chiesto una percentuale improponibile su certe pratiche, e la settimana scorsa l'ho messo alla porta.

– Ma dici sul serio?

– Beh, che c'è di strano? Te l'ho detto, no, che ti avrei preso subito a lavorare per me?

– Senti, va bene che in questo momento faccio pena, ma stai esagerando.

– Non so che farmene di quella stanza. Sono un ricco figlio di papà, lo sai. Detesto questa professione del cazzo e mi farebbe comodo avere intorno un collega con cui mi diverto un po'. E a cui passare un bel faldone d'incarichi minori che ho in sospeso da qualche anno.

– Come sarebbe «incarichi minori»?

– Ovviamente la tua percentuale la stabilisco io, non avresti alcuna possibilità di contrattazione, sappilo.

– Cristo, Benny.

– Ti conviene accettare, prima che mio padre mi mandi il figlio di qualche suo amico.

– Sono molto a disagio.

– Quindi accetti?

– Solo se mi fai pagare l'affitto.

– Poi ne parliamo.

– Allora rifiuto.

– Duecento euro.

– Ma è poco.

– Milleduecento.

– Vaffanculo.

Mi tende la mano.

– Andata?

Inspiro, sospiro e sorrido.

– Ti voglio quasi bene, Benny.

– Aah, ma ti prego.

Ci stringiamo la mano. Benny guarda l'orologio.

– Ehi, ora devo scappare. Ho un'udienza alla fallimentare mezz'ora fa.

– Spiritoso.

– Giuro. Sono in ritardo.

– Non ho mai conosciuto un avvocato piú cazzaro di te, Benny.

– Se non fossi un cazzaro non avrei appena chiesto a una mezza pippa di venire a lavorare nel mio studio.

– Vedi di cadere per le scale della fallimentare e di spaccarti una rotula.

Si gratta le palle.

– Passa allo studio nel pomeriggio, cosí ti lascio le chiavi.

– Okay. E grazie, Benny.

Tira uno schiaffetto all'aria come a dire Figurati, quindi parte a razzo in direzione della macchina parcheggiata poco piú avanti. Dio santo, quando corre sembra proprio una tartaruga ninja.

Resto un po' sulla panchina a riflettere sull'inattesa virata presa dal corso degli eventi. Se non fosse stato per la disgraziata causa di zio Mik, non avrei trovato un ufficio. In fondo, quella merda di Pestalocchi mi ha reso un servizio. D'accordo, ho fallito, e zio Mik confermerà i suoi sospetti sulla mia inettitudine professionale, ma almeno ho un altro posto dove andare, e per di piú a un prezzo stracciato.

E a proposito di cause perse, non vedo l'ora di conoscere i propositi di Veronica. Perché è chiaro che dopo la distruzione delle foto che inchiodavano il marito a una di quelle figure di merda che non basterebbe una vita passata a fare figure di merda per arrivare a un numero abbastanza alto di figure di merda da competere con quell'unica (e che le avrebbero garantito di ottenere qualsiasi cifra, dettando ogni genere di condizione), siamo tecnicamente al punto di partenza. Ma neanche uno stronzo calibro Starace Tarallo potrebbe mai avere il coraggio di mostrarsi irriconoscente, dopo quello che è successo. Per cui è probabile che alla fine andremo a una consensuale, accordandoci su una cifra ragionevole.

Quello che al momento non capisco è perché Veronica abbia chiesto di vedermi, stamattina. Quando ieri sera mi ha chiamato per dirmi che il marito era fuori pericolo e sarebbe rimasto sotto osservazione per qualche giorno, m'è sembrata un po' scarica, demotivata, come avesse perso il suo piglio cazzuto. Magari era solo stanca.

Mentre vado all'appuntamento accendo l'iPhone (mi si è scaricato subito dopo aver sentito Veronica ieri sera), e nel giro di pochi secondi una raffica di messaggini lo fa guizzare nel taschino della giacca. Dalla continuità delle scampanellate ipotizzo che si tratti del gruppo WhatsApp che Pino Silvestre ha aperto l'altra sera per comunicarci l'indirizzo dell'*attichetto*, come lo chiama lui (vale a dire il pied-à-terre dove andava a trombare), in cui avrebbe dovuto tenersi la prima seduta di autoanalisi dei sopravvissuti alla disastrosa cena di classe (e che Pino, guardacaso, ha chiamato *Lost*). Figurarsi se io, con tutto quello che è successo ieri, andavo pure all'attichetto di Pino Silvestre a fare l'alcolista anonimo con quei disperati dei miei amici per concludere la giornata in bellezza. Quando ho visto il messaggio di Pino con l'indirizzo ho archiviato la faccenda di default, pensando che avrei risposto che non potevo andare, ma poi mi sono dimenticato.

Vediamo un po' com'è andata, allora.

Il primo messaggio del gruppo *Lost*, delle 9 di ieri sera, manco a dirlo, è di Nicoletta.

Nicoletta
PINO, MA DOVE SEI?
21:02

«Oh-oh», penso. E scorro i messaggi seguenti.

Nicoletta
MA CI SONO SOLO IO, QUI?
21:14

Nicoletta
QUALCUNO MI RISPONDE, PER FAVORE?
21:28

Guia
SCUSA NICO, LEGGO SOLO ADESSO. PURTROPPO NON POSSO VENIRE. SALUTA GLI ALTRI, BACI
21:33

Nicoletta
MA SALUTARTI CHI, SE NON È VENUTO NESSUNO? PINO, PERÒ NON SI FA COSÍ. SEI UNO STRONZO.
21:35

Il Gobbo
MA SEI DAVVERO LÍ DA SOLA, NICO? MI DISPIACE, HO AVUTO UN'EMERGENZA CON MIA MADRE E NON SONO RIUSCITA AD AVVISARTI. QUANTO A PINO, È UN CAFONE DI MERDA, E NON C'È ALTRO DA DIRE.
21:41

Gaviscon
VI ANDREBBE DI SENTIRE UN'IDEA DI ROMANZO?
21:45

Walter
AH, AH, AH!!!
21:52

Nicoletta
ANDATEVENE TUTTI AFFANCULO.
22:30

Questa è proprio da non credere.

Che nessuno di noi, tranne Nicoletta, avesse voglia di partecipare all'analisi di gruppo s'era abbastanza capito. Ma che quello che aveva lanciato la proposta e messo a disposizione il posto desse appuntamento a tutti via WhatsApp e poi non si presentasse nemmeno…

Chiaro che a questo punto non posso non esprimermi su quanto è accaduto.

Vincenzo

SCUSATE SE SCRIVO SOLO ADESSO MA IERI MI È SUCCESSA LA QUALSIASI. NICOLETTA: MI DISPIACE. PINO: SE NON SEI ALMENO MORTO, EVITA OGNI TENTATIVO DI GIUSTIFICAZIONE. GAVISCON: SEI UN CRETINO.
11:40

Goodbye Veronica

Non so perché, ma tutte le volte che sboccia un giorno di sole, va a finire che mi sento depresso. E mi vengono delle angustie lievi ma persistenti, dei rimpianti senza oggetto che inibiscono il buonumore climatico.

Prendete adesso. Sono seduto al tavolino di un elegante caffè del lungomare in compagnia di una donna che ha già fatto voltare piú di una testa da quando ci siamo accomodati, l'aria è tiepida e c'è silenzio perché qui le macchine non passano, le tartine che ci hanno servito con l'aperitivo sono deliziose, Veronica s'è pure tolta il pulloverino dalle spalle, eppure in questo momento ho in mente un fotogramma di me bambino che scorrazzo nei vicoli dietro casa dei nonni con un arco a tracolla costruito con un ramo e uno spago, e l'effetto seppia della memoria che mi scontorna la faccia (benché ne intraveda il sorriso) mi procura uno sconforto che non riesco a dissimulare.

Chissà che non dipenda dal mio cognome, questo carattere che mi ritrovo. E non è mica un effetto dell'età che avanza. A sette anni ero già cosí.

– Che ti prende? – mi chiede Veronica.

– Non lo so, sarà il bel tempo.

– Scusa?

– Una giornata di sole ti ricorda che la vita è bella, – dico. – E questo pensiero ha qualcosa di triste.

Mi guarda, batte due volte le ciglia e sorride.

– Mi chiedo se sai che sono queste le frasi che fanno innamorare una donna.

– Ovviamente no, altrimenti terrei la bocca chiusa.
– E perché?
– Come perché. Perché il bello dell'amore è non sapere cos'hai fatto per meritartelo.
– Piantala o ti bacio.
– Sí sí... È che tu vai molto di messaggini, mentre io sono piú analogico.
– Sta' zitto, va'! C'è una cosa che devo dirti.
– Siamo qui apposta.
– Vuole fare un accordo. Appena esce dall'ospedale.
– Immaginavo che saremmo arrivati a una consensuale. Avete già discusso qualche condizione?
– No, nessuna condizione. Ha detto che viene davanti al giudice e firma senza nemmeno leggere.
– Beh, questo gli fa onore.
– Fino a un certo punto. Sa benissimo che non lo scuoierei.
– È comunque un gesto di fiducia.
– Il fatto, Vincenzo, è che non voglio niente.
– Hm-hm.
– Non sei sorpreso.
– E perché dovrei esserlo, ti ho vista cancellare le foto. Ce l'avevi in pugno e l'hai lasciato andare.
– Non me n'è mai fregato niente dei suoi soldi, te l'ho detto. Volevo solo che non si approfittasse di me.
– Neanche il minimo sindacale?
– Non sono una spiantata, vengo da una famiglia benestante. Ho studiato. I miei mi hanno lasciato una casa. Posso badare a me stessa. Non vedo perché dovrei farmi mantenere da un uomo solo perché l'ho sposato.
– Non dirla troppo in giro, questa frase.
– Avessimo avuto dei figli sarebbe diverso. Ma non è andata cosí. Forse, se dall'inizio avessimo concordato una consensuale e Ugo fosse stato disponibile a un accordo dignitoso, avrei detto di sí. Invece ha cercato di giocare sporco per mandarmi via con una mancia da

fame, quindi figurati se accetto i suoi soldi ora che si sente in debito.

– Lo sai cosa mi sorprende davvero?

– Cosa.

– Il fatto che tuo marito non avesse capito niente di te.

– Se lo avesse capito non avrei cercato un'intimità con un altro uomo.

Alzo il calice del mio Spritz.

– Alla sconfitta.

Stringe un momento gli occhi domandandosi di che cacchio stia parlando, poi sorride e alza il suo.

– Alla sconfitta.

Beviamo.

– Sembra che siamo ai titoli di coda, – dico.

– Eh no, – si volta e prende la borsa dallo schienale della sedia, – manca una cosa.

– Cioè?

Tira fuori un lungo portafoglio rettangolare e da quello un assegno già compilato.

– Il tuo compenso.

Guardo l'assegno senza muovere un dito, e poi lei.

– Fammi il piacere, fammi.

– Perché?

– Secondo te prendo dei soldi da te dopo che tu li hai rifiutati da tuo marito?

– Anche tu hai rifiutato dei soldi da mio marito. E molti di piú di quelli scritti su questo assegno.

– Capito che culo, Starace Tarallo. Offre soldi a tutti e nessuno se li prende.

– Ti ho dato un incarico e l'hai svolto.

– Non ho fatto niente. Non ho redatto neanche un ricorso. Non c'è un solo atto che porti la mia firma.

– Prendi questo assegno.

– Se ci tieni. Tanto non lo incasso.

– Non essere stupido.

– Pensala come vuoi.

Sorride, piega l'assegno, lo infila sotto il mio calice, rimette il portafoglio in borsa.
– Adesso devo andare.
– Quindi siamo ai saluti.
– Cosí pare.
– Perché ho tanto l'impressione che non ti rivedrò?
– Non so, forse perché hai sempre fatto il finto tonto?
– Magari non era il momento.
– Non è che il momento lo scegli tu, Vincenzo.
– È vero. Cazzo.
E qui mi tornano in mente i Dire Straits: «When you gonna realize it was just that the time was wrong, Juliet?» «Quando capirai che era solo il momento sbagliato, Giulietta?» Pensare che l'ho citata a Nives, quella mattina al parco, di recente.
Mi copre la mano con la sua.
– Dài, non fare quella faccia. Si vede che doveva andare cosí.
– Eh già.
Si alza, gira intorno al tavolo, viene da me, mi passa una mano sui capelli e, puttana la miseria, in quel momento sento battere il cuore. Poi si piega in avanti, lentamente, e mi bacia sulla bocca.
– Adesso però devi dirmi una cosa, – dico quando stacca le labbra dalle mie.
– Cosa?
– Chi ti ha parlato di me?
– Ah, quello, – sorride.
– Allora?
– Vuoi proprio saperlo?
– Certo che voglio. Te l'avrò chiesto una dozzina di volte.
– Alessandra.
– Eeh?
– Alessandra Persiano.
Rinculo sulla sedia.

– La conosci?
– Di sfuggita, in realtà. L'ho vista una sola volta, a cena. Con Ugo, oltretutto, e degli altri suoi colleghi. Ci siamo trovate, sai quelle simpatie che scattano quando sei a un tavolo in cui non vorresti essere e vedi una faccia che ti somiglia? No, non lo sai, è piú una cosa da donne, questa.
– Se lo dici tu.
– Siamo uscite fuori a fumare e m'è venuto spontaneo raccontarle la mia situazione, compresa la mia tresca virtuale. L'aveva capito subito che con Ugo eravamo alla frutta. Mi ha fatto il tuo nome, nel caso avessi avuto bisogno di un bravo avvocato. È una donna sensibilissima, oltre che molto bella. Chissà perché vi siete lasciati.
– Ti ha detto anche questo?
– Sí. E mi è sembrata anche fiera di avere avuto una storia con te, se vuoi saperlo.
– Ah.
– Si direbbe che hai un talento nel perdere le donne.
– Ti ringrazio. Questo sí che mi fa bene all'autostima.
Ride.
– Adesso vado. Pensi tu al conto?
– Certo.

Se tra noi non fosse finita qui, ora che ci diamo le spalle e lei va via, conterei i secondi per sentirla chiamare il mio nome e voltarmi, e la troverei lí, a metà strada, spaurita e inchiodata sui suoi passi, a chiedermi con gli occhi perché non riesce ad andarsene. Allora mi alzerei dalla mia sedia e le andrei incontro. Lei mi affonderebbe la testa nel petto con le braccia morte lungo i fianchi e io resterei un po' cosí, mentre un passante intraprendente mi direbbe: «Ma vuoi baciarla o no, coglione?», facendola scoppiare a ridere, e solo allora la abbraccerei e la cercherei con la bocca.
Ma non succede niente di tutto questo. Rimango al tavolino di questo bel caffè, con il mare davanti, a guardare

l'assegno che non incasserò, mentre penso che non mi è mai successo, ma proprio mai, che una delle mille sceneggiature di felicità che mi sono scritto nella testa mi abbia mai dato la soddisfazione di avverarsi, anche solo una volta.

– E se mi dicessi cosa ti sta succedendo? – mi chiede Viola cominciando a prepararsi.

Rimango sdraiato su un fianco.

– Hmm? – dico, fingendo di riemergere dalla sonnolenza postorgasmica che non ho.

– Piantala con le buffonate. E guardami in faccia, mentre ti parlo.

E io che m'illudevo di averla fatta franca.

Mi tiro su, appoggiando la schiena alla testata del mio vecchio Hemnes con base a doghe.

Viola se ne sta lí in piedi, scalza, i capelli sciolti perfettamente spettinati (credo che i capelli siano un talento), con la *mia* camicia sbottonata addosso, a mo' di giacca da camera. Adoro quando mette le mie cose.

– Perché sei arrabbiata?

– Non mi piace la scopata triste, Vincenzo. Il sesso non sa di niente, se non ci metti un po' di felicità.

Come ha ragione.

– Ma ti ho raccontato quello che è successo, Violetta. In due giorni ho rifiutato cinquantamila euro, il mio incarico s'è praticamente autoestinto, ho perso la causa di zio Mik e se non fosse per Benny Lacalamita a quest'ora sarei anche senza ufficio.

– E come mai manca proprio la tua cliente, da questo bell'elenco di disgrazie? – domanda infilandosi l'orologio. – Com'è che si chiama… Veronica, giusto?

– Eh?

– Guardati, sei diventato un apache.

– Ah, ah, che spiritosa. Avanti, mi conosci, lo sai che basta accusarmi per farmi arrossire.

– Ah sí? E da quando sarei al corrente di questa tua peculiarità emotiva?

– Sta' a sentire...

– No, sta' a sentire tu. Non mi devi spiegazioni. Non sono tua moglie né la tua fidanzata. E nemmeno la tua amante. Se non riesci a essere sincero con me, preferisco che tu stia zitto piuttosto che raccontarmi stronzate.

Sospiro e poi la guardo, riconoscendole il punto.

La mia mortificazione la intenerisce, perché mi viene accanto, si siede sul letto e mi prende la faccia con la mano.

– Io per te ci sono. Anche fra tre o cinque anni, se mi chiami. A una condizione, però. Che non menti.

– Tre o cinque anni? Solo?

Ride. Madonna quant'è bella.

– Che cretino che sei.

Le prendo la mano e la bacio piú volte.

– Toglitelo dalla testa.

– Eh?

Tira via la mano e si alza.

– Non si accettano scopate riparatorie.

– Ma...

– Col cazzo che te la ridò, ora che ti senti in colpa. Devi desiderarmi, cosa credi.

– Non si fa cosí.

– Senza che piagnucoli. Adesso devi schiattare.

– Ma cazzo, Viola!

Mi punta il dito contro.

– Azzardati un'altra volta a farmi venire qui per offrirmi la chiavata Bergman e puoi scordarti che mi rivedi.

– La chiavata Bergman?

– Ma sí, vaffanculo, trombavi con il ritmo di una risonanza magnetica. A un certo punto ho pensato: «Speriamo che non ho niente».

Sto morendo dal ridere.

– T'è piaciuta, eh?

– Vieni qui.

– Scordatelo.

Si toglie la mia camicia e inizia a recuperare i suoi vestiti dall'omino Dingis.

– E piantala di guardarmi le tette.

En petit comité

Alla fine il gran giorno è venuto. Saremo in tutto una ventina, nel giardino della villetta che i genitori di Heidegger hanno messo a disposizione per il ricevimento. È molto da Alagia, aver voluto un matrimonio en petit comité.

Al centro del giardino c'è una piccola pagoda bianca con un tavolo francescano dove, mi ha appena riferito il padre di Heidegger, si svolgerà la cerimonia; sempre che il sindaco arrivi vivo al momento del sí, considerato che, cosí a occhio, avrà una novantina d'anni portati anche male. Tutt'intorno, tavolini circolari e sedie colorate, il buffet diviso in tre isole tematiche (antipasti, fritture e primi piatti), piú il triciclo del carretto dei gelati, che mi sembra la vera chicca del ricevimento. In un angolo, il quartetto d'archi del mio amico violinista.

Della nostra diciamo famiglia, l'unico a presentarsi accompagnato è Alfredo.

Quando la macchina è arrivata, e Alagia è scesa insieme a Nives varcando il cancello in un bellissimo abito corto anni Cinquanta e con un bouquet di margherite fra le mani, il cuore m'è balzato in gola come una palla da tennis.

Heidegger, che in quel momento mi stava accanto, mi ha messo una mano sulla spalla e mi ha detto Grazie. Ma tu vedi se devo anche volergli bene, a uno che si sta prendendo mia figlia.

Accogliamo con un applauso la sposa che ci viene incontro seguita a ruota da Nives, elegantissima, che si tampona gli occhi con un fazzoletto. Per un attimo mi assale il timore che fra gli invitati possa esserci anche il suo personal trainer, ma dopo una rapida ricognizione oculare escludo il pericolo.

Alagia m'individua insieme al suo quasi marito, e viene dritta da noi fra gli applausi.

– Sei bellissima, – le dice Heidegger con un filo di voce.

– Anche tu, – risponde la mia bambina; quindi infila una mano nel bouquet, tira fuori un bocciolo e glielo porge.

– Questo è il tuo fiore all'occhiello.

Intronato dall'amore, Heidegger si sporge per baciarla, ma io glielo impedisco piazzandogli una mano quasi davanti alla bocca.

– Aspetta il tuo turno, ragazzo, è il mio momento.

E offro il braccio alla sposa mentre gli ospiti si accalcano nella pagoda e il sindaco bacucco prende posizione all'altarino cerimoniale con tanto di fascia tricolore a tracolla.

Heidegger fa un passo indietro e mi dedica un inchino.

– Vediamo d'iniziare bene, – gli dico.

Alagia ridacchia.

– Posso baciare un momento mio fratello? – mi chiede.

– Solo perché è lui, – rispondo.

– Santo Dio, Alagina, sei uno schianto, – dice Alf.

E lei gli butta le braccia al collo.

Al che mi salta il tappo e sí, piango proprio.

– Tieni, – mi soccorre Nives offrendomi un Kleenex.

– Grazie, – le dico.

– Grazie a te, Vincenzo, – risponde guardandomi negli occhi perché capisca a cosa si riferisce.

– Dovresti mollarlo, quello, – le dico spuntandomi le lacrime.

– Sí, lo so.

– Vincenzo, – mi convoca Alagia sciogliendosi dalla stretta di Alf.

– Eccomi, tesoro, – rispondo. Mi spazzolo la giacca con le mani e le rioffro il braccio.

Mentre la accompagno dal primo cittadino decrepito

che fra poco la unirà in matrimonio con Heidegger che già l'aspetta all'altarino francescano, faccio segno ai violinisti perché suonino il tema di *What a Wonderful World*, la canzone preferita di Alagia. Lei sussulta e mi sorride felice: questa proprio non se l'aspettava.

– Vedi di comportarti bene, – dico a Heidegger, consegnandogli mia figlia. E faccio due passi indietro, sistemandomi fra Nives e Alf.

Proprio dietro di me, Espe frigna come un bambino.

– Io e te dopo facciamo i conti, stronzo, – gli dico all'orecchio, voltandomi.

– Benvenuti a tutti, – esordisce il non piú giovanissimo sindaco. – Non poteva non splendere il sole, in un giorno cosí importante.

Cip-cip, fa qualche uccellino.

– Come qualcuno dei presenti sa, un'antica amicizia mi lega ai genitori di Mattia. Per questo è per me una gioia personale, officiare queste nozze. Conosco Alagia da poco, ma non ci vuole molto per capire che ragazza speciale sia. Mattia invece lo conosco da quand'era bambino, e credimi, ragazzo mio, se ti dico che non avresti potuto scegliere una moglie piú dolce di quella che hai accanto.

– Scegliere? – dico all'orecchio di Nives.

– Smettila, – fa lei.

Heidegger annuisce. Poi guarda Alagia, che gli sorride.

– Allora, – dice il sindaco, conclusi i convenevoli, – sarà il caso che veniamo al punto.

«Ah, ah, ah», ride qualche scemo.

– Alla presenza dei testimoni scelti da Alagia e Mattia, do lettura degli articoli 143, 144 e 147 del codice civile, relativi ai diritti e doveri reciproci dei coniugi, all'indirizzo della vita familiare e ai doveri verso i figli.

– Se uno le ascoltasse bene, queste letture preliminari, – dico sottovoce ad Alf mentre il vecchio sindaco legge, anche se con qualche problemino di dentiera, – ci penserebbe due volte prima di dire: «Sí, lo voglio».

Alfredo si pizzica la fronte con le dita e ride; Fareed rimane serissimo.

– Bene, – fa il piú anziano dei primi cittadini italiani, – non mi resta che sposare questa splendida coppia.

«Ooh», fa qualcuno (lo stesso che poco fa ha riso, immagino).

– Invito pertanto Alagia e Mattia a pronunciare la formula di rito.

Al che ci guardiamo tutti in faccia, e dalle espressioni sconcertate che incrocio, deduco che nessuno dei presenti abbia la piú pallida idea di quale sia, questa formula di rito a cui fa riferimento il sindaco con un piede nella fossa.

– Ma quale sarebbe? – mi domanda Alf a voce neanche bassissima.

Sto giusto per rispondergli: «Boh?», quando Alagia, che come Heidegger e noi tutti brancola nel buio, si volta verso di me chiedendomi aiuto con gli occhi.

Faccio due passi avanti, le vado accanto e all'orecchio le dico:

– Non preoccuparti, la so.

– E qual è?

– «Non potremmo riparlarne?»

Si copre la bocca con la mano e spernacchia una risata.

– Ma vaffanculo, Vincenzo.

Il sindaco intanto deve avere qualche problema di fissaggio, perché si dà colpetti piuttosto forti alla mascella.

– Sindaco, scusi, – gli dico, – credo che i ragazzi preferirebbero, come dire, rispondere a una domanda diretta.

E qui vedo Alagia e Heidegger risollevati.

– Ma certo, – fa l'almeno novantenne tirandosi un vero e proprio cazzotto in faccia per assestare la protesi. – Alagia Cervi, sei contenta di prendere come tuo marito Mattia De Cesare?

– Sí. Lo sono.

– E tu, Mattia De Cesare, sei contento di prendere in moglie Alagia?

– Molto di piú. Sono felice.
– Allora, per i poteri che mi sono conferiti, vi dichiaro uniti in matrimonio.
Segue un attimo di silenzio, dopo di che gli invitati esplodono in un applauso mentre Alfredo, Nives e io ci abbracciamo a turno. Poi tocca a Espe, che mi si lancia addosso con la grazia di un ippopotamo.
– Non sbavarmi addosso, cazzo, – gli dico.
E vado a baciare mia figlia.
– Tanti auguri, signor Cervi, – mi tende la mano il sindaco.
«Eh sí, come no», penso. Glielo spiegherei pure, che Alagia non è biologicamente mia, se me ne fregasse qualcosa.
– Grazie, – rispondo.
Il quartetto d'archi intona *Embraceable You* di Gershwin, e finalmente ci avviamo al buffet.

Ma non dovevamo vederci piú?

Quando ritorno a casa trovo di nuovo Alfonso Gatto acciambellato sullo zerbino del primo piano. Come al solito, gli passo accanto facendo finta di non vederlo, e come al solito lui si tira su e mi segue per poi fermarsi sulla soglia quando apro la porta.

Entro in casa, accendo la luce, mi giro, abbasso la testa, lo guardo, mi guarda.

– Non è che possiamo fare questo siparietto ogni volta, – gli dico.

Inclina un orecchio.

– Senti, è tardi, sono stanco. Si è anche sposata mia figlia, non so se mi spiego. Entra e falla finita.

Immobile.

– Va be', buonanotte.

E gli chiudo la porta in faccia.

Mi tolgo la giacca e i pantaloni, li lascio cadere sul pavimento, mi stravacco sul divano, accendo la tv e faccio un giro dei canali.

La replica di *Otto e mezzo*.

Un giovanotto che imita Sgarbi passandosi le mani nei capelli mentre propone una natività allucinante a centodieci euro.

La signora in giallo.

Una retrospettiva su John Mayall.

La pubblicità di un telefono erotico (non credevo che esistessero ancora).

Il ponte sul fiume Kwai.

Mi piace stare solo. Abitare in una casa piccola pensata per non permettere a un ospite di fermarsi per piú di un paio di giorni. Mi piace fare a meno delle cose. Sto benissimo. Non mi manca niente. Sto veramente bene, cosa credete.

Una televendita di montascale per anziani con difficoltà motorie.

Una puntata di *Dov'è Anna* con il bravissimo Mariano Rigillo.

Un cantante italiano degli anni Settanta sfigurato dall'adipe e dall'età, che canta in playback in un talk sportivo.

I titoli dei giornali di domani ancora senza immagini.

Attenti a quei due.

Mi alzo e vado ad aprire la porta.

– Avanti, entra, – dico ad Alfonso Gatto; lui scivola in casa come se mi facesse un favore e va ad accucciarsi sul divano Klippan.

Chiudo la porta e vado a sedermi accanto a lui. Faccio per accarezzarlo. Mi annusa la mano in lungo e in largo manco volesse testare lo stato della mia igiene, e alla fine si concede, iniziando finanche a fare le fusa.

Ci addormentiamo insieme davanti alla tv.

Non so quanto tempo è passato, quando mi sveglia il *dín* del cellulare.

Guardo l'orologio da parete Pugg.

L'una.

Mi tiro su con una speranza che mi spaventa. E mentre allungo la mano verso il telefonino, fingo addirittura di chiedermi chi mai potrebbe inviarmi un messaggino a quest'ora.

STA DORMENDO, AVVOCATO?

Guardo Alfonso Gatto che alza la testa come volesse chiedermi perché sorrido.

Lo accarezzo sulla schiena, mi liscio la barba con l'altra mano, poi mi riempio i polmoni d'aria e finalmente rispondo:

NO.

Allora
(Una specie di Kafka)

Come i film, anche i romanzi hanno un backstage e una certa quantità di scene eliminate (quelle che poi si trovano nei contenuti speciali dei dvd). Per *Divorziare con stile* c'era un bel po' di contenuti non dico speciali ma extra; soprattutto, un sacco di idee per i romanzi di Gaviscon.

Eccone qui una.

Idea per un romanzo: un tipo va in un bar e ordina un caffè. Mentre è lí al banco, un signore si avvicina e gli chiede: «Mi dice dov'è il bagno, per favore?» Al che lui gli fa: «E perché lo chiede a me, abbia pazienza?» E quell'altro: «Ah, scusi». «Bah», fa il tipo. Finisce il caffè e se ne va. Qualche ora dopo, sempre lo stesso tipo va a prendere uno Spritz in un altro bar. Mentre è lí che sorseggia lo Spritz, una signora gli passa accanto e gli domanda: «Scusi, dov'è il bagno?» E lui, piú irritato che incredulo: «Ma dico, ho la faccia da guardiano di gabinetti?» La signora si allontana intimorita e lui s'intossica lo Spritz. Il giorno dopo, sempre lo stesso tipo va in un altro caffè a fare colazione; e mentre sta inzuppando la brioche nel cappuccino, un tizio al banco che ha appena terminato la sua consumazione lo guarda e gli fa la stessa domanda. A quel punto il tipo posa la tazza sul banco, afferra il tizio per la giacca e gli urla: «Chi sei tu, ah? Sei in combutta con gli altri due di ieri? Che volete da me? Avanti, parla!» Quello neanche reagisce, lo guarda terrorizzato: «Scusi, non avevo capito, non credevo...» «Cosa non credevi, ah? Cosa? Rispondi, bastardo! Chi ti manda?» Insomma devono intervenire i baristi e minacciare anche di chiamare la polizia se non si calma.

A questo punto Malinconico chiede a Gaviscon dov'è che va a parare il racconto. E lui: «Da nessuna parte. Semplicemente, visto che la faccenda continua a ripetersi e ogni volta che lui va in un bar qualcuno gli chiede dov'è il bagno, esce di testa e finisce in una clinica psichiatrica. Ti piace?»

Indovinate il commento di Vincenzo.

D. D. S.

Libri, canzoni e film citati nel testo.

Massimo Recalcati, *Il complesso di Telemaco*, Feltrinelli, Milano 2013.

Tornerò (Ignazio Polizzi, Claudio Natili e Marcello Ramoino).

Su di noi (Donatella Milani, Paolo Barabani e Enzo Ghinazzi).

Miele (Giancarlo Bigazzi e Totò Savio).

Una storia disonesta (Stefano Rossi).

L'importante è finire (Cristiano Malgioglio e Alberto Anelli).

Ancora ancora ancora (Cristiano Malgioglio e Gianpietro Felisatti).

Non sai fare l'amore (Paolo Limiti e Salvatore Fabrizio).

Pensiero stupendo (Ivano Fossati e Oscar Prudente).

Romeo and Juliet (Mark Knopfler).

Ecce bombo (Nanni Moretti).

L'avvelenata (Francesco Guccini).

Indice

Stampato per conto della Casa editrice Einaudi
presso ELCOGRAF S.p.A. - Stabilimento di Cles (Tn)
nel mese di giugno 2017

C.L. 23331

Ristampa							Anno			
0	1	2	3	4	5	6	2017	2018	2019	2020